Timo Leibig

Der Zorn der Regenmacher

TIMO LEIBIG

DER ZORN DER REGEN MACHER

ROMAN

penhaligon

Sollte diese Publikation Links auf Webseiten Dritter enthalten, so übernehmen wir für deren Inhalte keine Haftung, da wir uns diese nicht zu eigen machen, sondern lediglich auf deren Stand zum Zeitpunkt der Erstveröffentlichung verweisen.

FSC
www.fsc.org
MIX
Papier aus verantwortungsvollen Quellen
FSC® C083411

Penguin Random House Verlagsgruppe FSC® N001967

1.Auflage 2021

Dieses Werk wurde vermittelt durch die Literarische Agentur Michael Gaeb

Redaktion: Hanka Leo
Karte: Jan Reuter Art & Design Äpfingen, j-reuter.de
Umschlaggestaltung und -motiv: Isabelle Hirtz, Inkcraft
BL · Herstellung: MR
Satz: Uhl + Massopust, Aalen
Druck und Bindung: CPI books GmbH, Leck
Printed in Germany
ISBN 978-3-7645-3242-0

www.penhaligon.de

Für meinen Neffen Mick.
Kultiviere weiterhin deine Kreativität –
ohne sie wäre die Welt grau.

Teil 1:

REGEN

Kapitel 1

Königtum Westend, Stürmische See, westlich von La Harb

Seit Tagen fiel Regen vom Himmel, erfüllte die Luft über dem Meer mit einem nicht enden wollenden Rauschen. Es war so allgegenwärtig geworden, dass Henry es kaum mehr wahrnahm. Jetzt allerdings lauschte er ihm gespannt. Regen, der auf das Meer prasselte. Die Ruder tauchten so still ins Wasser, wie es nur die wenigsten vollbringen konnten. Ab und an knarrte das Holz in den Dollen. Sonst nichts.

Es müssen Schmuggler sein, ging es ihm durch den Kopf, während er die zwei Ruderer im regengestreiften Schein der Buglaterne beobachtete. Ihre Gesichter waren von Sonne und Salz gegerbt, ihr Atem ging schwer. Trotzdem ließen sie mit dem Rudern nicht nach, ihr Rhythmus war flott, aber nicht übertrieben schnell; in dieser Geschwindigkeit konnten sie vermutlich stundenlang rudern. *Vielleicht sogar Fratera*, sinnierte er. Über die Mitglieder der Gemeinschaft aus dem Osten erzählte man sich so einiges, und wenn nur ein Zehntel davon stimmte, war es immer noch genug. Sie waren die Meister der Schmuggelei und der Kaperfahrt, raue Gesellen, die nur ihren eigenen Gesetzen folgten. Er stieß Marci mit dem Ellenbogen in die Seite. »Schau dir was ab!«

Marcis Augen waren riesengroß. Eine Mischung aus Aufregung, Furcht und unverhohlener Neugierde stand im Gesicht des Jungen. Henry konnte es ihm nicht verdenken. Wie oft kam man schon Schmugglern so nahe? Mit dreizehn Lenzen wäre es ihm ebenso ergangen. Der Junge würde mit der Zeit gelassener werden. Musste. Seit sein Vater Enzo kaum mehr in der Lage war, seinen versoffenen Hintern aus der Fischerhütte zu schwingen, blieb dem Sohn nur, dessen Platz einzunehmen. Und Marci machte seine Sache gut. Er war ein anständiger Junge, bekam ordentlich Muskeln und würde in die Fußstapfen seines Vaters hineinwachsen, vorausgesetzt, er konnte den Mund halten wie Enzo. Das würde Henry ihm beibringen.

»Dort.« Der dritte Schmuggler, vermutlich der Anführer, deutete nach vorn.

Der Horizont zeigte sich als verwaschene Linie, ein schiefergrauer Streifen oben, ein schwarzer unten. Dazwischen zeichnete sich die Silhouette eines vor Anker liegenden Dreimasters im Licht des anbrechenden Morgens ab.

»Sollen wir die Ruder übernehmen?«, fragte Henry.

»Nein. Euer Rückweg ist weit.«

Und das war er. Henry brauchte nicht zur zerklüfteten Küste zurückblicken, vor der La Harb auf einer Insel den Gezeiten trotzte. Sie würden bis in den Vormittag hinein brauchen, um die Altstadt auf der Insel und ihre Ausläufer auf dem Festland zu erreichen. Henry fröstelte es bei der Vorstellung, den ganzen Weg zurück durch diesen elendigen Regen zu rudern. Er konnte Regen nicht mehr sehen. Seit zu vielen Tagen fiel er, mal in bindfadendicken Schnüren, mal in perlengroßen Tropfen, mal in feinen Schlieren. Und seit der Regen eingesetzt hatte, spürte Henry diese unangenehme Schwingung, die direkt aus der Mutter See selbst zu kommen schien.

Das beunruhigte ihn. Seit beinahe fünfzig Jahren fuhr er hinaus, und noch nie hatte ihn das Meer geschreckt. Nur das launische Wetter der Stürmischen See hatte ihm Respekt abverlangt, aber Henry wusste, dass heute kein Sturm mit harten Winden und turmhohen Wellen drohte. Es würde ruhig bleiben, und doch gefiel ihm die See nicht. Seit sie aufgebrochen waren, hing ein schmieriger Geruch in der Luft. Er schien aus dem Meer zu kriechen und über der Wasseroberfläche zu hängen wie unsichtbarer Nebel, und er legte sich als süßsaurer Geschmack auf die Zunge. Den hatte er seit gestern Abend im Mund, als der Anführer der Schmuggler im *Singenden Anker* gefragt hatte, ob sich zwei Fischer ein paar Münzen dazuverdienen wollten. Wahrscheinlich lag es an dem Bier, das sie zur Besiegelung ihrer Zusammenarbeit getrunken hatten. *War vermutlich mit Pisse gestreckt.*

Henry nickte der Kapuze zu. »Sehr großzügig.«

Der Mann brummte nur und konzentrierte sich auf das näher rückende Segelschiff. Der matte Schimmer einer einzelnen Laterne glomm auf der Galion. Henry fragte sich, welche Figur darunter den Bug zierte. Hatte das Schiff gestern noch im Hafen gelegen oder wagte es der Kapitän nicht einzulaufen?

Henry schimpfte sich einen Idioten. Was ging ihn das an? Je weniger er wusste, desto besser. Er war ein Fischer, der das Wetter deuten konnte, mehr nicht.

Unvermittelt trat die Kapuze an die Laterne, blendete sie ab, auf, ab, auf, bevor sie zurück an die Reling ging und die Hände in die Mantelärmel zog.

Henry erwartete eine Erwiderung des Signals, doch nichts rührte sich auf dem Schiff. Mit den eingeholten Segeln, den Seilen und Tauen, die sich wie ein Spinnennetz zwischen den Masten spannten, sah es aus wie ein Geisterschiff.

Da auch zehn weitere Ruderschläge lang nichts geschah, widmete sich Henry wieder der Mutter See, aus der er sein

Leben lang Fische geholt hatte. Unmengen Fische. Seit es regnete, war ihm die Lust dazu abhandengekommen. Heute besonders. Er wollte nur schnellstmöglich die drei Männer und ihre Fracht loswerden – die eisenbeschlagene Truhe stand im Heck des Boots. Er wusste, dass der Gedanke dumm war; sobald das Abenteuer mit den Schmugglern vorüber war, hatte er mit Marci einen Fang einzuholen und zum Markt zu bringen, ob er wollte oder nicht.

Das Wasser gluckerte seitlich von ihm. Wahrscheinlich ein Schwarm Makrelen, die glücklicherweise nie lernten, sich von Booten fernzuhalten.

Schließlich war der Dreimaster heran. Die Bordwand ragte wie eine schwarze Mauer vor ihnen auf. Über der Reling direkt am Vorderdeck erschien eine rußende Fackel. Ein Mann blickte herab. *Wie ein Falke.* Der schlanke Seefahrer hatte kräftige Schultern, ein markantes Gesicht und Augen lebendig wie der Sturm. Er stand aufrecht wie ein Mast, trug ein schlichtes, türkisfarbenes Gewand mit breitem Kragen, aus grober Wolle, eng anliegend und ohne goldene Schnallen, silbernen Brokat und ausladende Puffärmel, wie Henry sie bei so manchem Seefahrer gesehen hatte. Ein Mann der Tat. Vermutlich der Kapitän.

»Ihr seid spät.« Der Kapitän ließ eine Strickleiter herab. »Die Dämmerung bricht an. Gab es Probleme?«

»Mit der Truhe.« Die Kapuze ignorierte die Leiter. »Wir hätten sie beinahe nicht an Bord gebracht. Da müssen Steine oder Goldbarren drin sein. Ich hoffe Letzteres.«

»Ich auch.« Der Kapitän verschwand, und kurz darauf knarrte schweres Holz. Ein Balken mit herabhängenden Seilschlaufen erschien über ihren Köpfen, drehte sich, bis er im rechten Winkel die Reling überragte. Die Schlaufen glitten, geführt von hölzernen Rollen, herab.

Henry beobachtete, wie die drei Schmuggler fachmännisch die Seilschlaufen um die Kiste schlangen, Knoten banden und die Truhe mithilfe der Hebevorrichtung an Bord beförderten. Die zwei Ruderer kletterten hinterher. Als die Kapuze ebenfalls nach der Leiter griff und sich behände nach oben schwang, atmete Henry durch.

»Marci! Ans Ruder! Wir sind hier fertig!«

»Und Ihr fahrt ohne ein Wort des Abschieds?«

Im Grauschwarz des anbrechenden Morgens stand der Kapitän an der Reling, direkt oberhalb der Galion. Ein Falke zierte sie, die Brust leuchtend weiß gestrichen, das Gefieder darüber blaugrau. Der golden glänzende Schnabel war zum Beutefang aufgerissen.

»Wir sind nicht zum Reden hier, oder?«, entgegnete Henry.

»Aber ich wüsste gern, mit wem man in La Harb weiterhin zusammenarbeiten kann.«

»Dann fragt nach dem Fischer Henry.«

Der Kapitän nickte freundlich und zog etwas unter dem Mantel hervor. Mit einem dumpfen *Tonk!* landete ein Ledersäcklein auf dem Deck des Fischerboots. »Habt Dank, Fischer Henry. Möge die Mutter See Eure Rückfahrt segnen.«

Der Mann verschwand und rief: »Lichtet den Anker! Refft die Klüver und das Hauptsegel!«

Schlagartig erwachte das Schiff zum Leben, und Henry musterte das Säcklein zu seinen Füßen. Es hatte nach Münzen geklungen, aber für die Fahrt war er bereits von der Kapuze bezahlt worden. Er bückte sich nach dem Geschenk und lockerte die Lederschnur. Es enthielt tatsächlich Kupfer und Eisen, mehr Eisen als Kupfer, eine ganze Handvoll geprägten Metalls. Ungläubig ließ er die Münzen zwischen den Fingern klimpern.

»Stimmt die Bezahlung?«, fragte Marci, der bislang –

schwer beeindruckt vom Schmugglerschiff – geschwiegen hatte. »Oder haben sie uns übers Ohr gehauen?«

Henry steckte den Beutel weg und sank ans Ruder. »Einen Henry haut man nicht übers Ohr, verstanden? Und jetzt setz dich und rudere, Junge! Wir haben einen weiten Weg vor uns.«

Trotz des geölten Ledermantels war Henry völlig durchnässt – vom Schweiß. Die Sonne war aufgegangen, aber nur als heller Fleck hinter den Regenwolken zu erahnen. Entsprechend verwaschen und trist lagen die Kiesstrände zu Füßen der La Harber Klippen, und das Heidekraut auf der Grasnarbe glühte nicht wie sonst in der Morgensonne violett, sondern sah eher wie ein feuchtes Band gefärbten Stoffs aus. Auch die Altstadt La Harbs, eine Ansammlung verschiedenfarbiger Mauern, ausladender Türme und schwarzer Schieferdächer auf der vorgelagerten Insel, zeigte sich nur grau in grau in grau – mit einer noch graueren Wolkenhaube darüber. Und war immer noch viele Ruderschläge entfernt.

»Lass uns eine Pause machen«, schlug Marci vor. »Meine Arme brennen.« Er holte sein Ruder ein und massierte sich die Oberarme. Selbstgeschnitzte Ringe aus blassem Walknochen schimmerten an seinen Fingern. Die waren der letzte Schrei unter den jungen Fischern.

Henry ließ sein Ruder sinken und blickte in die See, die sanft gegen den Rumpf des Boots schwappte und vom Regen gekräuselt wurde. Auch seine Muskeln schmerzten, aber er hatte immer noch dieses Unbehagen in der Magengrube. »Wir sollten weiterrudern. Mir gefällt der Morgen nicht.«

»Das liegt am Aufstehen.« Marci gähnte ungeniert und zog einen verschrumpelten Apfel aus der Jackentasche.

Herzhaft biss er hinein. Seine Ehrfurcht und Aufregung waren mit den Schmugglern davongesegelt.

»Das gehört zu unserem Beruf, Junge! Und nein, das ist es nicht. Es ist dieser verdammte Regen!« Und leiser fügte er hinzu, sodass nur er selbst es hören konnte: »Und heute irgendwie die See.« Henry ließ den Blick über die endlosen Weiten bis zum Horizont streifen.

»Der Regen?« Marci pfiff durch die Zähne. »Die Götterpisse schreckt mich nicht.«

Henry horchte auf. »*Götterpisse*? Kommt das wieder von deinem Vater? Ich glaub, ich muss mit Enzo mal ein paar ernste Worte wechseln. Ich hab dir schon hundertmal gesagt, dass du nicht über die Götter lästern sollst!«

»Aber es ist doch wahr. Die Götter pissen auf uns runter, und wir fahren noch mit Booten darin herum. Ist doch bescheuert.«

»*Marci!*«

»Jaja, ich soll nicht lästern.«

»Und schon gar nicht über die Mutter See! Und überhaupt nicht in meinem Boot, verstanden?«

»Was soll passieren? Ernsthaft, Henry. Vater sagt, die Götter haben eh keine Zeit, sich um uns zu kümmern. Die Alten würden nur pennen, und dieses Paar vögelt nur den ganzen Tag miteinander und das war's.« Er wurde rot, vermutlich, weil er das Wort *vögeln* benutzt hatte. Wieder biss er in den Apfel, verzog das Gesicht und spuckte das Stück über Bord. »Ein Wurm«, murmelte er. »Igitt igitt.«

»Sieh ihn als Warnung und jetzt halt den Mund, bevor du uns noch in Schwierigkeiten bringst!« Henry griff wieder nach dem Ruder, aber nicht, um zu rudern, sondern um es einzuholen. Wenn sie schon pausierten, konnte er sich eine Pfeife gönnen. Vielleicht vertrieb ein Schmauch diesen süßsauren Geschmack von seiner Zunge und diese seltsame Anspannung aus seinem Körper. Er öffnete seinen geölten Seesack, der unter der Ruderbank verstaut war, und holte Pfeife und Kraut hervor.

Marci warf angewidert den wurmigen Apfel ins Meer, stand auf, trat an die Bordwand und zog seine Hose herunter. In hohem Bogen urinierte er darüber hinweg.

Henry sah nur kurz auf, als er das Plätschern hörte, das den Regen übertönte, und wandte sich kopfschüttelnd vom pickeligen Hintern des Jungen ab. Schnell stopfte er seine Pfeife und schob sich das abgekaute Mundstück zwischen die Zähne, damit die breite Krempe seines Huts sie vor dem Regen schützte.

Das Plätschern erstarb. Ein Keuchen folgte und ein unverkennbares Platschen.

Henry ließ die Pfeife auf den Seesack fallen.

»Mann über Bord!« Mit einem Satz war er an der Bordwand. Das Boot schwankte.

Meerwasser umspülte die alten, geteerten Planken und nährte die Salzkruste, die sich im Lauf der Jahre angelagert hatte. Ein paar Muscheln klebten daran. Ansonsten bemerkte Henry nur etwas Schaum, wo Marci ins Wasser gefallen sein musste. Mehr war da nicht, kein Schemen, kein Umriss, kein Mensch. Nur die Mutter See und die auseinanderlaufenden Kreise der Regentropfen.

»Marci!«

Hastig warf Henry ein Tau ins Wasser. Sein Herz pochte. Seine Fingernägel gruben sich ins Holz, während er bange in die undurchdringliche Tiefe blickte. Auch nach mehreren harten Atemzügen war der Junge nicht zu sehen.

»Du verfluchter Ketzer!«

Henry hastete zu allen Seiten des Boots. Sein Blick huschte über die sanften Wogen. Neben der Buglaterne blieb er stehen, weil er meinte, einen Schatten unterhalb der Meeresoberfläche gesehen zu haben. Einen schnell dahingleitenden Schatten. Ein Stachelrochen? In letzter Zeit gab es viele davon an der Küste. Ein Teil der Fischer fing die Viecher, schnitt ihnen die giftigen Stacheln ab und versuchte, die mit Widerhaken versehenen Spitzen an Möchtegernalchemisten zu verkaufen, die Rochenessenz daraus gewinnen wollten – ein Aphrodisiakum mit fragwürdiger Wirkung.

»Marci!«, rief Henry ein zweites Mal. »Was soll ich denn Enzo sagen, wenn du nicht mehr auftauchst?«

Die See schwieg, und auch der Schatten war nicht mehr zu sehen.

Henry schluckte. Ihm blieb nur eine Möglichkeit: rein ins Wasser und nach dem Jungen tauchen. Das hätte er schon längst tun sollen.

Etwas schabte an der Bordwand backbord.

Henry hastete dorthin.

Nur die See.

»Grundgütige Seelen!«

Sein Überwurf glitt zu Boden. Das Hemd riss er sich über den Kopf. Etwas Schweres klatschte feucht auf Holz.

Henry fuhr herum.

Es kauerte auf den Planken.

Das Ding war groß wie ein Jagdhund, bestand aus Horn und Dorn und fahler Haut, aus deren Falten Wasser rann. Es erinnerte Henry an eine Mischung aus Stachelrochen, Fisch und Echse. Und es beobachtete ihn. Drohend. Aus geschlitzten, orangefarbenen Reptilienaugen.

Henry stieß ein Keuchen aus. »Bleib!« Seine Stimme bebte, während seine Finger nach der einzigen Waffe tasteten, die er immer bei sich trug: sein Messer zum Ausnehmen der Fische.

Ein zischelndes Grollen drang aus der Brust des Wesens. Es bewegte sich auf muskulösen Gliedern auf ihn zu. Zwischen Krallen schimmerten bleiche Schwimmhäute. Im Nacken glibberte etwas Quallenartiges.

Henry hob sein Fischmesser, zehn Fingerbreit blanker Stahl, glattpoliert von Tausenden aufgeschnittenen Fischleibern. Er hatte geglaubt, jegliches Seemannsgarn gehört zu haben. All die Geschichten über riesige Kraken, fliegende Haie, Boote im Bauch von Walen, den weisen Leviathan und verführerische Wassernixen mit riesigen Brüsten und Nippeln so groß wie Perlen. Was da auf ihn zukam, gehörte zu keiner der Geschichten.

Als das Ding das Maul aufriss und einen glänzenden Rachen zeigte, kam eine Reihe nadelspitzer Zähne zum Vorschein. Blutiger Schaum stand dazwischen. Etwas fiel heraus und patschte blass und rot auf den Boden.

Das Messer in Henrys Hand zitterte heftiger. Drei Finger, von Sehnen und Haut zusammengehalten, waren aus dem Schlund gefallen. An einem steckte ein geschnitzter Ring aus Walknochen.

Was Henry blieb, war die Wut. Mit einem Satz war er über der Ruderbank und stach nach dem Wesen, das seinen Schützling getötet hatte.

Das Ding wich geschickt aus und schien nur noch aus Haut und Fängen zu bestehen. Das Maul schnappte rasend schnell nach Henrys Oberschenkel. Die Zähne bohrten sich tief ins Fleisch.

Henry brüllte vor Schmerz und rammte das Messer nach unten. Die Klinge glitt durch glitschigen Schleim und feste Sehnen, schrammte über Horn und Dorn und endete in einem geschlitzten Auge. Das platzte wie eine überreife Weintraube.

Das Wesen heulte kehlig, als würde man eine Sau schlachten, krümmte den Hals, riss an Henrys Wunde ohne Unterlass und nahm Fleisch mit sich.

Henry wagte nur einen Blick. Blut und schimmernder Knochen. Dann setzte er brüllend nach. Das Messer flirrte durch die Luft, ein silberner Streif in der fahlen Morgensonne.

Mit einem Zischlaut sprang die Bestie zur Seite und katapultierte sich mithilfe der Hinterläufe auf das Dollbord, drückte sich von dort geschmeidig ab und spreizte die Gliedmaßen. Für einen Moment hing es wie eine Flugechse in der Luft, dann tauchte es ins Wasser.

Das Boot schaukelte hin und her.

Henrys Atem kam stoßweise. Das Messer zitterte. Wässriges Blut tropfte davon herab. Ihm wurde schwarz vor Augen, und er sank an die Bootswand. Geräuschvoll übergab er sich über Bord.

La Harb.

Er musste zurück. Er musste die Stadt warnen. Was auch immer das gewesen war, es konnte zurückkommen, andere Fischer überfallen, vielleicht gab es mehr davon. Und vielleicht hatte es etwas mit dem andauernden Regen zu tun.

Henrys Blick fand den quallenartigen Fortsatz, den er dem Tier vom Kopf abgetrennt hatte. Halb transparent lag er auf dem Boden in blassrosa Lake, erinnerte an eine violette Qualle mit unterarmlangen Tentakeln.

Es sollte zusammen mit seiner Wunde und Marcis Überresten als Beweis genügen.

Seine Wunde.

Henry hievte sich stöhnend auf die Bank. Er schnitt das zerfetzte Hosenbein ab und band es, so fest es ging, um die Fleischwunde. Wenn er die Blutung stoppte, konnte er es schaffen. Mit einem Ruck zog er den Stoff fester. Dann griff er mit zusammengebissenen Zähnen nach den beiden Rudern. Sie tauchten ins Wasser, so still, wie es nur die wenigsten vollbringen konnten.

Das Boot glitt vorwärts, vorwärts, vorwärts, vorwärts.

Mit Tränen in den Augen blickte Henry über die Schulter zur Küste. Er würde es schaffen. Die Flut setzte ein und würde ihn Richtung Festland treiben. Er ...

... spürte etwas an seiner Brust, feucht und kühl. Es stank nach Essig.

Es war das Quallenwesen. Wie eine Sonnenblume hatte sich der Körper vor ihm entfaltet. Eine Seite war eingeknickt, von einem Schnitt zerteilt, wo Henrys Messer es erwischt hatte. Als Stiel diente eine Art Wurmfortsatz, aus dem Tentakel sprossen. Sie schlängelten sich auf seiner Brust, hielten das Wesen aufrecht.

»Bei der Wächterin!«, entfuhr es Henry, und sein Kopf wich so weit wie möglich in den Nacken zurück. »Steh mir bei!«

Die Oberfläche kräuselte sich zart.

Ganz langsam ließ Henry die Ruder sinken, um die Hände frei zu bekommen und das Ding von seiner Brust zu entfernen. Ganz langsam. *Ganz langsam.*

Unvermittelt ging ein Ruck durch die Gallertmasse. Sie federte nach vorn, schoss auf sein Gesicht zu.

Henry konnte nicht ausweichen. Er schrie bei der Berührung und schmeckte erst Süße, dann Säure. Es brannte auf seiner Haut. Um ihn herum wurde es violett.

Seine Hände krallten sich in das Gallert, zerrten daran, doch es war zäh wie schlechter Pulpo. In Panik stürzte er rücklings von der Ruderbank, landete auf dem verletzten Oberschenkel, und ihm wurde endgültig schwarz vor Augen.

Als er wieder zu sich kam, war die Welt unter einem violetten Schleier verborgen. Er lag auf dem Rücken. Seine tastenden Finger sagten ihm, auf einem Fischernetz.

Dann spürte er eine feuchte Berührung an seinem Ohr. Es schleckte und schmatzte wie die Zunge eines Hundes – und drang tiefer. Der Erkenntnis folgten siedend heiße Panik und blendender Schmerz.

Es kroch in ihn.

In ihn!

Und Henry schrie.

Kapitel 2

Königtum Westend, La Harb, erste Terrasse

Von den Schieferdächern klatschten Sturzbäche auf das Kopfsteinpflaster. An manchen Stellen glänzte der Regen zwischen den Steinen im Morgenlicht wie Quecksilber, an anderen bildete er Rinnsale, die sich in Pfützen sammelten, und auf diesen schwammen Möwen, mitten auf den Gassen zwischen alten Fässern und stehen gelassenen Wagen.

Den Kopf zwischen die Schultern gezogen eilte Leyna hinter Schwester Jorda und Matronin Misha her. Sie waren von Nachbarn eines Mannes gerufen worden, dessen Frau angeblich beim Wäschewaschen am Strand befallen worden war. Sie hätten ihn beobachtet, wie er sie, eingewickelt in dreckige Wäsche, ins Haus getragen habe. Das quallenartige Getier über ihrem Kopf sei deutlich zu sehen gewesen.

»Hier.« Matronin Misha zeigte auf eine Holztafel an einer regenfleckigen Hausfassade. »Das ist die Gasse.«

Schwester Jorda nickte grimmig. »Dann brauchen wir nur noch das Haus mit den Fensterläden, in die Monde eingeschnitzt sind.«

Sie liefen weiter, während sich die Säume ihrer gerafften Röcke mit Regenwasser vollsogen. Schließlich blieben sie vor einem schmalen Fachwerkhaus stehen. Die Fensterläden waren geschlossen, aber aus den Monden quoll flackerndes Licht hervor – im Inneren wurde ein Feuer geschürt.

Misha klopfte mit den Fingerknöcheln gegen die Haustür. »Aufmachen! Die Gilde der Zeichen bittet um Einlass.«

Nur das Glucksen und Tropfen des Regens bekam sie zur Antwort. Irgendwo prasselte ein weiterer Sturzbach auf etwas Metallisches.

Misha pochte mit der Faust gegen das Holz. »*Aufmachen!* Oder wir rufen die Stadtwache!«

Die Drohung zeigte Wirkung: Ein Riegel schabte, und die Tür sprang nach innen auf. Ein hagerer Mann musterte sie aus dem Halbdunkel. Sein ergrautes Haar hing ihm strähnig ins Gesicht.

»Ich habe euch nicht gerufen.« Er schloss die Tür wieder, doch Schwester Jorda drängte schnell ihren Stiefel zwischen Tür und Angel. Er musterte den Schuh aus feinem Leder, als wüsste er nicht, was er da sah. Dann blickte er auf; Erschöpfung stand in seinen blau umringten Augen. »Ihr müsst hier falsch sein.«

»Ich glaube nicht.« Jorda zeigte auf die eingeschnitzten Monde. »Man hat uns herbestellt – wegen Eurer Frau.«

Die Unterlippe des Mannes bebte, und ein Glitzern trat in seine Augen, bevor er auf dem Absatz kehrtmachte und im Inneren verschwand. Die Tür ließ er offen.

Im Haus stank es nach Rauch und Essig. Gepaart mit der feuchten Luft ergab sich eine kaum zu ertragende, stickige Schwüle. Leyna brach sofort der Schweiß aus, als sie nach Misha und Jorda die Wohnstube betrat, die hinter einem schweren Stoff verborgen lag, um im Winter die Kälte draußen zu halten. Bündel von Weidenruten, die in einer Ecke lehnten, ließen vermuten, dass die Eheleute als Korbbinder ihr Geld verdienten.

In einer Feuerstelle schwelte nasses Holz, das mehr qualmte als brannte. Zu allem Überfluss zog der weißliche

Rauch nicht durch das Loch im Dach ab, sondern verteilte sich im Raum und biss in den Augen.

Der Mann kniete in der hinteren Ecke vor einem Strohsack, auf dem eine ausgemergelte Frau lag. Sie trug ein verschlissenes Nachthemd, aus dem blasse Schenkel und nackte Arme hervorschauten. Als Leyna näher trat, sah sie das violette *Ding*, das sich wie ein Helm aus Gallert über das Gesicht und die Ohren der Frau gelegt hatte. Es war ein besonders großes Exemplar. Und die Frau war damit die elfte Befallene in La Harb. Und das innerhalb weniger Tage.

»Und?« Der Ehemann hielt die Hand seiner Frau. »Könnt Ihr helfen?«

»Wir werden es versuchen«, antwortete Misha.

»Klingt nicht sehr zuversichtlich.« Er drückte die Finger seiner Frau fester.

Jorda legte ihm sanft die Hand auf die bebenden Schultern. »Wir werden alles in unserer Macht Stehende tun, um sie zu retten, wie die anderen auch. Aber sagt: Wann habt Ihr sie gefunden?«

»Gestern. Sie wollte nur schnell die Wäsche auswaschen und kam nicht zurück.« Er schniefte.

»Und wo habt Ihr sie gefunden?«

»Am Strand. Ein paar Häuser weiter gibt es eine Rampe zum Wasser.«

Jorda nickte Leyna zu. Sie wusste, was das hieß: nachher prüfen gehen, ob es dort etwas zu sehen gab.

Misha kniete derweil nieder und entwand dem Mann die Hand seiner Frau, um den Puls zu fühlen. »Schwach«, meinte sie und holte aus ihrer Manteltasche ein verschlossenes Schälchen. »Wir werden sie mitnehmen.«

Der Mann erschrak. »Mitnehmen? Wohin?«

»Ins Gildenlazarett natürlich.« Misha schraubte das Döschen auf und tauchte den Finger in die schwarze Paste.

Schnell zeichnete sie damit der Frau das Zeichen für Kraft auf den Hals und das für Leben auf den Handrücken. »Dort können wir ihr am besten helfen.«

»Und wie?« Der Mann hatte nur Augen für die magischen Heilzeichen.

»Das lasst unsere Sorge sein.« Misha schmierte den Rest der schwarzen Paste an ihr Kleid. Auf Höhe des Oberschenkels war es bereits pechschwarz. Zu Leyna sagte sie: »Schaust du dir den Strand an, bevor der Karren da ist?« Es war keine Frage.

Leyna fand schnell die Rampe aus roh zusammengezimmerten Eichendielen, über die sie sich zwischen Mauern hinab ans Ufer der Insel begab. Im Gefahrenfall konnte die Stadtwache die Rampe über eine Seilwinde nach oben ziehen und so eine unüberwindbare und erstklassig zu verteidigende Barriere zwischen tieferliegendem Strand und erhöhter Gasse schaffen – ein Relikt aus längst vergangenen Kriegszeiten.

Auf dem schmalen Kiesstreifen lag nichts als Treibholz in allen erdenklichen Größen, vom Zweiglein bis zum halben Baum. Trotzdem sah sich Leyna aufmerksam um, während das Wasser von oben auf sie niederging und vom Meer her gegen ihre Bundschuhe schwappte. Im Kies fand sie nichts außer ein paar undeutbaren Spuren; vermutlich von der Befallenen und ihrem Mann. Doch wohin ihr Blick auch fiel: Sie konnte niemanden finden.

Auch in der trüben Plörre, in die sich das sonst türkisfarbene Meer seit dem Dauerregen verwandelt hatte, war nichts zu erkennen.

Weiter draußen dümpelte ein einsames Fischerboot. Die gedrungene Gestalt eines Fischers war zu erkennen, der ein Netz überprüfte.

Bei dem Anblick ballte Leyna die Hände zu Fäusten. Tränen stiegen keine mehr auf. Sie war auch so schon nass genug.

Als sie über die Rampe zurück in die Gasse gelangte, stand bereits der Karren vor dem Haus der Befallenen. Über der Ladefläche spannte sich eine geölte Plane, in der sich das Regenwasser sammelte. Auf den Seitenwänden waren verschiedene Symbole aufgemalt, ebenso wie auf der durchhängenden Plane, wie Leyna wusste. *Sicher. Trocken. Schnell.*

Misha kraulte den Esel zwischen den Ohren, die unruhig hin und her zuckten. Leyna wunderte es nicht; Tiere spürten ungute Schwingungen, und solche hingen seit dem Beginn des Regens in der Luft.

Sie trat neben Misha. »Nichts Auffälliges am Strand zu sehen, Matronin.«

Misha tätschelte den Esel, sagte: »Ruhig, mein Freund!«, und wandte sich dem Haus zu. Karrol, der Haushofmeister der Gilde, trug zusammen mit Jorda die Befallene heraus. Sie hatten sie an Armen und Beinen gepackt, der Kopf mit dem violetten Ding ruhte an Jordas Bauch. Die Schwester blickte grimmig drein und hatte den Kopf zur Seite gedreht, um Abstand zu dem Ding zu halten. Furcht flackerte in ihren Augen, aber gewann nicht die Überhand. Jorda war einfach Jorda. Mit ihrem stämmigen Wuchs war sie breiter als Karrol und hätte die Befallene locker allein tragen können, aber für den Ehemann sah es so professioneller aus.

Der lief neben den dreien her und wollte wohl mit auf den Karren klettern, doch Misha trat ihm in den Weg. »Bleibt zu Hause«, sagte sie sanft. »Esst und ruht Euch aus. Ihr könnt ihr jetzt nicht helfen.«

»Aber ...«

Misha rieb kurz ihre Finger der rechten Hand an ihrem Kleid, dann strich sie dem Mann mit Zeige- und Ringfinger von der Stirn aus über die Augenbrauen und Augen bis zur Wange. Ihre Fingerspitzen hinterließen hellgraue Streifen.

»Ruht Euch aus!«, sagte sie bestimmt.

Für einen Lidschlag schienen die Streifen auf seinem Gesicht zu funkeln, und der Korbmacher nickte.

»Ja, das wird das Beste sein.« Er machte kehrt und verschwand im Haus. Die Tür schloss sich hinter ihm.

Nachdem sie die Frau auf die Ladefläche gelegt hatten, schwang sich Misha neben Karrol auf die Sitzbank, und Leyna und Jorda kletterten hinten unter die Plane neben die Befallene. Sie lag auf weichen Decken, mit dem Kopf an Leynas Sitzplatz.

Leyna erschauerte bei dem grässlichen Anblick. Das Ding stülpte sich über die Augen und die Nase der Frau, ließ den Mund hingegen frei. Immer wieder ging ein Wabern durch die weiche, mit purpurfarbenen Adern durchsetzte Masse. Dann pulsierte der faltige Wurmfortsatz, der auf Höhe des Ohrs und Halses lag, und die Frau erzitterte am ganzen Körper. Schweiß stand ihr auf der Oberlippe, während sich ihre Finger in die Decken krallten und sich ihr Mund zu einem stummen Schrei öffnete. Es sah nach unsäglichen Schmerzen aus. Oder nach Panik.

Als sich ihre Finger abermals verkrampften, umfasste Leyna sie mit beiden Händen, um der Frau Trost zu spenden.

So fuhren sie rumpelnd zurück zur Gilde, und obwohl es Markttag war, trafen sie kaum Menschen. Wer nicht hinaus in den Regen musste, blieb zuhause im Trockenen, soweit es zuhause trocken war. Durch die regenschwere Luft fühlte es sich überall feucht an, die Wäsche trocknete nicht mehr – was sie wegen des Salzwassers sowieso schon langsam tat –, und in den Häusern auf der untersten Terrasse drückte sich das Grundwasser durch den Stein und bildete feuchte Flecken auf den Fußböden, mancherorts sogar Pfützen.

Misha sagte, lange werde es nicht mehr dauern, bis sich in den einfach gebauten Häusern Schimmel bildete. Dann bekämen sie ein ernsthaftes Problem. Aber irgendwann musste dieser verdammte Regen doch wieder aufhören ...

Aber was war schon der Regen im Vergleich zu den Befallenen?

Hinter der nächsten Hausfassade schwamm eine Möwe in einer Pfütze, wo normalerweise die Karren in der Spur fuhren. Krächzend verzog sie sich. Wenig später versperrte ein Wagen voller Schieferschindeln den Weg. Zwei Männer und eine Frau bildeten eine Kette und reichten Schindel um Schindel über eine Leiter hinauf aufs Dach. Eine zweite Frau tauschte dort alte aus, die offenbar nicht mehr dicht waren.

Als sie mit dem Karren näher kamen, bemerkten die Arbeiter sie und hielten in ihrem Tun inne. Die zwei auf der Leiter stiegen wortlos herab, und zu dritt schoben sie den Karren zur Seite. Nur die Frau auf dem Dach blieb breitbeinig auf dem Dachfirst sitzen.

»Habt Dank«, sagte Misha, als Karrol den Karren vorbeimanövrierte.

»Schon recht«, entgegnete eine der Frauen. Sie ließen den Wagen mit der Befallenen nicht aus den Augen, bis er hinter der nächsten Biegung verschwunden war.

Da meinte Jorda leise: »Wir sollten die Seiten ebenfalls mit Planen verhängen.«

»Damit man uns Heimlichkeit vorwirft?« Misha schüttelte den Kopf, ohne zurückzublicken. Ihr graues Haar klebte ihr nass im Nacken. »Auf keinen Fall.«

Jorda hob eine Augenbraue. »Mit Verlaub, Matronin, es geht nicht um uns, sondern um die Befallenen. Soll jeder wissen, wer sie sind?«

Etliche Fuß lang knarrte nur das Holz der Räder auf dem Kopfsteinpflaster, bis Misha meinte: »Ich denke darüber nach.«

Schweigend ging es weiter bis auf einen weitläufigen Platz zwischen den Patrizierhäusern, auf dem sonst der kleine Markt stattfand. Heute waren die Buden allesamt geschlossen, die Holzklappen verriegelt und nass vom Regen. Eine einzelne Krähe trotzte dem Wetter und beobachtete von ihrem Posten auf dem Dach einer Bude aus ihre stumme Fahrt.

Wieder verkrampften sich die Finger der Befallenen, und dabei fiel Leyna auf, dass Misha das Zeichen für Leben auf dem Handrücken, ein kreisförmiges Symbol zweier verschlungener Linien, nicht ganz korrekt aufgemalt hatte. Zwei Enden berührten sich nicht.

Automatisch suchte sie in den Taschen ihres Kleids nach ihrer eigenen Paste. Diese war jedoch nicht schwarz, sondern rot, die Farbe der Jungprofessinnen der Gilde, und so spannten sich ihre Finger nur um das unauffällige kleine Döschen.

Ihr war es erst nach der Ewigen Profess gestattet, Schwarz zu nutzen. Die Prüfung stand Leyna zwar bald bevor, nachdem sie nun fast fünf Jahre lang erst als Novizin und dann als Jungprofessin gelernt hatte, aber solange sie die Prüfung nicht abgelegt hatte, blieb ihr das Schwarz verwehrt. Und mit verschiedenen Farben funktionierten die Symbole nicht, konnten sie die Energie des fünften Elements nicht bündeln und lenken.

Jorda schien Leynas Blick auf das Symbol richtig zu deuten, denn sie zog ihrerseits ihre schwarze Paste hervor, eine Mischung aus Distel, Amber und Zinn. Ihr Zeigefinger legte sich über ihre Lippen, während sie es geschickt mit der anderen Hand öffnete und Leyna entgegenhielt.

Die nickte dankbar, tippte ihren Zeigefinger hinein und schloss damit die beiden losen Enden auf dem Handrücken der Befallenen. Das Symbol funkelte, und die Frau atmete tief durch.

Und dann tat Leyna etwas, das sie ohne die Ewige Profess ebenfalls nicht durfte: Sie fügte geschwind ein weiteres Zeichen oberhalb des anderen hinzu. *Träumen.* Ein Funkeln, und die Frau schien sich noch mehr zu entspannen.

Jorda hatte Leynas Tun beobachtet und dabei die Stirn gefurcht, sagte aber nichts und steckte ihre Paste wieder ein.

Kurz darauf erreichten sie das mehrgeschossige Gildengebäude auf der zweiten Terrasse, das am Rand der Klippen einen Teil der Stadtmauer bildete. Zu Leynas Überraschung stand das Eingangsportal offen, und das tat es nie. Auch fehlten die beiden Schwestern, die normalerweise strenge Kontrollen bei den Hereinkommenden durchführten, denn in der Gilde lagerten Pulver, Pasten und Tinkturen, die in den falschen Händen gefährlich werden konnten, außerdem war die Bibliothek der Gilde, tief in den Kellern, die größte im Westen. Artefakte und Folianten von unschätzbarem Wert trotzten unterhalb des Meeresspiegels der Zeit.

Misha schien genauso irritiert, murmelte etwas, sprang vom Karren und eilte auf das Portal zu. »Jorda!«, rief sie. »Folgt mir!« Mit wehenden Röcken verschwand sie im Portal.

Karrol brachte den Esel zum Stehen, damit Jorda hinten absteigen konnte.

»Ihr wartet hier!«, sagte sie und eilte hinter der Matronin her.

Er musterte das dunkle Portal, bevor er sich zu Leyna umwandte. »Das gefällt mir nicht. Diese Stille.« In seiner Stimme schwang Unbehagen mit, vielleicht sogar Furcht.

Leyna teilte beides. In der Stille lag eine Schärfe, die nicht sein sollte. Zwar tropfte und patschte der Regen überall um sie herum, aber es war ein leeres Tropfen. Ein trostloses Rauschen. Wie stummes Weinen. Etwas war passiert.

Der Wurmfortsatz der Befallenen waberte. Auf ihren nackten Armen und Beinen hatte sich eine Gänsehaut gebildet. Schnell zog Leyna ihr eine der Decken über den Körper und, einem Impuls folgend, sogar über den Kopf.

Aus dem offen stehenden Portal drang ein entfernter Schreckensschrei.

»Ich gehe auch nachsehen.« Leyna kletterte vom Karren. »Pass bitte auf sie auf.«

Karrol nickte, die Stirn gefurcht und den Blick argwöhnisch auf das Portal gerichtet.

Der Regen zerrte an ihren Gewändern, als sie die letzten Schritte zurücklegte.

Im Flur Stille. Niemand zu sehen. Zwei Fackeln rußten und spendeten kaum Licht. Nasse Fußspuren auf dem gefliesten Boden. Fußspuren mehrerer Personen. Von acht oder mehr.

Leyna folgte ihnen. Die Geräusche ihrer Schritte hallten von den Wänden wider, dann erreichte sie das Lazarett linker Hand, einen lang gestreckten Säulensaal, in dem sie Kranke behandelten und wohin sie die Befallenen gebracht hatten. Die Regenspuren verschwanden darin.

Es war zu still. Zehn Befallene plus Schwestern hätte sie hören müssen. Und dann dieser Gestank. Es roch nach Urin, Essig und …

Ein leises Schluchzen drang aus dem Lazarett. Leyna trat durch die Tür und erstarrte.

Die zehn Strohbetten waren noch belegt, nur nicht mit Lebenden. Allen Befallenen hatte man die Kehlen durchgeschnitten. Mit den violetten Hauben aus Gallert, dem roten Lächeln darunter und den Blutspritzern auf ihren Gewändern sahen sie grotesk aus. Dazu die Blutlachen, die sich langsam unterhalb der Strohbetten ausbreiteten.

An eine Säule gelehnt saß Schwester Bea, die Misha in deren Abwesenheit vertrat. Sie hatte die Knie an die Brust gezogen, umklammerte sie und schluchzte. »Ich konnte sie nicht aufhalten. Ich konnte sie nicht aufhalten. Ich konnte …« Wieder ein Schluchzen, und ein Spuckefaden zog sich zu den Knien.

In der Haupthalle am Ende des Flurs wurden Stimmen laut, gefolgt von Stiefelpoltern.

»Ihr seid von allen Göttern verlassen, Molten! Das könnt Ihr nicht! Das ist nicht rechtens!« Misha.

Leyna wandte sich von Bea und dem bizarren Anblick der Getöteten ab und trat zurück in den Gang.

Misha stürmte neben dem Stadtvater aus der Haupthalle. Molten war ein kahlköpfiger Mann Anfang vierzig und trug seine schlichte, schwarz-weiße Amtsrobe. Ihnen folgten im Laufschritt acht Männer der Stadtwache. Ihre sonst dunkelblauen Mäntel wirkten durch die Nässe, als seien sie aus Pech, und vier von ihnen hatten Dolche in Händen. Auf den Klingen glänzte Blut.

»Der Stadtrat hat entschieden«, entgegnete Molten knapp. In einer Hand hielt er den mannshohen, reich verzierten Stab des Verwalters. »Die Gilde hat sich zu fügen.«

»Aber doch nicht so! Das widerspricht unserem Kodex, jeder unserer Überzeugung! Wir retten! Wir heilen! Wir helfen! Hier geht es um Menschenleben!«

Keine drei Armlängen von Leyna entfernt blieb der Stadtvater stehen. »Ja, um Menschenleben geht es, Matronin. Nur um wie viele? Der Rat musste abwägen: ein paar Befallene oder die ganze Stadt.« Er schüttelte die polierte

Glatze und marschierte weiter, direkt an Leyna vorbei, ohne das Lazarett mit seinen Schrecken eines Blicks zu würdigen. Dabei rief er mit seiner Stadtvaterstimme, die es gewohnt war, Gesetze zu verkünden: »Ab sofort wird jede Lieferung in die Gilde kontrolliert! Keine Verarztung Befallener mehr. Neue Fälle sind sofort zu melden! So will es der Rat, und der Rat ist das Gesetz.«

»Nein«, kam es heiser über Leynas Lippen. Die Frau im Wagen. Die Stadtwachen würden ihr genauso die Kehle durchschneiden.

Die Truppe erreichte das Portal. Vier Männer der Stadtwache positionierten sich sofort seitlich davon, um dort Wache zu stehen. Die anderen wollten den Stadtvater eskortieren, doch einer bemerkte den Wagen voller Zeichen.

»Dort! Eine Lieferung!«

Sofort schwärmten sie aus und näherten sich dem Karren. Karrol stand an der Ladefläche. »Das hier geht euch nichts an!« Mit breiter Brust trat er ihnen entgegen.

»Und ob!«, zischte einer der Soldaten. »Der Rat hat entschieden! Alle Lieferungen in die Gilde werden ab sofort durchsucht!« Er drängte sich unsanft am Haushofmeister vorbei und war mit einem Satz auf dem Wagen.

»Nein!« Leyna begann zu rennen.

Der Soldat riss die Decke zur Seite. »Hier ist noch eine!« Er zückte sein Messer.

Leyna sprang flink zwischen zwei Soldaten hindurch und erreichte den Wagen. Sie packte den Kerl an der Schulter und riss ihn zurück. *»Nein! Das dürft Ihr nicht!«*

Misha rief: »Schwester Leyna!«

Doch Leyna wollte die Matronin nicht hören, nicht jetzt, nicht hier, nicht wenn es ums Leben ging. Sie sah nur das Glitzern in den Augen des Soldaten. Er hatte Lust zu töten. *Oder Angst vor dem Unbekannten?*

»Und ob!«, sagte er. »Der Rat hat entschieden.« Schon war er wieder über der Befallenen und wollte ihr die Klinge in den Hals stoßen, doch Leyna gab ihm einen Stoß von der Seite, der ihn gegen das Gestänge des Wagens taumeln ließ.

»Ihr könnt sie doch nicht einfach abschlachten wie Vieh!«, schrie sie. »Ihr Mann hat sie in *unsere* Obhut gegeben, damit wir sie *retten!*«

Da packten behandschuhte Hände Leyna von hinten und zerrten sie mit eisernem Griff zurück in den Regen. Eine überraschend sanfte Stimme sagte: »Aber das tun wir doch auch, Professin – wir retten sie.« Der Soldat nickte seinem Kumpan zu, und der öffnete der Befallenen mit einem raschen Schnitt die Kehle. Die Frau erschauerte, röchelte kurz und lag dann still.

Leynas Schrei hallte durch den Regen.

Kapitel 3

Königtum Westend, La Harb, Landstadt

Leyna war von Misha für den Rest des Tages nach Hause geschickt worden. In der Gilde herrschte Ausnahmezustand, denn der Erlass des Stadtrats war eine Ungeheuerlichkeit, über die unter den Ewigen Professinnen getagt werden musste. An sich war klar, dass sie sich dem zu fügen hatten. Die Ausübung von Magie war seit der Exilierung vor 322 Jahren offiziell untersagt, insofern konnte die Gilde der Zeichen froh sein, in La Harb ihrer Tätigkeit überhaupt nachgehen zu dürfen, ohne dass ihre Schwestern im Gefängnis landeten, wie es in der Südmark der Fall gewesen wäre. Zu ihrem Glück war der König Westends toleranter.

Aber was interessierte das Magieverbot Leyna? Nach der Ermordung der Befallenen war sie wie betäubt durch die Gassen gewandelt, durch Pfützen und unter Sturzbächen hindurch, schließlich durch das Stadttor, über den knapp neunhundert Fuß langen, vom Regen glitschigen Steg aus Eisentannenbohlen und zuletzt durch das Fischerviertel der Landstadt, die sich an den Fuß der La Harber Klippen schmiegte. Dort wohnte sie zusammen mit ihrem Vater in einer Hütte am Strand.

In der herrschte wegen der verriegelten und verrammelten Fenster Zwielicht. Leise murmelte der Regen auf dem Schindeldach. Es roch nach Fisch, saurem Schweiß und Tränen – und nach dem Rauch des Kochfeuers. Der brannte in

Leynas Augen, aber vielleicht erinnerte sie der Gestank auch nur an das Fachwerkhaus vom Morgen. Wie der Korbflechter wohl reagierte, wenn er von den Ereignissen erfuhr?

Sofort erschien vor ihrem inneren Auge wieder das Bild der zehn Ermordeten im Lazarett. Die roten Grimassen unter den violetten Kappen. Vermutlich hatte die Stadtwache mittlerweile einen Henker geschickt, der die Köpfe abtrennte und samt der Quallen mitnahm. Sie sollten umgehend verbrannt werden, so der Erlass.

Ein Schluchzen quälte sich durch Leynas Kehle, kam aber nicht über ihre Lippen. Sie tauchte den Holzlöffel in die lauwarme Fischsuppe und achtete darauf, nur Brühe zu erwischen; ohne Fischstücke, Gräten, Garnelenschwänze oder Muscheln. Mit zitternden Fingern führte sie den Löffel an die aufgeplatzten Lippen ihres Vaters und flößte ihm den Sud ein. Sein Mund bewegte sich schmatzend, der Kehlkopf hüpfte, die Zunge schlürfte. Mehr Regung zeigte er nicht. Sein rechtes Auge stand offen, aber die Pupille starrte nur glasig an die Decke. Was sein linkes Auge sah, vermochte Leyna nicht zu sagen. Es war unter dem violetten Ding verborgen, das sich über seinen halben Kopf gestülpt hatte wie ein Ritterhelm.

Wieder waberte das Gallert, und Henrys Finger verkrampften sich.

Am liebsten hätte Leyna ihm das Ding heruntergerissen, aber es saß fest, als hätte es sich angesaugt. Hinzu kamen die fingerdicken Tentakel, die sich um seinen Hals schlangen. Leyna hatte den Eindruck, dass sie sich fester zusammenzogen, wenn sie versuchte, das Ding zu entfernen. Mit dem Messer hatte sie es probiert, woraufhin eine dunkle Flüssigkeit aus dem Schnitt ausgetreten war und Henry minutenlang keuchte, als würde er einen Herzanfall erleiden. Sein Puls hatte gefährlich gerast.

Leyna wusste nicht mehr weiter. Henrys nackten Oberkörper bedeckten Hunderte Zeichen aus getrockneter roter Paste, alle, die sie kannte, und alle, von denen sie sich erhoffte, sie könnten ihm helfen. *Stark. Ruhig. Träumen. Leben. Kämpfen. Atmen.* In allen Größen und Varianten.

Vor vier Tagen hatte Henrys Boot unbemannt und unweit der Küste im Meer getrieben. Sie hatte erst gerufen, dann geschrien und war schließlich aus dem Kleid geschlüpft und in Unterwäsche ins kalte Wasser gerannt. Was sie vorgefunden hatte, hätte ihr beinahe eine Herzattacke beschert.

Henry verkrampfte sich erneut, eine Ader an seinem Hals trat hervor, und Leyna stellte die Suppenschale beiseite und hielt ihm die Hand, bis der Anfall abklang. Dann widmete sie sich der Beinwunde. Wenigstens die konnte sie behandeln. Vorsichtig nahm sie den Verband ab, um die Wunde an der Luft trocknen zu lassen. Der Stoff war auf der Innenseite von Wundwasser feucht, die Wunde selbst nur leicht gerötet, kaum geschwollen und schwärte nicht. Ein gutes Zeichen. An einer Blutvergiftung würde er nicht sterben.

Leyna fragte sich, was die Wunde verursacht hatte. Sie sah nach dem Biss eines mittelgroßen Hais aus, eines Hammerhais vielleicht. Die gestochen scharfen Zahnabdrücke waren in den ersten Tagen noch hervorragend zu erkennen gewesen; jetzt verschwanden sie unter Wundfleisch.

Noch mehr beschäftigte sie die Frage, was das Ding auf Henrys Kopf war, aber alle Antworten, die ihr einfallen wollten, waren nichts als Spekulation.

Erneut ging ein Wabern durch die Masse, und Henry stieß ein heiseres Stöhnen aus. Seine Fingerknöchel traten weiß hervor, so sehr ballte er die Hand zur Faust.

Diesmal dauerte es eine gefühlte Ewigkeit, bis der Anfall abebbte, und als es so weit war, tropften Tränen von Leynas Kinn.

»Was hast du da nur aus den Untiefen des Meeres gefischt, Vater?«

Sein Anblick verschwamm und wurde von dem der Befallenen am Morgen überlagert. Wie sie zuckend auf dem Wagen lag und ihr das Blut aus dem Hals quoll…

Mit einem Ruck erhob sich Leyna und trat zum Fenster. Durch den Spalt zwischen den geschlossenen Fensterläden fiel ein grauer Streifen Licht herein. Sie hob die Hand und betrachtete, wie er ihren Handrücken erhellte.

Das Knirschen von Kies ließ sie aufblicken. Jemand näherte sich der Fischerhütte, den schweren Schritten nach zu urteilen ein Mann, und schon stapfte derjenige vor dem Fenster vorbei, unterbrach einen Lidschlag lang den Lichtstrahl, bevor er an die Tür kam. Es pochte laut.

»Henry! Mach endlich auf!« Enzo.

Seit vier Tagen kam er, pochte an die Tür und brüllte nach seinem Kumpel; so versoffen und aggressiv, dass Leyna es auch ohne das Ding nicht gewagt hätte, ihm zu öffnen. Er war an sich ein herzensguter Mann, aber seine Spelunkenbesuche waren in den letzten Jahren immer häufiger geworden, und damit sein Gesaufe, die Schläge und Gemeinheiten. Er stellte eine Gefahr für alle dar. Und seit seine Frau wegen eben jenen Schlägen davongelaufen war, war er noch unerträglicher.

Wieder polterte es gegen die Tür. »Komm schon, Henry! Warum versteckst du dich?« Enzo klang erstaunlich nüchtern. »Henry! Bitte! Sag mir, wo mein Sohn ist! *Bitte!*«

Leynas Blick fand den Teller, der neben dem Bett stand. Darauf lag ein Ring aus Walknochen. Die drei Finger hatte sie gleich am ersten Tag ins Feuer geworfen.

»Henry!« Enzos Stimme wurde eine Spur schärfer. »Ich weiß, dass du da bist. Bei euch brennt Feuer. Wenn du nicht aufmachst, hol ich Werkzeug und brech die Tür auf! Ich mein es ernst! Ich will jetzt wissen, wo Marci ist!« Das Pochen ging in ein Rütteln am Griff über.

Leyna wischte sich die letzten Tränen von den Wangen. Sie kannte Enzo, seit sie denken konnte, und wusste, dass er ein Sturkopf war. Nüchtern würde er nicht nachgeben, bevor er die Tür zerstörte und Henry so vorfand. Vom Erlass hatte er sicher noch nichts gehört, aber die Nachricht würde sich wie ein Lauffeuer verbreiten, und dann würde er Henry melden und die Stadtwache würde kommen und ...

Sie musste ihn irgendwie loswerden. Dazu musste er wissen, was aus Marci geworden war.

Schnell holte sie aus einem Regal ein frisches Küchentuch und breitete es über Henrys Kopf und Hals aus, damit das lila Ding nicht zu sehen war. Dann nahm sie das schärfste Küchenmesser und ließ es in den Falten ihres Gewands verschwinden. Schließlich schob sie den Türriegel zurück, bevor Enzo sie womöglich tatsächlich aufbrach.

Trotz der Regenwolken war das Licht hart und stechend. Genauso hart und stechend waren Enzos blaue Augen in seinem abgehärmten Gesicht.

»Du!« Im Angesicht von Henrys zweiundzwanzigjähriger Tochter würgte er seinen Zorn hinunter. »Wo ist er?«

Leyna deutete mit dem Kopf zur Schlafstatt und gab den Weg frei.

Enzo musterte sie mit zusammengekniffenen Augen, bevor er sich in die Hütte schob. Er rümpfte augenblicklich die Nase. »Hier stinkt's nach Krankheit und Tod.« Dann schienen sich seine Augen an das Zwielicht zu gewöhnen. »Bei den Göttern!«, stieß er hervor. »Was ist mit ihm passiert?«

Leyna trat neben ihn. »Vermutlich ein Hai. Die Wunde sieht nicht gut aus.«

Der Fischer kam näher, beäugte die Fleischwunde und den still daliegenden Henry. »Und was ist mit seinem Gesicht passiert? Warum hast du es abgedeckt?«

Leyna senkte den Blick. Ihre Finger umschlossen den Griff des Messers. »Du willst es nicht sehen, Enzo. Der Hai ... hat ihn dort auch erwischt.«

Marcis Vater grunzte. »Ist er seitdem bewusstlos?«

Sie nickte.

»Wird er wieder aufwachen?«

»Wenn das Paar es will.«

»Ja, das Paar ... Weißt du was von Marci? Sie waren an jenem Morgen zusammen draußen.«

Weil du besoffen warst ... Leyna nahm den Teller zur Hand und zeigte ihn Enzo. »Der Ring lag im Boot unter der Ruderbank.«

Enzo griff nach dem Schmuckstück, seine Finger verharrten jedoch zitternd in der Luft. »Aber, das ...« Tränen schimmerten in seinen Augen. »Was ist da draußen passiert, Leyna?«

Wenn ich das wüsste. Sie zuckte nur mit den Schultern.

Enzo starrte auf den Ring, bis ein undefinierbarer Laut aus seiner breiten Fischerbrust drang. Dann nahm er das Schmuckstück, das in seiner riesigen, von Narben übersäten Hand verschwand. »Wenn er aufwacht, ruf mich, ja? Ich will mit ihm reden. Reden, Leyna. Nur reden.«

Sie nickte, und er ging. Die Tür ließ er offen. Das Knirschen der Kieselsteine wurde leiser und leiser.

Leyna schloss für einen Moment die Augen, bevor sie das Türblatt zuzog, den Riegel vorschob und rücklings gegen das Holz sank. Ihre Beine wollten sie nicht mehr tragen. Sie glitt auf den Boden, ließ das Messer fallen und schlang die Arme um die angezogenen Beine wie Bea am Morgen im Lazarett. So musterte sie ihren Vater, dessen Gesicht unter dem Leinentuch verborgen war. Es zitterte leicht, und kurz darauf verkrampften sich seine Finger zu Fäusten.

Nun kamen ihr doch die Tränen. Sie hätte nicht gedacht, dass noch welche in ihr steckten.

Am Abend war Henrys Zustand unverändert. Leyna hatte sich irgendwann nach Enzos Besuch aufgerafft und den Rest des Tages genutzt: Sie hatte ihren Vater gewaschen, einen frischen Verband angelegt, aus der Glut der Kochstelle ein prasselndes Feuer entfacht, die verbliebene Fischsuppe verspeist und dabei entschieden, eine neue zu kochen.

Lange hatte sie vor dem Loch gestanden, das Henry im hinteren Teil der Hütte in den Boden gegraben hatte. Die mit einer Holzplatte abgedeckte Kieselsteingrube war leer. Leyna hatte beim letzten Mal nicht bemerkt, dass sie den letzten Fisch entnommen hatte.

Ihr blieb nichts anderes übrig, als für Nachschub zu sorgen, und so saß sie in der Abenddämmerung auf dem besten Fischereifelsen, den es laut ihrem Vater in La Harb gab. Zwei Angelschnüre verschwanden im schlammigen Wasser. Gern hätte sie ein Feuer in der Felsenmulde neben sich entfacht, um etwas Wärme und Trost zu spüren, doch bei dem Regen war das aussichtslos. Die Felsenmulde war randvoll mit Wasser.

Trotzdem konnte Leyna das Wunschfeuer vor ihrem inneren Auge sehen, und wie junger Kabeljau in der Glut schmorte, eingewickelt in dicke Wirsingblätter. Ihr Vater hatte den Fisch oft von diesem Felsen aus gefangen, mit seinem Messer entschuppt und ausgenommen, anschließend mit Kräutern gefüllt, die ihre Mutter am Nachmittag gesammelt hatte, in Wirsing gewickelt und zuletzt in der Glut gegart. Das Gemüse war danach schwarz und bröselig, doch der Fisch butterweich und so voller Aromen, dass man beim Verzehr meinte, man stünde in einer Kräuterwiese oberhalb der Klippen.

Leyna wandte sich ab und sah hinaus auf die sanften Wellen, hörte das endlose Murmeln und Rauschen der Brandung. Seit sie denken konnte, hatte sie die Abende entweder in der Hütte oder bei gutem Wetter auf diesem Felsen verbracht, auf *Henrys Felsen*. Wenn die Sonne dann nach dem Festmahl den Horizont küsste, ihr Vater eine Geschichte zum Besten gab, ihre Mutter bei den Pointen schmunzelte und den Kopf an seine Schulter bettete, wenn Wolken wie stahlblaue Watte über dem letzten Streifen Gelb am Horizont hingen, war es Leynas Augenblick reinen Glücks gewesen. Heute hingen nur graue Wolkenschleier über dem Horizont, und nicht nur über dem. Vor vier Jahren war ihre Mutter an einer Lungenentzündung verstorben, und jetzt lag ihr Vater in eben jenem Sterbebett und rang womit auch immer. Und es schien, dass er den Kampf nur verlieren konnte.

Wut stieg in ihr auf. *Noch lebt er*, schimpfte sie sich. *Und er wird es schaffen!*

Ihre Finger ballten sich um einen faustgroßen Stein, den sie ins Wasser warf. Sie sah nicht, wo er eintauchte, doch sie hörte das Platschen – und hinter sich das Knirschen auf Kies, das den Felsen umgab.

»Da steckst du.«

Leyna warf einen zweiten Stein ins Wasser. »Wo soll ich sonst sein, Jule?«

»Beim Abendbrot in eurer Hütte vielleicht.« Ihre beste Freundin setzte sich neben Leyna. Ihr goldenes Haar lugte unter der Kapuze hervor wie feuchtes Gold. »Ich hab gehört, was heute Morgen passiert ist. Grauenhaft. Da ist man mal ein paar Tage unterwegs und alles steht Kopf. Wenn man von den Heiden kommt, ist die Stadt ein Trauerspiel.

Dort scheint die Sonne, Leyna! Nur über La Harb hängt eine dunkle Regenglocke. Gruselig.« Und leiser fügte sie hinzu: »Und diese Befallenen. Vorhin hörte ich von zwei weiteren Fällen, die von der Stadtwache erlöst worden sind.«

Leyna schwieg und warf einen dritten Stein ins Wasser.

»Was ist los, Leyna? Es ist doch nicht nur wegen der Befallenen, oder? So schlimm das auch sein mag, wir haben schon oft Kranke verloren.«

»Aber bei denen konnten wir nichts mehr tun, Jule! Hier lässt man es uns nicht einmal versuchen!« Ihr Ärger war nur ein Strohfeuer. Ein vierter Stein flog. »Es ist wegen Henry.«

Jules Hand fand ihren Unterarm. »Was ist mit ihm?«

»Er ist krank.«

»Nein! Sag bitte nicht, dass er eine Lungenentzündung hat.«

»Das nicht.«

Jule atmete erleichtert durch. »Was dann?«

Abermals verschleierten Tränen Leynas Blick. Sie kannte Jule, seit sie laufen konnte, sie hatten ihre Kindheit und Jugend miteinander verbracht, waren in den gleichen Kerl verliebt gewesen, hatten gelacht, als sie es sich gegenseitig erzählt hatten, und ihn in den Wind schossen. Später hatten sie festgestellt, dass sie beide die Welt verbessern wollten und beide mit der Gilde der Zeichen liebäugelten. Nach dem überraschenden Tod ihrer Mutter war für Leyna klar gewesen, dass sie andere Menschen vor solchen Schicksalen bewahren wollte. Sie hatte Jule gefragt, ob sie nicht zusammen in die Gilde der Zeichen eintreten wollten, und Jule hatte sofort Ja gesagt. Die Gilde verstand sich nicht nur auf die magischen Runen aus alten Tagen, sondern auch auf die Heilkräfte der Natur, auf die Wirkungsweisen von Beifuß, Fenchel, Anis und Kümmel, auf Spitzwegerich und Kamille, auf das Herstellen von Salben und Pasten, auf das

Mischen von Tees und auf einiges anderes wie das Anfertigen von Gift, das Hellsehen und das Beschwören von Tötern, Teufeln und gemeinen Dämonen, vorausgesetzt man war lange genug dabei und wurde in die wahren Mysterien der Hexerei eingeführt, wenn man dem Geschwätz einiger Altbackener glauben durfte.

Sie hatten so viel zusammen erlebt und standen kurz vor der Ewigen Profess – wenn Leyna jemandem von Henrys Befall erzählen konnte, dann ihrer besten Freundin. Und trotzdem zögerte sie.

»Ich weiß es nicht, Jule. Ich weiß es wirklich nicht.« Und dann brach die Ungewissheit und die Hilflosigkeit der letzten Tage aus ihr heraus, und sie begann hemmungslos zu schluchzen.

Warm war Jules Arm, der sich um ihre Schulter legte, und noch wärmer war Jules Hals, an den sie ihren Kopf bettete. »Ruhig. Ganz ruhig. Was auch immer dein Vater hat, wir werden es heilen. Nicht umsonst sind wir der Gilde beigetreten!«

Leyna löste sich aus Jules Umarmung und wischte sich Tränen von den Wangen. »Diesmal ist aber alles anders, Jule!« *Diesmal gibt es einen Erlass! Diesmal müsste ich meinen Vater melden! Diesmal müsste ich ihn der Wächterin weihen, ihn töten! Diesmal ist alles anders!*

Sie sagte nichts davon, erhob sich stattdessen mit einem Ruck. »Versprichst du mir, mit niemandem darüber zu reden? Nicht mit deinen Eltern und schon gar nicht mit einer anderen Schwester? Mit niemandem? Versprichst du es?«

Ein Zögern lag in den Augen der Freundin, doch sie nickte.

»Mit niemandem!«, wiederholte Leyna hartnäckig. »Du musst es mir schwören!«

»Ich schwöre.«

»Bei unserer Freundschaft!«

»Bei unserer Freundschaft.«

»Bei deinem Leben!«

»Bei meinem Leben.«

»Gut.« Leyna entwich ein Seufzen. »Dann komm!«

»Und deine Angelschnüre?«

»Die schwimmen nicht davon. Vielleicht beißt sogar was an, wenn Ruhe einkehrt.«

Gemeinsam verließen sie Henrys Felsen, der schräg aus dem Kiesstrand in die Brandung ragte, stapften über den Strand und folgten dem schmalen Pfad, der sich oberhalb des Ufers parallel zum Wasser schlängelte. Nach einem kurzen Fußmarsch erreichten sie die Fischerhütte. Sie lag in einer der vielen Buchten außerhalb La Harbs und duckte sich wie zahlreiche andere an den Rand der aufragenden Klippen. Aus dem Fensterspalt sickerte ein matter Schimmer Licht.

Noch bevor sie die Tür erreichten, verzog Jule das Gesicht. »Wonach stinkt es hier eigentlich? Ist mir vorhin schon aufgefallen. Hast du mit Essig hantiert?«

Leyna sagte nichts, sondern holte den Schlüssel aus einer Tasche ihres Gewands. Das schwere Vorhängeschloss aus Eisen, das Henry vor Jahren gekauft und angebracht hatte, nachdem die Einbrüche in La Harb angestiegen waren, schnappte zuverlässig auf, obgleich es wegen des Regens langsam Rost ansetzte. Gemeinsam betraten sie die Hütte.

Jule sog scharf die Luft ein und war schon neben Henry. »Bei der Gärtnerin! Jetzt verstehe ich!«

Leyna schloss die Tür und legte den Riegel vor. »Vor vier Tagen hab ich ihn aus seinem Boot gezogen. Er hat zudem eine Fleischwunde am Bein, die heilt jedoch ganz ordentlich.« Sie zeigte auf den frischen Verband.

Jule wandte den Blick nicht vom Quallenglibber ab, der Henrys Kopf bedeckte. Die Tentakel, die seinen Hals umschlangen, bewegten sich sanft wie Würmer. Dann riss sie sich doch vom Anblick los. In ihren braunen Augen stand Furcht. »Du weißt schon, dass du deine ganze Ausbildung riskierst.«

Vielleicht sogar mein Leben. »Und jetzt auch du.«

Jule schluckte und musterte für einige Zeit wieder das Ding, wobei sie vermutlich das Chaos in ihrem Kopf ordnete. Schließlich nickte sie. »Okay.« Sie presste die Lippen fest aufeinander. »Also mal ganz von vorne. Was wissen wir darüber?«

»Dass diese Dinger seit einigen Tagen Menschen befallen.«

»Beide Geschlechter.«

»Und dass sie offenbar aus dem Meer kommen. Henry hat es beim Fischen erwischt, die Korbflechterin von heute Morgen beim Wäschewaschen am Strand. Von einigen anderen weiß ich, dass sie ebenfalls in Wassernähe waren.«

»Was wir alle sind, weil wir auf einer Insel wohnen.«

»Ja ... du weißt schon, was ich meine. Ich bin überzeugt, die Dinger kommen aus dem Meer.«

Jule hatte die Lippe geschürzt und dachte einige Zeit lang nach. Dann wollte sie es mit dem Finger berühren, überlegte es sich aber anders, ging zum Tisch, auf dem Leynas Schüssel mit den Resten der Fischsuppe stand, nahm den Löffel und tippte damit auf die Oberfläche der Qualle. Der Glibber zuckte.

»Du kannst es anfassen«, sagte Leyna. »Es scheint ungiftig zu sein.«

Ein kurzer kritischer Seitenblick, dann legte Jule den Löffel beiseite, zog ihren Mantel aus und krempelte die Ärmel ihres Gewands hoch. Sie hatte sich sichtlich gefasst, traute sich nun, es zu berühren, tastete es vorsichtig ab, drückte immer intensiver und sah, wie sich die Tentakel dabei fester um Henrys Hals schlangen. Sie ließ das Gedrücke und zupfte stattdessen am Rand herum, der sich ein wenig ablösen ließ. Die Unterseite sah aus wie die einer Nacktschnecke. Als sie es vorsichtig weiter ablösen wollte, wurde das Ding fest wie ein sich zusammenziehender Muskel, und Henry atmete schneller.

»Hast du es mit Alkohol probiert?«, fragte sie.

»Mit Obstbrand. Hat nicht reagiert.«

»Und mit Feuer?«

Leyna deutete auf eine Stelle, die sich an Henrys Schädelplatte befand. Dort war die Oberfläche des Glibbers etwa münzgroß runzelig und braun verfärbt. »Es hat sich sofort zusammengezogen. Ich dachte, es bringt ihn um.«

»Und Salz?«

»Du meinst, wir könnten dem Ding Wasser entziehen? Wie bei Schnecken?«

»Die gehen damit ein.«

»Und was, wenn es heftig reagiert und Vater die Atmung abschnürt? Die verdammten Tentakel schauen nicht nur kräftig aus, sie sind es auch.«

»Sehnig, ja.« Jule rieb sich das Kinn und seufzte schließlich. »Wenn ich ehrlich bin, sehe ich nur eine Option: die Gildenbibliothek. Wir müssen in den Schriften nach einer Lösung suchen, bevor wir das Leben deines Vaters mit Versuchen aufs Spiel setzen. Oder wir reden mit Misha. Irgendjemand in der Gilde könnte wissen, was das ist.«

Leyna schüttelte sofort den Kopf. »Kommt nicht infrage. Bisher scheint niemand zu wissen, was das ist. Und ich traue Misha nicht. Laut Erlass muss sie es melden.«

»Würde sie es?«

»Ja.« Leyna war davon überzeugt.

»Dann bleibt uns nur die Nachforschung.«

»Und was machen wir so lange mit ihm? Ich kann ihn nicht den ganzen Tag allein lassen. Was, wenn ihn jemand findet?« Sie dachte an Enzo. Wenn er von den Befallenen erfuhr und eins und eins zusammenzählte ...

»Dann müssen wir ihn irgendwo verstecken.«

»Und wo bitte? Die Höhlen in den Klippen wären sicher, aber das ist viel zu aufwändig für uns, ständig rauszurudern. Dort verhungert er.«

»Ja, vermutlich.« Jule blickte hinab auf Henry, der abermals die Hände zu Fäusten ballte und den Mund aufriss. Die Adern und Sehnen an seinem Hals traten wie dicke Stränge hervor. Der Wurmfortsatz an seinem Ohr pulsierte heftig.

Sie erschauerte. »Gruselig. Irgendwie kann ich sogar verstehen, dass der Rat die *Erlösung* angeordnet hat.«

Leyna fuhr herum. *»Wie bitte?«*

»Macht es dir keine Angst? Das alles? Die Regenglocke, die Befallenen, die Stimmung?«

»Doch, aber das rechtfertigt ...«

»Keine Morde, ich weiß. Es ist einfach diese irrationale Angst vor dem Unbekannten.« Die beiden jungen Frauen schwiegen, bis Jule meinte: »Und was, wenn das alles in einem Zusammenhang steht?«

»Der Regen und die Befallenen?«

»Ja. Ich mein, es ist schon auffällig, dass das beides gleichzeitig an einem Ort auftritt. Du hättest die Regenglocke über der Stadt von weiter weg sehen sollen. Unnatürlich!«

Leyna zuckte mit den Schultern. »Mag sein, aber mich interessiert momentan nur, wie ich ihn retten kann.«

Und wieder schrie Henry – vielleicht um Hilfe, weil er sie gehört hatte – in stummer Agonie.

Kapitel 4

Gebiet der freien Städte, Perle des Ostens, Hafen

Entlang der Hafenpromenade brannten Lampen. Jeden Abend wurden sie bei Einbruch der Dämmerung von den Anzündern entfacht und erhellten den Weg über die Hauptstraße zum Marktplatz, wo das Leben der größten freien Handelsstadt wie ein ewiger Herzschlag pulsierte.

Abseits der erleuchteten Hauptstraße schlug ein anderes Herz, ein raues, ein wildes. Besonders berüchtigt war das alte Hafenviertel, entstanden vor mehr als achthundert Jahren, als die großen Städte des Ostens das politische Gerangel um die Ostmark gewonnen hatten und seither florierten. Das Viertel wurde tagsüber gern besucht, weil man unter den steinernen Bogengängen von mürrischen Fischweibern die besten und günstigsten Kostbarkeiten des Meeres ersteigern konnte: Krabben, Garnelen voller Rogen, Muscheln, Oktopus und Fisch. Nachts jedoch lagen die Bogengänge in stiller Dunkelheit, die Fischweiber und Hafenarbeiter und alles andere Gesindel zogen sich in die Spelunken der anliegenden Gassen zurück. Hinter verschmierten Butzenscheiben schimmerte Licht, hartes Lachen drang hervor, und der Gestank nach Bier, Urin und Obstbrand war allgegenwärtig.

Eine der Spelunken hieß *Zum betrunkenen Wal*, weil man beim Eintreten den Eindruck hatte, direkt im Magen eines solchen gelandet zu sein. Nicht wegen der bunt zusammengewürfelten Anwesenden, sondern wegen der Inneneinrichtung – blau und rot gestrichene Wände wölbten sich zur Decke, die von Säulen aus weißem Kalkstein wie Rippen gestützt wurde, zwischen denen sich Alkoven mit je einer Tafel für zehn Personen befanden. An einer dieser Tafeln saßen acht Personen, die unterschiedlicher nicht hätten sein können: Links außen saßen nebeneinander die Zwillinge Henning und Nante, ihnen gegenüber ein Mann namens Bert. Er hieß nicht Bert, aber Henning hieß auch nicht Claas.

Eine zweite Gruppe saß am rechten Ende des Tisches. Auch wenn sie aus zwei Männern und drei Huren in recht ansehnlichen Miedern bestand, war doch einer der Männer der Blickfang. Der Kerl war ein Berg von Mann, mehr als sechseinhalb Fuß hoch und so breit wie Henning und Nante zusammen – und Henning und Nante waren beileibe keine schmächtigen Patrizier, die sich den ganzen Tag von Mägden und Knechten verwöhnen ließen. Der Berg trug fleckiges Leder, das sich über seinen Muskelmassen spannte. Sein Haupt war kahl geschoren, und Schweiß glänzte darauf. Um den Hals trug er eine Eisenkette aus groben Gliedern. Der Anführer der Hurentruppe war aber der andere Kerl, ein schmächtiger Typ mit Kinnbart und fuchsschlauen Augen, der offenbar einen Leibwächter für sich und seine Damen nötig hatte.

Henning beugte sich über den Tisch und reichte Bert, halb von seinem Hemdsärmel verborgen, eine mit Facettenschliff verzierte Phiole, in der sich eine milchig weiße Flüssigkeit befand. Im Fackelschein funkelte das Glas.

»Das wird dir eine Nacht lang einen Ständer bescheren, mit dem du Holz hacken kannst«, sagte er laut genug, damit die Hurengruppe ihn hören konnte.

Eine sah sofort herüber.

Bert wollte nach der Phiole greifen, doch Henning zog den Arm zurück und beugte sich noch weiter über den Tisch, um seinem Gegenüber ins Ohr zu flüstern: »Wir laufen schon morgen Abend mit der Flut aus. Es gibt einen ungeplanten Schichtwechsel in der Hafenmeisterei. Der, der ab morgen Abend übernimmt, hat den Geruch von Gold noch nicht lieben gelernt.« Henning sank wieder zurück.

Bert rümpfte die Nase. »Eine Nacht reicht mir nicht.«

Eine zweite Hure sah neugierig herüber.

»Aber deiner Geliebten.« Henning schob Bert die Phiole wieder entgegen und hielt dabei den Augenkontakt. Ein stummes Duell, das Bert verlor. Trotzdem griff er nach der Phiole, doch bevor er sie berührte, schüttelte er den Kopf und ließ die Hand sinken. »Die hält was aus. Eine Nacht reicht nicht.«

»Wem jetzt? Dir oder ihr?«

»Uns beiden.«

»Dann musst du dich mehr ins Zeug legen, Berti.«

Berti pfiff durch die Zähne.

Nante saß unbeteiligt daneben und schabte mit der Klinge seines Dolchs mit Walknochengriff Dreck unter seinen Fingernägeln hervor.

»Deine Entscheidung«, sagte Henning. Seine Finger rotierten die Phiole sachte um die Längsachse. »Aber es wäre schade, wenn deiner Holden diese Nacht entgeht.«

»Ja, vermutlich. Sie wäre todtraurig. Und ich auch.« Bert griff nun doch nach der Phiole. »Aber wenn sie nach der Nacht enttäuscht ist, sehen wir uns morgen wieder, Claas. Zum dritten Glockenschlag. Das sag ich euch!« Das Fläschchen verschwand in seinem Gewand.

»Sie wird nicht enttäuscht sein, mein Freund. Und keine Sorge, falls sie sich doch beschwert, dann soll sie direkt zu mir kommen. Ich zeig ihr dann, dass es nicht am Trunk lag.«

Henning lehnte sich zurück und trank von seinem Bier. Es war mit Wasser gestreckt, aber wenigstens nicht sauer.

Nante reinigte immer noch seine Fingernägel. Sein dunkelbraunes Haar hing ihm wirr in die Stirn. Mit seinem glattrasierten Kinn sah er verhältnismäßig bubenhaft aus im Gegensatz zu Henning mit seinem gestutzten Mehrtagebart und dem zum Mittelscheitel geölten Haar.

Eine der Huren meinte zu Bert: »Wenn Euch Eure Geliebte nicht genügt, könnten wir in die Bresche springen. Mit uns wärt Ihr sicher ausgelastet.«

Bert winkte ab. »Mir reicht meine schon, danke.«

»Ach, jetzt doch?«

»Ja, jetzt doch.« Bert rollte mit den Augen, aber die Hure gab nicht auf und wandte sich an Henning.

»Und Ihr? Seht recht verwegen aus und spuckt große Töne. Wollt Ihr sie uns beweisen? Wir sagen Euch dann, ob Ihr sie spucken dürft oder nicht.«

Henning grinste. »Ich spucke, ob Ihr wollt oder nicht.«

Sie lachte. »Ihr habt Schiss.«

»Und ich fall darauf nicht rein.« Henning zwinkerte ihr zu und trank abermals von seinem Bier.

Nante war mit seiner Reinigung fertig, steckte den Dolch ein und verschränkte die Arme vor der Brust.

So saßen sie eine Weile in Schweigen, um ihre Biere zu leeren, bis Henning bemerkte, dass auch der Berg die Arme vor der Brust verschränkt hatte. Er musterte Nante. Und der ihn.

»Probleme?« Die Stimme des Bergs grollte in einem tiefen Bass.

Statt Nante antwortete Henning: »Nein, hat er nicht.«

»Warum glotzt er dann so bescheuert?«

»Weil ihm Eure Größe imponiert.«

Das Gehirn des Bergs war nicht in gleichem Maß wie

seine Statur gewachsen. Er blinzelte, bevor er raunte: »Er soll's lassen!«

Henning seufzte. »Bruderherz, du hast es gehört. Du sollst's lassen.«

Nante ließ es nicht, kratzte sich nur unter dem Kinn und verschränkte die Arme wieder, den Blick weiterhin auf den Berg gerichtet. Ein süffisantes Lächeln lag auf seinem Gesicht.

Der Berg brummte und schob sich in eine aufrechtere Position. *»Er soll's lassen!«*

»Bruder! Lass es bitte. Ich hab heut ein frisches Hemd angezogen.«

»Was reichlich mitgenommen aussieht«, warf Bert lachend ein.

Die Spannung wich nicht vom Tisch. Der Berg starrte, die Augenbrauen zusammengezogen, sodass sich seine Stirn tief furchte.

»Ich hab auch ein frisches Hemd angezogen«, sagte Nante plötzlich im identischen Tonfall wie Henning. Stimmen nachahmen war seine Spezialität. Und dann lachte er in der gleichen Stimmlage wie die Hure und sagte zum Berg: »Ihr habt Schiss!«

Henning packte seinen Bruder am Arm und zischte: »Nante!«

Doch der Berg stand bereits auf. *»Ich hab keinen Schiss!«* Als er die Arme hob, riss er die Tischplatte herunter, obwohl sie mit Nägeln am Gestell befestigt war, damit genau das nicht passierte. Die Krüge kippten Henning und Nante entgegen, Bier spritzte durch die Luft. Jemand schrie vor Überraschung. Jemand anderes keuchte. Der Berg brüllte.

Henning und Nante ließen sich synchron nach hinten von der Bank fallen.

Keine zwei Handspann entfernt polterte die Tischplatte

aus massiven Eichendielen zu Boden, für einen Moment stand sie hochkant in der Luft, bevor sie sich neigte, erst zwei Finger breit, dann drei, dann kippte sie vollends und schlug der Länge nach auf. Sägespäne wirbelten empor.

Der Berg stand aufrecht da, wegen seiner Muskeln nicht in der Lage, die Arme an den Körper zu legen, und atmete schwer.

Im *Betrunkenen Wal* war es mucksmäuschenstill, bis jemand gackernd lachte, eine Frau »Na endlich!« sagte und dann die Hölle losbrach. Die Schlägereien waren berühmtberüchtigt.

Henning hätte heute darauf verzichten können. Fluchend federte er auf die Beine und ging sofort wieder in die Hocke, weil über ihn ein erster Bierkrug hinwegflog, untermalt von einem gejubelten: »Hussasa!« Er wollte Nante packen, um ihn Richtung Ausgang zu zerren, doch der tänzelte in die entgegengesetzte Richtung. Auch die Hand des Bergs griff ins Leere. Nante lachte wieder wie die Hure, grabschte nach ihrem Ausschnitt und zog ihr mit einem Ruck das Mieder herunter. Ihre Brüste ploppten hervor. Sie schrie auf, jemand lachte, Glas splitterte, und wieder wich Nante dem Berg aus, indem er sich unter dessen Pranken wegduckte.

Henning ließ das Rufen gegen den Lärm, der überall in der Kneipe ausbrechenden Massenschlägerei, bleiben. Nante wollte ihn einfach nicht hören.

Da tauchte Bert neben ihm auf. »Großartig!«, keifte er. »Wenn mich die Stadtwache wegen einer sinnlosen Schlägerei einbuchtet, war's das mit der Lieferung.«

»Wird sie schon nicht.«

Henning wich einem zweiten Krug aus, hatte nur Augen für seinen Bruder. Der leistete sich einen Schlagabtausch mit dem Kinnbärtchen, das mit einem Messer herumfuchtelte und gar nicht begeistert davon schien, wie Nante mit seiner Hure umgesprungen war. Es war ein ungleicher Kampf, denn Nante hatte plötzlich seinen eigenen Dolch in Händen, stieß zu, riss den Arm zurück, und der Kinnbart ging kreischend zu Boden, die Hände vor eines seiner Augen geschlagen. Feuchtigkeit und Blut quollen zwischen seinen Fingern hervor.

Henning musste eingreifen. »NANTE! ES REICHT!«

Der Berg schob sich vor ihn. »Du!« Er griff nach Henning, der mit einem Ausfallschritt nach hinten auswich und dabei gegen Bert prallte, der sich gerade auf und davon machen wollte, nun alarmiert herumwirbelte und zu seinem Entsetzen vom Berg am Hals gepackt wurde. Der Berg knurrte, etwas knirschte und knackte, und Berti sank schlaff zu Boden.

Henning bekam einen Stuhl zu fassen und wuchtete ihn dem Berg vor die Brust. Die Beine brachen aus der Sitzfläche, und der Schlag entlockte dem Berg nur ein weiteres Grollen. Abermals packte er zu und erwischte diesmal Henning. Ein Lächeln huschte über das feiste Gesicht. »Jetzt hab ich dich!«

»Nur den Falschen.« Henning fuhr dem Berg mit dem Dolch oberhalb des Lederwamses über den Hals, ritzte die Haut und trat ihm gleichzeitig das Knie in die Weichteile. Die Ablenkung reichte, damit sich Henning aus dem Griff befreien konnte. Und da war plötzlich Nante neben ihm, das Gesicht von Blut bespritzt.

»Komm jetzt!« Henning packte seinen Bruder. »Raus hier!«

Zusammen sprangen sie über Berti hinweg, tauchten unter einer fliegenden Sitzbank hindurch und drängten zwischen anderen Flüchtenden hinaus in die Nacht.

»Spitze!«, schimpfte Henning und trabte ein paar Schritte

die Gasse entlang, bevor er in eine dunklere abbog und in Laufschritt verfiel. »Berti hat's erwischt, so wie's ausgesehen hat. Die Lieferung morgen können wir vergessen! Und jetzt? Wir haben das halbe Schiff leer!«

Nante antwortete wie so oft nicht, sah sich stattdessen um, um sich zu vergewissern, dass ihnen niemand folgte.

»Jaja«, sagte Henning, »schon gut! Ich finde eine andere Lösung, aber das nächste Mal provozierst du nicht wieder den Stärksten! Herrgott noch mal! Das war so überflüssig!«

»Es war nötig.« Nantes Worte kamen in seiner eigenen Stimme, ruhig und präzise wie sein Messer.

»Was? Warum?«

»Der Zuhälter war ein Spion des Schwarzen Adels.«

Henning blieb abrupt stehen. »Wie bitte? Woher willst du das wissen? Wieder eine deiner *Eingebungen?*«

Nante zuckte in seiner manchmal so überheblichen Art mit den Schultern und lief weiter.

Henning schloss zu ihm auf. »Okay, okay, ich glaub's dir ja. Aber meinst du, dass Bert unter Beobachtung stand? Ich war mir sicher, dass er sauber ist. Unser Kontakt hat das bestätigt.«

»Auch unsere Brüder und Schwestern können irren.«

Ein Stein klackerte hinter ihnen, und bevor Henning herumfahren konnte, legten sich zwei Pranken auf seine Schultern. »Nicht so schnell!« Henning spürte sein Rückgrat knirschen, als der Berg es auseinanderreißen wollte.

Instinktiv schlug er die Ferse seines linken Fußes nach oben, doch er erwischte nur ein eisenhartes Schienbein. Der Berg trug Stiefel mit eingenähten Rüstungsstreifen. Der riesige Kerl lachte, und der Zug verstärkte sich. Weiße Lichtblitze tanzten vor Hennings Augen.

Zum Glück reichte er an das Messer an seinem Gürtel heran, weil der Berg ihn nicht an den Oberarmen gepackt hatte. Keuchend riss er es aus der Scheide, drehte die Faust blitzschnell nach oben, legte den Kopf zur Seite und rammte die Klinge dem Berg direkt in die weiche Stelle zwischen Kinn und Kehlkopf, ruck, ruck, und durchtrennte die größeren Blutgefäße der Zunge, was den Berg spucken und ihn loslassen ließ.

Mit Nässe im Nacken taumelte Henning vorwärts und fuhr herum, bereit für einen zweiten Stoß.

Der Berg starrte ihn nur überrascht an, wollte etwas sagen, spuckte stattdessen einen Schwall Blut, der sein Lederwams dunkel sprenkelte. Ein zweiter Schwall folgte, dann sank er auf ein Knie.

Nante stand zwei Armeslängen entfernt daneben, den Kopf schief gelegt und beobachtete das Schauspiel. Der Sternenhimmel funkelte in seinen Augen.

»Du hättest mir ruhig helfen können!«, ächzte Henning. »Wenn ich nicht so gut trainiert wäre, hätte das mies ausgehen können.« Er wischte sich mit der Hand Blut aus dem Nacken und rümpfte die Nase. »Scheiße ey, das Hemd war frisch ge …«

Nante hob eine Hand und gebot ihm, still zu sein. »Jemand kommt!« Schon rannte er in die Richtung los, aus der sie gekommen waren.

Henning verdrehte die Augen, rammte den Dolch in die Scheide und folgte seinem Bruder.

Der Berg sank vollends auf den Boden, hob die blutverschmierte Hand, als wolle er sie so noch stoppen, doch zu mehr reichte seine Kraft nicht. Er gurgelte noch einmal und lag dann leblos da, genau in dem Moment, als die Dunkelheit vier vermummte Gestalten ausspuckte.

»Sie dürfen nicht entkommen!«, zischte die vorderste und sprang über den Berg hinweg.

»Spitze!«, fluchte Henning, der über die Schulter geblickt

hatte. »Vier Verfolger. Vermutlich mehr. Du hattest recht! Diebe.«

Und mit denen war nicht zu spaßen. Der Schwarze Adel, wie sich der Zusammenschluss der Diebe nannte, beherrschte Großteile der freien Städte, fast den kompletten Osten des Festlandes. Er lenkte und kontrollierte illegale Warenströme. Wollte man entsprechende Geschäfte tätigen, waren diese dem Schwarzen Adel mitzuteilen; dieser kassierte dann zwei Zehnt des Gewinns.

Sie rannten die Gasse entlang, vorbei an baufälligen Fassaden und geschlossenen Fensterläden, bis Nante plötzlich einen Haken schlug, »Hierher!« zischte, auf ein Fass zusteuerte und hinaufsprang, um sich von dort geschmeidig auf einen Mauerabsatz zwischen zwei Bauten zu katapultieren.

Henning fluchte und warf sich ebenfalls herum. Er sah gerade noch, wie sein Bruder hinter der Mauerkrone verschwand, als er selbst zum Sprung ansetzte.

Etwas peitschte schräg an ihm vorbei. An der Mauer zerschellte ein Armbrustbolzen.

War ja klar. Henning täuschte ein Ausweichmanöver nach links an, wich nach rechts aus und sprang von dort auf das Fass. Durch das Hin und Her seines vollen Anlaufs beraubt, reichte der Schwung nicht aus, aber er bekam die Mauerkante zu fassen und zog sich ächzend hoch.

Unter ihm knallten weitere Bolzen gegen die Mauer, und noch einer und noch einer. Sie zielten auf seine Beine, um ihn zu stoppen. Doch da war Henning schon oben und rollte sich über die Mauer. Er landete in einer weiteren Gasse aus festgestampfter Erde, einem mannsbreiten Spalt zwischen zwei dreigeschossigen Fachwerkhäusern.

»Ihr müsst schon besser zielen!«, rief er, kam auf die Beine und hastete weiter. Von seinem Bruder fehlte jede Spur, aber er konnte sich ja nicht in Luft…

Zwei Hände griffen aus der Dunkelheit nach Henning und zerrten ihn nach links in einen weiteren Spalt hinter dem Haus, weiter, tiefer in den Schatten und dann noch einmal nach links in ein vertieft sitzendes Fenster, das zwei Mann verbergen konnte.

Nante hielt Henning eine Hand über den Mund, damit er still war. Das wäre er sowieso gewesen, aber Nante war Nante.

Keinen Moment später patschten Stiefelschritte vorbei, stoppten.

»Wohin sind Sie?«

Eine gemurmelte Antwort, dann entfernten sich die Schritte wieder, und es wurde still. Irgendwo in der Ferne war Musik zu hören.

Endlich ließ Nante die Hand sinken. »Komm! Hier entlang.«

Sie verließen die Nische und folgten dem Spalt, der noch enger war als der vorherige. Henning musste den Oberkörper drehen, um nicht an die Wände zu stoßen.

Bald öffnete sich der Spalt zu einem Hinterhof. Es stank nach Urin und Scheiße und etwas anderem. An aufgespannten Schnüren hingen Stoffe in allen Farben herab; wogten sanft im Wind.

Zielstrebig suchte sich Nante einen Weg durch das wogende Labyrinth und blieb vor einer schmalen Holztür stehen. Sie ließ sich knarzend öffnen. Rötlicher Schein fiel heraus und tauchte Nante in dämonischen Schein.

»Wo landen wir diesmal?« Wieder einmal fragte sich Henning, woher sein Bruder wusste, wohin die Wege führten. Er konnte sich beim besten Willen nicht erinnern, je in der Perle des Ostens in einem Hinterhof wie diesem gewesen zu sein. Gut, an manche Nächte konnte er sich dank Bier und Rum überhaupt nicht erinnern – sein Bruder hingegen nippte den ganzen Abend nur an einem Bier, weil er den Rauschzustand hasste.

Nante schob ihn hinein, sah sich um und schloss hinter ihnen die Tür. Von innen legte er den Riegel vor.

Musik, heiseres Gelächter und das Stöhnen von Frauen und Männern waren jetzt deutlich zu hören. Die Wände schmückten rote Tücher, und den Boden bedeckten weinrote Seidenkissen. Es roch nach Räucherwerk. Ein Bordell.

»Was sonst«, brummte Henning. »Wie du nur immer die Perlen findest.«

Nante gab nichts darauf, bahnte sich seinen Weg durch das verlassene Zimmer und verließ es durch eine zweite Tür. Sie gingen durch einen Flur, von dem etliche weitere abzweigten. Vor einer Tür stand eine Hure mit einem Freier. Sie hatte seinen erigierten Penis in der Hand, rieb ihn und sprach mit dem Mann über den Preis eines Ritts.

Unbeeindruckt wandte sich Nante nach links, ließ den Flur hinter sich und betrat den Mittelpunkt des Bordells: einen überfüllten Schankraum, in dem ein blonder Kerl Zither spielte und von einer Frau mit zotigen Texten begleitet wurde, während Seidenmädchen, hübsche junge Dinger in bunten Kleidchen und mit Schleiern vor den Gesichtern, auf den Schößen ihrer Freier herumtollten.

Niemand schenkte ihnen Beachtung, außer einer nackten Kahlrasierten mit flachen Brüsten, die Henning zuzwinkerte, dann traten sie unter einem schweren Vorhang aus purpurnem Stoff hindurch in einen Vorraum mit einem glühenden Kohlebecken. Nante wollte die Ausgangstür öffnen, doch Henning hielt ihn zurück.

»Wir sollten abwarten. Nicht, dass sie draußen auf uns warten.«

»Dann müsst ihr unsere Gäste sein.« Die Kahlrasierte schob sich ebenfalls unter dem Vorhang hindurch. Um den linken Knöchel trug sie ein goldenes Kettchen. »Standhafte Männer sind uns immer herzlich willkommen.«

»Jaja, das glaube ich sofort.« Hennings Blick wanderte nur flüchtig über das rasierte Dreieck zwischen ihren Schenkeln. »Und es ist wahrhaftig ein verlockendes Angebot, bei Eurer Statur könnte man schwach werden. Sagt, meine Liebe, was kostet denn der Ritt?«

Sie zeigte gesunde Zähne. »Nur mit dir oder euch beiden zusammen?«

»Uns gibt's leider nur im Doppelpack.« Henning hob entschuldigend die Schultern.

»Dann macht das zehn Goldasse. Pro Schwanz.«

Henning lachte. »Ihr wollt zwanzig Asse für einen Fick?«

»Nicht sie.« Der Vorhang wogte, und eine der vier vermummten Gestalten trat hindurch. »Aber wir. Das sind nämlich zwei Zehnt von Berts Lieferung.« Unter den Lumpen kam eine Armbrust zum Vorschein, die genau auf Hennings Unterleib zielte. Die mit Eisen verstärkte Spitze des Bolzens glomm im Schein des Kohlebeckens.

Kapitel 5

Königtum Westend, La Harb, Landstadt

»Und das soll funktionieren?« Leyna begutachtete mit hochgezogenen Augenbrauen das Zeichen auf dem Segeltuch, das Jule aufgemalt hatte – ein stilisiertes Auge. Die rote Paste war getrocknet und glänzte matt im Feuerschein.

»Es wird. Ich hab Schwester Sade es benutzen sehen. Sie trinkt gern einen über den Durst und verschleiert mit diesem Zeichen den Inhalt ihrer Getränke.«

»Getränke? Hier gehts um das Leben meines Vaters!«

»Das weiß ich doch.« Jule trat vor Leyna und fasste sie an den Schultern. »Vertrau mir! Ich hab es nachgeschlagen und getestet. Es funktioniert.«

Leyna wollte es gern glauben, aber es war so schwer. Die Vorstellung, dass das Leben ihres Vaters von einem Zeichen auf einem Segeltuch abhing, bescherte ihr Übelkeit. Trotzdem nickte sie – Jule war eine hervorragende Zeichnerin, besser als sie selbst, und sie sah auch keine andere Möglichkeit. »Gut. Dann bringen wir es hinter uns.«

Zusammen packten sie den Befallenen und trugen ihn aus der Hütte hinaus in die Nacht. Der Regen begrüßte sie mit seinen kalten Fingern, machte die Kieselsteine glitschig und den Weg zur reinen Stolperei.

»Ich frage mich«, keuchte Jule nach ein paar Fuß, »wie du ihn allein aus dem Boot und in die Hütte gebracht hast.«

»Das frage ich mich auch.« Sie hatten nicht einmal die Hälfte des Weges hinter sich, und Leyna schnaufte schwer. Es war mehr ein Schleifen als ein Tragen; Jule hatte Henry an den Füßen gepackt, Leyna unter den Achseln. Sein Hintern hing am Boden. »Es muss die Kraft der Verzweiflung gewesen sein.«

»Dann verzweifle bitte noch einmal!« Jule fluchte, als ihre Füße zum wiederholten Mal abrutschten.

»Lieber nicht.« Leyna deutete mit einem Kopfnicken zum schmalen Ruderboot, das keinen Steinwurf entfernt im flachen Wasser dümpelte. Henry benutzte das alte, aber gepflegte Beiboot eines ausrangierten Walfängers als Transportmittel, wenn er sein Fischerboot weiter draußen vor Anker gesetzt hatte. »Gleich haben wir es geschafft.«

Die erste Etappe, korrigierte sie sich in Gedanken. *Dann geht es erst richtig los.* Sie hatten den Plan gefasst, Henry heimlich in die Gilde zu bringen. In der Hütte war er nicht länger sicher, da die Stadtwache angefangen hatte, Gerüchten nachzugehen und Häuser zu durchsuchen. Es war nur eine Frage der Zeit, bis Enzo an der Geschichte mit dem Haibiss zweifelte.

Das Gildenhaus hatte noch mehr Vorteile: Da alle Lieferungen von der Stadtwache kontrolliert wurden, wäre Henry im Gebäude vor weiteren Kontrollen sicher, vorausgesetzt, sie konnten ihn hineinschmuggeln. Außerdem wäre er in Leynas Nähe, wenn sie tagsüber bei der Arbeit war. Sie konnte an den Abenden in der Bibliothek nach einer Lösung suchen und zwischendurch nach ihm sehen. Niemand Externes würde Verdacht schöpfen, wenn sie sich nicht dumm anstellten.

Bleibt nur die Schwesternschaft …

Sie erreichten das Ufer, und Jule ließ Henrys Beine auf die Kieselsteine sinken. Sie strich sich eine Locke aus dem

Gesicht. Schweiß und Regen glänzten auf ihrer Stirn. »Geschafft.«

Auch Leyna ließ ihren Vater vorsichtig zu Boden gleiten und bettete seinen Kopf auf ihren Füßen. Er sah mit dem Jutesack, der den Quallenglibber verbarg, wie ein Schwerverbrecher aus. Bei dem Anblick und dem Gedanken, was sie vorhatten, wurde ihr das Herz schwer.

»Jule, ich habe solche Angst um ihn. Ich will nicht, dass er stirbt.«

»Wird er nicht! Wir bringen ihn unbemerkt rein, keine Sorge.«

»Und wenn ihn irgendeine Schwester auf dem Dachboden findet?«

»Warum sollte sie? Da oben liegt fingerdick der Staub. Und selbst wenn? Wir haben das Vorhängeschloss eurer Hütte dabei und sperren ihn in einen der Nebenräume. Sollte also wirklich eine Schwester die Tür finden, käme sie nicht hinein. Sie würde denken, da ist nur weiterer Plunder weggesperrt.«

Leyna gab sich mit einem Nicken geschlagen. Jule hatte recht, der Plan war gut, erstklassig sogar. In der Gilde hatten sie Zugriff auf alle möglichen Heilmittel und mussten sich nicht auch noch um die Beschaffung von Lebensmitteln kümmern. Aber noch war Henry nicht auf dem Dachboden der Gilde.

Sie dachte an das Segeltuch und erschauerte. Sie mussten Henry zunächst mit dem Beiboot zur Insel rudern. Die altehrwürdigen, im Laufe der Jahrzehnte zusammengewachsenen Fachwerkhäuser der Gilde lagen auf der Südseite der Altstadt und hatten glücklicherweise einen eigenen Zugang zum Meer in Form einer Höhle. Dort war seit zwei Tagen eine Kontrolle der Stadtwache postiert, ebenso wie am Haupteingang in der Stadt. Mit Jules Verschleierungszeichen und der Dunkelheit der Nacht könnte es klappen. Musste klappen. Sie hatten nur diese eine Chance. Henry hatte nur diese eine Chance.

Doch der Kontrollposten war nicht das einzige Problem. Vom Höhlenanleger ging es erst einmal in das ausladende Kellersystem, in dem sich neben endlosen Vorratskammern auch die Bibliothek tief in den Felsen erstreckte. Mit Handkarren konnten die Schwestern Lebensmittel, Utensilien zur Heilung von Kranken und schwere Folianten voller Wissen durch die Gebäude transportieren, es gab überall Rampen, Gerüste und sogar Flaschenzüge. Hatten sie Henry erst einmal in einem der Karren, konnten sie ihn bis unters Dach fahren. So weit, so gut – nur ging der Weg quer durch die zusammengewachsenen Gebäude. Wenn dabei eine Schwester sie entdeckte … Bei ihr würde der Zauber sicher nicht wirken, kannten die Ewigen Professinnen doch alle gängigen Zeichen.

Jule sagte: »Wir schaffen das! Keine Sorge. Und jetzt pack mit an! Die Nacht ist unsere beste Verbündete.«

Nicht die Nacht, wollte Leyna berichtigen, *sondern die Dunkelheit*, doch sie behielt die Besserwisserei für sich.

Sie zogen ihre Bundschuhe aus, warfen sie ins Boot und banden sich die Gewändersäume über die Hüften. Dann packten sie Henry wieder und trugen ihn über das Wasser. Es war schwarz wie Pech und kalt wie Eis.

»Bereit?«, fragte Jule, als sie das Boot erreichten.

»Ja.«

»Dann los.«

Stöhnend hievten sie Henry in das Beiboot. Wie ein Sack Kartoffeln plumpste er an Deck, wo schon eine Decke, ein Fischernetz, zwei Regenbogenmakrelen, die an den Angelschnüren gezappelt hatten, und ein Seesack mit Leynas Habseligkeiten lagen. Henry selbst gab keinen Laut von sich.

Die beiden Frauen atmeten schwer und tauschten einen langen Blick. »Ich hol noch die Plane«, sagte Leyna.

Jule nickte und kletterte ins Boot.

Zurück in der Hütte packte Leyna das Segeltuch und löschte alle Kerzen bis auf eine. Im letzten Schimmer stand sie in der Tür, das Tuch an die Brust gedrückt, und sog den Geruch ihres Heims auf, den Duft von Fisch und Gewürzen, von Henrys Schweiß und dem Salz des Meeres. Sie sah die kreisrunden Traumfänger, die er aus Treibholz gebaut hatte, und die an Schnüren in der Düsternis hingen. Sie sah den abgewetzten Stuhl, auf dem er oft vor der Hütte in der Sonne gesessen und die Fische entschuppt hatte. Und sie sah die vielen Netze an der Wand hängen, engmaschig und grobmaschig, grün und braun und grau vom Meer, Tausende Male geflickt und die Grundlage ihres Lebens. All das würde hierbleiben. *In Reichweite. Sobald du wieder gesund bist, Vater, kehren wir zurück.*

Als Leyna die Kerze löschte, fühlte es sich wie ein Abschied auf ewig an. Sie spürte Tränen in den Augen.

Jule hatte Henry bereits bequem gebettet, als Leyna zum Boot zurückkehrte. Er lag mittig auf der Hälfte eines Fischernetzes. Die Decke war über seine Beine und seine Brust geschlagen und dann mit der anderen Hälfte des Netzes bedeckt worden. So bekam er gut Luft, war aber weder auf den ersten noch auf den zweiten Blick als menschliche Fracht zu erkennen.

Als Leyna an Bord kletterte, nickte Jule zufrieden. »Mit der Plane und dem Zauber klappt das ganz sicher!« Sie griff nach dem Segeltuch und breitete es über Henry aus. Zuletzt deponierten sie die beiden Fische auf dem aufgemalten Zeichen. »Einwandfrei. Genau so hab ich mir das vorgestellt.«

Leyna sagte nichts, war noch ganz benebelt von dem tiefen Gefühl des Abschieds.

Jule hingegen schien voller Tatendrang. »Ruderst du, oder soll ich?«

»Ich ruder schon.« Leyna sank auf die Sitzfläche, während Jule im Heck Platz nahm, um ihr den Weg zur Stadt zu weisen.

Die Griffe der Ruder waren glattpoliert von Henrys Händen. Jetzt waren es Leynas, die das Holz umfassten.

Ein letzter Blick zurück. Eine schmale Hütte hinter Regenschleiern. *Unser Heim…*

Mit einem Ruck wandte sie sich ab und tauchte die Ruder ins Wasser, immer wieder, bis sie sicher war, die Hütte nicht mehr sehen zu können, denn sonst wäre sie vielleicht umgekehrt.

Weil sie von Norden her von den Fischereibuchten kamen, mussten sie erst die Insel mit ihren knapp fünftausend Einwohnern umrunden. Unzählige Boote lagen vor Anker; Galeeren, Schoner, Walfänger und sogar ein gewaltiges Handelsschiff aus dem Norden mit fünf Masten. Auf manchen brannten Laternen, von denen hielten Leyna und Jule Abstand, auf anderen herrschte Dunkelheit, und sie konnten auf direktem Weg daran vorbeirudern. So ging es still durch den Hafen und um die Insel herum zur Südseite.

Als Leyna kurz pausierte und über die Schulter blickte, war das Hauptgebäude der Gilde nicht mehr zu übersehen. Manche Seebären munkelten vom Haus der Verdammten, und jetzt bei Nacht verstand sie, warum. Das Haupthaus thronte auf dem Felsen, fünfzig Fuß über dem Meeresspiegel und bei Ebbe sogar noch weiter. Es war einst ein Handelskontor gewesen, prächtig anzusehen mit seinen vielen Etagen, den symmetrisch angeordneten Fenstern und dem dunklen Fachwerk als Ziselierung auf den weiß getünchten Mauern. Diese gingen direkt in die Klippe über, besaßen zwei gewaltige Tore, die zum Meer hin geöffnet werden konnten, um Galeeren mit Handelsware einzulassen. Geöffnet worden waren sie seit Jahrzehnten nicht mehr, doch sie sahen auch geschlossen aus wie zwei weit aufgerissene Augen. Die Klippen darunter bildeten einen buschigen Bart, und die Höhle des Seezugangs wirkte wie ein Schlund. Mit viel Fantasie konnte man das Fachwerk als mysteriöse, tätowierte Zeichen deuten und sah dann das schmerzverzerrte Gesicht eines Verdammten, der auf die Stürmische See hinausschrie.

Leynas Herz pochte schmerzhaft. Für einen Moment sah sie darin das Gesicht ihres Vaters. Schnell wandte sie sich ab und legte sich ins Zeug, um Henry endlich in Sicherheit zu rudern – oder in den Tod.

»Etwas mehr steuerbord«, sagte Jule etliche Ruderschläge weiter mit leiser Stimme. Mit wachen Augen blickte sie zum Gebäude, und Leyna erkannte die Anspannung in ihrem Gesicht. »Ich kann das Boot der Stadtwache erkennen.«

Dann wird es ernst. Leyna bezwang ihre Aufregung und korrigierte den Kurs.

Schließlich wurde die Brandung lauter. Sie hatten die Klippen der Stadt erreicht, gegen die die Wellen ankämpften. Das Boot der Stadtwache, erhellt von vier Laternen, schwankte in sanften Wellen vor dem Höhleneingang. Zwei in Mäntel mit Kapuzen gehüllte Gestalten kauerten unter einem Regenschutz. Als sie Leyna und Jule bemerkten, stand einer auf.

»Stadtwache!«, rief er herüber. »Wohin des Wegs?«

»In die Gilde«, rief Jule zurück.

»Um diese Uhrzeit noch?« Der andere griff nach den Rudern und wendete geschickt das Boot. Mit fünf schnellen

Schlägen waren sie heran und brachten Bordwand an Bordwand.

»Ich war zu Besuch bei meinem Vater«, sagte Leyna und meinte, dass sich ihre Stimme ganz passabel anhörte. »Er ist Fischer und zog heute Morgen diese beiden Regenbogenmakrelen aus dem Meer. Er überlässt sie der Gilde.«

»Wofür?«

»Wir stellen aus ihnen Garum her. Diese Makrelenart ist dafür besonders geeignet.«

Der Kerl hielt die Lampe höher. Im Laternenschein glänzten die Schuppen in Regenbogenfarben. Er rümpfte die Nase. »Und ihr produziert diese grauenvolle Fischsoße wirklich in der Gilde?«

»Normalerweise nicht«, sagte Leyna, »aber das Garum wird auch als Heilmittel eingesetzt. Unsere Vorräte neigen sich wegen der vielen Kranken dem Ende zu.«

Die Antwort schien den Kerl zu befriedigen, denn er nickte. Und dann fragte er: »Und was ist darunter?«

»Netze«, sagte Jule bestimmt.

»Er fährt morgen wieder raus«, fügte Leyna hinzu. Ihr Herz pochte, und das Blut rauschte so laut hinter ihren Ohren, dass sie den Regen nicht mehr hörte.

»Netze?«, wiederholte der andere. »Zeigt her!«

Jule seufzte und packte die Makrelen zur Seite. Das Zeichen wurde deutlich sichtbar. Beide Männer musterten es, sagten jedoch nichts. Dann schlug Jule die Plane zurück.

Leynas Finger verkrampften sich um die Ruder, denn sie sah vornehmlich das Netz, aber auch darunter die Umrisse ihres Vaters in Decken.

Der Stadtwächter schwenkte noch einmal die Lampe, das Licht huschte über die Netze und warf rautenförmige Schatten, dann nickte er. »In Ordnung. Ihr dürft passieren.«

Jule lächelte und schlug die Plane zurück. »Habt Dank, Wächter.«

»Schon recht. Und passt auf, wenn ihr in die Höhle manövriert. Die Felsen sind gefährlich bei Dunkelheit.«

»Das wissen wir.«

»Wissen bringt euch wenig, wenn ihr kentert und ertrinkt.« Er reichte Jule seine Laterne. »Nehmt diese und fahrt sicher. Lasst sie einfach am Anleger stehen, wir holen sie, wenn unsere Wacht endet.«

Jule neigte dankbar das Haupt. »Zu gütig von Euch.«

»Jaja, und nun fahrt schon.« Er wandte sich ab, schüttelte Regen von seiner Kapuze und brummte zu seinem Kollegen: »Dieser Scheißregen. Wenn der nicht bald aufhört, werd ich noch krank. Diese verdammte Nässe überall.«

Leyna ruderte mit kräftigen Zügen und brachte Distanz zwischen ihre beiden Boote. Dann erst wagte sie aufzublicken.

In Jules Augen blitzte es. »Sag nichts! Ich weiß, dass ich gut bin.«

Leyna musste grinsen. »Eher saugut!«

Sie hatten es tatsächlich am Kontrollposten vorbeigeschafft. Sie hatten es geschafft! Wenn sie jetzt vorsichtig waren, würden sie unbemerkt bis auf den Dachboden kommen, und dann konnte sie Henry helfen.

Der Schlund war heran, und nackter Fels schob sich über ihre Köpfe. Im schwachen Licht der Laterne glänzte er feucht und wirkte stark zerklüftet. Tropfen fielen von der Decke, hier und da und dort, während das Meer sacht gegen das Beiboot schwappte.

Drei Ruderschläge ging es vorwärts, die Laterne spendete das einzige Licht, hob Jules Gesicht als blasses Oval hervor, bevor es mit den Schatten in Felsspalten tanzte. Und plötzlich spross Moos an der Decke, erst graugrün, dann dunkelgrün, dann hellgrün und schließlich mit rotem Schimmer.

Zu ihrer beider Überraschung brannte hinter dem nächsten Felsen eine Fackel in einer Wandhalterung. Sie erhellte das vorgelagerte, circa dreißig Fuß vom Anleger entfernte Plateau, von dem zwei geschickte Bogenschützen jedes Ruderboot aufhalten konnten. Ruß stieg empor, schlängelte sich wie Gewürm in die Dunkelheit.

»Seit wann wird die Zufahrt nachts beleuchtet?«, fragte Jule.

Leyna hatte auch keine Ahnung. »Vielleicht wegen der Stadtwache?«

»Ja, kann sein.«

Sie glitten weiter, bis Leyna vor Schreck die Ruder ins Wasser platschen ließ. Eine Frauenstimme hallte von den Wänden wider: »Wer da?«

Werdawerdawerdawerda?

Eine ihnen unbekannte Gildenschwester erschien über ihren Köpfen auf dem Felsvorsprung vor einem Schaukelstuhl voller Felle. Sie war alt und gebeugt wie eine Wurzel. Haarsträhnen standen unter ihrem Kopftuch hervor, glommen kupferfarben im Schein eines Kohlebeckens, an dem sie sich die Finger wärmte. Ihr Gesicht lag in Dunkelheit.

Jule hatte sich schneller gefangen als Leyna. »Schwestern«, gab sie zur Antwort. Ihre Stimme klang gefasst und fest.

»Junge Professinnen«, korrigierte die Alte. »Junge Professinnen, die zu dieser Stunde ins Bett gehören, nicht in ein Boot.«

»Ja«, erwiderte Jule unterwürfig, »das mag sein.«

»Und doch seid ihr hier. Na schön. Es sei euch gestattet.« Die Alte wandte sich wieder der Glut zu, wodurch ein Schimmer Licht in ihre Augenhöhlen fiel. Sie waren leer. Statt Augen gab es blasse wulstige Narben.

Bei dem Anblick durchfuhr Leyna zum zweiten Mal ein Schreck und auch Erleichterung. Die Alte würde Henry unter dem Segeltuch nicht sehen können. Für einen Moment hatte sie gedacht, sie flögen auf. *So kurz vorm Ziel…*

Aber wer war die Alte überhaupt? Leyna hatte gedacht, jede Schwester zu kennen, aber eine Blinde ohne Augen hatte sie noch nie gesehen. Egal, das waren Fragen, die später zu beantworten waren.

Sie packte die Ruder fester, tauchte sie ins Wasser, und ein zweites Mal, als sich die Alte doch noch einmal herumdrehte und ihnen zurief: »Was transportiert ihr da eigentlich in eurem Boot so spät durch die Nacht? Verbergt ihr etwas unter eurem Segeltuch?«

Kapitel 6

Gebiet der freien Städte, Perle des Ostens, altes Hafenviertel

Die Vermummten hatten Henning und Nante aus dem Bordell und keine zwei Gassen entfernt in ein anderes Gebäude geführt. Die Fassade war ebenso baufällig wie alles andere im alten Hafenviertel, und Henning war nicht entgangen, dass neben der Tür an einer Kette eine eiserne Hand hing.

Stufen führten hinab in den Keller. Dort steinerne Wände, fast fugenlos, erhellt von Fackeln. Eine massive Tür aus Eiche. Dahinter ein fensterloser Raum mit einem Tisch und Baumstammstücken als Sitzgelegenheiten. Wieder Wände aus Stein, und selbst der Boden war mit Platten ausgelegt, die so massiv wirkten, dass sie vielleicht nur von drei oder vier Männern gehoben werden konnten. Ein paar Talgkerzen verströmten mehr Gestank als Licht.

»Setzen und warten!« Der Anführer stieß sie in den Raum und schloss hinter ihnen die Tür.

Henning sank auf einen der Stämme, von dem aus er die Tür im Blick hatte. »Das ging ja mal derb in die Hose.« Er rollte mit dem Kopf, um die Muskeln im Hals zu dehnen, die vom Angriff des Bergs schmerzten.

Nante ließ sich ebenfalls nieder. Er schlug ein Bein über das andere.

»Und wie kommen wir jetzt hier raus?« Henning seufzte erleichtert, als ein Wirbel knackte. »Irgendeine grandiose

Idee? Ein Geheimgang vielleicht? Muss man hier an der Wand den elften Stein in der dritten Reihe von oben drücken, damit sich ein Schacht auftut?«

»Nein.«

»Schade. Irgendeine *Eingebung*, Bruderherz?«

»Abwarten.«

»Super. Das ist auch das Einzige, was uns bleibt.«

Die Tür ging. Der Anführer kehrte zurück. »Ausziehen!«, befahl er. In Händen hielt er anstatt der Armbrust jetzt eine Lederpeitsche mit ausgefranstem Ende.

Henning schnaubte. »Jetzt sind wir auch noch bei den Perversen gelandet. Der Abend wird immer besser.«

»Ausziehen, verdammt! Ich sag es kein drittes Mal!«

»Nur wenn du Titten zeigst.«

Die Peitsche knallte, und Henning biss etwas in den Handrücken. Die Haut platzte auf. Blut spritzte auf seinen Unterarm und den Tisch.

»Jetzt zeigt mir endlich eure Tätowierungen!« Der Vermummte bebte vor Wut.

Henning musterte ihn kalt, dann schlenkerte er das Blut mit einer lockeren Handbewegung von seinem Handrücken. »Sagt das doch gleich.« Schnell knöpfte er sich das Hemd auf, zog es von der Schulter und drehte sich im Sitzen zur Seite. Auf seinem Schulterblatt kam ein tätowiertes Symbol zum Vorschein, ein stilisiertes Pluszeichen mit einem zusätzlichen senkrechten Balken am linken Ende. Dadurch sah es wie eine Vier und ein gedrehtes F aus. Das Kreuz der Fratera.

Der Vermummte nickte. Zu Nante sagte er: »Du auch!«

Nante stand wortlos auf und hob sein Hemd. Rechts unterhalb der rechten Brustwarze zierte dasselbe Zeichen seinen Rippenbogen.

»Gut.« Der Vermummte ließ die Peitsche sinken. »Oder schlecht, je nachdem wie man es sieht.«

»Ich glaube eher gut, oder?« Henning knöpfte sich das Hemd wieder zu. »Wir waren nur zu Gast im *Betrunkenen Wal*, als eine Schlägerei ausbrach. Mit euch haben wir nichts zu schaffen.«

»Jaja. Wer's glaubt, wird selig.« Der Vermummte kam einen Schritt näher, hielt aber genug Abstand, um seine Peitsche einsetzen zu können. »Ihr wolltet Geschäfte ohne uns machen.«

»Wer behauptet das?«

»Bert. Ihr wolltet von ihm eine Lieferung von vierzig Fässchen Obstbrand, an der Stadtverwaltung vorbei. Und an uns. Vierzig Fässchen! Die bringen etwa einhundert Goldasse Gewinn, also etwa zwanzig Goldasse Gebühr an uns.«

»Eine schöne Rechnung«, erwiderte Henning, »aber wer sagt euch, dass wir die nicht selbst saufen wollten?«

»Was keine Rolle spielt, und das wisst ihr! Zwanzig Asse, und weil ihr es versucht habt, das Dreifache als Strafe. Sechzig Asse, hier und jetzt in barer Münze!«

Henning lachte. »Sehen wir aus wie wandelnde Schatzkammern?«

»Dann auf eurem Schiff, Schmuggler. Und das werden wir bei der Gelegenheit gleich filzen, um zu sehen, ob da nicht noch andere Waren lagern, die uns entgangen sind. Und wenn es so wäre, gnade euch die Mutter See.«

»Pfff …«

Das Leder der Peitsche knarrte, als die Finger des Vermummten sich fester darum spannten. »Treibt das Spiel nicht zu weit. Meine Geduld ist lange überstrapaziert.«

»Und meine erst, Lumpensack. Fünfzig Asse, keinen Pfennig mehr.«

Die Peitsche knallte wieder, und Henning spürte einen Wespenstich auf der Unterlippe. Sie wurde pelzig. Er schmeckte Blut.

»Du riskierst eine recht dicke Lippe, Schmuggler! Mit uns ist nicht zu verhandeln. Ihr kennt die Regeln!«

»Eure Regeln.« Henning spuckte aus. »Es sind nicht unsere.«

Wieder knallte die Peitsche, und diesmal schlang sich das Leder dreimal um seinen Hals, traf ihn schließlich am Kehlkopf und ließ ihn würgen. Mit einem Ruck zog der Vermummte ihn halb über den Tisch zu sich heran.

»Ja, unsere Regeln, und rein zufällig seid ihr auf unserem Grund und Boden. Sechzig Asse auf eurem Schiff plus Kontrolle oder ihr bezahlt mit eurem lächerlichen Leben.«

Da knarzte der Türriegel, und die Tür schwang auf.

»Lass ihn los«, wisperte eine rauchige Stimme.

Die Augen des Vermummten wurden groß. »Nachtmeister Korhal.« Die Peitsche lockerte sich.

Henning nutzte die Gelegenheit, zerrte am Leder und sog Luft in seine Lungen. Dabei musterte er den Neuankömmling. Jeder, der sich abseits des Gesetzes bewegte, kannte den Nachtmeister. Er war eine Legende und ein Geist. Nie hatte ihn jemand zu Gesicht bekommen, zumindest nicht unverschleiert. Korhal war die linke Hand des Herren des Schwarzen Adels, um den sich noch mehr Legenden rankten als um seinen Stellvertreter. Manche munkelten allerdings, dass der Herr nur eine Erfindung war und Korhal das wahre Oberhaupt des Schwarzen Adels. In jedem Fall war Korhal einer der mächtigsten Männer im Osten.

Und er raunte: »Raus hier!«

Der Peitscher verließ fluchtartig den Raum. Ohne Peitsche.

Die Tür schloss sich hinter ihm, und für einige Herzschläge herrschte Stille.

Henning wickelte sich das Leder vom Hals und schob den schmerzenden Kehlkopf hin und her, während er Meister Korhal betrachtete. Der war hochgeschossen, eher hager als kräftig, wobei das wegen der wallenden Gewänder in Mitternachtsschwarz täuschen mochte. Sein Gesicht war hinter einem Schleier verborgen, und doch strahlte die Gestalt Autorität aus. Er nahm gegenüber von Henning und Nante auf einem der Holzblöcke Platz.

Momente verstrichen, bis Meister Korhal mit seiner rauchigen Stimme feststellte: »Henning und Nante Falk. Die Söhne von Maren und Eustachius. Wer hätte gedacht, dass ich euch jemals wieder zu Gesicht bekomme.«

»Wieder?« Henning runzelte die Stirn. »Ihr kennt unsere Eltern?«

»Selbstverständlich. Diebe und Schmuggler kennen sich untereinander, sind wir doch fast wie Brüder und Schwestern. Und wie viele der Berühmtheiten haben Zwillinge?«

»Fein«, sagte Henning. »Das trifft sich ja ausgezeichnet. Wir richten ihnen einen schönen Gruß von Euch aus und gehen dann mal.« Er schickte sich an aufzustehen.

Meister Korhal gebot ihm, sich wieder zu setzen. »Ein Mundwerk wie sein Vater, aber wen wundert's? Der Apfel fällt nicht weit vom Stamm. Sagt, was ist eure Schuld gegenüber dem Adel?«

»Sechzig Asse.«

»Ach ja, genau. Und eine Kontrolle auf eurem Schiff. Lästig, oder? Die könnte euch den Kopf kosten. Ob meine Schwestern und Brüder da noch etwas anderes finden?«

»Man kann immer etwas finden, wenn man will – oder eben nicht.«

Die Kapuze des Vermummten nickte. »Wahre Worte, junger Falke. Wahre Worte.« Er schien auf eine Reaktion zu warten, und als die nicht kam, hatte er plötzlich ein Ledersäckchen in der Hand. Es pochte auf den Tisch, wobei sich die Schnur löste und einige Goldasse herausrutschten.

Henning ahnte, wie der Hase lief. »Sechzig, oder?«

»Seht es als Anzahlung.«

»Wofür?«

»Für einen Auftrag natürlich, Bruderherz.« Nante beugte sich vor, nahm eine der Münzen, ließ sie durch die Finger tanzen und schnippte sie zurück auf den Haufen.

Meister Korhal schien amüsiert und ernst zugleich. »Wie gesagt, seht es als Anzahlung. Weitere einhundertzwanzig gehören euch, wenn ihr erfolgreich seid.«

»Womit?«

»Mit einer Lieferung. Ihr müsst sie nur einer Kontaktperson in La Harb übergeben.«

»La Harb!«, echote Henning. »Das ist ganz schön weit weg.«

»Eben. Ich würde sie persönlich überbringen, aber mir sind die Hände gebunden. Das Magistrat. Die Neuwahlen. Ärger. Außerdem sind die Handelsstraßen bis in den Westen weit, und wie immer eilt es. Da ist ein schnelles Schiff wie die *Zwillingsfalke* prädestiniert. Und außerdem ist es das ideale Abenteuer für zwei junge Schmugglerbrüder wie euch, oder nicht?« Der Meister erhob sich und streckte Henning die Hand entgegen. Sie steckte in einem schwarzen Lederhandschuh. »Abgemacht?«

»Haben wir denn eine Wahl?«

Meister Korhal schien zu lächeln. »Nein.«

»Na spitze. Aber dann sorgt dafür, dass wir die *Zwillingsfalke* noch mit vierzig Fässchen Brand beladen, bevor wir zur Abendstunde aufbrechen.« Henning schlug ein, ließ aber die Hand des Meisters nicht mehr los und zog ihn zu sich heran, sodass ihre Gesichter nur noch zwei Handspann voneinander entfernt waren. »Und wo steckt der Haken, Meister?«

Korhal rührte sich nicht, raunte: »Im Blute.«

Henning lachte. »Ja klar! Im Blute. Es gibt keine Blutschulden zwischen dem Adel und den Fratera. Die gibt es nur bei uns, und die letzte ist ausgesprochen worden, als Nante und ich noch nicht mal lüsterne Gedanken unserer Eltern waren. Also: Warum solltet Ihr, der Herr der Diebe, uns helfen?«

»Vielleicht um der guten alten Zeiten willen.«

»Auch die gab es nie zwischen uns.«

»Ja, das mag man so sehen, auf die Organisationen bezogen.« Mit einer schnellen Bewegung der freien Hand schlug er Henning gegen den Unterarm, nicht besonders fest, aber er traf einen Nerv, Hennings Hand wurde taub, und die des Vermummten war frei. Mit ihr nahm er einen Teil seines Schleiers ab. Ein Mund kam zum Vorschein, von einem akkurat gestutzten, grau melierten Bart umrahmt, während die Augen des Diebs verborgen blieben. »Aber nicht, was den einzelnen betrifft.« Er lächelte kalt, fasste sich mit Daumen und Zeigefinger an die Unterlippe und zog sie so weit herab, dass eine mückengroße Tätowierung auf der Innenseite der Lippe, ganz unten am Bändchen, sichtbar wurde.

Das Kreuz der Fratera.

Henning rieb sich den tauben Arm. »Das glaub ich jetzt nicht. Ihr, ein ...«

»Still, junger Falke!« Der Nachtmeister setzte sich wieder. »Die Dinge stehen wahrlich ernster, als ihr glaubt.«

»Wirklich?« Auch Henning sank zurück auf den Hocker. Die Enthüllung, dass Korhal ein Fratera war, benebelte ihn auf eigentümliche Weise.

»Sonst wüsstet ihr jetzt nicht, wer ich bin, oder?« Korhal zog etwas aus dem Mantel. Es war daumengroß und fahl wie Knochen. Es war Knochen, geschnitzt in die Form eines menschlichen Skeletts mit übertrieben großem Kopf; der Mund mit den kantigen Zähnen stand weit offen.

»Ein Töter!«, entfuhr es Henning.

Noch nie hatte er einen gesehen, aber er kannte die Märchen. Angeblich schnitzten Hexen immer zwei identische Figuren, von denen sie eine ihrem Feind zukommen ließen. Über geheime Zeremonien beschworen sie dann eine Art unsichtbaren Naturgeist, der den Empfänger weltweit aufspüren und mit Klauen aus geronnener Luft töten konnte, wenn die Hexe es wollte.

»Ja, was für eine nette Geste, nicht?« Korhal verzog den Mund vor Zorn. »Man hat mich gelinkt und damit in der Hand. Der Töter wird allerdings vergehen, wenn die Lieferung wohlbehalten in La Harb ankommt. Sucht in der Hexengilde einen Mann namens Karrol auf und übergebt das.« Wieder zog er etwas aus den ewigen Falten seines Mantels: eine Holzschatulle. Er setzte sie neben den Töter auf den Tisch.

Henning musterte abwechselnd das Kästchen und den Töter, bis er schließlich mit dem Zeigefinger auf Ersteres deutete. »Darf ich?«

»Nur zu.«

Mit plötzlich zitternden Fingern öffnete er die Schatulle.

»An sich nicht so schwer zu überbringen, oder?«, fragte Korhal. »Und es ist wahrlich ein fairer Handel. Ich rette eure Leben, und ihr meines.«

Henning schluckte, klappte die Schatulle wieder zu. »Und danach ist die Blutschuld beglichen?«

»Zweifelst du am Wort eines Fratera? Sobald diese Figur zu Staub zerfällt«, er nahm das Knochenstück wieder zur Hand, »weiß ich, dass ihr beide erfolgreich wart, und damit seid ihr wieder unbefleckt, und wir alle drei haben noch einmal den Kopf aus der Schlinge gezogen.« Mit grimmiger Miene musterte er den Töter, bevor sich seine Finger um den Knochen ballten.

Kapitel 7

Königtum Westend, La Harb, Gilde der Zeichen

Die Worte hallten in Leynas Kopf wider: *Verbergt ihr etwas unter eurem Segeltuch? Verbergt ihr etwas unter eurem Segeltuch?*

Diesmal ließ sie die Ruder nicht wieder ins Wasser patschen. »Fische, Schwester. Zwei frisch gefangene Regenbogenmakrelen. Ein Geschenk von meinem Vater.«

Die blinde Schwester sah mit ihren leeren Augenhöhlen vom Felsen herab. »Für frisches Garum. Sehr nobel von deinem Vater. Sagt ihm unseren Dank.« Dann legte sie den Kopf schief. »Und was ist da noch? Dieser Geruch ...«

»Ein Gewürzsud«, log Jule. »Essig, Zucker und Öl, dazu Gewürze.«

Ein Lächeln huschte über das Gesicht der Alten, vielleicht waren es aber auch nur Schatten in den Falten und Furchen, die die Zeit gegraben hatte. »Klingt köstlich. Dann landet an. Und nehmt einen der Wagen, dann braucht ihr euch nicht so abzuschleppen.« Sie wandte sich ab und sank zurück in den Schaukelstuhl, in dem sie ihre einsame Wache hielt.

Leyna und Jule sahen sich an, und Jule rief: »Habt Dank, Schwester.«

Ein unverständliches Murmeln kam zurück.

Dreißig Fuß weiter erreichten sie im Schein zweier weiterer Fackeln die Anlegestelle. Rostige Eisenringe ragten aus der Wand, an denen sie das Beiboot befestigten. Die Laterne der Stadtwache stellte Jule beiseite, mit einem Schritt war sie an Land. Drei Handkarren standen unweit der Anlegestelle bereit. In einen hievten sie Henry, und abermals verschwand er unter der Plane, die beiden Fische kamen auf seiner Brust zum Liegen.

Jule klopfte Leyna aufmunternd auf die Schulter. »Das Schlimmste ist geschafft.«

Leyna nickte nur, den Blick wieder zur Alten gewandt, die ihre grausig leeren Augenhöhlen zum Glück nicht in ihre Richtung gerichtet hatte. Doch sie schien ihren Blick zu spüren, denn ihr Kopf kam langsam herum. Ein Zittern lief durch Leynas Beine, als die Höhlen sie direkt zu fokussieren schienen.

»Vergesst nicht eine Fackel, Kinder«, riet sie. »Nehmt am besten die linke. Die habe ich erst entfacht. In den Gängen ist es dunkel, vor allem wenn ich die Nachtwacht habe.«

Leyna hatte noch nie von einer Nachtwacht gehört. »Danke«, entgegnete sie. Schnell wandte sie sich dem Karren mit ihrem Vater zu, doch dann hielt sie einem Impuls folgend inne und marschierte zurück zum Schaukelstuhl, um eines der Felle aufzuheben, das auf den Boden gerutscht war. »Braucht Ihr noch etwas, Schwester? Holz für das Kohlebecken vielleicht? Oder frisches Wasser?« Sie legte das Fell auf die spindeldürren Beine der Alten.

Ein Lächeln huschte über deren Gesicht. »Nein, Kind, ich bin versorgt. Und nun geht! Eure Aufgabe ist für diese Nacht noch nicht erledigt.« Sie wandte sich ab und steckte die Hände unter das Fell. Dabei erhaschte Leyna einen Blick auf verschlungene Zeichen, die die Handinnenflächen der Alten zierten. Solche Symbole hatte sie noch nie gesehen. Als sie wieder aufblickte, schien die Alte eingeschlafen zu sein; ihr Kopf war auf die Brust gekippt.

Leyna musterte die Alte noch einen Moment irritiert, dann riss sie sich von dem Anblick los.

Jule wartete mit der Fackel auf sie. Ihre Augenbrauen waren zusammengerückt. »Du machst es aber spannend!«, wisperte sie, nachdem sie in den dunklen Gang eingetaucht waren. »Was, wenn sie nachgehakt hätte? Ich frage mich sowieso, woher sie wusste, dass wir etwas unter der Plane hatten.«

Leyna tippte sich an die Nase. »Sie hat es gerochen.« *Oder einfach gewusst. So wie ich wusste, dass ich nachfragen sollte, ob sie noch etwas brauchte.*

»Wie dem auch sei.« Jule schwenkte die Fackel, um den Gang zu beiden Seiten zu erleuchten. »Wir sollten schauen, dass wir schleunigst unters Dach kommen. So eine Begegnung brauch ich nicht noch einmal. Hast du die Alte schon mal gesehen? Ich nicht. Ich hab auch noch nie von einer Schwester gehört, die beide Augen verloren hat, und ich habe schon so einiges hier in der Gilde gehört.« Sie erschauerte. »Gruselig. Dieser Blick.«

Ja, dieser Blick. Leyna hatte ihn ebenfalls auf sich gespürt. Auch wenn die Alte blind war – sie hatte die Ankommenden auf andere Art und Weise beobachtet. *Und erkannt, was wir da in die Gilde schmuggeln?* Vielleicht, aber Leyna fühlte, dass von der Alten keine Gefahr ausging. Sie hatte nur zwei junge Professinnen in der Nacht getroffen, die mit einem Ruderboot frischen Fisch brachten. Mehr nicht.

Der Weg stieg langsam, aber beständig an. Der raue Fels des Gangs verwandelte sich in rote Backsteine, zusammengehalten von grauem Mörtel. Holzpfähle stützten die niedrige Decke. Schließlich erreichten sie den Grund eines ausladenden Brunnenschachts. Kerzengerade ging es nach oben, der Stein war glatt wie Glas, und der Schein von Jules Fackel erhellte anstatt einer Decke eine hölzerne Gerüstkonstruktion, die sich wie eine Rampe spiralförmig in die Höhe wand.

Sie bugsierten den Karren auf das Gerüst und schoben ihn hinauf. Die Holzräder knarzten auf den ausgetretenen Planken. Die Fackel zischte und knisterte. Ihrer beider Atem ging hörbar. Sonst war es still im Schacht.

Irgendwann, nach fünf oder sechs Umrundungen, deutete Jule in die Tiefe. »Kein Geländer an den Seiten. Wie die Alte da wohl runter ist?«

Leyna zuckte mit den Schultern. »Vermutlich kennt sie den Weg in- und auswendig.«

»Oder sie haust hier unten in der Dunkelheit.«

Leyna erwiderte nichts. Auch sie hatte noch nie von einer blinden Schwester gehört. Sie entschloss, sich die nächsten Tage ein wenig umzuhören. Jetzt aber galt es, Henry unter das Dach zu bringen.

»Komm, weiter!«, sagte sie und schob den Karren höher hinauf.

Schließlich erreichten sie das Ende des Schachts, der über einen Gang und ein Treppenhaus mit Rampen ins Erdgeschoss mündete. Alles war still und verlassen. Einzig der Durchgang zum Flur Richtung Lazarett stand offen, aber auch von dort war nichts zu hören. Eilig schoben sie ihren Karren weiter ins Treppenhaus für Lasten, das mit Stufen und Rampen ausgestattet war. Nachts würden sie dort keine Schwester antreffen, denn die Schlafgemächer waren über ein separates Treppenhaus mit dem Rest des Gebäudekomplexes verbunden, in dem es Handläufe aus polierter Eiche und Lampen in komfortablen Abständen gab. Im Aufgang, den sie nutzten, gab es nichts als Stille und Dunkelheit – genau das, was sie brauchten.

Verschwitzt und rotwangig kamen sie am Dachbodeneingang des Haupthauses an. Jule schob den Riegel der

Holztür zur Seite, und Leyna bugsierte den Karren über die Schwelle in den Raum dahinter. Überall standen Möbelstücke herum; ausrangierte Schränke, Stühle, Tische, Regale voller Plunder. Manche Objekte waren unter Leinentüchern verborgen, andere von Staub bedeckt. Im Licht der Fackel schien das alles lebendig zu sein.

»Die Kerze«, flüsterte Jule und deutete auf die Fackel. Sie war fast abgebrannt, weswegen sie so stark flackerte. »Schnell.«

Leyna holte eine Talgkerze aus ihrem Seesack, mit der sie sich den Weg hatten leuchten wollen, und entzündete sie an der Fackel, gerade noch rechtzeitig, bevor sie erlosch.

»Als ob die Alte gewusst hätte, wie lange wir Licht brauchen.« Jule schüttelte den Kopf und nahm Leyna die Kerze aus den Fingern. »Komm! Dort hinten sind die Nebenräume.«

Es war lange her, dass sie hier gewesen waren. Zu Beginn ihrer Ausbildung hatte Matronin Misha sie auf den Dachboden geschickt, um getrocknete Kräuterbündel zu holen. Jule und Leyna hatten damals nicht gewusst, dass Kräuter nur im Dachboden des Nebengebäudes getrocknet wurden, und so waren sie hier gelandet und ohne Bündel zurückkehrt. Jetzt war Leyna froh um jenen Metzgersgang, denn der Raum am Ende des Dachbodens war ideal für ihre Zwecke. Es gab ein ausrangiertes Bett, zwei Stühle und einen ausladenden Schrank, der halb unter einem Leinentuch verborgen war. Tagsüber fiel Licht durch ein schmales Erkerfenster. Schnell zerrte Jule das Tuch herab, faltete es und nutzte es als Unterlage. Dann hievten sie Henry darauf und deckten ihn mit der mitgebrachten Wolldecke zu. Zuletzt nahm ihm Jule den Jutesack vom Kopf.

So standen sie im Schein der stinkenden Talgkerze neben dem Bett und sahen auf den Fischer hinab, den sie tatsächlich unentdeckt in die Gilde geschleust hatten.

»Er wirkt irgendwie anders«, stellte Jule fest. »Massiger, oder?«

»Keine Ahnung.«

»Liegt vielleicht am Licht.«

Auch Leyna hatte den Eindruck, dass Henry kräftiger geworden war. Seine Schultern schienen das Hemd zu straffen, und auch das lila Ding wirkte größer. Der Glibber schien angeschwollen zu sein, und der Wurmfortsatz wirkte ... muskulöser.

Jule nahm die Kerze zur Hand, vollführte mit ihr Kreise in der Luft und seufzte. »Liegt eindeutig am Licht.«

Leyna war sich nicht so sicher, doch Jule zog bereits an ihrer Schulter. »Und jetzt komm! Lass uns noch den Karren aufräumen und die Fische in die Küche bringen und dann nichts wie ab ins Bett.« Sie ließ sie los, blieb jedoch an der Tür stehen, da Leyna nicht folgte.

»Was ist denn? Du kannst heute nichts mehr für ihn tun.«

»Ich weiß ...« Schweren Herzens drückte Leyna ihrem Vater noch einmal die Hand, bevor sie das Schloss ihrer Fischerhütte aus dem Seesack kramte und damit zu Jule in den Hauptraum des Dachbodens trat.

Dort schob sie den Riegel vor und ließ das Schloss einschnappen.

Es gefiel ihr trotzdem nicht. Mit dem Ruß der abgebrannten Fackel färbte sie sich den Finger schwarz, um sich nicht durch rote Paste zu verraten, und zeichnete ein Symbol – zwei sich berührende, punktsymmetrische Dreiecke – auf die glatte Rückseite des Eisenschlosses. Dann sah sie sich um und riss ein Stück Leinenstoff von einer der Abdeckungen, auf das sie dasselbe Symbol zeichnete. Beide erblühten kurz in mattem Schein.

»Jetzt können wir gehen.« Sie wickelte sich das Stück Leinen säuberlich um das Handgelenk und band es fest, bevor sie sich den Schlüssel mithilfe einer Lederschnur um den Hals hängte.

Jule musterte sie neugierig. »Was waren das für Zeichen?«

»Ein Warnzauber. Wenn sich jemand am Schloss zu schaffen macht, werde ich es erfahren. Das Zeichen auf dem Stoff wird warm werden und leuchten.«

»Aha. Und wo hast du das gelernt?«

»Von Schwester Jorda.« Leyna grinste. »Nicht nur du bereitest dich gründlich auf die Ewige Profess vor.«

Kapitel 8

Inseln des ewigen Schlafs, in den Wäldern nahe der Lodenburg

»Du zappelst zu viel«, raunte Jagdmeister Apur über den Regen hinweg. »Du vertreibst das Wild.«

»'tschuldigung.« Kea rutschte trotzdem auf dem Holzbrett herum. Es war so unbequem wie Stein, wobei das vielleicht auch an ihrem knochigen Körper lag. Außerdem waren ihre Visionen heute besonders schlimm. Immer wieder sah sie dunkles Wasser, dunkles Wasser überall. Und huschende Schatten. Es war beängstigend.

»Dort!« Meister Apur zeigte durch das Blattwerk.

Kea reckte den Hals, und tatsächlich stand im matten Licht des Morgens ein struppiger Frischling. Er war grau und schwarz und wog mindestens so viel wie sie selbst. Neugierig begutachtete er die Maiskolben der Lockfalle.

Meister Apur hatte den Kurzbogen bereits gespannt. Die Sehne drückte ihm an Wange und Hals in die Haut, und schon löste sich der Pfeil mit einem Peitschen, und die Sehne knallte gegen das Schutzleder an seinem Unterarm.

Der Frischling riss den Kopf herum, und für einen Moment blitzte es in seinen Augen. Kea sah darin das Unverständnis und die Gewissheit, dass er einhundert Fuß entfernt sterben würde. Dann traf ihn der Pfeil mitten in den Leib. Ein dumpfes Grollen drang aus seiner Brust, Blätter raschelten, dann keuchte er und verschwand.

Meister Apur verstaute den Bogen im Hochsitz, zog aus seiner Jackentasche in Wachstuch eingeschlagenes Brot hervor, brach es in zwei Teile und reichte einen Kea. »Der kommt nicht weit. Wir warten, bis er tot ist.«

Sie nahm das Frühstück dankbar entgegen. Ihr war kalt. Die halbe Nacht hatten sie schweigend im Ansitz verbracht, und immer noch fuhr der regenfeuchte Wind kräftig durch die Wipfel und über den Hochsitz. Da half auch die wattierte Weste wenig, da half nur eine deftige Mahlzeit. Damit das Schwarzwild dies nicht witterte, hatten sie darauf verzichtet. Dafür würde das Brot, das innen mit gesalzener Butter und fettem Speck gefüllt war, jetzt umso besser schmecken.

Und wie es schmeckte!

»Ich denke, wir können.« Meister Apur schob sich den letzten Bissen in den Mund und stieg ab.

Kea hatte noch nicht alles verspeist, doch sie folgte ihm leichtfüßig. Sie konnte auch mit einer Hand gut klettern.

Hintereinander schlichen sie durchs Unterholz bis zur Lockfalle. Das Gras war niedergetrampelt, die Spur des Frischlings gut erkennbar. Sie fanden ihn genau einhundert Schritt entfernt unter einer Eiche, wie sie es vorhin in ihrer kurzen Eingebung gesehen hatte. Der Pfeil hatte ihn sauber in die Brust getroffen.

»Guter Schuss«, stellte Kea fest, auch wenn sie vom Jagdmeister ihres Vaters keine schlechten Treffer kannte, und schob sich den letzten Kanten Brot in den Mund.

Meister Apur brach den Pfeil direkt hinter der Eintrittsstelle ab. Er wollte so wenig Fleisch wie möglich verletzen. »Ein guter Schuss ist wichtig, wie du weißt. Je weniger sich das Tier vor und nach dem Treffer bewegt, desto besser wird das Fleisch später schmecken.« Er warf den abgebrochenen Pfeil in den Wald und zückte sein Jagdmesser. Einmal ließ er es durch die Luft wirbeln, bevor er es an der Klinge auffing und Kea mit dem Griff voran hinhielt. »Jetzt du.«

Kea nahm das Messer entgegen. Der Griff war fleckig vom Schweiß, wie beim Messer eines Landstreichers, doch die Klinge war bester Stahl von Jenseits der Himmelsspitzen und schärfer als ein Barbiermesser. Wie immer pulsierte Aufregung durch ihre Adern, wenn sie unter Meister Apurs kritischem Blick bestehen musste, aber sie wusste, wie man einen Frischling zerwirkte. Schnell öffnete sie mit zwei gezielten Schnitten Hals und Bauchdecke. Das Blut dampfte in der Luft.

Er nickte anerkennend, und gemeinsam holten sie die inneren Organe heraus. Anschließend reinigten sie die Bauchhöhle mit frischem Wasser aus einem Trinkschlauch.

Meister Apur widmete sich den Organen und schnitt die Leber ab. Den Rest warf er in den Wald. *Da freut sich der Fuchs.* Heute verkniff er sich den Spruch. Einzig die Leber zeigte er Kea, rotbraun, glatt und glänzend. »Die ist das Beste. Du schneidest sie in feine Scheiben und brätst sie mit Herbstäpfeln und Zwiebeln in einer Pfanne.« Er rollte die Leber in das Wachstuch, in dem vorher das Brot verpackt gewesen war, und verstaute sie in seinem Tornister.

Anschließend wuschen sie sich die Hände unter dem Wasserschlauch und holten den Ziehkarren unter dem Hochsitz hervor. Es war ein aus Weide geflochtener Korb, befestigt auf einer Achse, an deren einem Ende ein breiter Griff angebracht war, am anderen zwei Rollen. Sie legten das ausgenommene Wild in den Korb und betrachteten ihr Werk.

»Gute Arbeit«, sagte Meister Apur. »Da wird sich dein Vater freuen. Ein feiner Braten, und du kannst behaupten, ihn zerwirkt zu haben. Reife Leistung. Deine Brüder haben sich mit vierzehn Sommern nicht so geschickt angestellt, und auch später nicht.«

»Nicht mal Nante? Ich dachte, er ist so flink mit dem Messer.«

»Das ist er auch, aber er hatte nie Interesse, ein Schwein zu zerlegen, genauso wenig wie Henning; den interessierte mehr, für wie viel er die einzelnen Stücke im Hafen an die Arbeiter verkaufen konnte. Und Raik, der konnte früher kein Blut sehen.«

»Also mir macht die Arbeit Spaß.«

Meister Apur strich ihr lächelnd durchs Haar. Dann machten sie sich gemeinsam auf den Weg zurück zur Burg, den Ziehkarren zwischen sich.

Als sie die tausendjährige Eiche passierten, die etwa die Hälfte des Rückwegs markierte, fragte Kea zwischen zwei Atemzügen: »Wisst Ihr eigentlich, wann meine Brüder zurückkehren?«

Meister Apur zog den Karren über eine besonders knorrige Wurzel. »Wenn ihnen die Winde wohlgesonnen sind, möglicherweise heute.«

Kea musterte den Jagdmeister aus dem Augenwinkel und packte mit an. »Ihr klingt besorgt.«

»Dir entgeht auch nichts. Du hast wahrlich die Augen eines Falks.«

»Was keine Antwort auf meine Frage ist.«

»Stimmt. Als ich gestern Abend im Taubenschlag nach den Vögeln sah, flatterte eine aus der Perle herein.«

»Von Henning und Nante?« Keas Herz pochte schneller. Vor ihrem inneren Auge blitzte das Bild der beiden auf, vor dunklen Meereswogen, turmhoch und wild wie im stärksten Sturm.

»Ja, von deinen Brüdern. Sie werden nur kurz auf den Inseln stoppen, Vorräte auffüllen und weitersegeln.«

»Ich dachte, sie wollten bis zu Vaters Geburtstag bleiben.«

»Tja … scheinbar kam ihnen ein Auftrag in die Quere. Oder Dummheit.« Die letzten beiden Worte fügte er deutlich leiser hinzu.

»Das hab ich gehört!«

Meister Apur seufzte. »Und du wirst es gleich wieder vergessen. Du weiß, dass ich deine Brüder liebe wie dich.«

»Aber mich ein bisschen mehr.«

Knackende Äste und Zweige ließen Kea verstummen und Meister Apur aufhorchen. Er blieb stehen und lauschte dem Flüstern des Waldes. Dann rief er: »Weiter links, Pit!«

Wieder knackten Äste, Laub raschelte, und das Unterholz spie einen jungen Waldläufer aus, der in Meister Apurs Diensten stand. »Wie Ihr es nur immer wisst.« Er strich sich Blätter aus dem Haar und lächelte schüchtern.

»Wenn du nicht wie ein Walross stampfen würdest, wüsste ich es auch nicht. Weshalb bist du nicht bei den Futterstätten?«

»Die *Zwillingsfalke* ist soeben eingelaufen«, erklärte Pit. »Ich dachte, Ihr würdet es wissen wollen.«

Kea sah die Wogen sich weiter türmen und verscheuchte den Gedanken. Sie suchte Meister Apurs Blick.

Der nickte. »Ich kann die sowieso nicht aufhalten, junge Kea, also flieg! Flieg zu deinen Brüdern, so schnell dich deine Beine tragen!«

Sie nahm nicht den komfortablen Weg zur Burg, der sich durch die Wälder schlängelte, sondern lief querfeldein. Sie sprang über Stock und Stein, über mit Moos bewachsene Stämme, die von Herbststürmen im letzten Jahr umgeknickt worden waren, bis sie den Bach erreichte. Der war vom Regen der letzten Tage zu einem schlammigen Band angeschwollen und trat bereits über die Ufer. In sicherem

Abstand folgte sie ihm, bis sich die Laubbäume lichteten und den Blick auf Burg Loden freigaben.

Trotz des Regens war es ein herrlicher Anblick.

Erhaben ragte die Burg auf einem Felsenkopf empor, bis zu zweihundert Fuß, wie Meister Apur ihr erklärt hatte. Die Erbauer hatten sich beim Anlegen an der Felsformation orientiert, entsprechend viele Ecken, Kanten und Nischen gab es, kaum eine Linie lief parallel zur anderen. Und mittlerweile war sie prächtig in Schuss: die Mauern in gepflegtem Steingrau, die Türme und Erker weiß mit rotem Fachwerk, die spitzen Dächer darüber mit schwarzem Schiefer verkleidet. Auf ihren Enden hingen regenfeuchte Banner schlaff herab; sie zeigten die Wappen der Familie Falk – eine schwarze Vogelklaue, die eine Münze hielt, auf türkisem Grund – und das Kreuz der Fratera auf blutrotem Grund.

Früher hatten hier andere Banner geweht, das hatte Kea in den Aufzeichnungen der Burg gelesen. Vor einhundertachtundsiebzig Jahren hatten die Grautarken regiert, eine Seefahrernation, bis auf den Inseln eine Seuche ausgebrochen war, eingeschleppt durch eine Galeere aus dem Süden. Der Schweiß der Wächterin, wie die Seuche genannt wurde, kostete fast alle Inselbewohner das Leben. Innerhalb weniger Glockenschläge brach ihnen übelriechender Schweiß aus, es folgten Fieber, Übelkeit, Erbrechen und rasender Puls, bevor die Erkrankten von unwiderstehlicher Schläfrigkeit heimgesucht wurden. Dem nachzugeben war tödlich gewesen. Innerhalb weniger Wochen waren die Grautarken ausgelöscht und die Inseln verwaist gewesen, wie Medikus Maron kurz vor seinem eigenen Tod durch den Schweiß niedergeschrieben hatte – bis sich zwei Jahrzehnte später eine Gruppe von Schmugglern und Verstoßenen dort niederließ, unter ihnen Claas von Falkenstein, Keas Urahn und Mitbegründer der Fratera.

Da Kea von Norden her kam, das Burgtor aber nach Süden hin zum Meer lag, kletterte sie behänd den steilen Abhang auf der Südseite empor. Dichte Efeuranken gaben ihren Fingern und Füßen trotz der Feuchtigkeit Halt, und schon bald hatte sie die Außenmauer erreicht. Sie umrundete auf einem kaum sichtbaren Pfad das Haupthaus, an dessen Ende die Mauer in zerklüfteten Felsen überging, über dem der Nordturm in den Himmel ragte. Dort gab es eine in den Stein gehauene Leiter aus schmalen Tritten, die man nur wahrnahm, wenn man wusste, dass sie existierte. Sie war ein gut behütetes Geheimnis Meister Apurs, doch Kea hatte ihn eines Abends gesehen, wie er daran emporstieg. Seitdem nutzte sie sie selbst, denn die kurze Kletterpartie sparte ihr mindestens ein Viertel eines Glockenschlags.

Oben angekommen schwang sie sich über die Mauerzinne in eine Nische, in der ein schmales Fenster lag. Es ließ sich mit geschickten Fingern von außen öffnen. Schon fand sie sich im Treppenhaus der Dienstboten wieder. Flink stieg sie die steile Wendeltreppe empor, immer auf ihre Schritte bedacht, denn die Steinstufen waren glatt und ausgetreten und ihre Schuhe feucht vom Regen. Im dritten Stock wandte sie sich nach rechts, durchquerte einen Vorraum, begann dort zu rennen und sauste durch die Gemächer der Bediensteten. Zwei Mägde, die Strohsäcke aufschüttelten, sahen ihr kopfschüttelnd hinterher.

Endlich erreichte Kea den Wohntrakt. Von Weitem schon hörte sie ihren Vater aus dem Solar schimpfen: »Wie bescheuert muss man sein? Seid ihr wirklich meine Söhne?«

Henning pfiff als Antwort, und Keas Mutter Maren sagte gelassen: »Es *sind* deine, Eustachius. Keine Sorge, *ich* wüsste, wenn es anders wäre.«

»Jaja.« Ein Brummen. Stiefelpoltern. »Trotzdem. Wie konntet ihr euch nur von diesen dreckigen Dieben erwischen lassen? Von den Dieben! Wenn sich das rumspricht. Bei der Mutter See! Eustachius' Söhne, zwei Stümper vor der Mutter.«

»Ach, hör auf!«, empörte sich Henning. »Woher hätten wir wissen sollen, dass Bert nicht sauber ist? Bert war bisher immer sauber.«

»Und er wäre der erste Gauner, der es in seinem Leben bliebe.« Eustachius atmete hörbar aus.

Kea nutzte ihre Fähigkeiten aus Meister Apurs Lehrstunden, schlich sich an die Tür heran und linste durch den Spalt. Ihre Mutter saß am runden Tisch, neben dem der Vater stand. Der wirkte zutiefst verärgert und im Ärger noch mehr wie der Herr der Fratera, der er mit seinen vierundvierzig Jahren war.

Henning und Nante saßen ihnen gegenüber und hatten in gleicher Pose die Arme vor der Brust verschränkt; Henning sah grantig drein, Nante gelangweilt zur Tür. Raik stand abseits am Fenster und blickte hinab auf den verregneten Hafen und das trübe Meer. In dem Moment drehte er sich um und meinte mit seiner bedachten Stimme: »Und jetzt wollt ihr nach La Harb segeln?«

»Passend zu meinem Geburtstagsfest.« Murrend ließ sich Eustachius auf seinen Stuhl sinken.

»Weswegen die Welt untergeht!« Henning pfiff wieder durch die Zähne. »Du wirst nächstes Jahr auch wieder ein Jahr älter. Und die Chance, die sich uns auftat, war zu verlockend.«

»Wie verlockend?«, fragte Raik.

»Lukrativ«, entgegnete Henning. »Unablehnbar, um genauer zu sein, aber seit wann interessieren euch die Details, solange wir Profit schlagen?«

»Weil ihr den Dieben in die Arme gerannt seid«, antwortete Maren, »und vom Schwarzen Adel gibt es keine lukrativen Angebote für die Fratera.«

»Normalerweise überhaupt keine Angebote, außer die Beisetzung«, fügte Eustachius hinzu.

Henning warf die Arme in die Luft. »Wer hat gesagt, dass das eine mit dem anderen zu tun hat? Wir haben uns freigekauft!«

»Was es noch schlimmer macht!« Eustachius schüttelte das Haupt.

Maren musterte Henning lange, dann Nante, dann wieder Henning und sagte: »Kein Sohn belügt unbemerkt seine Mutter. Wer von den Dieben wünscht sich die Fahrt nach La Harb?«

Stille. Dann ein Seufzen. »Der Nachtmeister.«

»Korhal?«

Henning sah zu seinem Vater. »Genau der. Du kennst ihn, wie wir gehört haben. Und das war der Deal: sechzig Asse vorab, einhundertzwanzig danach.«

Maren legte ihrem Mann die Hand auf den Unterarm, bevor der etwas sagen konnte. »Viel Geld für eine Fahrt. Was sollt ihr in seinem Auftrag überbringen?«

»Ein Stück Metall.«

Henning hatte einen Seesack dabei und holte eine Schatulle aus dunklem Holz hervor, die er auf den Tisch stellte und aufklappte. Kea konnte nicht sehen, was sich darin befand, aber sie verspürte ein Kribbeln in der Brust. Und dann war Henning doch so höflich und holte das Innenliegende hervor. Es handelte sich um eine glänzende Röhre aus rötlichem Metall, vielleicht aus Messing, auf der auf vielen schwarzen Plättchen winzige Symbole aufgetragen waren. Sie hatte in etwa die Größe eines Schwertgriffs. Kea rang die Hände. Ihre Finger waren plötzlich schweißfeucht.

»Ein Edulog! Ist das echt?« Raik trat näher heran, um die Röhre zu begutachten.

»Sicherlich, warum sonst sollte Korhal eine solche Menge Gold für die Lieferung springen lassen?«

»Weil es höchstwahrscheinlich Informationen beinhaltet, die dich den Kopf kosten, wenn man dich damit erwischt.« Raik nahm das Edulog aus Hennings Fingern, betrachtete es genauer und brummte schließlich: »Vielleicht halten wir gerade den Mordbefehl an einem hohen Würdenträger in Händen, der den Kontinent in den nächsten Krieg stürzt.«

»Oder etwas ganz anderes.« Eustachius beäugte das Edulog, als wäre es ein Pulverfass, bei dem die Lunte schon brannte. Und das war es in früheren Tagen auch gewesen. In den Zeiten vor der Bannung der Magie hatte man Edulogs benutzt, um geheime Botschaften zu übermitteln – und die waren meist brisant gewesen, wenn nicht sogar tödlich.

Henning zuckte abermals mit den Schultern. »Habt ihr Schiss? Ich nicht. Wir werden es übergeben und das Gold einsacken. Eigentlich könnte es doch nicht besser laufen: Wir laden die *Zwillingsfalke* zusätzlich voll, und in La Harb verkaufen wir das Zeug. So machen wir doppelt Gewinn.«

»Und werdet wieder geschnappt.« Eustachius schüttelte das Haupt, wobei der geölte und mit roten Bändern zu einem brustlangen Zopf geflochtene Kinnbart wackelte. »Ich erwäge, dass Raik die Fahrt übernimmt.«

Das ließ Henning aufspringen. »Das ist ein schlechter Scherz, Vater! Nante und ich sind alt genug, um ein *Metallröhrchen* zu überbringen.«

»Das meine ich allerdings auch, Eustachius«, sagte Maren. »Du warst fünfzehn, als du mit Art an der Seite deines Großvaters den Aufstand des Graubarts niedergeschlagen hast. Mit Säbel und Lunte in den Händen, einen Dolch zwischen den Zähnen.«

»Das waren andere Zeiten.«

»Trotzdem warst du fünfzehn. Henning und Nante sind dreiundzwanzig.«

Eustachius schien nicht überzeugt. Er musterte seine Frau aus dunklen Augen, bis Raik leise, aber bestimmt sagte: »Außerdem werde ich nicht die Scheiße meiner Brüder ausbaden. Das dürfen sie schon selbst.«

Eustachius seufzte. »Nun denn, dann soll es so sein. An wen geht das Edulog?«

»An einen Mann namens Karrol, steht mit der Gilde der Zeichen in Verbindung.«

»Die Schwesternschaft.« Eustachius rümpfte die Nase. »Jetzt gefällt es mir noch weniger, aber gut, es ist, wie es ist. Aber kommt ja nicht auf die Idee, es zu öffnen! Ihr würdet die Essigphiole im Inneren zerbrechen und den Papyrus mit der Botschaft vernichten und damit mehr als den Zorn Meister Korhals auf euch ziehen.«

»Der ein Bruder ist.«

Ein Moment der Stille, bevor sich Eustachius zu Henning vorbeugte, ihn am Nacken packte, halb über den Tisch zerrte und hervorpresste: »Hüte deine Zunge, Sohn! Irgendwann wird sie dir noch zum Verhängnis. Oder ist sie das schon geworden? Ich hoffe, ihr habt euch auf keine Blutschuld mit Korhal eingelassen.«

Henning hielt dem Blick seines Vaters stand und schob dessen Arm beiseite. Er war nicht minder kräftig als sein Vater. »Und wenn? Wir erfüllen den Auftrag und fertig.«

Eustachius stöhnte. »Ihr seid doch nicht meine Söhne! Maren, mit wem hast du mich betrogen?«

»Nur mit dir, mein Schatz.« Maren musterte ihre Söhne, als sie es sagte. Und dann: »Das war wirklich das Dümmste, was ihr tun konntet.«

»Es war das *Einzige*, was wir tun konnten!«

»Was am Ende niemanden interessiert.« Raik musterte immer noch das Edulog. »Die Blutschuld ist ausgesprochen. Jetzt müsst ihr seiner Bitte nachkommen, oder …«

»… wir verlieren den Status als Fratera«, vollendete Henning grimmig den Satz. »Mir ist klar, was das bedeutet.«

»Euren Tod«, sagte Eustachius. »Niemand trägt das Kreuz der Fratera, wenn er keiner mehr ist. Euch ist schon klar, dass selbst wir euch dann nicht mehr schützen können. Gesetze sind Gesetze!«

Henning rollte mit den Augen. »Jaja, macht euch alle mal locker! Wir segeln nach La Harb und übergeben das Edulog und fertig.«

»Und fertig.« Eustachius schüttelte den Kopf. »Betet, dass es so kommt. Und vergesst, dass Korhal ein Bruder ist. Ihr habt das nie gehört und ihn nie gesehen!«

Henning wollte nachhaken, doch Nante warf den Kopf in den Nacken und rief mit der Stimme seines Vaters: *»Ja, vergesst das schnell! Ihr habt das nie gehört und ihn nie gesehen!«* Dann grinste er breit zur Tür. Mit rauer, kühler Stimme, als würde Sand zwischen Stiefeln und Planken reiben, sagte er: »Komm endlich rein, Kea.«

Alle wandten sich zur Tür.

Kea schluckte und schob sie mit geröteten Wangen auf. Der Raum war der schönste in der Burg. Die breiten Fenster waren verglast und konnten bei Bedarf geöffnet werden. Wegen des Regens waren sie zwar geschlossen, offenbarten dennoch einen prächtigen Blick auf den Hafen, der südlich der Burg unterhalb der Felsformation in einer natürlichen Bucht lag. Dreißig oder vierzig Schiffe schwankten in den Wellen; Galeeren, Fischerboote, Schoner. Taue klapperten gegen Masten und Bordwände, ein beständiges Klopfen und Klatschen, das allgegenwärtig war, genauso wie das Krächzen der Seemöwen.

»Kea!« Eustachius sank zurück auf seinen Stuhl und zwang sich zu einem Lächeln. »Wie war die Jagd mit Meister Apur?«

»Prima.« Kea knuffte erst Henning als Willkommensgruß in den Oberarm, dann Nante, und verdrehte schließlich in Richtung Raik die Augen, bevor sie sich auf einen der freien Stühle plumpsen ließ. »Wir haben einen Frischling erlegt.« Ihr Blick wanderte zum Edulog, das Raik zurück auf den Tisch gestellt hatte, und saugte sich wie magisch daran fest.

»Bedeutet, es gibt einen Braten.« Ihr Vater nickte anerkennend. »Was war dein Part?«

»Ich ...« Sie riss den Blick vom Metallröhrchen los. »Ich habe ihn zerwirkt.«

»Dann gibt's doch keinen.« Henning grinste, wobei er das Edulog zurück in die mit Samt ausgekleidete Schatulle legte.

Kea brauchte einen Moment, bis die Worte zu ihr durchdrangen, da sie der Schatulle hinterhersah, die in Hennings Seesack verschwand. Dann rückte sie an die Stuhlkante vor und sagte bestimmt. »Sehr wohl gibt's einen Braten! Ich weiß, wie man ein Schwein ausnimmt! Meister Apur hat sogar gesagt, ich wäre jetzt schon besser, als ihr drei es jemals wart!«

Bevor der Streit Fahrt aufnahm, klopfte es an der Tür, und Eustachius rief: »Herein!« Zwei Mann traten in das Solar: Enrik Gran, der Hafenmeister mit dem berüchtigten Bart, der Brust und Bauch bis zum Gürtel bedeckte; und Arturo Santiano, von Freunden Art genannt, mit polierter Glatze, ebenholzfarbener Haut und schwarzen Augen. Seit dem Aufstand von Arndt Graubart war er Eustachius' Blutsbruder und nicht mehr aus dem Kreis der engsten Freunde und Berater wegzudenken.

Damit war der runde Tisch fast vollständig. Nur Eustachius' Bruder Thevs fehlte; der Wanderfalke war noch nicht zurückgekehrt. Aber auch ohne ihn konnten alle wichtigen Belange der Falks besprochen und entschieden werden.

Eustachius deutete auf die freien Plätze. »Setzt euch!«

»Du hast einen Runden Tisch einberufen?« Henning schien erstaunt, während er Enrik und Arturo zunickte. »Ist in unserer Abwesenheit etwas passiert?«

»Ihr seid passiert! La Harb ...« Eustachius wandte sich an Arturo: »Erzähl ihm, was du weißt.«

Ein Nicken des Schwarzen, doch Henning verschränkte die Arme vor der Brust. »Worüber?«

»Über die Hafenstadt in der Steener Bucht«, antwortete Eustachius.

Und Arturo sagte: »Ich war damals im Auftrag der Fratera dort, mehrfach, wie du vielleicht schon das ein oder andere Mal gehört hast.«

»Und weiter?«

In den Augen des Blutsbruders blitzte es. »Sie ist mit ihren engen Gassen, Terrassen und der Kathedrale eine Schönheit, Henning. La Harb wird dir gefallen, aber so schön und lieblich sie wirkt, so gefährlich kann sie sein.«

»Wegen der freien Piraten? Wegen der Dornenmaid? Dem Kraken? Sie werden uns gewähren lassen.«

»Ja, wegen des Pakts, aber die Gefahr geht von der Stadt aus – vom Stadtrat, den Richtern und dem Baron.«

Henning beugte sich vor. »Inwiefern?«

»Scharf sind sie dort, was Schmuggel angeht. Nicht umsonst haben wir uns weitestgehend aus dem Westen zurückgezogen. Fratera kommen sofort an den Galgen, genauso wie der Schwarze Adel, den sie fast vollständig aus der Stadt verdrängt haben. Die Richter fackeln nicht lange. Die Galgenmauer erhebt sich nicht umsonst auf der dritten Terrasse, und es ist eine gewaltige Mauer, mindestens sechzig Fuß hoch, von der Gesindel mit dem Strick um den Hals gestoßen wird. Ohrenbläser gibt es zuhauf, selbst die Stadtwachen mischen sich unters normale Volk und lauschen dem Gerede in den Spelunken. Und schlussendlich gibt es noch Luc Lazards, dessen Baronie La Harb umgibt.«

»Ich dachte, die Stadt ist frei.«

»Ist sie auch, aber der Baron hat schon immer ein Auge auf sie geworfen, würde er doch gern den Seehandel im Westen kontrollieren und nicht nur mit Zöllen belegen. Man munkelt, er habe eigene Leute in der Stadt. Und die Kaufleute haben auch welche unters Volk gemischt, private Söldner, um uns das Leben schwer zu machen. Eigentlich sind dort alle scharf. Und sie wollen nur unser Bestes: unser Gold.«

»Oder unser Leben«, schob Eustachius hinterher. »La Harb ist ein riesengroßes Wespennest, Henning.«

Der sah zwischen den beiden hin und her. »Und das soll uns jetzt… schrecken? Abhalten? Wollt ihr vielleicht unsere Ammen spielen? Sollen Nante und ich an euren Brüsten saugen?«

Bevor Eustachius ein zweites Mal hochfahren konnte, kam ihm Maren zuvor. »Ihr sollt nur vorsichtig sein, das ist alles.«

Henning runzelte die Stirn. »Wir sind immer vorsichtig, Mutter – soweit es möglich ist. Aber keine Sorge: Wir schaukeln das Kind schon heim.«

»Oh ja«, brummte Eustachius, »genau das ist meine Sorge!«

Für einen Moment herrschte Stille, in der Eustachius' Worte bedeutungsschwer nachhallten, doch Kea hatte nur Augen für den Seesack. Das Gerede über Galgen, Barone und Ohrenbläser interessierte sie nicht, Geheimnisse in

Messingröhrchen hingegen schon. Sie hatte das Gefühl, dass es sie rief, sie lockte, sie wollte. Hing der Inhalt mit ihren Visionen zusammen, die heute so schlimm waren wie nie zuvor?

Enrik Gran räusperte sich. »Mit Verlaub, meine Zeit ist leider knapp bemessen. Ich erwarte die *Rosabella* zum nächsten Glockenschlag und müsste eigentlich im Hafen sein. Ihr rieft mich sicher nicht wegen Stadtgeschichte.«

»Nein, das ist wahr. Ich rief Euch wegen der verschwundenen Fischerinnen und Fischer.«

Für einen Moment blitzte wieder das Bild vor Keas Augen auf: dunkles Wasser, dunkles Wasser überall. Und huschende Schatten.

Als das Bild verschwand, hatte sich das Gesicht des Hafenmeisters verdüstert. »Sieben sind es mittlerweile. Niemand weiß, wo sie geblieben sind. Es waren erfahrene Frauen und Männer. Wir fanden ihre Boote entweder auf hoher See oder an Land gespült. Alle unbemannt. Vermutlich sind sie über Bord gegangen.«

Henning lachte. »Und uns vorwerfen, dass wir mal einen Fehler machen! Habt ihr die Getränkekeller nicht mehr unter Kontrolle? Mir scheint, dass hier so einiges aus dem Ruder läuft, sobald Nante und ich nicht da sind.«

Niemand ging darauf ein.

Raik sagte: »Das ergibt keinen Sinn. Wir hatten keinen Sturm.«

»Ich weiß.« Enrik Gran strich sich mit gespreizten Fingern durch den wilden Bart. »Wir haben nur diesen verdammten Regen.«

»Der keinen Fischer über Bord zwingt.«

Enrik nickte wissend.

Eustachius fragte seinen Blutsbruder Art: »Hat man von den anderen Gevierten Ähnliches gehört?«

Die knapp siebzig Inseln des ewigen Schlafs waren in vier Teile aufgeteilt, auf die sich die damaligen Gründungsväter der Fratera – Falkenstein, Graubart, Braunbart und Daumentod – geeinigt hatten.

»Bisher nicht, aber ich werde mich gezielt erkundigen.«

»Gut. Ich will wissen, was da los ist!« Eustachius sah noch mal von einem zum anderen, klatschte dann in die Hände und damit war der Runde Tisch beendet.

Während Stuhlbeine über die alten Holzdielen kratzten, fragte Kea ihren Bruder: »Darf ich das Edulog noch mal sehen?«

Henning, gerade am Aufstehen, musterte sie aus seinen warmen Augen, lächelte und strich ihr durchs Haar. »Ein andermal.« Er erhob sich und nahm den Seesack mit sich.

Kea blickte ihm hinterher, sah wieder die burghohen Wellen, die über ihm brachen und ihn unter Tonnen von Wasser begruben. Heiser rief sie: »Ein andermal wird es nicht mehr geben!«

Henning blieb stehen, die Stirn gefurcht, die Augen zusammengekniffen. »Was hast du gesagt?«

»Ein andermal wird es nicht mehr geben.« Nante sagte es mit Keas Stimme und trat neben seinen Bruder. Er lächelte emotionslos und schob Henning Richtung Ausgang.

Kea blieb zurück und hörte nur das Tosen der Wellen, sah die Schaumkronen aus weißer Gischt, unter denen Henning verschwunden war.

Kapitel 9

Königtum Westend, La Harb, großer Marktplatz

Leyna stand am Rande der Menschenmenge auf dem großen Markt. Vielleicht fünfzig Personen in regenfeuchten Gewändern hatten sich vor den festungsgleichen Patriziergebäuden versammelt; viele waren das nicht, aber wer konnte es den Daheimgebliebenen verübeln? Immer noch prasselte der Regen unbarmherzig vom Himmel herab, und das nun seit fast zwei Wochen. In jedem Gesicht sah Leyna das Gleiche: matte Augen, dunkle Ringe, blasse Haut. Ihre Blicke wurden nur flüchtig erwidert, wenn überhaupt. Es war Furcht, die in den Herzen der Menschen spross. Furcht vor noch mehr Regen, vor Krankheit und Missernte, vor Hunger und Tod. Schon jetzt war feucht gewordenes Korn wegen Schimmels vernichtet worden und ein ganzer Keller eingelagerter Kartoffeln verfault. Noch traf es nur einzelne Familien, aber wie lange würde es dauern, bis sich die Situation zu einem ernsthaften Notstand auswuchs?

Leyna sah zum Himmel auf. Die Wolken hingen wie fette Schweinebäuche tief, und der Regen war kalt auf ihrer Haut. *Tap!* und *tap!* und *tap!* Sie hatte keine Ahnung, wie es weitergehen sollte, wenn es nicht bald aufhören würde.

Die Stimme des Herolds erhob sich endlich über die Versammelten. Immer zur Mittagsstunde trat er in seinen scharlachroten Gewändern auf ein Podium und verkündete die neuen Stadtratsbeschlüsse, sofern es welche zu verkünden gab. Seit dem Dauerregen gab es die fast täglich. Deswegen wurde jeden Tag eine Schwester geschickt, um möglichen Verkündungen beizuwohnen. Sollte es einen Erlass geben, der die Gilde betraf, wollten sie es sofort wissen. Heute hatte es Leyna getroffen.

»Verehrte Bürgerinnen und Bürger«, begann der Herold, »gestern Abend tagte der Stadtrat und erließ einen Erlass!«

Die Menge blieb stumm.

Der Herold fuhr fort: »Aufgrund des anhaltenden Regens bittet der Rat alle Bürgerinnen und Bürger, ihre Lebensmittelvorräte sicher zu lagern und zu rationieren. Dies ist eine Empfehlung, kein Gesetz! Allerdings solltet ihr sie ernst nehmen. Zwei weitere Lager im Kontor liefen gestern mit Regenwasser voll, weil ein Abfluss überquoll; die eingelagerten Lebensmittel konnten nur zum Teil gerettet werden. Der Rat kann unter diesen Umständen keine umfängliche Versorgung der Stadt mit Lebensmitteln mehr garantieren. Er tut alles, was in seiner Macht steht, aber ihr seid dazu aufgerufen, selbst Vorkehrungen zu treffen. Sorgt für volle, gesicherte Vorratskammern!«

Leyna schnaubte. Wie sollten die Bürger Vorräte anschaffen, wenn auf den Märkten kaum mehr Waren angeboten wurden? Ein Händlerehepaar hatte ihr erst gestern erzählt, dass sie wegen des Regens vorerst nicht mehr nach La Harb kommen würden. Sie fuhren lieber auf dem Festland von Dorf zu Dorf, wo es trocken war. Sie waren nicht die Einzigen, die so dachten. Nur, wie lange blieb es auf dem Festland trocken? Es wurde gemunkelt, dass sich der Regen ausbreitete. Die ganze Region in einem Halbtagsmarsch um La Harb schien mittlerweile vom Unwetter betroffen zu sein.

»Des Weiteren kam der Rat nach ausgiebiger Beratung zu dem Entschluss, dass ein Zusammenhang zwischen dem anhaltenden Unwetter und den Befallenen nicht mehr von der Hand zu weisen ist. Mittlerweile wurden achtundzwanzig Befallene erlöst, allerdings«, der Herold machte eine wirkungsvolle Pause und ließ seinen Blick über die Anwesenden gleiten, »mehren sich die Hinweise, dass Befallene seit dem Erlösungserlass versteckt werden.« Wieder eine Pause, vielsagender Blick. »Deswegen hat der Rat im Sinne des Allgemeinwohls Folgendes beschlossen: Jeder, der einen Befall nicht umgehend der Obrigkeit meldet oder sogar einen Befallenen versteckt, handelt strafbar! Geahndet wird dieses Vergehen mit Freiheitsentzug bis zu einem Jahr!«

Ein Raunen ging durch die Versammelten. Auch Leyna ballte die Hände zu Fäusten. Ein Jahr im Kerker! Die Stadträte mussten wahnsinnig geworden sein. Eine solche Strafe würde sie die Ewige Profess kosten, wenn nicht sogar das Leben. Die Kerker unter dem Rathaus waren dunkel, kalt und feucht, das Essen schon in guten Zeiten furchtbar. Leyna war einmal mit Schwester Jorda dort gewesen, um einen Kranken zu untersuchen, der zu schwach gewesen war, um in die Gilde transportiert zu werden. Sie hatten neben verschissenen Binsen und toten Ratten sogar Menschenknochen gefunden. Wer für länger als ein paar Tage im Kerker landete, musste mit dem Besuch der Wächterin rechnen.

»Allerdings«, fuhr der Herold fort, »gewährt der Rat allen eine Frist von sieben Tagen, beginnend ab heute. Drei Richter wurden berufen, sich um die Angelegenheit zu kümmern. Sie bezogen Räumlichkeiten im Rathaus, auf dem Großen Markt und in der Hafenmeisterei. Wer innerhalb der Frist an einer der drei Meldestellen einen Befall anzeigt, wird Strafmilderung erfahren! So will es der Rat, und der Rat ist das Gesetz!«

Leyna unterdrückte ein Kopfschütteln. Ihr war klar, was der Rat bezweckte: schnellstmöglich alle versteckten Befallenen aufspüren, um sie zu töten. Strafmilderung in Aussicht zu stellen, ohne zu sagen, in welchem Ausmaß, war schlau. Das stürzte Betroffene in Unsicherheit und Hoffnung zugleich. Lohnte es sich noch, jemanden zu schützen, wenn man dafür ein Jahr in den Kerker wanderte? Die Aussicht auf Strafmilderung würde viele in die Meldestellen treiben, vermutlich auch einige, die überhaupt nichts Brauchbares gesehen hatten.

Nur mich nicht.

Leyna wollte sich abwenden, als sie eine Gestalt gewahrte, die mit tief ins Gesicht gezogener Kapuze ein paar Fuß entfernt am Rand des Platzes unter einem Dachvorsprung stand.

Als er ihren Blick bemerkte, kam er auf sie zu.

»Wo ist er?«, fragte Enzo. Seine Augen glänzten wie Glasmurmeln.

»Ich hab dir schon gesagt, dass ich nicht weiß, wo Marci abgeblieben ist. Ich fand nur seinen Ring im Boot.«

Enzos Nasenflügel bebten. Er roch unangenehm. »Ich meine nicht Marci, sondern Henry.«

»Ist er nicht zu Hause?«

Er musterte sie durchdringend. »Nein, ist er nicht. Die Hütte ist seit Tagen verlassen, die Feuerstelle kalt, euer Schloss weg. Sag, wohin hast du ihn gebracht?«

»Ich hab ihn nirgends hingebracht!« Leyna versuchte, genervt zu wirken, obwohl ihre Beine plötzlich zitterten.

Enzo trat näher an sie heran. »Ein Haibiss im Gesicht, ja?« Er schnaufte hörbar aus und musterte sie noch einen langen Moment aus dunklen Augen, bevor er auf dem Absatz kehrtmachte.

Leyna sah ihm hinterher, bis er in einer Seitengasse verschwunden war. Dann entwich ihr ein zitternder Atemzug, und sie machte sich auf den Rückweg in die Gilde.

Das hatte ihr gerade noch gefehlt.

»Und du glaubst, er könnte dich melden?«

In der Gildenbibliothek brannte nur an jeder vierten Stirnseite der Regalwände in einer eisernen Halterung eine Kerze, die zusammen eine diffuse Grundbeleuchtung des Kellers erzeugten. Obwohl es keine Fenster gab, wusste Leyna, dass Mitternacht bereits verstrichen war.

»Keine Ahnung«, sagte sie erschöpft.

Den ganzen Tag hatte sie entweder keine Zeit gehabt oder es hatte sich keine Gelegenheit ergeben, unter vier Augen mit Jule über das Zusammentreffen mit Enzo zu reden.

»Ich dachte, dein Vater fährt mit ihm regelmäßig raus.«

»Tun sie auch, die verstehen sich gut, aber seit Enzo so viel säuft ...«

»Und was willst du jetzt unternehmen?«

»Ich dachte, du hast vielleicht eine Idee?«

Jule pfiff durch die Zähne. Sie saß neben ihr an einem der Nischentische zwischen den Regalwänden. »Mit ihm reden wird nichts bringen, oder?«

»Nein, dann würde ich mich ja verraten.« *Im schlimmsten Fall uns beide.*

»Und zum Schweigen bringen? Es gibt doch sicher irgendeinen Zauber ...«

Leyna musterte ihre Freundin. »Dir ist schon klar, dass das gegen den Kodex der Gilde verstößt, vorausgesetzt, wir würden so einen Zauber in Erfahrung bringen. Wir wären sofort draußen.«

»Besser als im Kerker zu verenden, oder?« Jule erhob sich. »Ich mach jetzt auf jeden Fall mit unserer Suche weiter und halte nebenbei Ausschau nach Schweigezaubern.« Damit verschwand die Blonde hinter den Regalreihen.

Auch Leyna stemmte sich hoch. Jule hatte recht; lieber brachten sie Enzo zum Schweigen, als dass ihr Vater ermordet wurde und sie selbst im Kerker landete. Aber ob es so einen Zauber überhaupt gab?

Eine gute Stunde später sank Jule erschöpft an den Tisch, an dem Leyna gerade ein Buch durchblätterte.

»Nichts!«, sagte sie. »Ich bin mit meinen Sektoren durch. Es gibt dort keine Bücher über Meeresungeheuer und keine über Schweigezauber.«

»Bei mir dasselbe.« Leyna spürte die Enttäuschung tief in ihrer Brust wie ein Eisenband, das sich um ihr Herz zusammenzog. Sie klappte das Buch vor sich zu, eine Abhandlung über das *Lehrreiche Leben der Getiere des Meeres*, versehen mit beeindruckenden Zeichnungen in Farbe und Tusche. »Es muss aber etwas darüber geben!« Wieder einmal wollten Tränen ihren Blick verschleiern, doch sie kämpfte sie zurück. »Was ist mit Büchern über Pflanzen?«

»Willst du sie noch mal alle durchschauen?«

»Und Bücher über Sagen? Über Seemannsgarn? Über Seefahrer? Die Grautarken? Vielleicht finden wir einen Hinweis, irgendetwas!«

Jule antwortete nicht, wussten sie doch beide, dass sie diese Gedankengänge schon in den Tagen zuvor gehabt und geprüft hatten.

Leyna sank in sich zusammen. Betrübt blickte sie in die Flamme der Leselampe. Ihre Augen brannten vom vielen Lesen. Seit Tagen durchsuchten sie in den Abendstunden systematisch die Bibliothek nach Hinweisen über den Befall, bisher ohne Erfolg. Es schien verhext zu sein; entweder es war eine neue Art Getier, die La Harb heimsuchte, oder niemand hatte je darüber geschrieben. Wobei sich Leyna Letzteres nicht vorstellen konnte. Sogar über Seegurken gab es ellenlange Abhandlungen, über den Aufbau, die Fortpflanzung und die Lebensweise, und Seegurken waren das Langweiligste überhaupt. Ein Ding, das sich auf dem Kopf eines Menschen festsaugte, würde unweigerlich Interesse erregen. *Oder Angst.*

Jule schien zu einer ähnlichen Schlussfolgerung zu kommen, denn sie rückte näher an Leyna heran. »Bleibt uns eigentlich nur noch eine Möglichkeit«, flüsterte sie. »Der alte Trakt.«

»Netter Witz.« Der alte Trakt war ein abgesperrter Bereich der Bibliothek, und er befand sich in den untersten Stockwerken, teilweise sogar unterhalb des Meeresspiegels. Dort lagerten die ältesten und wertvollsten Schriften der Gilde; Schriften über Irrwische, die sich in Blutbäumen versteckten und unvorsichtige Wanderer verzauberten, über Prophezeiungen der Ewigen, über Schattenjäger und die Götter. Angeblich hing dort eine Porträtzeichnung vom unsterblichen Zacharias, dem Sohn der Wächterin, dem legendärsten Meuchelmörder aller Zeiten, der der Sage nach vor über fünfhundert Jahren mit einer Hexe aus La Harb liiert gewesen war und sich von ihr zeichnen ließ. Er soll später durch die Hand einer Wirtsmagd gestorben sein. Wie das mit seiner Unsterblichkeit zusammenpasste, war Leyna schleierhaft. Man munkelte auch von einer originalen Gebetsschrift des heiligen Magiers Sankt, der vor fast viertausend Jahren im Auftrag der Götter gegen seinen Magusbruder Ives ins Feld zog, um ihn zu töten und seinem Wahnsinn ein Ende zu bereiten. Beide starben durch die Hand des jeweils anderen und beendeten so den legendären Zwillingskrieg. Von diesen Sagen und Mythen gab es Hunderte, und von allen existierte etwas Ursprüngliches im alten Trakt. Zumindest erzählte man das. Leyna glaubte das Wenigste davon, allerdings lagerte dort unbestreitbar Wertvolles. Oder Gefährliches. Warum sonst sollte man es wegsperren?

Doch sie würden nie Zugang erhalten. Nicht einmal alle Schwestern mit Ewiger Profess durften dort Nachforschungen anstellen. Vermutlich wandelte nur Matronin Misha ab und an durch die Gänge des alten Trakts. Das Tor mit den dreizehn armdicken Eisenbändern, das sich im untersten Stock unter der Bibliothek befand, war immer verschlossen.

»Du hast recht.« Jule seufzte. »Da kommen wir ohne Hilfe nicht rein, und fragen können wir niemanden.« Sie bettete ihr Kinn auf die Unterarme und starrte geradeaus. Leyna tat es ihr gleich.

So saßen sie nebeneinander im Schein der Leselampe, der sich als einziger bewegte. Ab und an flackerte er sanft, wenn ein Windzug durch die Bibliothek pfiff.

Erst als eine Tür klapperte, tauschten die beiden Freundinnen wieder einen Blick. Leyna schob sich auf der Sitzbank bis vor zum Gang und spähte aus dem Alkoven. Zwei Schwestern kamen zwischen den Regalen entlanggeschritten. Noch waren sie ein Stück entfernt, doch schon gut zu erkennen, weil eine der beiden eine Laterne trug. Es war Matronin Misha in ihrer grauen Kluft und der weißen Haube über ihrem grau melierten Haar, und neben ihr die Blinde, die die Nachtwacht in der Höhle gehalten hatte. Der Laternenschein füllte ihre Augenhöhlen mit Schatten. Sie hatte sich bei der Matronin untergehakt und sprach leise mit ihr.

Leyna huschte zurück an den Tisch »Misha«, wisperte sie.

Jule wurde sofort steif. »Dann sollten wir schleunigst verschwinden.«

»Damit sie sehen, wie wir uns aus dem Staub machen?« Leyna schüttelte den Kopf. »Du hast selbst gesagt, wir dürfen nicht auffallen. Wir bleiben. Wir haben nichts zu verbergen.«

»Und wonach suchen wir hier bitte mitten in der Nacht?«

»Nach einem Verweis auf die seltsamen Quallen. Wir suchen einen Weg, die Menschen zu retten, anstatt zu töten. Das ist unsere Berufung!«

»Ja, aber ...«

»Kein Aber! Es entspricht der Wahrheit! So werden sie keine Lüge wittern!«

Und dann war es ohnehin zu spät. Die Stimmen der beiden Schwestern wurden hörbar.

»... er hebt aus, sagst du?«, fragte die Blinde.

»Mindestens eintausend Mann, wenn man den Vögeln glauben mag.«

»Dann weißt du, was er damit vorhat.«

»Ich kann es mir vorstellen.«

Die Schritte kamen näher.

»Und was gedenkst du, dagegen zu unternehmen?«, fragte die Blinde.

»Ich hatte gehofft, du würdest es mir sagen.«

»Ja, das habe ich befürchtet.« Die Blinde seufzte. »Siehst du Kompromissbereitschaft?«

»Bei Lazards? Nein. Er ist ein Erzkonservativer. Kommt aus dem niederen Adel, hat sich mit harter Hand und Unnachgiebigkeit an die Spitze seiner Baronie gekämpft. Mit ihm werden wir nicht verhandeln können. Sollte es hart auf hart kommen, brauchen wir eine andere Lösung als wohl gewählte Worte.«

Ein paar Schritte Schweigen, dann: »Woran hast du gedacht?«

»Erst mal an Abwarten. Zur Not an Sie.«

»Die Tochter«, murmelte die Blinde. »Eine gefährliche und teure Lösung. Wenn überhaupt.«

»Doch effizient. Bringst du den Fahnenträger zu Fall, ist die Schlacht gewonnen. Die Fahnenlosen werden die Waffen niederlegen.«

»Und ist Lazards der einzige Fahnenträger? Wird nicht jemand anderes sie aufheben und noch lauter zur Schlacht rufen? Du hast es selbst gesagt: erzkonservativ. Die werden immer mehr. Die Angst treibt sie aus ihren Häusern.«

Der Schein von Mishas Lampe erreichte die Ecken und Buchrücken des Alkovens. Die zwei Frauen erschienen hinter dem Regal. Überrascht blieb die Matronin stehen. Ihre Augenbrauen ruckten zusammen.

»Juliane und Leyna. Was gibt es für junge Professinnen zu dieser Stunde hier zu erledigen?«

»Nachforschungen.« Leynas Stimme klang fest, doch ihre Finger zitterten, als sich die leeren Höhlen der Blinden auf sie richteten.

»Worüber?«

»Über die Getiere des Meeres.« Die Blinde löste sich aus Mishas Arm und trat an den Tisch. Ihre gichtigen Finger fanden das Buch, ihre Fingerspitzen strichen über den Einband und die geprägte Inschrift. »Wonach sucht ihr genau, Kinder?«

»Nach Verweisen auf diese Dinger«, sagte Jule.

Und Leyna präzisierte: »Irgendwo muss es doch Hinweise darauf geben. Wir können uns einfach nicht vorstellen, dass es eine neue Art Plagegeister ist, die plötzlich La Harb heimsucht. Irgendetwas muss darüber geschrieben worden sein. Irgendwie müssen wir helfen können!«

Stille folgte.

Misha brach als Erste das Schweigen: »Das Leben ist kein Wunschkonzert, Schwestern. Ich sähe auch lieber Hilfe anstatt Erlösung, aber wir haben uns zu fügen. Sucht von mir aus weiter, aber ich glaube kaum, dass ihr etwas findet.«

»Und im alten Trakt?« Jule wagte den Vorstoß. »Habt Ihr dort schon gesucht?«

Misha musterte Jule durchdringend. »Wenn wir eine Ahnung hätten, was La Harb widerfährt, würden wir etwas dagegen unternehmen. Eine ganze Gruppe von Schwestern beratschlagt sich Tag und Nacht. Von mir aus sucht hier weiter, aber sollte eure Arbeit darunter leiden, dann ...«

»Shhh!« Die Blinde schnitt der Matronin das Wort ab. »Sei nicht so streng mit den Kindern. Wenn ich an deine Jugend zurückdenke, wolltest du auch die Welt retten. Es ist der Drang der Jugend.«

Misha seufzte. »Ja, Ilka, du hast recht.«

Die Blinde namens Ilka lächelte. Ihre narbigen Augenhöhlen richteten sich auf Leyna. Der brach der Schweiß aus, doch sie rührte sich nicht und starrte zurück, bis Ilka sagte: »Nun denn, Kinder. Ich wünsche euch eine gute Nacht.« Sie wandte sich ab und schlurfte weiter.

Misha blickte ihrer Gildenschwester hinterher, bevor sie zu Leyna und Jule sagte: »Ihr habt es gehört, Schwestern. Macht euch auf in eure Betten! Für heut ist es genug.« Sie eilte Ilka nach.

Es dauerte eine ganze Weile, bis die Schritte verklungen waren. Erst als eine weitere Tür geklappert hatte, und es ganz still war, wagte Jule einen Blick aus dem Alkoven heraus. »Wieder diese Blinde. Hast du die Narben gesehen? Sah wie zusammengenäht aus.«

Leyna hatte die stichförmigen Erhebungen in den Augenhöhlen ebenfalls gesehen. Und noch mehr: In Ilkas *Blick* hatte etwas gelegen, eine Botschaft vielleicht? Ganz sicher wusste Schwester Ilka irgendetwas.

Und sie wusste auch, dass Leyna jetzt wusste, dass sie es wusste.

Stellte sich die Frage, ob sie der Alten vertrauen konnte. Wollte sie das Leben ihres Vaters in deren Hände legen? Oder hatte sie das schon längst getan? So wie Ilka eben gewusst hatte, welches Buch auf dem Tisch lag, konnte sie gewusst haben, dass sie Henry in die Gilde geschmuggelt hatten. Vielleicht hatte sie sie gewähren lassen. *Vergesst nicht eine Fackel, Kinder. Nehmt am besten die linke. Die habe ich erst entfacht.* Absichtlich? Für Leyna und Jule, weil sie gewusst hatte, dass sie kommen würden?

Je länger Leyna darüber nachdachte, desto überzeugter war sie. Sollte sie Jule einweihen? Die schien nichts von alledem bemerkt zu haben.

»Was schaust du so?« Jule raffte die Bücher zusammen, die sie durchforstet hatte. »Du starrst ja richtig! Wie diese Ilka, nur mit Augen.« Sie erschauerte und huschte aus dem Alkoven, um die Bücher zurück in die Regale zu bringen.

Und da wusste es Leyna. Sie würde Jule nicht einweihen. Wenn Ilka das gewollt hätte, wäre Jule das alles ebenfalls aufgefallen. Was auch immer zwischen Leyna und Ilka entstand, ging niemanden sonst etwas an.

Leyna packte das letzte Buch auf dem Tisch, das *Lehrreiche Leben der Getiere des Meeres*, und klemmte es sich unter den Arm, um es ins Regal zurückzustellen, aus dem sie es gezogen hatte.

Danach folgten sie Ilkas Rat und gingen ins Bett, nur um bereits im Morgengrauen wieder aus dem Schlaf gerissen zu werden. Die Stadtwache pochte ans Tor der Gilde und verlangte nach Leyna. Bei ihr befanden sich ein Richter und ein Mann namens Enzo.

Kapitel 10

Inseln des ewigen Schlafs, Burg Loden

Von der Hafenkapelle wehte der zwölfte Glockenschlag zur Burg herauf. Mitternacht. Während in der Hafenkneipe noch die Hartgesottenen soffen, lachten und tratschten, war es in der Burg bereits still. Einzig die Fackeln knisterten und knackten, und ab und an prasselte der Regen gegen die Fenster, wenn eine Windbö aufkam.

Kea schlich durch den Wohntrakt, huschte von Nische zu Nische, immer darauf bedacht, nicht zu lange im Fackelschein dazwischen zu verweilen. Die Hauptgefahr ging von ihrer Mutter aus. Maren arbeitete gern nachts, wob die Fäden der Fratera und saß dann mit Feder und Tinte bei Kerzenschein in ihrem Solar über Unterlagen gebeugt. Wenn ihr der Rücken zu sehr schmerzte, wandelte sie durch die Burg, ein Horn Met in der Hand. Vor dem Rest ihrer Familie hatte Kea weniger Furcht – die *Zwillingsfalke* sollte im Morgengrauen nach La Harb auslaufen, daher verbrachten die Brüder die Nacht in der Hafenkneipe und soffen mit ihrem Vater um die Wette, nachdem sie alle zusammen in der Burg zu Abend gegessen hatten. Nach einer Lauch-Zwiebel-Suppe war Spansau mit einer Krautpfanne kredenzt worden, dazu Blamensier. Kea hasste den weißlichen Brei, für den Ziegenmilch, Mandeln, Reismehl, Schmalz, Zucker und zerrissene Hühnerbrust miteinander gemischt wurden. Einzig die zerstoßenen Veilchen waren lecker. Als Entschä-

Liebe Westufflerinnen und Westuffler,

bereits zum ***74. Mal*** *steht unsere Kirmes vor der Tür. Im Jahr 2021 ist aber immer noch nicht alles so normal, wie wir es uns erhofft hatten. Dennoch möchten wir euch ein kleines Programm vorstellen.*

Am ***Freitag****, den* ***10.09.2021*** *ab* ***20 Uhr,*** *soll ein kleines Open Air Antrinken zwischen der Turnhalle und dem Dorfgemeinschaftshaus stattfinden.*

Am ***Kirmesfreitag****, den* ***17.09.2021*** *findet um* ***18 Uhr*** *wie gewohnt unser Kirmesgottesdienst statt.*

Am ***Kirmessamstag*** *wird es ab* ***20 Uhr*** *eine Open Air Krimesfeier geben, diese findet auch zwischen der Turnhalle und dem Dorfgemeinschaftshaus statt.*

Am ***Kirmessonntag*** *wird ab* ***11:30 Uhr*** *der traditionelle Frühschoppen auf dem Festplatz starten. Ab* ***14 Uhr*** *lassen wir bei Kaffee und Kuchen die Kirmes ausklingen.*

...lische Begleitung am Sonntag Inflat... Internationale ...

Wir werden natürlich wie jedes Jahr **samstags** ...g, dem Wattberg und im Neubaugebiet sowie in der Bremer Straße ...fen und **sonntags** im Dorf Ständchen spielen. Beginn jeweils ab ...

Wer gerne einen Kirmesschnaps tr... ...enes Schnapsglas mitbringen

Für alle Veranstaltungen gel...
Bei schlechtem Wetter, s...

digung hatte sie noch ihre Leibspeise bekommen, Pfannkuchen mit Pflaumenmus.

Aber was interessierte sie das Festmahl? Sie wollte das Edulog sehen, es anfassen, es öffnen. Es rief nach ihr, oh, so stark rief es! Ihr Leben lang hatte sie gespürt, dass es irgendwo jenseits der Inseln etwas gab, das für sie bestimmt war. Jetzt hatte sie es gefunden.

Kea huschte weiter, vorbei an einem Porträt eines Grautarkenherrschers, das nie abgehängt worden war, und erreichte Hennings Zimmer. Für einen Moment lauschte sie, und als sie sicher war, dass niemand den Flur entlangkam, öffnete sie die Tür. Wie erwartet war nicht abgesperrt, warum auch auf einer Insel, auf der alle das Kreuz der Fratera unter der Haut trugen, sobald man als volljährig galt. Kea würde erst in ein oder zwei Jahren das Kreuz erhalten. Noch durfte sie darüber nachdenken, wohin sie es sich stechen lassen wollte.

In Hennings Zimmer brannte eine einsame Ölkerze neben der Schlafstatt, ansonsten lag der Raum in Dunkelheit. Trotzdem entdeckte Kea sofort den Seesack am Boden neben dem Bett. Und sofort wurde der Ruf lauter.

Erleichterung machte sich in ihr breit. Ihre größte Furcht war gewesen, dass Henning seine Habseligkeiten bereits aufs Schiff gebracht hatte. Dort wären sie unerreichbar für Kea, denn niemand schlich sich auf ein Schiff der Fratera, nicht einmal Meister Apur.

Aber der Sack lag vor ihr.

Kea schloss leise die Tür und war sofort dort. Den Knoten öffnen, an der Schnur zerren und hineinspitzen. Die Schatulle schimmerte rötlich braun im Kerzenschein, war vermutlich aus Kirsch- oder Rosenholz gefertigt.

Ihr Herz klopfte heftig, als sie sie vorsichtig herausholte, und noch mehr, als sie feststellte, wie schwer sie war. Ehrfürchtig beäugte sie sie, hörte den lockenden Ruf aus dem Inneren, schloss für einen Moment die Augen, gab sich dem Sog hin und schob schließlich mit dem Zeigefinger den Messingverschluss zur Seite. Der Deckel klappte hoch.

Kea meinte, ihr Herz würde stehen bleiben.

Das Edulog war so schön. Das Messing glänzte wie erstarrtes Feuer, die schwarzen Plättchen mit den eingeäzten Symbolen sogen hingegen das Licht auf und ließen die fremdartigen Zeichen wie im Nichts schweben.

Einige Zeit betrachtete sie es, und bevor sie es berührte, stellte sie die Schatulle auf den Boden, um beide Hände frei zu haben. Nochmals saß sie regungslos da und bestaunte die Röhre in der Größe eines Schwertgriffs, bis sie endlich danach griff und es aus seinem Samtbett hob.

Wieder spürte sie ein Kribbeln in der Brust, so wie am Morgen, als sie es das erste Mal gesehen hatte, und gleichzeitig stürzten Bilder auf sie ein.

Sie sah die endlose Weite des Meeres, ein schimmernder Bogen von Horizont zu Horizont, gefleckt wie das Land, nur in Schwarz und Blau und allen Abstufungen dazwischen. Wolken fegten über diese von Wasser bedeckten Gebirge hinweg, Schäfchenwolken, Schleierwolken und Gewitterzellen, Trutzburgen dunkler Regenmassen, durchzogen von Blitzen wie schwarzer Marmor. Sie bliesen Schiffe vor sich her, klein wie Spielzeug, die in den Wogen auf- und abtaumelten, ließen manche davon entkommen und andere kentern. Matrosen schlugen im Wasser um ihr Leben, krampften Finger um Treibgut, während andere den Kampf verloren gaben und hinabsanken in die endlose Tiefe, silbrige Luftblasen vor den erstarrten Gesichtern. Und zwischen ihnen lauerten reptilienhafte Schatten, schossen hierhin und dorthin, in Rauchblau und Violett und Grellorange, wenn sie den Blick auf Kea warfen. Dann spürte sie Hass und Wut und einen Splitter angsteinflößender Intelligenz, der ihr den Schweiß aus den Poren trieb, doch die Bilder stürzten weiter auf sie ein, und sie sah dunkle Wolken. Erst als Haube über einer Insel mit regennassen Häusern. Regen klatschte auf schwarze Schieferdächer und schimmernde Rüstungen und tropfte von feuchten Wimpeln und Schlachtrufen brüllenden Mündern. Dann wuchs die Regenhaube, Frauen und Männer wogten mit den Armen, schrien in stummer Agonie, und schon zog sich die Regenfront als breites Band den Steen entlang und schwappte als wogendes Meer über den Kontinent.

Überall stiegen Rauchsäulen in den Himmel, mischten sich mit den Wolken zu brodelnder Dunkelheit, in der Feuer schimmerten. Überall schrien Menschen in Angst und Pein. Reisig knisterte, und Flammenzungen leckten gierig an nackten Beinen.

Schließlich tauchte aus dem Nebel etwas auf, und sie sah eine steinerne Kathedrale tief unter der Erde, und dort ruhte etwas auf einem silbernen Sockel, der aus einem künstlichen See ragte. Silberne Fischleiber wanden sich unter der Oberfläche, und das Etwas pulsierte in rauchblauen Farben und lockte mehr noch als das Edulog. Das Etwas schrie, schrie über den Kontinent hinweg nach ihr, zitierte sie dorthin, hinab in den Schoß der Erde, wo alles in einem Gedanken seinen Anfang genommen hatte.

Mit einem Japsen, als würde sie aus großer Tiefe auftauchen, kehrte Kea in Hennings Zimmer zurück, weit entfernt von jener steinernen Kathedrale, die so still war wie ein tausend Jahre altes Grab. Und da wusste sie, dass ihre Visionen vom Tag mit dem Edulog und jenem Etwas zusammenhingen. Aber das Etwas war weit entfernt, und das Edulog so nah. Was auch immer sich im Inneren befand, es war für sie bestimmt, nicht für einen Mann namens Karrol in La Harb.

Kea schluckte, umfasste das Edulog mit beiden Händen und drehte wie von selbst den vordersten Ring aus schwarzen Zeichen. Mit jedem Plättchen klickte es im Inneren, bis Kea einer Intuition folgend innehielt. Wie Hunderte Ameisenbeine kitzelte es an ihren Fingern, als sie das vorderste Zeichen berührte, das sich jetzt auf einer Höhe mit zwei eingeätzten Linien befand, die stilisierte Sonne, Mond und Wassermond voneinander trennten.

Das Zeichen erglühte in sanftem Violett.

Kea lächelte verträumt.

Es war so schön.

Im matten Schein drehte sie den zweiten Ring, entgegengesetzt diesmal, und wieder hielt sie an einem Symbol inne und berührte es. Auch das begann zu leuchten.

Beim Drehen des dritten Rings hörte sie jemanden im Flur lachen. Stiefelschritte. Henning und Nante wahrscheinlich.

Gehetzt sah sich Kea nach einem Versteck um, doch in dem spartanisch eingerichteten Zimmer blieb nur das Bett. Sie konnte darunterschlüpfen und hoffen, dass Henning wieder ging und sich nicht schlafen legte.

Nur wohin mit dem Edulog? Sie wollte es nicht zurücklegen, sie wollte es behalten, es öffnen, das Innere besitzen.

Henning lachte abermals und sagte: »Da kauft der Priester tatsächlich zwei Pfund Kaffee, weil er ihn so liebt. Nur schmuggeln will er nicht und lügen auch nicht, also klemmt er sich die zwei Pfund unter die Arme und erzählt dem Grenzer, er hätte zwar Kaffee gekauft, aber unter den Armen verteilt.«

Wieder Lachen. Gleich würden sie hier sein.

Kea biss sich auf die Unterlippe. Fix die ersten beiden Ringe verdreht und das Edulog zurück in die Schatulle gelegt. Klappe zu, Verschluss vor und schnell rein in den Sack.

Die Tür öffnete sich, als sich Kea unter das Bett schob.

Hennings regenfeuchte Stiefel erschienen in ihrem Blickfeld, traten vors Bett. Ein Grashalm klebte an der Stiefelspitze.

Ihr Bruder seufzte. »Irgendwie bin ich froh, dass wir morgen aufbrechen. So sehr ich es liebe, in Lodenhaven einzulaufen, reicht es mir dann doch nach zwei oder drei Tagen wieder.«

Es war nicht Nante, sondern Raik, der Henning begleitete. »Du darfst es Mutter und Vater nicht übelnehmen. Ihr baut eben regelmäßig Bockmist.«

Henning stieß ein lachendes Geräusch aus. Knie knackten, als er neben seinem Seesack in die Hocke ging. »Das ist das Los, wenn man nicht Erstgeborener ist.« Er zurrte den Seesack zu. »Du trägst da eine andere Last.«

»Nee«, entgegnete Raik, »ich bin nur einer unter Gleichen.«

»Wirklich?« Henning stand auf, beugte sich übers Bett, Stroh raschelte, dann wurde es dunkel. Nur noch ein Schimmer Licht fiel vom Gang herein. »Du bist nicht einer unter Gleichen, sondern Erster unter Gleichen. Du kommst direkt nach Vater und Mutter. Aber hey, mir gefällt mein Leben, so wie es ist.« Seine Stiefel entfernten sich, und er verließ das Zimmer – mit dem Seesack. »Nante und ich lassen uns treiben, erledigen mal hier einen Auftrag, mal dort. Wie der Wanderfalke.« Die Tür schloss sich hinter ihm, und ihre Stimmen entfernten sich.

Kea starrte auf die Stelle, wo der Seesack gestanden hatte. Ihre Hände schmerzten von den Fäusten, die sie ballte, und am liebsten hätte sie vor Wut geschrien.

Aber vielleicht gab es noch eine Gelegenheit! So schnell gab eine Kea Falk nicht auf. Sie rollte sich unter dem Bett hervor, huschte zur Tür, öffnete sie lautlos und spähte hinaus. Henning und Raik bogen gerade um eine Ecke. Ziemlich sicher schlugen sie den Weg hinab zum Hafen ein, warum sollte er sonst seine Sachen mitnehmen?

Kea verzog das Gesicht. Wenn Henning direkt aufs Schiff ging, war das Edulog außer Reichweite, außer wenn sie sich vorher noch einen Absacker in der Hafenkneipe genehmigten. Im Gewirr und Gegröle der Matrosen konnte sie vielleicht …

Schon sauste sie in die andere Richtung davon und stieg am Ende des Flurs die Wendeltreppe hinab zu den Gemächern der Bediensteten. Sie nahm denselben Weg wie am Morgen, als sie von der Lehrstunde mit Meister Apur in die Burg geeilt war, öffnete das schmale Fenster und stieg hinaus in die Nacht. Die strich ihr mit kalten Regenfingern übers Gesicht, und bald würde ihr Gewand schwer und nass sein, aber Kea störte sich nicht daran. Sie schwang sich über die Mauerzinne und stieg die geheime Treppe abwärts. In der Dunkelheit war das gar nicht so leicht, aber ihre Tritte waren sicher, und so erreichte sie den Felsen am Fuße des Nordturms. Die mit Efeu überwucherten Hänge rutschte sie einfach hinab, ein Stück, ein Stück, ein Stück, und fand sich am Ufer des Burggrabens wieder. Aus den Fenstern über ihr fiel mattes Licht und verwandelte die Regentropfen in goldene Streifen. So fand sie schnell den Weg am Ufer und tappte nur zweimal in knöchelhohes Wasser. Schließlich erreichte sie die Südseite, an der sich die Zugbrücke über den Graben spannte. Henning und Raik überquerten sie gerade.

»Schnell genug«, murmelte sie und begann mit dem Aufstieg. Es war nur eine kurze Kletterpartie, und ihre beiden Brüder befanden sich immer noch in Sichtweite, als sie selbst die Zugbrücke überquerte. So folgte sie ihnen in angemessenem Abstand, immer darauf bedacht, sich hinter einen Baum oder eines der Gebäude zurückzuziehen, wenn es denn sein musste.

Abes es musste nicht sein. Kea erreichte den Hafen, ohne dass ihr jemand entgegenkam. Vor dem *Singenden Anker* blieben Henning und Raik im Schutz einer Überdachung stehen. Den Seesack stellte er neben sich auf den trockenen Boden. Fackeln erhellten sein bärtiges Gesicht mit den kinnlangen, zu einem Mittelscheitel gekämmten Haaren. Irgendetwas sagte er zu Raik, doch aus der Taverne drang lautes Gelächter, und Kea verstand kein Wort. Sie schlich näher heran und versteckte sich hinter einem Karren, der neben den Brüdern stand. Zwischen den Speichen des Rads spähte sie hervor. Jetzt konnte sie sie hören.

»Und Nante?«, fragte Raik, der ihr den Rücken gekehrt hatte. »Verändert sich etwas?«

Henning schürzte die Lippe. »Nee, alles wie immer. Manchmal dreht er ab und hat seine Eingebungen.«

»Wie Kea.«

»Kea?«

»Sie sagt manchmal auch Dinge, die sie nicht wissen dürfte.«

»Weil sie ihre Nase überall hineinsteckt.« Henning lachte. »Das hat mehr mit Neugierde zu tun.«

»Nein, nein, nein. Ich glaube, sie hat das auch wie Nante, nur anders. Nicht so ... irre.«

Henning zuckte mit den Schultern. »Vielleicht hatten wir ja mal magiebegabte Vorfahren. Die Gabe soll ja oft Generationen überspringen.«

»Ja, vielleicht.«

Die Tür des *Ankers* ging auf, und heraus kam Keas Vater – in Begleitung. Dies erstaunte Kea, denn an der Seite ihres Vaters schritt niemand anders als der Wanderfalke höchstpersönlich einher, aufrecht und entschlossen wie immer.

Er trug ein türkisfarbenes Gewand mit breitem Kragen, darüber ein schlichtes, ledernes Wams. Stiefel und Handschuhe waren ebenfalls aus Leder und ebenso bar jedes unnützen Zierrats. Ein Säbel hing locker an seiner Hüfte. Er war das einzig Pompöse; der Griff überzogen mit heller Rochenhaut, die Klinge gebogen und mit einer kräftigen, zweischneidigen Spitze. Angeblich war die Waffe bei einer Meuterei vor vielen Jahren in seinen Besitz gelangt.

Wie sie so nebeneinanderstanden, sah man kaum eine Ähnlichkeit. Im Gegensatz zum hochgewachsenen, muskulösen Eustachius wirkte Thevs klein, beinahe unscheinbar, doch Kea sah trotzdem, dass er seinem älteren Bruder ebenbürtig war. Es war etwas in seiner Art, sich zu bewegen, etwas in seinem glattrasierten Gesicht und – vor allem – etwas in seinen blaugrauen, aufmerksamen Augen, das ihn zu einem Anführer machte, dem man folgte.

Er lächelte, als er seine Neffen sah. »Na, ihr beiden.« Er klopfte ihnen kumpelhaft auf die Schultern. »Schade, dass es nur ein kurzes Gastspiel wird.«

Raik sah ihn erstaunt an. »Ich dachte, du bleibst über Vaters Geburtstag?«

»Leider nein. Ein Auftrag drängt … so wie ein anderer.«

Henning rollte mit den Augen. »Scheißt euch mal alle nicht in die Hosen wegen dieser Lieferung. Die Fahrt wird großartig. Außerdem wollte ich schon lange wieder mal nach La Harb. Wann war das letzte Mal? Damals war ich ein kleiner Junge ohne Sinn für das Wichtige im Leben. Es soll dort den besten Roten und die freizügigsten Frauen geben. Du wirst alle Schenkel kennen, Thevs, kommst du nicht erst von dort?«

»Aus La Harb, ja, und dorthin fahre ich wieder.«

»Wie bitte?« Henning sah zwischen seinem Vater und seinem Onkel hin und her. »Das ist nicht euer Ernst.«

»Es hat nichts mit eurem Auftrag zu tun«, brummte Eustachius.

»Jaja, ihr könnt ...«

»Nein, Henning.« Thevs fasste seinem Neffen an die Schulter. »Es ist Zufall. Wir nahmen in La Harb eine Lieferung an Bord, die verwechselt wurde. Uns wurde die falsche Kiste untergeschoben.«

»Dann verladet sie in die *Zwillingsfalke*. Wir nehmen sie mit, und du sparst dir eine Fahrt.«

»Nein.« Thevs blieb hart. »Ich liefere sie eigenhändig wieder ab und spreche ein ernstes Wort mit dem Lieferanten.«

Wie er es sagte, bescherte Kea eine Gänsehaut. Sie hatte einmal gehört, dass bei Thevs ein *ernstes Wort* auch das Entfernen eines Fingers bedeuten konnte.

»Und nun komm, Henning, lass uns an Bord weiterreden. Ihr seht euch ja morgen früh noch mal.« Er schob seinen Neffen in die Dunkelheit, während Raik und Eustachius grüßend die Hände hoben und zurück in den *Singenden Anker* gingen.

Kea unterdrückte einen Fluch. Das konnte doch nicht wahr sein! Jetzt war auch noch Thevs bei Henning, und sie gingen direkt aufs Schiff. Wie sollte sie jetzt noch an das Edulog kommen?

Sie zog sich in den Schatten zurück, schlüpfte auf der anderen Seite hinter dem Karren hervor und eilte den beiden hinterher. Einen Plan hatte sie nicht, aber sie war wie getrieben. Sie spürte weder die Feuchtigkeit, die ihr bereits bis auf die Haut ging, noch die Kälte. Ihre Gedanken galten allein dem Edulog und seinem Inhalt.

Das mit jedem Schritt in weitere Ferne rückte.

Kea verkürzte den Abstand auf die Hälfte, als sie den Hafen erreichten. Am Hauptkai brannten zahlreiche Laternen. Dahinter erhoben sich die *Zwillingsfalke* an vorderster Position und die *Wanderfalke* dahinter, beide vertäut an den steinernen Splits. Einige Männer riefen sich Befehle zu, schleppten Fässer und Kisten durch den Regen und verluden sie auf Karren. Ladeplanken ächzten unter der Last, Pferde scharrten mit den Hufen, und Pferdeäpfel stanken.

Henning und Thevs bahnten sich einen Weg durch den Trubel, und Kea blieb nichts anderes übrig, als sich abermals zu verstecken; diesmal hinter einem Haufen Fischernetze und Kisten, die am Rand des Kais aufgestapelt waren. Sie beobachtete, wie die beiden über eine schmale Planke an Bord der *Zwillingsfalke* stiegen – und mit ihnen der Seesack.

Tränen stiegen Kea in die Augen. Sie war so nah dran gewesen, so nah ... und da sah sie vor ihrem inneren Auge Feuer brennen, züngelnde Flammen auf salzigen Planken, darüber der Schein eines lodernden Segels.

Ihr Blick glitt zu einer der Laternen. Sie nutzten Öl im Hafen, reichlich Öl, damit die Anzünder nicht ständig nachfüllen mussten. Wenn sie für Ablenkung sorgen könnte, dann ... Schon sprang sie hinter ihrer Deckung hervor und rannte zu einer der hintersten Laternen. Sie öffnete den Windschutz aus schlierigem Glas und nahm das Brandgefäß heraus. Es war so groß wie ein kleiner Eimer, gefüllt mit stinkendem Öl und einem vollgesogenen Docht in der Mitte. Eine stete Flamme tanzte daran.

Und schon fand sich Kea am Ende des Kais wieder, schräg gegenüber der *Wanderfalke*, und schleuderte den Eimer mit aller Kraft aufs Achterdeck.

Eine leuchtende Spur zog sich durch die Nacht, dann hörte sie, wie der Eimer barst, Öl zischte und jemand vor Überraschung schrie.

Ein blasses Gesicht erschien über der Reling, doch Kea sprang bereits hinab in den schwarzen Spalt zwischen

Schiffsrumpf und lotrechter Kaimauer. Für ein Mädchen war dort zwischen den Steinen und der mit Salz und Muscheln übersäten Bordwand genug Platz.

Das Wasser war allerdings kälter und schwappte stärker als erwartet und presste sie beim Eintauchen gegen die groben Steinquader. Schmerz schoss ihr durch die Hüfte, doch Kea verdrängte ihn, vollführte einen Schwimmzug und tauchte auf. Dabei patschte ihr das Wasser abermals ins Gesicht, und das Salz brannte in den Augen. Sie keuchte, schlug um sich und fand schließlich ihre Orientierung wieder.

Über ihr loderte der Himmel in flackerndem Gelb. Frauen und Männer schrien. Das Feuer breitete sich aus.

Ihre Chance.

Mit ein paar Armzügen schwamm sie den Spalt entlang bis ans Ende der *Wanderfalke*, holte tief Luft, tauchte unter und schwamm weiter, immer mit den Fingerspitzen die Kaimauer streifend. Schließlich spürte sie die *Zwillingsfalke* mehr neben sich, als dass sie das Schiff sah. Sie tauchte auf, rang nach Atem und hob den Blick.

Über ihr stürmte Thevs brüllend von Bord, Henning und weitere Frauen und Männer der Mannschaft im Schlepptau.

Keas Augen glänzten kalt. So in etwa hatte sie sich das vorgestellt.

Sie schwamm weiter, jetzt wieder zwischen Schiff und Hafenmauer, bis von einem Split ein Tau herabhing. Ihre Finger krallten sich in das steinharte Seil und daran zog sie sich empor, hinaus aus dem Wasser, schlang die Beine darum und kletterte so aufwärts, aufwärts, aufwärts, bis zur Reling.

Ihr Atem ging zischend, und Kea gemahnte sich zur Ruhe. Dabei fiel ihr Blick auf die *Wanderfalke*. Ein Teil des Achterdecks stand in Flammen, genauso wie das Gaffelsegel darüber. Der Feuerschein erhellte die bauchigen Regenwolken.

Ihr blieb nur wenig Zeit, denn Thevs hatte bereits eine Löschkette organisiert, und diese schaffte Wasser heran.

Schnell lugte sie über die Reling der *Zwillingsfalke*. Das Deck war bis auf zwei Mann Wache verlassen, die ihr aber den Rücken kehrten und die Löscharbeit beobachteten. Also schnell über die Reling, aufs Deck gleiten, durchatmen, sich umsehen, und dann zur Tür, von der aus es in den Bauch des Schiffs zu den Kajüten ging.

Als sie gerade ins Innere huschte, packte sie jemand von hinten und zerrte sie zurück an Deck.

»Nein!« Sie schlug um sich, doch der Griff war zu stark. Mit sanfter Gewalt drehte er sie zu sich um.

Es war Nante, mit wirrem Haar und kaltem Blick.

»Du solltest nicht hier sein«, sagte er mit seiner rauen Stimme. Das lodernde Segel des Nachbarschiffs warf Lichtflecken über sein Gesicht. »Die Nacht steckt voller Gefahren.«

»Ich …« Sie wand sich in seinem Griff. »Ich wollte …«

»Deinen großen Brüdern Lebewohl sagen, wobei du vor lauter Schreck über das Feuer von der Planke gefallen bist, ja, das wolltest du. Und nun komm! Ich bring dich sicher hoch zur Burg.« Er zerrte sie einfach mit sich, weg von den Kajüten und dem Edulog.

Kea hatte keine Chance gegen ihn. Ihr blieb nur, ein letztes Mal zurückzublicken und dabei meinte sie, dass sich der stumme Schrei in ihrem Kopf veränderte. Er lockte nicht mehr, sondern war heiser vor hilflosem Zorn.

Kapitel 11

Königtum Westend, La Harb, Gilde der Zeichen

»Wo ist Euer Vater?«

Zwei Männer der Stadtwache hatten Leyna in die Schreibstube der Gilde geführt, die Richter Simeone kurzerhand für sich beanspruchte. Er saß ihr in seiner schwarzen Robe mit dem weißen Kragen am Tisch gegenüber und wirkte wie ein Priester. Er war bekannt dafür, unbarmherzig zu sein, aber er war auch klug und verurteilte niemanden aus einer Laune heraus. Zumindest lautete so sein Ruf. Für ihn zählten Fakten, und vielleicht war gerade dies der Grund, warum er immer ein wenig melancholisch dreinblickte. Ihm bereitete seine Arbeit wenig Freude, aber er erledigte seine Aufgaben mit größtem Eifer, so auch seine neue: das Erkennen von Befallenenversteckern.

»Ich weiß es nicht!« Leyna hielt dem anklagenden, traurig-intelligenten Blick des Mittvierzigers kaum stand, wusste aber, dass sie nicht nachgeben durfte. Er würde es als Schuldeingeständnis auslegen.

»Das ist doch eine Lüge!«, brauste Enzo auf, der neben den Wachen stand.

Der Richter hob die Hand und gebot Enzo zu schweigen. Seine Stirn furchte sich noch ein wenig mehr. »Euer Nachbar behauptet, Ihr hättet Euren Vater in Eurem Boot gefunden. Ferner behauptet er, dass Euer Vater bewusstlos und von einem Hai gebissen worden sei, so Eure eigenen Worte.

Er hätte ihn so auch selbst in der Hütte liegen sehen – mit einem Tuch über dem Haupt. Und nun sei er aus der Hütte verschwunden.«

»Ja, das behauptet Enzo.«

»Und es stimmt!«

»Ja, dann wird es stimmen. Trotzdem weiß ich nicht, wo Vater steckt. Er war auf dem Weg der Besserung, konnte sein Bein wieder belasten, als ich mich zurückzog in die Gilde.«

»Weswegen habt Ihr Euch in die Gilde zurückgezogen?« Simeone hatte ein Buch dabei und notierte sich etwas, dann blätterte er darin herum. Es verunsicherte Leyna, die sich in ihrem Schlafgewand unter den Augen der anwesenden Männer überaus unwohl fühlte.

»Weil es ihm besser ging«, antwortete sie und bemerkte dabei, dass sie an dem Leinenstoffband herumzupfte, das sie Tag und Nacht trug. Auf der Innenseite befand sich dasselbe Zeichen wie auf dem Schloss von Henrys Versteck. Sie entspannte ihre Finger.

»Und trotzdem war er nicht völlig genesen, wie Ihr selbst sagt. Wie könnt Ihr da als ehrbare Tochter Euren armen Vater alleine lassen?«

Leyna atmete tief durch. »Wie gesagt, er war auf dem Weg der Besserung, sonst wäre ich nicht zurück in die Gilde.«

»Und dort seid Ihr öfters?«

»Ja, natürlich! Ich arbeite hier! Ich lebe teils in der Gilde, teils in der Hütte, je nach Umfang meiner Aufgaben.«

»Und die sind momentan mehr als beanspruchend, wie Ihr Euch vorstellen könnt, Richter.« Auch Matronin Misha war anwesend. Sie hatte die Arme vor der Brust verschränkt und zeigte deutlich, was sie von der Befragung und der Art und Weise hielt. »Eigentlich müsste Schwester Leyna gerade im Lazarett helfen. Und sich vorher ankleiden und ein Frühstück einnehmen.«

Simeone nahm den Einwand mit einem flüchtigen Nicken zur Kenntnis. Er blätterte weiter in seinem Buch, bis er mit einer engzeilig beschriebenen Seite zwischen den Fingern verharrte. »Beide Boote Eures Vaters wurden gefunden. Das Fischerboot vor Anker, das Beiboot am Strand. Er kann also nur zu Fuß unterwegs sein. Wie soll er das mit einem verletzten Bein bewerkstelligen?«

Leyna atmete abermals langsam aus. »Er konnte humpeln, als ich ging. Mittlerweile sollte das Bein geheilt sein.«

Enzo schnaubte. »Er war ohnmächtig, und du hast selbst gesagt, du weißt nicht, wie es um ihn steht.«

»Was auch so war! Ich wusste es nicht, aber es ging ihm schon tags drauf deutlich besser! Manchmal schreitet der Genesungsprozess sprunghaft voran.«

Der Richter sagte: »Die Kontrollposten der Stadtwache meinen, dass Ihr vor einigen Tagen eine Lieferung Fische mit dem Beiboot Eures Vaters in die Gilde gebracht habt. Mitten in der Nacht.«

Jetzt spürte Leyna auch Mishas Blick im Nacken. »Das ist korrekt. Einen Tag zuvor angelte ich, um unsere privaten Vorräte aufzufüllen, und fing prächtige Regenbogenmakrelen. Es waren vier Stück. Zwei behielt Vater, die anderen brachte ich in die Gilde. Wir können davon bestens Garum herstellen, das für die Kranken von Nöten ist.«

»Ihr habt vier Angeln gleichzeitig ausgeworfen?«

»Nein, zwei. Aber nachdem es so gut lief, habe ich die Schnüre ein zweites Mal ausgelegt.«

»Und dann die Fische mitten in der Nacht in die Gilde geliefert? Weswegen? Warum nicht bei Tageslicht?« Der Richter legte die Fingerspitzen aneinander, und Enzo pfiff durch die Zähne.

»Das ergab sich so. Ich besuchte an jenem Abend nach meinem Tagewerk in der Gilde meinen Vater. Ihm ging es erfreulicherweise besser, und wir unterhielten uns und vergaßen die Zeit, bis Jule noch kam, mit der ich mich verabredet hatte. Wir sind dann in die Gilde gerudert und haben die Fische mitgenommen. Das kann Eure Stadtwache bestätigen. Zwei Makrelen! Oder fragt Schwester Marta, die nahm am Morgen die Fische in den Bestand auf.«

»Und die anderen beiden Fische?«

»Die blieben bei Henry im Vorratsloch, damit er sich Fischsuppe kochen konnte.«

Wieder ein Nicken und eine Notiz. »Wie stark war sein Gesicht entstellt?«

»Wie bitte?«

»Sein Gesicht. Ihr habt gegenüber dem Nachbarn behauptet, der Hai hätte ihn auch dort erwischt. Deswegen das Tuch über seinem Haupt.«

»Hat er auch! Es sah furchtbar aus. Das halbe Ohr fehlte sowie Teile der Wange.«

»Auf welcher Seite?«

Leyna zögerte nur eine Winzigkeit, bevor sie die rechte Hand hob und an die entsprechende Stelle in ihrem Gesicht legte. »Hier.« Dort hatte der Wurmfortsatz gehangen.

Simeones mit Tinte vollgesogene Feder kratzte über das Papier. Dann sah er sie unverwandt an. »Wollt Ihr also schwören, dass Ihr nicht wisst, wo er ist?«

»Ja, das schwöre ich!«

»Lächerlich«, spie Enzo aus.

Leynas Herzschlag machte Sprünge. Sie sah zwischen den beiden Männern hin und her. »Aber es entspricht der Wahrheit! Ich kann nicht mehr als schwören.«

Der Richter nickte. »Das ist wahr, aber tut Ihr das vielleicht zu leichtfertig?«

»Nein!«

»Überlegt es Euch, Schwester. Der Schwur gegenüber einem Richter ist eine ernste Angelegenheit. Ihr begeht eine Sünde, wenn Ihr lügt.«

»Wer die Wahrheit sagt, sündigt nicht!«

Immer noch musterte er sie, bis er emotionslos sagte: »Am Ende entscheiden die Fakten. Sicher ist, dass Euer Vater verschwunden ist, am Bein verletzt wurde und ein Tuch über seinen Kopf gelegen hatte. Angesichts der aktuellen Befälle und seiner Nähe als Fischer zum Meer, schürt das den Verdacht, dass auch er befallen war und Ihr das vor Eurem Nachbar verheimlichen wolltet.«

»Das ist doch absurd!«

»Und nachdem der Erlösungserlass in Kraft trat, verstecktet Ihr Euren Vater in logischer Konsequenz, um ihn vor dem Tod zu bewahren. Menschlich nur verständlich, allerdings nicht rechtens. Wahrscheinlich habt Ihr ihn sogar in jener Nacht mit dem Boot in die Altstadt gebracht, damit Ihr ihn von der Gilde aus pflegen könnt.«

»Mit Verlaub, Richter«, mischte sich Misha ein, »Schwester Leyna hat in den letzten Tagen die Gilde kaum verlassen. Sie war nur zu vereinzelten Botengängen in der Altstadt. Wie sollte sie ihren Vater irgendwo versteckt halten und pflegen?«

»Vielleicht mithilfe ihrer Freundin. Die war bei besagter Nachtfahrt in die Gilde dabei und mag eingeweiht sein. Sie könnten es abwechselnd tun, damit niemand Verdacht schöpft.«

Misha schnaubte. »Das ist wirklich eine nette Geschichte, Richter Simeone, aber auch nicht mehr. Bezüglich der Anwesenheit gilt für Schwester Juliane das Gleiche wie für Schwester Leyna. Sie waren ausnahmslos hier bei der Arbeit.«

Simeone musterte die Matronin mit seinen traurigen Augen. »Dann kann es nur eines bedeuten: Der Befallene wird hier in der Gilde versteckt.« Er stemmte sich hoch und sagte zu einer der Wachen: »Holt Verstärkung! Wir durchsuchen das gesamte Gebäude.«

Misha stieß heiser die Luft aus. »Aber die Gilde wurde bereits durchsucht!«

»Eben deswegen. Vielleicht wähnt sich Eure junge Protegé deswegen in Sicherheit.«

»Aber Ihr könnt doch nicht einfach …«

»Doch, das kann ich, Matronin. Ich unterstehe in dieser Angelegenheit alleinig dem Rat, und dessen Anweisungen sind eindeutig. Wir durchsuchen die Gilde, und sollten wir einen Befallenen finden, habt auch Ihr das zu verantworten. So wie alle Eure Schwestern, die daran beteiligt sind.« Mit einem kalten Blick auf Misha verließ er die Schreibstube.

Enzo folgte ihm mit einem triumphierenden Lächeln auf den Lippen.

Leyna wollte hinterher, so wie Misha, doch die Männer der Stadtwache überkreuzten ihre Hellebarden und versperrten ihnen den Weg.

Kapitel 12

Königtum Westend, La Harb, Gilde der Zeichen

Leyna war schlecht vor Angst. Richter Simeone hielt sie und Misha seit mindestens einem Glockenschlag in der Schreibstube fest, während Stadtwachen ins Gebäude marschierten, um jeden Stuhl und jedes Bettlaken umzudrehen.

Schwester Bea stand aufgelöst draußen im Flur und schüttelte immer wieder den Kopf. »Schon wieder, schon wieder, schon wieder.«

Misha ignorierte das Gejammer und versuchte, ihr Anweisungen zu diktieren, weil sie selbst nicht aus der Stube durfte.

Schließlich gab sie es auf, trat Hände ringend neben Leyna und fragte so leise, dass es die beiden Wachen nicht hören konnten: »Werden sie deinen Vater finden?« In ihren Augen stand kein Ärger, aber sie wollte Klarheit; hier und jetzt.

Leyna senkte den Blick, denn Tränen bahnten sich ihren Weg. Lohnte es noch zu lügen? Die Soldaten würden sicherlich den Dachboden durchsuchen, das Schloss finden, es aufbrechen und dann …

»Ich muss es wissen!« Mishas Kopf kam ganz nah an Leynas heran. »Denn wenn er wirklich hier ist, können wir das Schlimmste vielleicht noch verhindern, aber dazu muss ich es wissen!«

Leyna wollte geschlagen nicken, als Schwester Jordas Stimme durch den Flur peitschte: »Lasst mich durch!«

Schon erschien die stämmige Schwester zwischen den Wächtern und schob ihre Hellebarden zur Seite. »Der Richter verlangt Einlass in den alten Trakt! Sie versuchen, das Tor aufzubrechen!«

Ärger huschte über Mishas Gesicht, dann fluchte sie und wandte sich zum Gehen, ohne Leyna noch eines Blicks zu würdigen. Die überraschten Wachen wollten sie zurückhalten, doch Misha zischte sie an, hob ihre Hände und für einen Herzschlag hatte Leyna den Eindruck, zwei Symbole würden auf ihren Handflächen aufflammen.

Es zeigte Wirkung. Die Wachen wichen erschrocken zurück, sahen sich gegenseitig an, runzelten die Stirnen und gaben den Weg frei. »Selbstverständlich dürft Ihr passieren.«

Misha eilte bereits aus dem Raum und verschwand mit Schwester Jorda. Leyna zögerte, doch die beiden Wachen blickten irgendwie glasig drein, und deshalb wagte sie es. Man ließ auch sie passieren.

Sie folgte den beiden Schwestern in die Haupthalle, von dort ins Treppenhaus und dann hinab, Steinstufe um Steinstufe, immer tiefer. Ölkerzen erleuchteten den Weg, bis sie drei Etagen tiefer die Bibliothek erreichten.

Misha und Jorda stürmten mit wehenden Röcken durch die Regalreihen, Leyna fluchte und trabte hinterher. Ihre in dünnen Lederschlappen steckenden Füße patschten leise auf den Fliesen, und so langsam kroch die Kälte hindurch.

Ein weiteres Treppenhaus folgte, nochmals zwei Etagen in die Tiefe, bis Leyna den Richter mit vier Wachen vor dem massiven Tor des alten Trakts gewahrte. Zwei der Wachen hantierten am Schließmechanismus herum. Der Richter stand schweigend daneben und runzelte missbilligend die Stirn, als er Misha bemerkte.

»Matronin. Ihr solltet …«

»Hier sein. Genau hier.« Sie baute sich vor ihm auf. »Was wird das?«

»Eine umfängliche Durchsuchung.«

»Aber nicht des alten Trakts!«

»Doch, genau den werden wir in Augenschein nehmen.«

»Auf keinen Fall!« Misha stemmte die Hände in die Hüften. Ihre Stimme wurde eindringlich. »Dort lagern Schriften und Relikte von unschätzbarem Wert, Richter. Was glaubt Ihr, welchen Schaden ein paar unbedachte Stadtwachen anrichten!«

»Keine Sorge, wir fassen nichts an, wir wollen nur sicherstellen, dass sich keine Befallenen darin verstecken.« Er wandte sich wieder dem Tor mit den dreizehn Eisenbändern zu, doch Misha riss ihn am Oberarm zurück.

»Glaubt ihr wirklich, wir würden Befallene in unser Allerheiligstes sperren? Für wie schwachsinnig haltet Ihr uns, Richter Simeone?«

Eines seiner Augenlider zuckte. »Wie sprecht Ihr mit einem Mann des Gesetzes, Weib!«

»Wie es sich gehört, wenn er seinen Verstand wie ein dummer Junge gebraucht.« Sie griff nach seinen Händen, eine Geste der Besänftigung, doch Leyna bemerkte das kurze Aufflackern von Licht unter ihren Handflächen. Sie war am Fuß der Treppe im Schatten stehen geblieben und hatte beste Sicht auf das Geschehen.

Und so sah sie, wie sich der Richter versteifte. »Ich ...« Er schloss die Augen und schüttelte sich. »Ich möchte trotzdem ...« Der Ausdruck von Schmerz huschte über sein Gesicht »Ja, ich möchte *trotz alledem* den Trakt besichtigen. Von mir aus nur wir beide, Matronin. Ein kurzer Blick, aber ich brauche Gewissheit!«

Misha ließ seine Hände los. Ihre Wangen glühten. »Einverstanden. Nur wir beide.«

In dem Moment spürte Leyna Hitze an ihrem Handgelenk. Erschrocken keuchte sie auf, als sich vom Stoffband ein Rauchfaden in die Luft kräuselte. Das magische Zeichen ihres Schlosses. Jemand machte sich daran zu schaffen!

Schnell wandte sie sich ab, wollte das Leinen herunterreißen, als es in einer grellgelben Flamme erblühte. Es verging in einem Augenblick, und der Rest des Bands fiel herab, ein schwelendes Stück groben Stoffs.

Leyna starrte die herumtrudelnden Ascheflocken entgeistert an, als Schwester Jorda neben sie trat. »Du solltest genauso wenig hier sein.« Sie ergriff sie sanft an der Schulter und zog sie Richtung Treppe. Der Stoffrest interessierte sie überhaupt nicht.

»Aber ich muss ...«

»Nein, das musst du nicht, Leyna. Misha hat gerade Wichtigeres zu tun. Warte oben in der Schreibstube, wo du sein solltest.«

Sie schob Leyna, die noch einmal mit weit aufgerissenen Augen zurückblickte, drei Treppenstufen empor. Misha legte gerade ihre Handflächen auf zwei polierte Kupferplatten des Tors, das Metall erglühte, und knarrende Geräusche erfüllten den Raum. Das Tor öffnete sich wie von Geisterhand, nur um dahinter in mattem Schimmer seltsam glatte Steinwände zu offenbaren, als wäre der Stein einst geschmolzen.

»Geh jetzt!« Jordas Stimme wurde eindringlich. »Du hast sowieso schon zu viel gesehen.« Ein Zeichen flammte vor Leynas Augen auf, und widerspruchslos stieg sie die Treppe hinauf, bis sie sich in der Schreibstube wiederfand.

Irritiert musterte sie die beiden Soldaten, die ihre Hellebarden überkreuzten und ihr den Weg aus dem Raum versperrten.

Für einen Moment glaubte sie, gleich würde Richter Simeone hereinschneien und sie fragen, wo ihr Vater sei, aber das Band an ihrem Arm fehlte, ein untrügliches Zeichen, dass sie tatsächlich unten vor dem alten Trakt gewesen war.

Die Haut war von der Flamme leicht gerötet, aber nicht verbrannt. Leyna befühlte sie und fand keinen Schmerz.

Dann dämmerte ihr, dass sie im Keller gerade dabei gewesen war zu begreifen: Jemand hatte sich am Schloss unter dem Dachboden zu schaffen gemacht und es geöffnet. Sie hatten Henry gefunden und ihm die Kehle durchgeschnitten! Und: Jorda musste Leyna verzaubert haben! Das aufflammende Zeichen vor ihren Augen!

Beide Erkenntnisse kamen wie Hammerschläge, und Leyna taumelte. Alles drehte sich um sie herum, und weil ihre Beine sie nicht mehr tragen wollten, sank sie auf den Stuhl, auf dem Richter Simeone sie verhört hatte. Mit den Unterarmen stützte sie sich auf ihre Oberschenkel, und es war ihr egal, ob die Soldaten ihr wegen ihres Nachtgewands so zwischen die Brüste spitzen konnten. Sie ließ einfach den Kopf hängen, während Tränen auf ihre Hände tropften.

Kapitel 13

Inseln des ewigen Schlafs, Bucht nahe Burg Loden

Im steten Herzschlag des Meeres wanderten die Wellen über den Strand und umspielten Keas nackte Füße. Sie stand bis zu den Knöcheln im Wasser, und ihre Füße sanken mit jeder Welle ein wenig tiefer, während Sand und glattpolierte Muscheln unter ihren Sohlen vom Sog erfasst und in die nächste Woge gesaugt wurden.

Grau waren diese Wogen, grau wie die Regenwolken und grau wie ihre Gedanken.

Am Horizont hingen die beiden Schiffe noch als dunkle Punkte. *Da segeln sie dahin, Henning und Nante und Thevs. Und das Edulog.*

Sie wusste nicht, welche Teufel sie in der Nacht geritten hatten. Immer noch brannte die Scham auf ihren Wagen. Wieso hatte sie eine Öllaterne auf das Boot ihres Onkels geschleudert? Eine brennende Öllaterne! Wieso hatte sie einen Brand in Kauf genommen, nur um an dieses Edulog zu kommen? Menschen hätten sterben können!

Kea fand keine Antwort auf diese Frage, sie spürte nur eine bleierne Leere.

Nante hatte sie in der Nacht noch in die Burg geschleppt und ihrer Mutter übergeben, die mit sorgenvoller Miene im Solar gestanden und auf den Hafen hinabgeblickt hatte, wo der Flammenschein die Regenwolken erhellte. Wegen der Aufregung um den Brand war die Standpauke gering ausgefallen, aber ins Bett war sie trotzdem geschickt worden. Dort hatte diese Leere sie übermannt und in einen traumlosen Schlaf gezerrt, und am Morgen wäre Kea beinahe nicht erwacht, hatte keine Kraft gehabt, sich gelähmt und krank gefühlt und wäre am liebsten liegen geblieben, doch ihre Mutter hatte sie aus den Federn gescheucht. In den Hafen war sie trotzdem nicht gegangen, um dem Auslaufen der beiden Schiffe beizuwohnen, sondern sie war in die Krabbenbucht etwa eine Meile nördlich des Hafens gewandert. Sie wollte allein sein. Sie wollte begreifen, was in der Nacht geschehen war. Was mit *ihr* geschehen war.

Zum Glück war der Brand glimpflich ausgegangen, wie Vater am Morgen mit düsterer Miene und müden Augen berichtet hatte. Nur ein verletzter Matrose, den das herabstürzende Gaffelsegel getroffen hatte. Ansonsten trug die *Wanderfalke* nur Blessuren davon, die während der Überfahrt repariert werden konnten. Ein Wunder, fürchteten Seeleute nichts mehr als Feuer auf einem Schiff.

Kea war zusammengezuckt, als ihr Vater plötzlich auf den Tisch geschlagen hatte. »Denjenigen, der die Laterne geworfen hat, werde ich eigenhändig aufknüpfen«, hatte er gegrollt. »Und wenn es sich als Dummejungenstreich entpuppt, packe ich die Peitsche aus!« Sie hatte den Frühstücksbrei angestarrt und geschwiegen. Offenbar hatte niemand sie gesehen, außer Nante. Aber der hatte kein Wort verloren, auch wenn eine Art Wissen in seinen Augen gefunkelt hatte. Oder war es nur der Glanz des Feuers gewesen?

Die *Zwillingsfalke* und die *Wanderfalke* verschwanden im Nichts, hinterließen den Horizont in seltsamer Leere.

Kea strich sich eine regennasse Haarsträhne aus dem Gesicht.

Die Leere war nicht am Horizont, sondern in ihrer Brust. Der Ruf des Edulogs war beinahe verstummt, nur noch ein entferntes Bitten.

Da brach die Wut über ihr Versagen wieder hervor, eine alles verzehrende Wut, die sie schreien und in die Knie gehen ließ. Mit den Fäusten schlug sie auf die schäumende Wasseroberfläche, sodass das Meer nur so spritzte.

Schließlich sank ihr der Kopf auf die Brust. Das Meer durchtränkte ihre Hose bis zur Hüfte.

Zwischen zwei Schluchzern runzelte Kea Falk plötzlich die Stirn und lauschte.

Sie vernahm noch etwas, einen anderen Ruf, leiser als den des Edulogs. Und er kam aus der Nähe. Von den Inseln!

Sie fuhr herum. Die Lodenburg ragte erhaben über den Wäldern empor, und der Hafen war hinter dem Wäldchen ebenfalls zu erahnen. Ansonsten wogten die Bäume im Wind, ein stetes Rauschen, das durch den Regen gedämpft wurde.

Ja, von irgendwo dort kam der Ruf.

Warum hatte sie ihn bisher nicht gehört? War er schon immer da gewesen?

Eine Vision übermannte sie, und sie sah eine schwarze Truhe in schäumendem Wasser, eisenbeschlagen mit Scharnieren in Form von Kraken, irgendwo in der Dunkelheit, und dann öffnete sich der Deckel wie von Geisterhand und …

Kea hob ruckartig den Kopf. Die Burg! Irgendwo dort schlummerte in einer Kiste etwas Ähnliches wie im Edulog. Und sie würde es finden. Sie musste.

Kea stapfte davon, ihre Fußspuren blieben deutlich im Sand. Die nächste Welle verwandelte sie in grobe Mulden, und die übernächste ließ nur noch eine Ahnung davon übrig. Mit der dritten Welle fiel ein matter Schatten an die Stelle.

Klauen versanken im Sand, rauchgraue gebogene Klauen, die aus violetten Gliedmaßen sprossen. Das Wesen in der Größe eines Wolfs stand reglos dort, wo Kea gestanden hatte, und blickte ihr hinterher. Die geschlitzten gelborangen Augen glommen in dem von Horn und Dorn übersäten Antlitz. Von den fingerlangen Fängen tropften Geifer und Salzwasser.

Als Kea zwischen den Bäumen verschwand, wandte sich das Wesen ab und glitt zurück in die Flut.

Kapitel 14

Königtum Westend, La Harb, Gilde der Zeichen

Schritte näherten sich. Ein Mann sprach. Dann eine Frau. Und dann noch ein anderer Mann.

Leyna registrierte das nur am Rande. Sie erfüllte nichts als Trauer. Sie hatte alles getan, um ihren Vater zu retten, sie hatte alles aufs Spiel gesetzt, und doch war es zu wenig gewesen. Der Henker würde kommen und ihm den Kopf abschlagen, um ihn mit dem Ding den Flammen zu übergeben. Aber was spielte das noch für eine Rolle? Tot war tot.

Grobe graue Wolle schob sich in ihr Blickfeld.

»Schwester?«

Leyna sah auf. Matronin Misha. Jetzt würde sie ihr sagen, dass man Henry gefunden hatte und sie aus der Gilde ausschloss und sie im Kerker landete. Aber in Mishas Gesicht stand weder Enttäuschung noch Trauer noch Wut oder Ärger. Stattdessen war da ein zufriedener Zug um ihren Mund.

»Matronin.« Leynas Stimme war ganz heiser. »Ist die Untersuchung abgeschlossen?«

»Ja, und die Wache hat keinen Befallenen gefunden.«

Richter Simeone erschien neben Misha. Sein Gesicht war so unergründlich wie zuvor. Hinter ihm stand ein Mann der Stadtwache in Lederrüstung. »Was nichts bedeutet. Ihr könnt ihn auch außerhalb der Gilde versteckt halten.«

Die Wache hat keinen Befallenen gefunden. Leyna hörte nur diese Worte, wie ein tausendfaches Echo.

Misha wandte sich um. »Das hatten wir doch schon.«

»Und es wäre trotzdem möglich.« Simeone nickte mehrmals hintereinander, als träfe er in diesem Moment eine Entscheidung, die ihm gefiel. »Und deswegen nehmen wir die Schwester mit.«

Leyna begriff nicht ganz. »Wie bitte?«

Auch Misha war erstaunt. »Das ist nicht Euer Ernst?«

»Doch, Matronin. Ein paar Tage im Kerker werden Eurer Schwester vielleicht die Zunge lockern.«

»Aber es gibt keine Beweise, dass sie etwas Unrechtmäßiges getan hat!«

»Nein, aber Indizien. Seht es einfach als Teil des Verhörs an. Noch ist nichts entschieden.« Er nickte seinem Wachmann zu, der vortrat und Leyna auf die Füße zerrte.

Die sah von Gesicht zu Gesicht, unfähig zu begreifen. »Aber ...«

»So will es der Rat, und der Rat ist das Gesetz«, intonierte der Richter und gab das Zeichen zum Abmarsch.

Man zerrte Leyna über die Schwelle der Schreibstube, als Mishas Stimme die Luft zerriss.

»Halt!«

Richter Simeone wandte sich zu ihr um. »Was wollt Ihr noch, Matronin? Meine Entscheidung ist gefallen.«

»Ja, dass Ihr sie mitnehmt. Aber nicht so, nicht im Schlafgewand!« Misha rief nach Jorda, die ihr umgehend Leynas Tageskleidung samt Mantel und Bundschuhen bringen sollte.

Simeone verfolgte das alles mit geschürzten Lippen, aber er sagte nichts. Also warteten sie, und dabei geschah etwas Seltsames: Immer mehr Schwestern versammelten sich im Erdgeschoss und Treppenhaus. Es erschienen Schwester Bea, Schwester Marta, Schwester Caroline. Es kam Marie, Mareike, Isa, Sade, Hanka und Chrissa. Und noch weitere, mindestens dreißig Schwestern. Sie alle kamen und standen schweigend da und starrten den Richter an.

Der trat unruhig von einem Bein aufs andere, sagte jedoch nichts.

Zuletzt tauchte Jule auf, blass und mit riesengroßen Augen. Sie suchte Leynas Blick und formte stumme Worte mit den Lippen. *Ich kümmer mich.*

Dann erschien Jorda und reichte Leyna ihre Sachen. Die nickte dankbar, zog sich ihre Tageskleidung einfach über das Schlafgewand und warf zuletzt den Mantel über die Schultern. Die Außenseite war noch feucht vom Besuch der gestrigen Verkündung.

Das brach den Bann. Simeone räusperte sich und gab Zeichen, endlich loszumarschieren. Und während Leyna also hinter ihm und zwischen zwei seiner Wachen auf das Ausgangstor zumarschierte und die Schritte der Soldatenstiefel von den steinernen Wänden hallten, konnte sie immer noch nicht fassen, was passierte. Man sperrte sie in den Kerker! Und man hatte ihren Vater nicht gefunden! Aber das Siegel war doch durchgebrannt. Wieso hatten sie ihn nicht gefunden?

Ich kümmer mich.

Jules stumme Worte waren ihr einziger Trost. Jule würde sich um Henry kümmern, und ewig konnte Simeone sie doch nicht einsperren. Ihre Schwestern würden einen Weg finden, um sie aus dem Gefängnis zu holen, irgendwie ...

Sie traten hinaus in den Regen. Lotrecht fiel er vom Himmel herab. Es rührte sich kein Wind.

Etwa in der Mitte des Vorplatzes blickte Leyna noch einmal zurück zur Gilde, in der sie ihr Leben als Ewige Professin verbringen wollte. Das Tor war hinter ihnen geschlossen worden, doch einige Fenster standen offen. Aus vielen sahen jetzt Schwestern herab, die vorher im Treppenhaus gestanden hatten, und Leyna fragte sich, was das bedeutete. Eine Bekundung von Mitgefühl, von Abscheu, dass sie die Gilde in Gefahr gebracht hatte, oder war es einfach Gafferei?

Auch eines der schmalen Erkerfenster stand offen, vielleicht sogar das, hinter dem ihr Vater lag. Auch von dort sah eine Schwester zu ihr herab, eine Schwester mit vernarbten Augenhöhlen.

Ein Regentropfen traf Leyna ins Auge, und als sie ihn weggeblinzelt hatte und wieder klar sehen konnte, war das Erkerfenster leer.

Kapitel 15

Stürmische See, an Bord der *Zwillingsfalke*

Der Himmel verhieß nichts Gutes.

»Bemannt die Winde! Setzt das Trysegel! Sturmsee von achtern!«

Henning kurbelte am Steuerrad und setzte denselben Kurs wie die *Wanderfalke*. Die segelte drei Steinwürfe voran und kreuzte in die Wellen hinein, sodass die Galionsfigur immer wieder ins Wasser tauchte und dabei aussah, als würde der Falke Fische fangen. Es würde ein heißer Ritt werden, so wie sich achtern die Wolken türmten. Für einen Moment hatte Henning in Erwägung gezogen, abzuwettern und in den Kajüten abzuwarten, doch wenn sein Onkel Fahrt aufnahm und die Sturmwinde ausnutzte, tat er das erst recht. Er stand Thevs in nichts nach – außer in Alter und Erfahrung.

Und so flogen die beiden Schiffe hintereinander ins Unwetter.

Dort fegte der Regen waagrecht von der Seite heran, die Böen rissen an den Segeln, die Masten knarrten und ächzten. Auch die Wellen wuchsen immer höher, mutierten zu gewaltigen Brechern, zu den schaumgekrönten Soldaten des Meeres. Die Mannschaft schuftete unermüdlich, um sie alle heil durch den Sturm zu führen; es wurden Seile vertäut, Segel eingeholt, Leichenfänger gespannt. Männer hingen bei prasselndem Regen in der Takelage, reparierten defekte Taljen und Jungfern. Am Steuer wechselten sich Henning und Nante ab, Henning brüllend, Nante schweigend.

Ab und an trugen Sturmböen irres Gelächter heran; Thevs. Immer wenn die *Zwillingsfalke* ins nächste Tal stürzte, erklomm die *Wanderfalke* bereits die nächste Woge. Dabei erhaschte Henning stets einen Blick auf seinen Onkel. Der ragte als unbeugsamer Schemen hinter dem Steuerrad auf, umhüllt von spritzender Gischt. Vermutlich hatte er sich wieder mit einem Strick am Steuer anbinden lassen und zog es allein durch – bis seine Finger voller Blasen und irgendwann voller Blut waren. Der Sturm schien ihm genauso viel Kraft zu verleihen wie den Wellen.

Zum Abend hin war es geschafft; das Unwetter flaute ab, und die Mutter See beruhigte sich so schnell, wie sie in Zorn geraten war. Die Schiffe wogten nur noch in einem steten Auf und Ab, was Henning veranlasste, die *Zwillingsfalke* neben die *Wanderfalke* zu steuern und miteinander vertäuen zu lassen, damit man sich gegenseitig bei Reparaturen helfen konnte, die der Sturm nötig gemacht hatte.

Nachdem die wichtigsten Befehle gerufen worden waren, übergab Henning das Deck den Killis-Schwestern und stapfte zum Heck, um dort in die abgespannten Wanten zu steigen. Die Wanten glichen einem Netz aus quadratischen Feldern und hielten und versteiften den Mast querschiffs. Schon als Junge hatte sich Henning nach einem Unwetter stets hierher zurückgezogen, der Mutter See gedankt und dabei neue Kraft geschöpft. Er ließ die Arme durch die Maschen der gitterartig angebrachten Seile in die Tiefe baumeln und betrachtete abwechselnd das dunkle Wasser etwa vierzig Fuß unter ihm und den Horizont in der Ferne. Dort verpasste die untergehende Sonne den Resten des Unwetters einen rotgoldenen Schein. Morgen würde vermutlich ein klarer Tag werden, was gut war nach dem Sturm und dem Regen in der Heimat. Wie eine Glocke hatte das Schlechtwetter die Inseln des ewigen Schlafs eingehüllt. *Verdammter Herbst.*

Henning spürte, dass Nante zu ihm in die Wanten kletterte. »Netter Ritt, was?«

»Wir hatten schon wildere.« Sein Bruder ließ Wirbel im Nacken knacken und schloss die Augen.

Henning wandte sich wieder dem dunklen Wasser zu. Er fühlte einzelne Fasern des Taus an seiner Wange. Eine große Blase zwischen Daumen und Zeigefinger riss er auf, das Wundwasser rann ihm den Daumen entlang. »Wusstest du, dass wir heil durchkommen?«

Ein Moment der Stille. »Nein.«

»Aber?«

Nante zuckte mit den Schultern, was über die Seile zu spüren war. »Ich hatte keine Bedenken mit Thevs' Kurs, wenn du das meinst.«

Ja, das meinte Henning. Nante hatte seit der Kindheit immer wieder diese Eingebungen, wie sie Henning nannte. Er wusste plötzlich Dinge, die geschehen würden. Es waren angeblich Stimmen, die es ihm einflüsterten, Stimmen, die Nante hörte, solange er denken konnte und die ihn früher beinahe in den Wahnsinn getrieben hatten. Als Kind hatte er angefangen, sie nachzumachen, später hatte er oft in seinem Zimmer gestanden und mit der Faust gegen die Wand geschlagen, bis die Knöchel blutige Spritzer hinterließen, nur um mit dem Schmerz die Stimmen zu verdrängen. Und irgendwann hatte er aufgehört, sich dagegen zu wehren. Nante hatte sich mit dem Flüstern arrangiert.

»Sag mal, glaubst du, dass Kea das auch hat? Diese Eingebungen? Raik deutete so etwas an.« *Ein andermal wird es nicht mehr geben.* Henning erschauderte.

Nante schien sich nicht daran zu stören. »Angst davor?«

»Angst? Pfff ... aber ich frage mich, wo es herkommt.« *Und ob du es irgendwann kontrollieren kannst und nicht darauf angewiesen bist, dass dir zufällig eine Stimme deine Zukunft ins Ohr wispert.*

»Es ist ein Geschenk«, sagte Nante. »Es ist nichts, was man erzwingt. Und genauso ist es auch Fluch wie Segen.« Er strich sein wirres Haar aus der Stirn, und bevor Henning eine weitere Frage stellen konnte, wackelten die Seile, und Thevs kletterte unbeholfen zu ihnen.

»Da stecken meine Neffen! Von dem bisschen Seegang schon Erholung nötig?« Er sank zwischen sie und richtete den Blick zum dunkler werdenden Himmel. Aus dem Mundwinkel hing eine geschnitzte Pfeife aus Meerschaum, aus der sich ein Rauchfaden in den Abend kräuselte. Es roch nach Vanille – sicher ein erlesener Tabak aus dem Süden von Jenseits der Himmelsspitzen. Seine Hände steckten in dicken Verbänden aus grobem Leinen.

»Weniger als du.« Henning deutete mit dem Kinn auf Thevs eingebundene Wunden. »Verrätst du mir, was du vor dem Sturm einnimmst, um die Schmerzen auszuhalten?«

Thevs lächelte. »Ich atme die See, Junge. Sie ist es, die mir die Kraft gibt.«

»Jaja.« Henning zog sein rechtes Augenlid herab. »Nun sag schon: Was wirfst du dir vorher ein?«

Thevs wurde ernst. »Nichts. Das liegt bei uns in der Familie. Schaut euch doch an, wie ihr selbst dem Sturm getrotzt habt. Ihr kommt ganz nach eurem Vater. Optisch bist du auch nah dran, Henning. Die alte Lunte hatte bei so einem Windchen noch einen Säbel zwischen den Zähnen.« Der Wanderfalke schmauchte seine Pfeife und hüllte seine Neffen in eine Wolke duftenden Rauchs, bevor der Wind sie davontrieb. Wie ein zerrissener Geist schwebte sie hinter dem Schiff her, wurde dünner und dünner, bis sie nicht mehr zu sehen war.

Ja klar, wie Vater. Henning hasste den Vergleich, wie vermutlich die meisten Söhne. Und er hasste diese Spitznamen, die bei den ersten Fratera Mode gewesen waren und noch heute von einigen gewünscht wurden. Wie dumm war es, seinen Vater wegen seines geflochtenen Kinnbarts *Die Lunte* zu nennen? Oder Arturo *den Mohr*. Der hasste diesen Namen genauso wie Enrik Gran den seinen: *Das singende Fass*, hatten sie ihn gerufen, bevor er Hafenmeister in Lodenhaven geworden war.

Um das Thema zu wechseln, sagte Henning: »Du hättest uns die Kiste wirklich mitgeben können.«

»Hätte ich.« Wieder hüllte eine Rauchwolke Thevs ein, bevor sie davonschwebte. »Aber dann hätte ich zum Geburtstagsfest meines Bruders bleiben müssen, und du weißt, wie sehr ich diese Gelage an Land *liebe*. Ich beneide ihn nicht. Für mich wäre der Vorsitz der Gemeinschaft nichts als eine Bürde. Ich brauche die See unter meinen Füßen und den Wind in meinem Haar.«

Henning grinste. »Bleibt nicht viel Wind in deinem kurzen Haar. Na ja. Was ist eigentlich drin in der Kiste?« Er hatte sie vor dem Auslaufen in Thevs' Kammer gesehen, eine verschlossene Truhe aus alter Eisentanneneiche mit verzierten Eisenbändern. Sie wirkte alt. Uralt.

»Irgendein Plunder aus vergangenen Tagen. Wertvoller Plunder, zweifelsohne, nur nicht unserer.« Thevs winkte ab. »Aber lass das Thema, sonst ärger ich mich nur. Ich klär das höchstpersönlich. Mehr würde mich interessieren, wer diese verdammte Laterne auf mein Schiff geworfen hat.«

Das hätte Henning auch gern gewusst. »Vielleicht ein Betrunkener im Rausch?«

Thevs schüttelte den Kopf, den Mund verzogen. »Auf keinen Fall. Kein Fratera würde eine brennende Öllampe auf eines der eigenen Schiffe werfen. Habt ihr was mitbekommen? In dem ganzen Trubel hab ich euch noch gar nicht gefragt.«

»Also ich nicht«, sagte Henning. »Ich war ja bei dir. Du, Nante?«

Schweigen.

»Nante?«

»Ich hab nur Kea gesehen.«

Thevs richtete sich auf die Ellbogen auf. »Mit der Laterne?«

»Nein. Sie wollte sich von uns verabschieden.«

»Ach, deswegen bist du noch mal hoch zur Burg! Warum hast du nichts gesagt?«, fragte Henning.

»Weil ihr ein Feuer zu löschen hattet.«

Thevs sank zurück in die Wanten. »Diese kleine Prinzessin. Kommt ganz nach ihrer Mutter, frech, vorlaut und neugierig. Ich hoffe, euer Vater findet den Wahnsinnigen. Ich werd ihm eigenhändig die Haut vom Schädel ziehen. Bei der Wächterin!« Der Rauchfaden seiner Pfeife erlosch. »Das auch noch.«

Der Wanderfalke brummte, paffte, doch ohne Ergebnis, und klopfte die Pfeife schließlich aus. Ascheflocken rieselten in die Tiefe. Die Pfeife selbst verschwand in seiner Weste, dann blickte er wieder zum Himmel auf, an dem sich die ersten Sterne zeigten, und schloss die Augen.

Henning betrachtete seinen Onkel, die mit Stoppeln übersäten Wangen, das markante Kinn, die verbundenen Hände. Es stimmte: Thevs war der Inbegriff eines Seemanns, aber Eustachius genauso. Letzterer war nur zwei Jahre vor dem anderen geboren worden und hatte damit andere Pflichten geerbt. So wie Raik einmal die Fratera übernehmen würde, nicht Henning und Nante.

Henning blickte noch einmal zu seinem Bruder; der hatte ebenfalls die Augen geschlossen, also ließ er sich selbst zurück in die Wanten sinken. Seine bleischweren Arme fielen hinab, schwangen sachte im Auf und Ab des Schiffs.

So ruhten die drei Falks etliche Fuß über dem Meer, bis Schritte laut wurden.

»Käpt'n?« Arndt Crabbe, der Schreier, wie er auch genannt wurde, trat an die Verschanzung, legte die Hände auf die Reling aus Teak. »Die Überprüfung auf Schäden an der *Wanderfalke* ist abgeschlossen. Wir haben neben den Brandschäden ein kleines Leck achtern entdeckt, nicht der Rede wert, eine heftige Kerbe im Kreuzmast, auch die reparabel, und einen Riss im Aap.«

Thevs öffnete seine Augen nicht. »Dann stopft die Löcher und flickt den Affen. Ich werde es sicherlich nicht tun.«

»Ja, Ihr nicht.« Arndt musterte Thevs verbundene Hände voller Ehrfurcht, bevor er Henning zum Gruß zunickte. »Ich glaube, Ihr solltet es Euch trotzdem ansehen, Käpt'n. Das Aap ist schlimmer beieinander als gedacht.«

»Ja? Glaubt Ihr das?« Thevs atmete tief ein und aus und wand sich aus den Seilen. »Ihr habt es gehört, Neffen. Mein Schiff ruft.« Er kletterte aufs Deck. »Ich schlage vor, wir gewähren allen bis zum Morgengrauen eine Pause. Einverstanden?«

»Wenn du sie brauchst!« Henning grinste und hob zum Abschied die Hand.

Als Thevs und Arndt verschwunden waren, wandte er sich wieder dem Meer zu. In schwarzen Wogen schwappte es gegen den Bootsrumpf. Unermüdlich, so wie Thevs. Henning dachte an die Geschichten von den ersten Fratera. Claas von Falkenstein, ein Adeliger der früheren Südmark, angeblich wegen Mordes geflohen, zählte zu den Begründern. Er hatte seine Unschuld mit größter Vehemenz beteuert, ein Komplott gegen ihn gewittert. Er musste ein aufrichtiger Mann gewesen sein, hart, aber mit Prinzipien; ebenso wie Thevs. Wie so ein Mann damals mit den anderen drei Begründern – Braunbart und Graubart und Todd Daumentod – gemeinsame Sache hatte machen können, war Henning ein Rätsel. Gerade Todd trug seinen Namen nicht umsonst. Er hatte seine Gegner bei Meutereien geblendet, indem er ihnen mit beiden Daumen die Augen ausdrückte. Den Kindern erzählte man, dass er dabei irre gelacht habe, gelacht, gelacht, gelacht ...

Henning zuckte zusammen, weil er langsam wegdämmerte, ließ den Kopf aber wieder sinken. Er sollte in seine Koje klettern, anstatt hier in den Wanten zu pennen, doch die Müdigkeit war plötzlich übermächtig, der Schlaf rief und lockte mit traumloser Dunkelheit. Henning ließ die Augen geschlossen, nur noch ein wenig, ein paar Herzschläge lang, bevor ...

Ein Kribbeln in den Eingeweiden hinderte ihn am Wegdämmern. Er spürte es immer dann, wenn Nante besonders aufgewühlt war, was selten vorkam.

Sofort öffnete er die Augen.

Das Vieh kletterte unter ihm mit scharfen Klauen die Bugwand empor. Es hatte die Größe eines Hirtenhundes, den Körper einer gedrungenen Echse. Der Rücken war mit elfenbeinfarbenen Dornen und Spitzen übersät, dazwischen schimmerte feuchte, violette Haut.

Und es stank. Ein dichter, beißender, säuerlicher Geruch, der widerwärtiger kaum sein konnte. Jede Latrine verströmte dagegen Wohlgeruch. Der Gestank passte zur Mutter See, zur Tiefe, zu den Ungeheuern und Monsterkraken aus den Geschichten.

Henning meinte erst, doch eingeschlafen zu sein. Das Vieh kletterte höher und bemerkte ihn, woraufhin es die

Richtung änderte – direkt auf ihn zu. Ein leiser zischelnder Laut drang aus der Kehle.

»Bei der Wächterin!«, entfuhr es Henning.

Das Monster verharrte. Geschlitzte Reptilienaugen musterten ihn. Rotoranges Feuer brannte darin.

»Nante!« Henning brauchte nicht nach links zu blicken, um zu wissen, dass sein Bruder wach war und das Vieh ebenfalls musterte. »Hat dir das deine Stimme auch eingeflüstert?« Er zog langsam seine Arme aus den Wanten, griff nach den quer eingewebten Seilen, um rückwärts die zehn Fuß an Deck klettern zu können.

Wieder zischte das Monster, legte den Kopf schief und entblößte einen Kranz nadelspitzer Zähne in dunklem Zahnfleisch.

»Nante!«, rief Henning abermals. *»An Deck! Sofort!«*

Ob sein Bruder reagierte, bekam Henning nicht mehr mit, denn ein zweites Monster sprang ihn seitlich aus den Wanten an, lautlos wie ein fürchterlicher Schatten.

Nur seine Reflexe retteten ihn. Er riss den Kopf zur Seite und entging dem zuschnappenden Kiefer, der das drei Finger dicke Tau mühelos durchtrennte. Henning schlug zu, rammte dem Vieh die Faust unters Auge, doch es schien seinen Hieb kaum zu spüren. Henning selbst spürte ihn umso mehr; ein stechender Schmerz schoss ihm durchs Handgelenk, als er den gehörnten Kopf traf. Ungeachtet dessen griff er danach, mit dem Gedanken an Todd Daumentod. Das Vieh war aber zu schnell für ihn, ruckte herum und schoss erneut auf ihn zu. Henning blieb nichts anderes übrig, als sich wieder in die Seile fallen zu lassen. Die schwankten gefährlich vom Kampf, aber das Manöver reichte, um dem zweiten Angriff zu entgehen. Dafür landete das Vieh auf seiner Brust, trieb ihm die Luft aus den Lungen. Henning griff nach dem Hals, um es von sich zu schleudern, doch das Monster war viel zu muskulös und die Dornen glitschig vom Meerwasser. Kurzerhand packte er das Ende des durchtrennten Seils, das direkt neben seinem Kopf baumelte, und stopfte es dem Vieh tief in den Rachen, als dieses wieder nach ihm schnappte. Es folgte ein harter Biss, ein Knurren, ein Schlag von Hennings Knie in weiches Gewebe. Das Monster grunzte, wich von ihm, gebärdete sich wie wild, offenbar im Schmerz, schnappte unkontrolliert hierhin und dorthin und zerbiss erneut ein Seil und noch eines und noch eines. Mit Seilfetzen zwischen den Zähnen funkelte es ihn an. Die Klauen krallten sich in weitere Seile, gruben sich tief in die verdrehten Fasern.

So starrten sie sich an, ein Moment des gegenseitigen Musterns, in dem Henning das Keuchen seines Bruders und das Zischeln des zweiten Monsters nur allzu bewusst wahrnahm, bis ein Peitschenknall alles übertönte. Mit einem Ruck ging es mehrere Fuß abwärts, die Wanten sackten ab. *Ein Trägerseil muss gerissen sein,* schoss es Henning durch den Kopf, während er fiel. Zusammen mit dem Monster rutschte er durch die zerrissenen Seilenden, stürzte hinab. Dornen schrammten über ihn hinweg, hinterließen tiefe Kratzer auf seiner Haut. Er versuchte, sich mit den Händen zu schützen und gleichzeitig nach etwas zu greifen, woran er sich festhalten konnte. Er erwischte nichts als Luft. Unter ihm platschte es, und er wappnete sich für den Aufprall. Kalt würde das Wasser sein; kalt und hart und dunkel. Mit einem abrupten Ruck endete sein Sturz, gefolgt von stechenden Schmerzen in der Hüfte und im Knöchel. Sein Fuß hatte sich in den Querseilen verfangen, ihn vor dem Meer gerettet. Wie ein Pendel baumelte er in den zerfetzten Kletterseilen, den Nachthimmel mit seinen wankenden Sternen zu Füßen.

»Nante!«, stieß er stöhnend hervor. Die Schmerzen waren so grässlich, dass er kaum Luft bekam. Ächzend versuchte er, eines der Seile in die Finger zu kriegen, um sich daran hochzuziehen. *Was ist mit ihm? Braucht er Hilfe? Warum kommt sonst keiner?* Und da erst vernahm er sie; laute Rufe vorn im Bug, erstaunte Schreie, entsetztes Raunen. Auch von der *Wanderfalke*. Wurden sie alle angegriffen? Gab es noch mehr von den Viechern? Was waren das überhaupt für Dinger? Seine Finger ertasteten ein raues Tau. Es trug sein Gewicht. Mit letzter Kraft zog er sich daran hoch, durch das Loch und weiter, und schließlich in die herabhängenden Wanten. Dort hing er, ein Seil an der Wange, eines an der Stirn, atmete schwer und schmeckte Kupfer auf der Zunge. Hinter seiner Stirn tobte ein Sturm, aber er musste zu Nante, an Deck, raus aus den Seilen und rauf auf die sicheren Planken. Wenn er jetzt ohnmächtig wurde, wäre es um ihn geschehen.

Sein Bruder war an Deck. Das Gewand hing an einem Arm in Fetzen, Blut tropfte auf den Boden. Er rang noch mit dem zweiten Monster, hatte es mehrfach mit einem Tau umschlungen, hielt es damit in Schach und versuchte, es mit einem Dolch zu erstechen.

»Die Augen! Stich die Augen aus!« Henning schluckte klebrigen Speichel hinab.

Er kämpfte sich durch die losen Seile aufs Deck. Dort fühlte er das salzverkrustete Holz unter sich, das zu schwanken schien, und die Verschanzung im Rücken. Drei Schritte trugen ihn seine Beine auf Nante zu, bevor er wie ein alter Mann in die Knie ging. Die Schmerzen schossen ihm vom Knöchel bis unter die Schädelplatte. Mit Tränen in den Augen konnte er nur untätig zusehen, wie Nante das Vieh vor sich zwang. Sein Gesicht war vor Anstrengung verzerrt. Dann tat Nante etwas, womit Henning nicht gerechnet hatte: Er ließ sich fallen und riss das Vieh rücklings mit sich. Der Dolch blitzte, fuhr herab, mitten in den weichen, ungeschützten Bauch des Monsters. Das jaulte schrill, ohrenbetäubend schrill, und der Dolch zuckte nach links und rechts, vor und zurück. Aus der Bauchdecke schoss violettfarbenes Blut zusammen mit gelben Gedärmen, die sich auf den Planken kringelten. Nante ließ das Seil los, in das das Vieh hoffnungslos verheddert war. Er keuchte, kam auf die Beine, den blutverschmierten Dolch angriffsbereit erhoben.

Es war nicht mehr nötig. Der Kopf des Viehs schoss orientierungslos hin und her, berührte die Gedärme, schrie, biss in die eigenen Innereien. Gestank breitete sich aus, als sich unverdauter Fisch, grüner Schmodder und gelber Schleim auf die Planken ergossen. Das Monster zuckte, dann erschlaffte es.

Die beiden Brüder sahen sich an. Noch war es nicht vorbei. Überall um sie herum tobte der Tumult. Arndt Crabbe brüllte. Thevs schrie Kommandos. Nante humpelte zu Henning, steckte den Dolch weg und half ihm auf die Beine.

Da ließ ein Zischen sie zur Reling blicken. Dort hockte das andere Vieh, aus dem Meer zurückgekehrt. Ohne Vorwarnung sprang es auf die beiden zu und erwischte Henning. Er konnte nicht mehr ausweichen, taumelte rückwärts, stieß gegen die Verschanzung, über die er vorhin erst geklettert war, sah nur noch Zähne, Krallen und Klauen. Rosa Haut. Etwas biss ihn in die Schulter, riss sich los, ein Maul voller Blut und Fleisch.

Das Monster sprang zurück, ließ den Brocken fallen, und flog abermals auf ihn zu. Henning brachte die Arme nicht mehr hoch.

Der Aufprall traf seine Brust und nahm ihm endgültig das Gleichgewicht. Er fiel rücklings, schrammte mit dem

Rücken über das Teakholz. Über sich hörte er einen Schrei wie von seiner eigenen Stimme. Oben wurde unten, unten wurde oben.

Das Wasser war genauso kalt und hart und dunkel, wie er es erwartet hatte, und es brannte in seinen Augen, als er in die Fluten eintauchte, das Gesicht voran.

Er sah seinen Hilferuf noch in silbernen Blasen vor ihm aufsteigen, bevor es völlig dunkel wurde.

Kapitel 16

Königtum Westend, La Harb, Kerker

In der oberen Kerkeretage gab es schmale Fenster auf Kopfhöhe, die zum Innenhof führten. Tagsüber fiel ein Streifen aus grauem Licht herein, der den hinteren Teil der Zelle erleuchtete.Die Verwaltung sparte so Fackeln in den Gängen, und der vordere Teil der Zelle lag düster da. Nachts wanderte das Licht; der zum Fenster gelegene Teil wurde dunkel, der vordere von orangefarbenem Flackern erhellt.

Leyna stand vor dem Fenster; sie sah zwar nur einen mit Dreck und Regen bespritzten Mauersockel und ein paar Äste eines Busches, aber immerhin. Sie konnte so die Tage zählen – mittlerweile drei seit ihrer Verhaftung. Und es drängte frische Luft herein, die den Gestank verdünnte. Wie mochte es nur in den Kerkern eine Etage tiefer stinken, in denen es keine Fenster gab?

Mit acht weiteren Personen hatte man sie in der Zelle eingesperrt. Es gab keine Betten, nicht einmal Strohsäcke, sondern nur blankes, dreckiges Stroh. Und nur einen Eimer. Einen einzigen verschlissenen Eimer für neun Personen. Sie hätte nie gedacht, dass sie dessen Ausdünstungen so lange ertragen konnte, aber wie hatte es ihr Vater so oft gesagt, wenn er mit dem Gestank von Fisch an den Händen nach Hause gekommen war: »Erstunken ist noch keiner.«

Das war tatsächlich noch niemand, aber es gab genug andere Risiken im Kerker, die einen lebensgefährlich erkranken lassen konnten: die Ratten, der Eimer, der Dreck, das verdorbene Essen, die Feuchtigkeit, die Kälte. Noch ging es Leyna passabel an diesem dunklen, schmutzigen, üblen Ort, aber auch sie verspürte bereits ein Ziehen in den Atemwegen und atmete schwerer als sonst.

Vielleicht kam das Ziehen aber auch von der Furcht um ihren Vater. Ob sich Jule genug um ihn kümmerte? Klar, Jule würde alles tun, was sie konnte, aber hatte sie überhaupt die Möglichkeit dazu oder wurde sie von Matronin Misha kontrolliert? Oder von Richter Simeone und seinen Stadtwachen? Und warum hatten sie ihn nicht gefunden? All die Fragen brannten ihr auf der Zunge, und niemand war gekommen, um ihr Antworten zu liefern.

»Schwester?« Irmgard trat neben sie.

Die etwas zu klein geratene, rundliche Frau mit den blassen Sommersprossen auf den Wangen und den kurzen Locken darüber hatte versucht, ihren befallenen Mann zu verstecken. Alle, die mit in der Zelle saßen, hatten einen geliebten Menschen beschützen wollen. Ein Nachbar hatte Irmgard bei Richter Simeone verpetzt, im gleichen Atemzug wie Pete, einen anderen Inhaftierten, der mit einem Mann namens Gustav neben ihr gewohnt hatte. Gustav war befallen gewesen, und Pete war nun hier.

Leyna wandte sich vom Fenster und den vor Feuchtigkeit glänzenden Mauersteinen ab. »Ja?«

»Ich glaube, Pete macht es nicht mehr lange.« Sie hatte geflüstert und presste die Lippen aufeinander, sodass Grübchen entstanden. Grübchen schlechter Nachrichten.

Leyna sah über Irmgards Schulter zum Alten, der in einer Ecke in einem Haufen Stroh saß und den Kopf an die Gitterstäbe gebettet hatte. Er zitterte heftig, was nicht verwunderlich war, bestand der Alte doch nur noch aus Haut und Knochen.

»Ich schau, was ich tun kann.« *Wenn es auch nicht mehr viel ist.*

Richter Simeone hatte ihr die rote Paste gelassen, wie eigentlich alles, was sie am Körper trug, und so hatte sie ihren Mitgefangenen Zeichen auf die Körper gemalt, wenn es ihnen dadurch besser ging. Sie selbst zierten ebenfalls Symbole; auf den Wangen, auf der Stirn, und zwischen ihren Brüsten gegen das Ziehen in den Atemwegen.

Neben Pete sank sie in die Hocke. Er bewegte sich nicht, nur seine Augen öffneten sich und musterten sie. »L-L-Lass mich!« Er wurde von einem Zitteranfall geschüttelt. »L-L-Lass mich s-s-sterben.« Das Zeichen für Kraft, das sie ihm auf die Stirn gemalt hatte, hatte er fortgewischt.

»Das kann ich nicht«, sagte Leyna ruhig. »Ich habe mich dem Retten von Leben verschrieben. Du wirst kämpfen und durchhalten!« Sie wollte nach seiner Hand greifen, doch er zog sie weg, als wäre sie eine glühende Kohle.

»Wofür denn?« Er atmete schwer. »Alles, wofür sich kämpfen gelohnt hätte, haben sie geholt.«

»Nicht alles, Pete. Du lebst und mit dir die Erinnerungen an Gustav.«

»Erinnerungen!« Er schüttelte den Kopf. »Dafür lohnt es nicht. Erinnerungen verblassen, auch wenn man es nicht will. Du kannst dagegen ankämpfen, Kind, so viel du willst. Sie verblassen. Jetzt schon. Sein Gesicht.« Eine Träne kullerte dem Alten über die Wange.

Leyna wusste, dass er mit jedem Wort recht hatte, aber sie wollte es nicht akzeptieren. Aufgeben konnte sie nicht akzeptieren! »Bitte, Pete. Du musst kämpfen!«

»Ich muss gar nichts mehr außer sterben.« Wieder ein Zitteranfall. »Aber du musst kämpfen. Du bist jung, hast das Leben vor dir. Lass einen alten Mann gehen und verteile dafür meine Essensration unter euch.«

»Nein, Pete, nein.« Leyna spürte Tränen in ihren Augen, dann eine Hand an ihrer Schulter, die sie auf die Beine holte. Irmgard.

»Kannst du ihm nicht helfen?«

»Beim Sterben?«

Irmgard nickte.

Leyna schluchzte, wischte sich Tränen von den Wangen. So sah sie auf das Häuflein Elend hinab. Der Anblick war kaum zu ertragen. »Ich kann ihn schlafen lassen, und wenn er Glück hat …« Ihre Stimme versagte ihr den Dienst.

»Dann tu das. Wenn du helfen willst, ist es das Einzige, was du für ihn tun kannst.« Sie wandte sich ab und ließ Leyna allein mit ihrer Entscheidung.

Sie traf sie letztlich, weil Pete sie so flehentlich anblickte und mit seinen Lippen ein lautloses *Bitte!* formte.

Bevor sie der Mut verließ, holte sie ihre Paste hervor, tauchte Daumen und Zeigefinger hinein und strich ihm von der Stirn über die Augen und setzte Punkte dazu, so wie Misha das bei dem Korbflechter getan hatte.

Das Zeichen leuchtete auf, und Pete seufzte.

Kurz darauf war er eingeschlafen, und wenn es die Götter gut mit ihm meinten, würde er irgendwo neben Gustav aufwachen.

Leyna steckte ihre Paste ein, wischte noch eine Träne weg und trat zu Irmgard, die sich ein paar Schritte entfernt hatte. Die lächelte ihr dankbar zu.

»Pete und Gustav hatten früher eine Taverne, bevor sie sie verkauften und zu uns ins Nachbarhaus zogen«, erklärte sie leise. »*Zu den Glücklichen*. Was für ein treffender Name. Pete verbrachte die Tage in der Küche, Gustav im Schankraum.« Irmgards Lächeln wurde warm. »Gustav war ein toller Gastgeber. Bei ihnen fühlte man sich wohl. Es gab nie Ärger oder Streit. Er wusste schon, wenn Gäste hereinkamen, ob sie Ärger machen würden oder nicht. Und waren es Kandidaten für Ärger, streckte er deren Getränke schon im Voraus, ohne dass sie es merkten.«

Leyna schniefte noch einmal. »Er hatte seherische Fähigkeiten?«

»Und was für welche!«

»Und dein Mann? Was tat er beruflich?«

»Er war Fischer.«

Das ließ Leyna schlucken. »Wie mein Vater.«

»Ach wirklich? Verkaufte er auf dem großen oder dem kleinen Markt?«

»Auf beiden, aber meist auf dem kleinen.«

»Und kann er auch das Wetter deuten?«

»Schon. Er weiß genau, wie ihm die Mutter See gewogen ist.«

Irmgard lächelte. »Mein Mann wusste das auch. Er wusste sogar schon Wochen vorher, wann ein Sturm aufkommt. Auf Tag und Glockenschlag.«

Leyna runzelte die Stirn. »Auf Tag und Glockenschlag ...« Ein Gedanke durchzuckte sie, und sie wandte sich von Irmgard ab und trat zu Anselm.

Der Mittdreißiger hatte geschlummert, wachte aber auf, als sie neben ihn in die Hocke sank. »Anselm, eine Frage: Hatte deine Frau magisch anmutende Fähigkeiten?«

Er zuckte traurig mit den Schultern. »Sie konnte mit den Händen Schmerzen lindern, mal mehr, mal weniger.«

Leyna nickte und ging zu Kudrun, deren Tochter befallen worden war. Als Kudrun zusammen mit ihrem Mann und der Tochter aus La Harb hatte flüchten wollen, waren sie gestellt worden, wobei der Mann im Kampf gegen die Stadtwache sein Leben gegeben hatte.

Kudrun hatte die Unterhaltung mitbekommen. »Jetzt willst du wissen, ob auch meine Tochter magiebegabt war?«

Leyna nickte.

Kudrun verzog das Gesicht zu einer Grimasse. »Ich glaube schon. Sie träumte davon, einmal Schwester zu werden, so wie du.«

Dann sind es schon vier von acht!

Leyna sah in die Runde. Auch die anderen waren aufmerksam geworden.

Brid sagte: »Mein Mann war auch magiebegabt. Er las manchmal Gedanken von Wildfremden.«

Theodor nickte zustimmend. »Das konnte mein Bruder auch!«

»Und meine Schwester sah Dinge in den Flammen«, fügte Georig hinzu.

Zuletzt wandte sich Leyna an Adelheid. Auch die nickte und sagte heiser: »Meine Mutter auch.«

»Also alle«, wisperte Leyna. Das konnte kein Zufall sein. Wurden nur Magiebegabte befallen? Warum? Konnten diese Dinger die Magie der Menschen anzapfen? Das magische Potenzial absaugen? Es nutzen? Und wenn ja, wofür?

Die Versammelten sahen Leyna an, als erwarteten sie von ihr eine Erklärung. »Ich ...«

»Magiebegabte also.«

Sie fuhr herum. In der Dunkelheit des Flurs stand Richter Simeone. Die anderen hatten nicht sie, sondern ihn angestarrt.

Kudrun war die Erste, die aufsprang. »Du elendiges Arschloch!« Schon war sie am Gitter und griff nach ihm. »Komm her, komm her! Stell dich deinen Sünden!«

Simeone wich nur einen Schritt zurück und betrachtete Kudruns Gebärden mit gefurchter Stirn. Dann wandte er sich an Leyna. »Magiebegabte also«, wiederholte er. »Wie Euer Vater. Das ist hochinteressant. Und überprüfungswürdig. Der Rat wird diese Information willkommen heißen.«

Leyna lief es kalt den Rücken hinunter. *Hatte sie sich indirekt verraten?*

»Und dann?«, zischte Irmgard. »Was wollt Ihr daraus für Schlüsse ziehen, Richter? Magiebegabte verbannen, um die Stadt zu schützen?«

Immer noch sah er Leyna an. »Möglich. Aber das entscheidet der Rat.«

»Der Rat, der Rat!«, äffte Kudrun. »Alles Monster. Kann man so, wie sie sind, in einen Sack stecken und draufhauen, man trifft immer die Richtigen.«

Ein Hauch Unbill zuckte um Simeones Mundwinkel. »Wir dienen nur dem Volk.«

»Indem ihr es tötet und in den Kerker sperrt? Heuchelei! *Heuchelei!*«

Simeone schüttelte den Kopf und vollführte eine Handbewegung, woraufhin vier Wachen zusammen mit dem Kerkermeister aus der Dunkelheit hervortraten. Letzterer hatte den Schlüsselring in der Hand, und während er nach dem richtigen Schlüssel suchte, positionierten sich die Wachen um die Tür herum.

»Acht gegen sechs«, hörte Leyna Theodor wispern. »Wenn wir schnell sind ...«

»Wir sind schnell!«, zischte Kudrun und leckte sich die Lippen. »Wir sind schnell!«

Der Kerkermeister hatte den richtigen Eisenschlüssel gefunden und schob ihn ins Schloss, zog die Tür auf. Die Angeln knirschten, und Rost rieselte herab.

Sofort wollte Kudrun nach draußen, doch ein Soldat schlug ihr den Schwertknauf ins Gesicht, sodass sie zurücktaumelte. »Zurück, Weib! Oder wollt Ihr an den Galgen?«

»Ts, ts, ts!« Simeone schüttelte den Kopf. »Niemand kommt an den Galgen. Vorerst.« Dann deutete er auf Leyna. »Ihr! Kommt mit.«

Leyna rührte sich nicht. »Habt Ihr ihn gefunden?«

Sie sah die Antwort in seinen Augen.

»Also nicht. Was wollt Ihr dann von mir?«

»Antworten.«

Leyna überlegte. Ihr blieb sowieso nichts anderes übrig, und wenn sie sich weigerte, würde er sie sicherlich zwingen, also trat sie erhobenen Hauptes vor und an den Wachen vorbei aus der Zelle. Kudrun wollte trotz blutiger Nase hinterher, doch der Wärter schlug die Tür schnell genug zu.

»Ihr Drecksschweine!«, schrie sie und spuckte Blut. »Kindermörder! *Kindermörder!*« Ihre Hände krallten abermals durch die Gitter, erwischten aber nur Gestank und Luft.

Simeone musterte sie wie Vieh auf dem Markt, dann signalisierte er den Wachen aufzubrechen. Der Kerkermeister ging voraus.

»Kann ich mit Matronin Misha reden?«, fragte Leyna.

»Vorerst nicht«, antwortete Simeone. »Sie hat in dieser Angelegenheit nichts zu sagen.«

»Aber sie ist …«

»… nicht Euer Vormund. Ihr seid alt genug und für Euch und Euer Tun selbst verantwortlich.«

Wie Ihr für den Mord an Kudruns Tochter und an all den anderen. Leyna schwieg, brachten ihr Anschuldigungen doch nichts außer Ärger. Wenn sie kooperierte und die richtigen Antworten nannte, kam sie vielleicht frei. Im Gegensatz zu den acht anderen war ihr Vater nicht gefunden worden. Gegen Leyna gab es nur Vermutungen, keine Beweise.

Hintereinander ging es den Flur entlang, an anderen vollbelegten Zellen vorbei, bis zur Treppe, durch die man sie herabgebracht hatte. Allerdings bogen sie davor nach rechts in einen weiteren Gang ab. Die Mauern bestanden aus roten Backsteinen mit grauen Mörtelfugen. Hier brannten Fackeln, und ihre Schatten überholten sie viermal. Vor einer offen stehenden Holztür blieben die Wachen schließlich stehen. Der Kerkermeister verschwand dahinter.

»Tretet ein.« Simeone erschien fast galant, wie er mit der Handfläche auf die Tür wies.

Leyna unterdrückte ein Schnauben, schritt an den Wachen vorbei und trat hindurch. Noch im Türrahmen stockte ihr das Herz.

Es war ein düsteres Gewölbe, erhellt von einem Kohlebecken und flackerndem Kerzenschein. Von den Deckenbalken hingen Seile und Rollen herab. In der Mitte stand ein hölzerner Tisch, rostbraun befleckt. Daneben lehnte ein Schreiber an einem Stehpult mit einem aufgeschlagenen Buch vor sich. Die Feder hielt er bereits in der Hand. Auch ein Medikus war anwesend, die Hände in den weiten Ärmeln seiner Robe verborgen, das Gesicht bar jeder Emotion.

Und natürlich der Kerkermeister. Er hatte neben einem weiteren Tisch Position bezogen, auf dem allerlei Werkzeug lag: Zangen, Messer, Haken, Daumenschrauben, Seile, Eisen, gespickter Hase. Leyna wich angesichts der Folterinstrumente das Blut aus dem Gesicht. Sie erkannte sogar ein Paar Dornenstiefel, bestehend aus zwei Eisenplatten, die der Form des Unterschenkels nachempfunden waren. Über Gewindestäbe konnten sie zusammengepresst werden und gruben so die inneren Erhebungen tief ins Fleisch, eine Tortur am Schienbein, wo kaum Gewebe zwischen Knochen und Haut vorhanden war.

»Kommt Ihr so an Eure Fakten?«, entwich es Leyna. Sie trat instinktiv einen Schritt zurück, doch eine der Wachen schob sie unsanft in die Folterkammer.

»Das alles dient nur der Rettung La Harbs.« Richter Simeone ging an ihr vorbei und positionierte sich neben dem Schreiber. »Ich möchte die Stadt vor weiterem Unheil bewahren, Schwester, so wie Ihr. Eigentlich wollen wir dasselbe.«

»Ich bin mir da nicht so sicher.«

»Oh doch. Im Herzen wisst Ihr es. Ihr seid ein intelligentes Mädchen. Ihr wisst: Wenn es weiterhin in diesem Ausmaß regnet, droht der Untergang.«

»Der aber nichts mit meinem Vater zu tun hat.«

»Nicht?« Er musterte sie mit kühler Neugierde. »Ich weiß nur, dass die Zahl der Befallenen steigt, und ebenso bemerke ich, dass der Regen heftiger wird. Doch nach Erlösungen scheint er nachzulassen. Versteht Ihr? Es passt, was Ihr vorhin sagtet: Die Befallenen stehen wegen ihrer Magiebegabung in direktem Zusammenhang mit dem Regen. Daher kommt er. Ich glaube, ich nenne diese Wesen die Regenmacher, ja, die Regenmacher.« Ihm schienen seine Worte zu gefallen, dann nickte er dem Schreiber zu. »Wir beginnen.«

Der Schreiber setzte die Feder aufs Pergament.

Der Kerkermeister fragte: »Mit den Daumenschrauben?«

»Nein.« Simeone musterte sie. »Sagt, Schwester, wie handhabt Ihr das Überleben Eures Vaters? Auch Befallene müssen trinken.«

»Er ist nicht befallen.«

»Aber magiebegabt. Ihr meintet es vorhin selbst in der Zelle.«

Leyna knirschte mit den Zähnen. »Ja, das ist er. So wie ich auch.«

»Wie alle Schwestern. Wurde schon eine befallen?«

»Nicht, dass ich wüsste.«

»Ihr wisst es nicht, oder Ihr wollt es mir nicht sagen?«

»Richter Simeone.« Leynas Stimme bebte vor Ärger. »Ihr haltet mich seit Tagen gefangen, woher soll ich wissen, ob Schwestern befallen wurden?«

»Habt Ihr ihn in der Gilde versteckt?«

Sie schloss die Augen. »Nein.«

»Aber Ihr habt ihn versteckt.«

»Nein! Nein! Nein!«

»Eure Freundin ist sich da nicht so sicher.«

Leyna fuhr hoch. »Ihr habt Jule befragt? Was hat sie gesagt?«

Er musterte sie aus diesen verflucht schlauen Augen, in denen das Licht der Kohlebecken reflektierte. »Sie räumt ein, dass Ihr Euren Vater versteckt haben könntet.«

»Nein!« Das würde Jule nie behaupten. *Außer um sich und Henry zu schützen*, wisperte eine Stimme, die kaum durch das Entsetzen hindurchdrang. *Ich kümmer mich.* Wie soll sie sich kümmern, wenn auch sie im Kerker saß? Sie musste alles tun, um den Verdacht von sich abzuwenden. »Ich habe ihn nicht versteckt! In der Lieferung waren nur Fische.«

»Ja. Zwei. Schwester Marta hat dies bestätigt.« Simeone seufzte und senkte den Blick. Er schien nachzudenken, dann nickte er dem Kerkermeister zu.

Der griff nach den Daumenschrauben.

»Nein! Nein! *Nein!*« Leyna wollte beim Anblick der beiden Metallplatten, die seitlich über zwei Gewindestangen miteinander verbunden waren und gut geölt glänzten, zurückweichen, doch einer der Soldaten sprang herbei und hielt sie fest.

Und schon war das Gerät am Tisch fixiert und ihr Daumen eingespannt. Das geriffelte Metall presste sich auf Haut und Nagel. Der Kerkermeister hielt die breite Flügelmutter locker zwischen Daumen und Zeigefinger.

»Wo ist Euer Vater?« Simeons Stimme knackte plötzlich wie Eis.

»Ich weiß es nicht. Ich weiß es wirklich nicht!« Leyna hatte nur Augen für ihren eingespannten Daumen. Sie schluckte. Ihr Herz pochte.

»Seht mich an!«, verlangte Simeone. »Sagt es mir ins Gesicht.«

Leyna sagte es ihm direkt ins Gesicht: »Ich weiß es nicht!«

Richter Simeone verzog den Mund und nickte dem Kerkermeister zu. Der drehte die eiserne Flügelmutter zweimal.

Obwohl sich Leyna gegen den Schmerz gewappnet hatte, raubte er ihr den Atem. Er stach und brannte und schoss ihr vom Daumen direkt in die Augen, wo er in Form von Tränen aus ihrem Körper austrat.

»Bitte«, keuchte sie, ohne es zu wollen.

»Wo ist Euer Vater?«

Leyna starrte wieder auf die Daumenschraube und den oberen Bogen aus altem Eisen, der den Nagel quetschte. Das Fleisch außen herum wurde weiß, direkt am Ansatz jedoch dunkelrot.

»Ich weiß es nicht«, wisperte sie.

Ein kurzer Blick zum Medikus, ein Nicken, und der Kerkermeister drehte.

Wieder ein Keuchen, und Simeone: »Macht es Euch doch nicht so schwer. Sagt einfach, wo Ihr ihn versteckt.«

»Ich verstecke ihn nirgends!«

Wieder eine Drehung, und diesmal knackte etwas. Der Daumenknochen brach. Ihr Schrei gellte durch den Raum und war sicherlich in den angrenzenden Zellen zu hören.

»Wo ist er?«

Leyna konnte nur noch wimmern. »Ich. Weiß. Es. Nicht.«

Wieder nickte Simeone, doch diesmal lockerte der Kerkermeister den Druck. Er fragte: »Die Dornenschuhe, Herr?«

»Nein. Für heute ist es genug. Bringt sie zurück in die Zelle, aber diesmal in Einzelhaft, wo sie nachdenken kann, ob es sich lohnt, einen bereits Todgeweihten zu schützen, während fünftausend Menschenleben untergehen.«

Der Kerkermeister zeigte seine gelben Zahnstümpfe. »Soll sie an die Kette?«

Simeone sah Leyna aus seinen traurigen Augen an. »Noch nicht.«

Kapitel 17

Irgendwo

Henning träumte wieder einmal diesen Traum von jenem Spaziergang in unbekannten Katakomben. Mit Nante an seiner Seite wandelte er durch Gänge aus dunklem, kühlem Stein. Weil sie beide Roben aus tintenblau gefärbter Wolle trugen, schienen ihre Gesichter durch die Düsternis zu schweben.

Diese war weit mehr, als sie zu sein vorgab. In dem Traum war sie jahrhundertealt, still und trocken. Er spürte die Last von Stein und Burg über ihr. Sie roch nach Geheimnissen und rauchblauer Macht. Und sie war schattenhaft, diese Düsternis, wallte und wogte wie längst vergessene Erinnerungen. Die Wände schienen sich zu verschieben, ineinanderzugleiten, sich zu verwandeln. Wo einst eine Tür gewesen war, befand sich nun ein Schacht, wo Stufen in die Tiefe geführt hatten, versperrte nun Geröll eines eingestürzten Torbogens den Weg. Und doch wandelten Henning und Nante Seite an Seite durch diese Düsternis.

»Was willst du mir zeigen?« Hennings Stimme klang eigenartig verzerrt in diesen vertrauten und doch unbekannten Gewölben.

»Warte ab, Bruder.« Auch Nantes Stimme war nicht die seine, aber Henning nicht unbekannt. Manchmal hatte er sie aus dem Mund seines Bruders gehört, wenn er diejenigen imitierte, die nur er hören konnte.

Henning verspürte Ärger und Unbehagen. »Hast du wieder experimentiert?«

»So wie du auch.«

»Was keine Antwort ist.«

»Ich denke doch.«

Sie stiegen eine breite, fast königliche Treppe hinab, von deren Fuß ihnen feuchte Luft entgegenwehte, als flösse dort ein unterirdischer Fluss. Es gab jedoch kein Rauschen.

»Ich dachte, wir waren uns einig, nicht mehr mit der Essenz zu hantieren.«

»Weil sie zu gefährlich ist.« Nante nickte. »Aber nur für die Unvorsichtigen, die Zaghaften. Und für die Unwissenden. Wer weiß, kann formen. Kann erschaffen.«

»Erschaffen?« Das Wort aus Hennings Mund echote unheilvoll von den Wänden wider.

Nante lächelte. »Warte ab, Bruder. Du wirst es sehen.«

Henning wusste nicht, ob er es sehen wollte. Er verspürte großes Unbehagen. Sein Bruder, er war ... verbissen, ehrgeizig, besessen. Er wollte nach den Sternen greifen, die angeblich die Augen der Götter repräsentierten. Er wollte am Firmament seine eigenen Augen funkeln sehen, ewiglich und in hellem Glanz.

»Bruder«, begann Henning erneut. »Nun sag schon: Was hast du getan?«

Ein Seufzen. »Ich habe erschaffen. Wie du es auch im Herzen willst.«

Sie erreichten ein üppig mit Steinmetzarbeiten verziertes Portal. Symbole wanden sich wie Schlangen um Hände und stilisierte Köpfe. Der Spitzbogen darunter war von sanftem Blau erfüllt und vom flackernden Gelb brennender Kohlebecken. Wasser war zu hören, wie es gegen Stein schwappte und gurgelte. Die Feuchtigkeit hing satt in der Luft.

Henning zögerte, doch dann trat er Seite an Seite mit seinem Bruder ein. Ihre Gewänder wisperten über die steinernen Quader, die die Schwelle bildeten.

»Bei den Ewigen!«, entwich es Henning, und er blieb stehen. »Was hast du getan?«

Nante lächelte breit, fast verschlagen. »Ein Meisterwerk erschaffen.«

Henning wich zurück in den Schatten des Portals, während Nante vorwärts in das steinerne Rund von der Größe eines Kirchenschiffs trat, dessen Decke von vierundzwanzig riesenhaften Statuen getragen wurde. Über deren glattpolierten Stein krochen Licht und Schatten.

»Nein! Das hast du nicht getan! *Nein!* Sag, dass das nur eine Illusion ist!« Er hörte wieder Wasser schwappen, dazu ein Scharren und Schnaufen und Grollen und Zischeln. Klauen schabten über Stein. Wasser tropfte zu Boden. Etwas Schattenhaftes trat an die Seite seines Bruders.

»Keine Illusion.« Nante blickte verträumt hinab. »Und nun komm! Tritt näher und sieh dir an, was ich vollbracht habe.«

»Nein!« Henning konnte es nicht erkennen, und doch hatte er Angst. »Nein! *Dazu hattest du kein Recht!«* Übelkeit stieg in ihm auf. »Du hast gegen jegliche Abmachung verstoßen!«

Nante lachte irre. »Glaubst du, Großartiges entsteht, indem man sich an Gesetze hält? An Gesetze der Furchtsamen?« Nante legte die Hand auf den Kopf des Etwas und wurde dabei ebenfalls schattenhaft. Seine Robe schien plötzlich aus Dunst zu bestehen, ihn zu umspielen wie Rauch, und doch wirkte sie wie die Robe eines Königs – eines Königs mit seinem getreuen Begleiter.

»Nein!«, rief Henning abermals und wich zurück, bis er seinen Zwillingsbruder nicht mehr sehen konnte. »Du hattest kein Recht dazu!«

»Dich zu retten?« Die wahre, raue Stimme seines Bruders hallte aus der Dunkelheit.

»Was ...?«

»Hätt ich dich ersaufen lassen sollen?«

»Nein, nein!« Stöhnend schlug Henning die Augen auf. Sonnenlicht fiel durch das winzige Kajütenfenster. Holz knarrte und knackte.

Jemand beugte sich zu ihm. Eine Hand fand die seine.

»Wo ... wo bin ich?« Seine Schulter schmerzte dumpf, genauso wie sein Bein. Er lag auf zerwühlten Laken.

»An Bord der *Zwillingsfalke*«, sagte Nante.

»Aber ...« Er schluckte und schmeckte Salz, und schon stürzte er wieder dem kalten, schwarzen Wasser entgegen, in dem Reptilienaugen auf ihn warteten. Er wollte hochfahren, doch Nante drückte ihn sanft zurück aufs Bett.

»Ich hab dich rausgefischt.« Er sah ihn ohne eine Regung an. »Bist ein ganz schön schwerer Brocken geworden.«

»Pfff ...« Henning wollte sich hochstemmen, doch abermals drückte Nante ihn zurück. Und plötzlich hatte er einen Becher in Händen.

»Trink.«

Henning verzog das Gesicht. »Riecht wie Pisse.«

»Schmeckt auch so.«

Trotzdem trank er, und die Pisse stellte sich als Bier heraus, schal, aber kühl, eine Wohltat für seinen ausgetrockneten Rachen.

Er seufzte und rülpste. »Wie lange war ich weg?«

»Fünf Tage und vier Nächte.«

Es war wie ein Peitschenschlag. »*So lange?* Was ist seitdem passiert? Wie ist die Lage? Wo sind wir aktuell? Der Kampf!«

»Ist vorbei.« Thevs trat durch die niedrige Tür in die Kajüte. Er trug zwei Verbände, einen um den Oberarm, den anderen über der nackten Brust. Seine Hände glänzten rosig. »Wir verloren acht Mann Besatzung; fünf auf der *Zwillingsfalke*, drei auf der *Wanderfalke*. Viele verletzten sich.«

Henning wollte es nicht fassen. »Wen erwischte es genau?«

»Enno, die Killis-Schwestern, Tjark den Schlauen und Oke den Bärtigen.«

Für einen Moment schwindelte es ihm. Alle fünf waren gute Fratera und treue Weggefährten gewesen. Jetzt soffen sie vermutlich mit der Mutter See.

Thevs kam ans Bett. Ein müdes Lächeln umspielte seine Lippen. »Schön, dass wenigstens du wieder unter uns weilst, Henning.«

»Ja ...« Wobei das ein schwacher Trost angesichts so vieler Toter war. »Wisst ihr, was das für ... *Biester* waren?«

»Jundar«, sagte Nante mit einem eigenartigen Zischlaut am Wortanfang und nicht mit seiner Stimme.

Henning hob eine Augenbraue und musterte seinen Bruder. Er sah aus wie der Nante aus seinem Traum – arrogant und irgendwie wissend. Dann wandte er sich an Thevs. »Sie kamen direkt aus den Fluten, nicht?«

»Und dorthin sind sie wieder gegangen. Nur nicht mehr lebend.«

Das gab Henning ein wenig Befriedigung. »Wie viele waren es?«

»Wir zählten elf, aber ganz sicher sind wir nicht.«

»Elf. Bei der Wächterin! Und sonst?«

»Kommen wir zurecht. Wir hatten einige Schäden, insbesondere in den Takelagen. Die Viecher hatten es auf die Taue abgesehen, und auf uns.« Er rieb am Rand des Brustverbands, worunter es vermutlich juckte. »Drei der Biester versuchten sogar, in die Kajüten vorzudringen. Eines haben wir in eurer erledigt. War eine ganz schön blutige Angelegenheit.« Ein Seufzen. »Aktuell treideln wir abwechselnd die Schiffe, damit die Mannschaften ihre Wunden behandeln können und die Reparaturen vorankommen. Die Segelmacher schuften Tag und Nacht.«

»Und wo sind wir momentan?«

»Etwa sechs oder sieben Tage von La Harb entfernt, wenn die Winde uns gütig sind.«

Und wenn wir nicht noch einmal angegriffen werden.

»Und in unserer Kajüte war so ein Biest?« Henning sah sich um. Furcht beschlich ihn. »Das Edulog?«

»Unversehrt. Auch die restliche Ladung hat nichts abbekommen. Wir erlitten fast *nur* personelle Verluste.«

Henning sagte nichts dazu, sondern stemmte sich hoch, und diesmal hielt Nante ihn nicht zurück.

»Wohin willst du?«, fragte Thevs.

»An Deck. Die Mannschaft braucht all ihre Kapitäne.« *Und ich einen Schwall frischer, salziger Luft.*

Die Mannschaft freute sich, als er an Deck humpelte, und der ein oder andere jubelte sogar. Ansonsten wurde ihm zugenickt oder die Hand zum Gruß erhoben; alles in gedämpfter Stimmung. Henning erwiderte die Grüße, besah sich kurz die Reparaturen in der Takelage, lobte die Wilde Berta, eine der wenigen Frauen an Bord, die am Aap hantierte, und trat schließlich an die Reling, wo er tief durchatmete. Eine sanfte Brise blähte die Segel, und in der Ferne erkannte er einen Küstenstreifen als dunklen Strich.

»Das alte Dornenreich?«

Thevs und Nante traten neben ihn.

»Ja«, sagte der Wanderfalke. »Heute Morgen konnte man sogar den Dorn in den Himmel ragen sehen, aber jetzt ist es dunstig geworden.«

»Dann erreichen wir morgen vermutlich Lensend.« Der nördlichste Zipfel des Kontinents, einst Teil des Dornenreichs, gehörte heute zu einer der vielen Baronien Westends. Der Volksmund sagte, dort würden alle Abenteuer enden. Die Fratera sagten, dort würden sie beginnen.

»Und dann geht es gen Süden zur Steener Bucht.« Thevs blickte in die Ferne. »Irgendwie freu ich mich, obwohl ich jüngst erst dort war. La Harb und das Delta des Steens haben was.«

»Ohrenbläser und Spione und Richter und eine Galgenmauer für unsereins.«

Thevs lachte. »Klingt ganz nach meinem Bruder und dem Mohr.«

»Ja, die beiden haben ordentlich für La Harb geworben.«

»Und dabei den süßen Wein und die Frauen vergessen.« Thevs grinste, was auch Henning grinsen ließ.

Es tat gut. Trotz der Gefahren freute er sich über den Besuch des Südwestens; als er das letzte Mal dort gewesen war, war er untenrum noch haarlos gewesen. In den letzten Jahren agierte die Fratera überwiegend im Osten, von den Inseln bis hinab zu den grünen Auen des Talisters; nicht weil ihnen jemand auf dem Meer ernsthaft Konkurrenz machte, sondern weil das Gold lockerer saß in den freien Handelsstädten des Ostens. Außerdem war das Verhältnis zwischen der Südmark und dem Osten stets angespannt, nur marginal weniger als zwischen der Südmark und Westend. Dazu kam der Straßenzwang, den die Kaufleute und Städte um jeden Preis aufrechterhalten wollten, denn er sicherte ihnen die Lebensgrundlage. Zwischen all den Spannungen ergab sich genug Raum für krumme Geschäfte – auf allen Seiten.

Früher war die Fratera sogar über den Talister bis Tannrein gereist, aber die Fahrten den breiten Strom hinauf hatten sich als gefährlich und wenig lukrativ erwiesen, waren die Händler im Süden doch geizig bis aufs Blut. Sie wollten alles haben, aber dafür nichts geben. Die Händler im Osten hingegen waren großzügig, und die in La Harb ausgebuffte Füchse, die das Problem hatten, nur über den Steen mit dem Osten und nur über die Kaufmannsstraße mit der Südmark handeln zu können. Alle anderen Wege waren zu lang, zu steinig und zu gefährlich. Da lockte der Seeweg, wenn er auch von Westend und der Baronie mit hohen Abgaben belegt war. Und genau deswegen florierte der illegale Seehandel, und mit ihm die Stadt. La Harb hatte sich zur größten Siedlung an der Westküste entwickelt, umschlossen von Luc Lazards' Baronie. Arturo hatte natürlich recht: Der Baron grollte schon lange wegen der Schmuggelei. Jede unerlaubt verschiffte Bootsladung brachte kein Gold in seine Kassen. Und trotzdem war die Fahrt nach La Harb für die Fratera im letzten Jahrzehnt selten der Mühe wert gewesen. Sie überließen das Feld lieber einzelnen Kapitänen mit ihren Mannschaften, wie der Dornenmaid oder dem Kraken oder Luvos mit seiner *Kanonenschlag*.

Der Osten war einfach lukrativer für die Fratera. Dort wurde nach allem verlangt: nach alten Obstbränden aus der Südmark, nach erlesenen Seiden aus Jenseits der Himmelsspitzen, nach Gewürzen aus dem Westen, nach Waffen aus alten Tagen, nach Reliquien und Schmuckstücken aus geplünderten Burgen, Kirchen und Hügelgräbern. Einmal hatten Nante und Henning einen jahrtausendealten Skarabäus aus kanarienvogelgelbem Glas, der direkt vom Himmel gestürzt sein sollte, an einen Sammler verkauft. Manch einer hätte ihn der Schönheit willen vielleicht behalten, aber Henning gab nichts auf Pomp und Geschmeide. Er verprasste seinen Gewinn lieber in Spelunken und Hurenhäusern.

Eine etwas härtere Woge traf das Schiff und ließ ihn kurz schwanken, wobei seine Finger über das Teakholz des Handlaufs glitten. Er stutzte. Die sonst glatte Oberfläche war mit tiefen Rillen übersät, sogar ein Stück war aus dem Holz gerissen, nein, *gebissen* worden. Zahnabdrücke waren deutlich zu erkennen: viele spitze Reißer in einem engen Halbkreis.

Thevs bemerkte seinen Blick. »Wahnsinn, oder?«

»Ja.« Henning strich über die Rillen, dann fiel ihm seine Schulter ein, wo ihn eines der Wesen erwischt hatte. Er griff sich an die Stelle und spürte einen Verband unter dem Leinenhemd.

Sein Onkel ahnte die nächste Frage. »Du wirst dich neu stechen lassen müssen.«

»So schlimm?«

»Wie man es nimmt. Ein Teil des Kreuzes fehlt, und die Haut wird narbig werden. In jedem Fall kein schönes Kreuz. Such dir eine andere Stelle für ein neues. Aber zur Not erkennt man es schon noch.«

Henning schüttelte den Kopf. »Da rauben die Biester einem nicht nur fünf Mann, sondern auch noch das Kreuz der Fratera von der Haut.« Er bewegte die Schultern, was ihm Schmerzen bereitete, aber er konnte alles leidlich bewegen.

»Es hätte schlimmer kommen können.« Thevs sah wieder in die Ferne. »Ich hab so etwas noch nie erlebt, und ich habe schon alles erlebt. Was waren das für Kreaturen?«

»Jundar«, sagte Nante abermals.

Der Wanderfalke musterte seinen Neffen voller Sorge. »Und weiter? Weißt du mehr als einen Namen?«

»Sie sind eine alte Rasse«, erklärte Nante. »Wurden erschaffen vor vielen Jahrtausenden.«

»Erschaffen?«, fragte Henning alarmiert und dachte an seinen Traum. »Von wem?«

»Von einer der Stimmen.« Nante wandte sich ab, sah hinaus aufs Meer. Der Wind spielte mit seinem Haar.

Henning erschauderte. »Von den Stimmen, die du hörst? Die dir deine Eingebungen verschaffen?«

»Ja«, sagte Nante. »Eine von ihnen.«

»Und ... sagt die noch mehr über diese Jundar?«

»Ja.«

»Und ... was?«

»Dass dies erst der Anfang ist.«

»Der Anfang ... wovon?«

»Vom Ende natürlich. Sie werden in Scharen wiederkommen und den ewigen Regen bringen.« Mit einem Ruck wandte sich Nante ab und marschierte übers Achterdeck davon.

Teil 2:

LA HARB

Kapitel 18

Königtum Westend, La Harb, Kerker

Leyna starrte auf ihren gebrochenen Daumen. Winzige Zeichen aus roter Paste, aufgemalt mit dem Fetzen eines Strohhalms, zierten das malträtierte Fleisch. Im Licht der Fackel glommen sie in mattem Schein. Wenigstens war der Schmerz durch die Zeichen erträglich, aber das Pulsieren unter dem gesplitterten Nagel war da, ein beständiges Pochen, das sie daran erinnerte, was man ihr angetan hatte.

Sie ballte die andere Hand zur Faust. Ihr Arm begann zu zittern. Richter Simeone. Nie hätte sie gedacht, dass ein honorabler Mann wie er zur Folter griff. *Das alles dient nur der Rettung La Harbs.* Sie hörte seine Worte in ihrem Kopf, und der Gedanke, dass er recht haben könnte, war noch viel schlimmer als die Qual. Die Gilde hatte sich dem Helfen der Allgemeinheit verschrieben, und auch deswegen war Leyna eingetreten, wie konnte sie also schweigen und ihren Vater verstecken, wenn wegen ihm der Regen nicht endete? Konnte sie Krankheit, Hunger und Tod vieler auf ihre Schultern laden, nur um einen Einzelnen zu schützen? *Einen Todgeweihten.*

Ihr Arm zitterte noch mehr. »Noch ist er nicht tot, Simeone!«

Die Worte des Richters gehörten zum Spiel – er wollte diese Zweifel bei ihr säen, um ein Geständnis zu ernten. Sie fiel darauf nicht herein. Sie würde einen Weg finden,

Henry und ganz La Harb vor dem Regen zu retten. Nur musste sie dazu erst einmal aus dem Gefängnis. Zwei weitere Tage waren vergangen, in denen sie in Stille und Dunkelheit gesessen hatte, zumindest vermutete Leyna das anhand der Mahlzeiten, die der Kerkermeister ihr gebracht hatte. Die Einzelzelle hatte kein Fenster, war geräumig, aber mit rostigen Ketten an den Wänden ausgestattet, an deren Enden Schellen für Hand- und Fußgelenke hingen. Früher hatte man daran Verbrecher gebunden; Fratera und den Schwarzen Adel und jegliches andere Gesinde, das die Straßen unsicher machte. Heute war es eine stille Drohung des Richters ihr gegenüber.

Wie lange würde er sie hier schmachten lassen? Wie lange würde er den Druck erhöhen? Würde er ihr irgendwann die Fackel nehmen? Sie hatte einmal von der *Schweigenden Kammer* gehört, einem schall- und lichtdichten Raum, in den widerspenstige Verbrecher gesperrt wurden. Sie begannen irgendwann zu halluzinieren und zu schreien und wahnsinnig zu werden – die weiße Folter nannte man das. Oder würde Simeone aufgrund der Dringlichkeit des anhaltenden Regens bald wieder zur Tat schreiten und sie erneut befragen? Wie lange konnte sie weiterer Folter widerstehen? Bis zum gespickten Hasen? Bis zu den Dornenstiefeln? Bis zum Hexenstuhl? Oder bis zum Strappado? Schwester Jorda hatte einmal davon erzählt und Verwünschungen ausgerufen ob der Grausamkeit der Menschen: Man band die Handgelenke des Opfers hinter dem Rücken zusammen und zog es mithilfe eines Seils über einen Deckenbalken in die Höhe. Manchmal hängte man zusätzlich Gewichte an die Beine oder ließ das Opfer ein Stück fallen, um dann abrupt zu bremsen. Dabei kugelten meist die Schultergelenke aus, was zu rasenden Schmerzen führte.

War ihr Vater diese Torturen wert?

Für den Gedanken hasste sie sich, aber er war da, zwar nur als Raunen in ihrem Kopf, aber laut genug, dass sie ihn vernahm.

Wenn sie doch nur mit Jule sprechen könnte! Sie war mittlerweile sicher, dass Jule Leynas Verstoß nur eingeräumt hatte, um Henry nicht allein lassen zu müssen. Ihr musste bewusst gewesen sein, dass Simeone nicht nachgeben würde. Trotzdem machte die Unklarheit der Situation Leyna rasend. Sicher, sie hatten ihren Vater nicht gefunden, sonst würde Simeone sie nicht weiter befragen, aber wie ging es ihm? Hatte sich sein Zustand verschlechtert? Lebte er überhaupt noch?

Dieser Gedanke schreckte sie am meisten. Ertrug sie das alles, obwohl ihn die Wächterin bereits zu sich geholt hatte?

Sie wollte nicht länger darüber nachgrübeln, doch blieben ihr in dieser götterverlassenen Zelle nichts als Gedanken. Nicht einmal Beten half, denn wie konnten die Götter, ob nun die Alten oder das Paar, so einen Schrecken zulassen? Wie konnte ein Mann wie Simeone ein Kind der göttlichen Schöpfung sein?

Nein, ihr blieben nur ihre Gedanken und die Geräusche. Manchmal hörte sie jemanden schreien, vermutlich aus der Folterkammer. Ihre Zelle lag auf der anderen Seite des Gebäudes, insofern hörte sie aus den Gemeinschaftszellen keine Unterhaltungen. Und außer ihr schien niemand hier in Einzelhaft zu stecken. Sie hatte in die Dunkelheit gefragt, ob jemand da sei, ob jemand sie höre, und hatte zur Antwort nur das Rascheln und Trippeln der Ratten erhalten.

Sie blickte auf, denn sie vernahm Schritte. Sie erhob sich und trat an die Gitterstäbe. Mit klopfendem Herzen blickte sie den Ankömmlingen entgegen.

Es war Richter Simeone mit zwei Wachen und dem Kerkermeister. Es ging also weiter. Oder es endete.

Er grüßte nicht, fragte direkt: »Habt Ihr über meine Worte nachgedacht, Schwester?« Er sah blass und müde aus, aber wenn er seine Tage im Kerker verbrachte, wunderte sie das nicht.

»Durchaus.«

»Dann wollt Ihr mir endlich verraten, wo Ihr ihn versteckt habt?«

Es ging also weiter. »Nein, denn ich habe ihn nicht versteckt.«

Simeone seufzte. »Von wem habt Ihr diese Sturheit? Von ihm oder Eurer Mutter?«

»Sucht es Euch aus und sagt mir derweil, wie es der Stadt geht.«

»Der Stadt?« Eine Stirnfalte vertiefte sich. »Sie ertrinkt im Regen. Die Menschen hungern. Frauen und Männer klagen. Die Kinder weinen.«

»Ihr übertreibt.«

»Nein, Schwester. Die Kontore sind voll, aber die Vorräte sind so gut wie unbrauchbar. Einzig in Fässern Eingelagertes hält, Sauerkraut und Pökelfleisch, aber das Getreide ist fast gänzlich verschimmelt, die Kartoffeln faulig, getrockneter Kabeljau und gesalzener Hering aufgeweicht und verdorben. Der Rat hat Lazards um Hilfe gebeten, aber keine Antwort erhalten. Auch vom König aus Westend steht eine Antwort aus. Der Rat versucht fieberhaft, Lebensmittel über den Seeweg zu beschaffen, doch die Schiffe, die aktuell anlanden, haben meist keine geladen, denn sie brachen auf, bevor wir um Hilfe baten. Die Stadt stirbt, Schwester, wenn der Regen nicht bald endet.«

Und ich meinen Vater nicht verrate. Das wollt Ihr sagen. Sollte sie ihm glauben? Stand es wirklich so schlimm um die Stadt? Irgendwie war es auch egal. »Ich weiß trotzdem nicht, wo mein Vater ist.«

Geschürzte Lippen, die Andeutung eines Nickens. »Ja, das sagtet Ihr bereits des Öfteren.« Und zu den Wachen: »Bringt sie zur Befragung.«

Leyna schrie, wie sie noch nie geschrien hatte. Die Laute waren spitz und hohl, taten ihr selbst in den Ohren weh und verursachten eine Gänsehaut. Sie mussten den ganzen Kerker erfüllen und den Anwesenden durch Mark und Bein gehen. *Hoffentlich werden sie taub davon.* Es war der einzige Gedanke, an den sie sich klammerte.

Simeone hatte sie auf die Streckbank spannen lassen. Ihre Knöchel waren mit Eisenbügeln auf der Bank fixiert, während man ihre Handgelenke erst zusammen und dann an die Winde gebunden hatte. An den vier beinlangen Griffen drehte der Kerkermeister.

Als er wieder mehr Kraft auf die Winde gab, vermochte Leyna nicht zu sagen, ob das Knarzen vom Holz, vom Seil oder aus ihrem Körper kam. Ihre Sehnen und Muskeln schienen sich vom Knochen zu lösen. Wieder schrie sie voller Pein, sah bunte Sterne und dahinter Simeones Gesicht, die eine Seite vom Fackelschein erhellt, die andere in zuckende Dunkelheit getaucht.

Endlich hob er die Hand, das Gesicht bar jeder Emotion. »Ist Euch nun eingefallen, wo Ihr ihn versteckt habt?«

Leynas Brustkorb pumpte, ihr Herz hämmerte. Lange würde sie es nicht mehr aushalten, bald würde sie es zugeben und alles, was er wissen wollte. Sie würde beteuern, auch hundert Befallene versteckt zu haben – doch würde sie damit auch Jule und die Schwesternschaft verraten. Alles andere würde er nie glauben. Und das konnte sie nicht. Sie konnte nicht alle verraten, die ihr etwas bedeuteten.

»Nein«, presste sie hervor.

Die Feder des Schreibers kratzte übers Pergament.

»Eure Entscheidung«, sagte Simeone. Und zum Kerkermeister: »Wir fügen den gespickten Hasen hinzu.«

Allein bei der Vorstellung schrie Leyna wieder. »Nein! Das könnt Ihr nicht! Nein! Was seid Ihr für ein Mensch? Sind das Eure Fakten! *Eure Fakten!*«

Simeone ignorierte sie. Die Hände im Gewand vergraben, wartete er ab und sah zu, wie der Kerkermeister Leynas Bindung an den Armen löste und einer Wache befahl, sie in eine sitzende Position aufzurichten. Leyna wollte sich wehren, schlug um sich, doch aufgrund der lodernden Schmerzen nur halbherzig, und der Soldat war um einiges kräftiger. Er packte sie und knetete dabei ihre Brust, was ihn grinsen ließ. Sie spuckte ihm ins Gesicht, aber davon grinste er nur noch mehr.

Dann sah sie den Hasen. Die hölzerne Rolle in der Größe eines Nudelholzes war mit schwarzen, eisernen Dornen gespickt. Um die Dornen war das Holz rot, als blutete es. Der Kerkermeister befestigte ihn auf Rückenhöhe auf der Liegefläche. Darauf würde er sie gleich betten und dann wieder strecken, damit sich die Dornen tief ins Fleisch gruben und es aufrissen, wenn er sie darüberzog.

Leyna schrie und schrie und schrie und zitterte und bebte und krampfte. »Nein! Neiiin! Bitte! Nicht!«

»Dann sagt, wo er ist. Um La Harbs willen!«

Um La Harbs willen! Um La Harbs willen! Um La Harbs willen! Trotzdem gab Leyna keine Antwort. Sie schluchzte nur noch.

Der Kerkermeister packte wieder ihre Handgelenke und führte das Seil an die Winde. Der Soldat half ihm, und gemeinsam legten sie Leyna zurück auf den Hasen. Mehrere Dornen stachen ihr oberhalb der Hüfte ins Fleisch.

Leyna wurde schwarz vor Augen.

Als sie wieder das Kellergewölbe erkannte, über dessen Wände Licht und Schatten tanzten, hatte der Kerkermeister sie eingespannt und nickte Richter Simeone zu. Er war bereit. Es war noch nicht vorbei.

Simeone trat an ihre Seite. *Warum tut Ihr Euch das an?*, fragten seine intelligenten Augen. *Warum nur?*

Er würde es nie begreifen.

»Eure letzte Chance«, sagte er. Wie all die tausend Fragen zuvor auch.

Sie schüttelte nur den Kopf. Schweiß brannte ihr in den Augen.

Da erklang das Horn. *ARUUUUUU!*

Die Grundfesten des Rathauses schienen zu schwingen. Staub rieselte von der Decke.

Richter Simeone runzelte die Stirn und wandte sich an den Kerkermeister. Der sah zur Wache, welche fragend mit den Schultern zuckte.

Ein zweiter Stoß. *ARUUUUUU!*

Das Signal des Kriegs, wurde Leyna am Rande ihrer Ohnmacht bewusst. Zwei Stöße ins Horn. Aber das ergab keinen Sinn. Welcher Krieg?

Schon polterten Stiefelschritte im Kerker, und kurz darauf stürzte ein Mann in die Kammer. Er trug Kettenhemd, war vom Regen durchnässt und ihm klebte das braune Lockenhaar in der Stirn.

»Richter Simeone! Euer Würden! Kommt! Schnell! Der Rat verlangt nach Euch! Unverzüglich!«

Die Missbilligung über den unpassenden Zeitpunkt stand dem Richter ins Gesicht geschrieben, aber er war der lange Arm des Rats und schon auf dem Weg zur Tür, als er mit gepresster Stimme sagte: »Bringt sie zurück in ihre Zelle. Aber an die Kette diesmal.«

Die Worte brauchten einen Moment, bis sie zu Leyna durchdrangen. *An die Kette diesmal, ja, an die Kette!* Sie dankte den Göttern für diese glückliche Wendung, bevor sie erneut ohnmächtig wurde.

Kapitel 19

Königtum Westend, La Harb, Platz der Freiheit

Menschen drängten sich dicht an dicht; in den Gassen, auf dem Platz der Freiheit vor dem Stadttor, auf der Stadtmauer und sogar auf der Straße der Diebe, wie die zusammengewachsenen Hausdächer manchmal genannt wurden. Einige Verwegene waren sogar an Laternenpfählen emporgeklettert, um über die Stadtmauer blicken zu können. Es war das erste Mal seit Beginn des Regens, dass Hunderte Unterhaltungen die Luft erfüllten. Jule spürte endlich wieder den Herzschlag La Harbs, den sie so sehr vermisst hatte.

Vor lauter Aufregung darüber vergaß sie beinahe die Kriegshörner, den Regen, Richter Simeone, Leyna und deren Vater. Aber nur beinahe. Dass sie den Verdacht gegen Leyna verstärkt hatte, versetzte ihr bei jedem Gedanken an ihre Freundin einen schmerzhaften Stich. »Glaubt Ihr, sie wäre dazu in der Lage, ihren Vater zu verstecken?«, hatte der Richter gefragt, und Jule hatte mit gesenktem Blick genickt. Aber wie hätte sie sonst vermeiden sollen, selbst im Kerker zu landen? Wie sollte sie sich um Henry kümmern, wenn sie neben Leyna in einer Zelle saß? Und wer hätte ahnen können, dass sich das alles in einen Albtraum verwandelte …

Jule vertrieb die Gedanken. Leyna war stark, sie würde es durchstehen. Und Richter Simeone konnte sie nicht ewig einsperren. Matronin Misha suchte fast täglich das Rathaus auf und ersuchte um eine Unterredung mit dem Richter.

Bisher war sie ein ums andere Mal von den Stadtwachen abgewiesen worden, aber irgendwann konnten Simeone und der Rat die Matronin nicht länger ignorieren. Die Gilde der Zeichen war eine Institution in La Harb. Gerade in schlechten Zeiten, wenn Krankheiten und Epidemien kursierten, hing viel von den Heilkünsten der Schwesternschaft ab, ein Grund, warum sich La Harb in den letzten Jahrhunderten so gut entwickelt hatte.

Doch der Ruf der Kriegshörner kündete von schlechten Zeiten. Was wohl vor sich ging? Hatte der Rat wegen des andauernden Regens den Notstand ausgerufen und deshalb die Hörner erklingen lassen? Durchaus möglich, allerdings gingen Gerüchte, dass sich eine Armee vor den Toren versammelte. Eine Armee! Wie passte das zusammen?

Jule versuchte, ihren Gang zu beschleunigen, doch mit jedem Schritt, mit dem sie sich dem Stadttor näherte, wurden die Straßen voller. So schlängelte sie sich zwischen den Menschen hindurch und bog in eine Nebengasse ein, weil sie hoffte, dort schneller voranzukommen, doch auch dort drängten immer mehr Menschen zusammen. Ganz La Harb schien sich in den Regen zu wagen.

Wieder schlug Jule einen Haken, zwängte sich an einer Gruppe Frauen vorbei, schlüpfte zwischen zwei Häuser, duckte sich unter einem Balken hindurch und schwang sich über eine niedrige Mauer. Dahinter lag ein schmaler Innenhof. Der war verlassen und stank nach Fisch und ranzigem Fett. Eine regenfeuchte Leiter lehnte an einer Hauswand. Jule erklomm die Sprossen zielstrebig und schwang sich an deren Ende auf den Mauervorsprung, kletterte über Gebälk und erreichte eine zweite Mauer, diesmal aus grauem Sandstein. Die Stadtmauer.

Auch daran kletterte sie empor. In den Sandstein waren Tritte und Löcher gehauen, die von Wind und Wetter ausgewaschen waren. Es ging sechs oder sieben Fuß nach oben, bis sie sich auf die Mauerkrone ziehen konnte.

Schwer schnaufend blieb sie auf dem Plateau oberhalb der Zinne sitzen. Früher war die Plattform vermutlich ein Beobachtungsposten für zwei Wachen gewesen. Sie lag windgeschützt und war flankiert von zwei Hausgiebeln. Eine kniehohe Mauer fasste den Platz ein und gewährte so einen prächtigen Blick auf das Stadttor, den Platz der Freiheit und die Brücke, die La Harb mit dem Festland verband. Sie bestand aus salzweißen Pfosten aus Eisentannenholz, einhundertvierundsechzig an der Zahl, die wie fahle Knochen aus dem Meer ragten und mit massiven Planken verbunden waren. Die Brücke maß eine Breite, dass zwei Pferdegespanne nebeneinander darüberfahren konnten. Dahinter lagen im Regendunst die Ausläufer der Landstadt, und dort schwebten tatsächlich die Fahnen und Standarten eines Heeres über Reihen von Soldaten. An die fünfzig Fahnen, schätzte Jule, die meisten zweigeteilt: Die eine Hälfte mit aufgestickten Augen, die nur als weiße und schwarze Punkte vor dunkelrotem Grund zu erkennen waren, stand für den Alten Glauben; die andere Hälfte mit goldener Sonne und Sichel vor dunkelblauem Grund waren die Banner der Baronie Lazards' unter der Sonne des Königs.

»Beim Paar!«, entfuhr es Jule. Die Gerüchte stimmten also. Deshalb war das Kriegshorn erschollen. Aber warum war der Baron im Namen des Königs mit einem Heer nach La Harb marschiert?

Ein Reiter trabte über die Brücke auf La Harb zu. Die Hufe des Pferdes donnerten auf den uralten Bohlen der Brücke, ließen Pfützen spritzen. Hinter ihm marschierten in vier Reihen mindestens einhundert Mann. Der Reiter thronte auf einem prächtigen Schlachtross, eingehüllt in noch mehr Sonnen und Sicheln und Augen. Sein himmelblauer Mantel bauschte sich trotz des Regens und entblößte eine schimmernde Rüstung. Sie schien ganz aus Silber zu bestehen. Die Ringe des Kettenhemds funkelten wie Diamanten, die Halsberge, die Achseln, die Schulterschiftung, die Panzerhandschuhe, die Beinschienen, der Vorderflug und die Kniebuckel glänzten hell und klar, aufpoliert in unzähligen Stunden. Gleichzeitig huschten Schatten darüber, verliehen der Rüstung ein Eigenleben – ein Effekt, den Jule bei der Prunkrüstung des Königs schon einmal gesehen hatte, der La Harb vor einem Jahr besucht hatte. Er entstand durch Ätzstreifen auf schwarzem Perlgrund, eingefasst von silbernen Randstreifen mit Flechtbändern, wie Matronin Misha erklärt hatte, als sie über die verschenkten Chancen gesprochen hatte, mit Zeichen Gegenstände zu stärken. Wahrscheinlich stammten die Harnische vom gleichen Goldschmied, der wahrlich ein Meister seines Fachs war, jedoch ohne Ahnung von Magie.

Als der Reiter näher kam, erkannte Jule das glattrasierte Fuchsgesicht des Barons mit dem schmalen Kinnbärtchen.

Etwas rührte sich am Platz der Freiheit: Stadtvater Molten trat auf den Wehrgang und stieg über eine Leiter empor zu einem Plateau direkt oberhalb des Stadttors. Er trug nur seine schlichte Amtstracht, schwarz und weiß. Seine Glatze glänzte wie die Beinschienen des Barons.

»Nicht gut«, murmelte Jule.

Es sah nach einer Unterredung aus, wenn auch nach keiner, wie sie dem Baron würdig gewesen wäre. Das geschlossene Tor war ein Schlag ins Gesicht des Adeligen, die erhabene Position des Stadtvaters ein zweiter.

Jules Blick glitt zu den Soldaten in der Ferne. Es mussten an die tausend sein, vielleicht sogar mehr.

Der Baron erreichte die letzten beiden Brückenpfosten, etwa einen halben Steinwurf vor dem Tor, und zügelte seinen Hengst.

»Öffnet das Tor«, verlangte er, »oder seit wann verwehrt man dem Baron den Einzug in die Stadt?«

Selbst aus der Distanz erkannte Jule an der Körperhaltung des Stadtvaters, wie er den Baron argwöhnisch musterte. »Erklärt zuerst, warum Ihr unangekündigt mit einem Heer im Schlepptau hier erscheint, den Bauern die Felder und das Vieh wegnehmt und drohend La Harb umstellt? Wir hatten um Lebensmittel gebeten, nicht um hungrige Männer.«

»Ich habe nichts zu erklären, nicht Euch gegenüber! Und nun öffnet das Tor!«

Molten schüttelte den kahlen Kopf.

Die Miene des Barons verfinsterte sich. »Was erlaubt Ihr Euch? Das hat sich ein Luc Lazards nicht bieten zu lassen! Ich bin im Auftrag des Königs unterwegs! Wollt Ihr, dass sich sein Zorn auf Euch richtet?«

Die Stimme des Stadtvaters war ruhig, als er antwortete: »Ihr meint wohl Euren Zorn, Baron. Und nun lasst das gockelhafte Gehabe! Warum erscheint Ihr hier mit tausend Mannen? Was ist Euer Begehr? Sicher doch kein Besuch des altehrwürdigen Klosterstifts.«

Die Gesichtszüge des Barons entgleisten. »*Gockelhaft?*«, spie er aus. »Seid Ihr dem Wahnsinn verfallen? Wie redet Ihr mit dem Adel, der weit über Euch steht, *Zimmermann?*«

»Wie mit jedem anderen Mann auch, der ein Heer vor unsere Stadtmauern führt. Ich habe eine Verpflichtung gegenüber dem Stadtrat und dem Volk, und die nehme ich ernst. Erklärt Euch, oder zieht ab! Wir haben im Moment andere Probleme als Adelsetikette.«

Für einen Moment sah es so aus, als würde der Baron sein Schwert blankziehen, doch gegen ein eisenverstärktes Tor wäre das eine lächerliche Gebärde. Er tat es nicht. Dafür spuckte sein Gemüt Feuer. Ein Wunder, dass der Regen auf ihm nicht zischte und verdampfte.

»Macht endlich das Tor auf!«, schrie er. »Ihr habt um Hilfe gebeten, hier bin ich. Wir werden dem Regen ein Ende bereiten.«

Das erstaunte nun doch den Stadtvater. »Dem Regen?«

»Ja, dem Regen!« Der Baron sah plötzlich zufrieden drein.

Das schien den Stadtvater zu verunsichern. »Mit Soldaten? Was soll das, Lazards? Wir baten um Lebensmittel, nicht um ein Heer, das frisst und scheißt.« Es waren gewagte Worte des einstigen Zimmermanns, die zustimmende Rufe hinter den Mauern nach sich zogen, doch der Baron blieb diesmal gelassen.

Er rief: »Ein Mann mit Eurer Familiengeschichte erinnert sich doch sicherlich an die Zeit der Stürme.«

Ein Ruck ging durch den Stadtvater. »Jeder kennt die Zeit der Stürme«, sagte er vorsichtig. »Worauf wollt Ihr hinaus?«

»Dass sie uns wieder bevorsteht.« Die Worte hallten über die Stadtmauern. Gemurmel erhob sich, doch die Stimme des Barons tönte lauter. »Der König sorgt sich, und das mit Recht. Ich sehe nun mit eigenen Augen und denen der Götter, wie La Harb im Regen darbt. Man erblickt das Unwetter schon von Weitem, eine Glocke dunkler Wolken, wie sie nicht natürlichen Ursprungs sein kann! Und man hört, sie breitet sich aus. Bald wird sie die Baronie erreichen, irgendwann den ganzen Westen bedecken, wenn wir sie nicht stoppen. Und was tut Ihr, *Stadtvater*? Ihr schaut tatenlos zu, wie sich das Unheil ausbreitet! Kommt Ihr so Eurer Verpflichtung dem Volk gegenüber nach?« Der Hauch eines triumphierenden Lächelns. »Noch könnt Ihr La Harb und das Königreich retten, indem Ihr das Tor öffnet.«

Schweigen kehrte eine. Beide Männer führten ein Duell mit Blicken, während die Wellen unter dem Baron gegen die Pfeiler schwappten und der Regen von seiner Rüstung perlte wie von der Glatze des Stadtvaters.

»Nein«, sagte der schließlich und schüttelte das kahle Haupt. »*Nein!*«, rief er lauter. »Ich werde Euch das Tor nicht öffnen. Wir haben nicht genug Nahrung für Euch und Eure Männer, wir haben kaum mehr trockenes Holz, um die Öfen zu schüren, und keine trockenen Schlafplätze. Aber das allein ist es nicht.« Er rieb sich den Nacken, wo ihn die Blicke Hunderter trafen. »Es ist ...« Seine Stimme zitterte. »Es ist die Geschichte, die Ihr ansprecht. Die Zeit der Stürme vor dreihundert Jahren. Damals versprach man den Menschen auch Sonne und laue Luft, gutes Wetter und volle Kontore – auf Kosten einer Minderheit. Auf Kosten der Magiebegabten. Und das meintet Ihr doch mit *tatenlos*. Sagt es, Lazards! Ihr würdet anders handeln, nicht? Deswegen hüllt Ihr Euch zur Hälfte in die Augen der alten Götter. Ihr glaubt, der Regen entspringt der Magie.«

Ungläubiges Raunen erhob sich auf der Stadtmauer und in den Gassen, breitete sich aus wie ein Lauffeuer. Auch Jule erwischte sich, wie sie den Mund öffnete und einen unartikulierten Laut entweichen ließ.

Lazards saß unbewegt auf seinem Ross und musterte den Stadtvater. Schließlich nickte er. »Ja, die Magie ist der Ursprung allen Übels. Wir hätten sie nie wieder dulden dürfen. Menschen und Magie sind nicht füreinander geschaffen. Es entsteht nur Unheil, wie die Geschichte uns lehrt und wie man nun sieht.«

Die Worte hallten nach, und Jule spürte eine Gänsehaut auf den Armen, als sie deren Bedeutung verstand. Der Baron wollte sie alle wieder brennen sehen, wie es zur Zeit der Stürme der Fall gewesen war. Damals hatte es fünf lange

Jahre zu oft gestürmt und geregnet. Das halbe Jahrzehnt war schrecklich gewesen: Missernten, Unwetter und Fluten hatten den Kontinent heimgesucht. Hunderttausende waren gestorben. Bald waren Schuldige gefunden worden: die Magiebegabten. Nur sie konnten mit ihrer Gabe für solches Unheil gesorgt haben.

Die Anschuldigungen waren auf fruchtbaren Boden gefallen. Das gemeine Volk lechzte nach dem Ende der Stürme, nach Sommer und Sonne und vollen Mägen, und wandte sich schnell gegen seine Brüder und Schwestern, die die Gabe in sich trugen. Scheiterhaufen brannten von früh bis spät, Rauchwolken verdunkelten den Himmel, und Asche färbte die Bäume grau. Beinahe wäre ein Bürgerkrieg zwischen der Liga und der Achse ausgebrochen. Unter der Liga hatten sich die Altgläubigen zusammengeschlossen, unter der Achse die Paarianer, die zweihundert Jahre zuvor nach einer Naturkatastrophe aus dem Norden eingewandert waren, unter ihnen Moltens Vorfahren. Die Paarianer sahen die Magie als ein Geschenk der Götter an, die Altgläubigen hingegen vertraten die Ansicht, dass die Magie allein den Göttern vorbehalten sei.

Zum Glück zeigten sich die Paarianer als besonnen, fühlten sie sich wohl immer noch als Gäste oder Geduldete auf dem Kontinent, und so taten sie das Nötige, um den drohenden Bürgerkrieg abzuwenden: Sie schlossen mit der Liga einen Kompromiss. Sie versammelten Magierinnen und Magier, die sich freiwillig gestellt hatten, und sandten sie mit Booten ins Exil. Gleichzeitig wurde die Ausübung von Magie verboten. Durch die sogenannte Exilierung war das gemeine Volk besänftigt, die Liga ihrer Kriegssaat beraubt, und dann wurde das Wetter auch noch besser.

Jedem Paarianer war klar, dass das nichts mit der Exilierung zu tun gehabt hatte, und das wusste auch der Stadtvater. Hatte er nicht selbst eine Tochter, die sich für die Gilde der Zeichen interessierte?

»Ihr lasst mir keine Wahl, Lazards«, rief Molten hinab. »Ich öffne Euch kein Tor, damit Ihr Unschuldige, Kinder, Mütter, Alte und Schwache den Flammen übergebt wie einst.«

Wind kam auf und spielte mit den Sonnen, Sicheln und Augen auf dem Mantel des Barons. Er wollte etwas erwidern, doch der Stadtvater schüttelte nur den Kopf und wandte sich ab, als Eisen rasselte und Holz knarrte.

Mit einem Satz war er an der Brüstung zum Platz der Freiheit und schrie hinab: »NEIN! NICHT DAS TOR ÖFFNEN! BEIM PAAR! WAS SOLL DAS?«

Eine Gruppe von vielleicht zwanzig Stadtwachen hatte das Torhaus umstellt. Jule sah vier Soldaten, die eifrig an der Winde drehten. Neben ihnen stand ein Mann, die Hände in den weiten Ärmeln seiner schwarzen Amtstracht verborgen: Richter Simeone.

»NEIN! WAS TUT IHR DA, SIMEONE?«

»Das Rechte.« Der Richter wandte sich dem sich öffnenden Tor zu.

»NEIN!« Der Stadtvater hastete die Leiter zum Wehrgang hinab, doch Soldaten von Simeones Trupp empfingen ihn bereits. »Ihr habt dazu kein Recht! Ihr seid der Arm des Rats, und dem stehe ich vor!«

»Das tut Ihr, Stadtvater, aber ich bin der Arm des Gesetzes, und somit des Königs, und der steht Euch vor.« Während seine Wachen den protestierenden Molten umringten, trat Simeone erhobenen Hauptes in das Torrund, um den Baron und sein Heer einzulassen.

Jule war unfähig, sich zu rühren. Sie sah, wie der Stadtvater um sich schlug, überwältigt und abgeführt wurde. Sie sah, wie die Menschen auf dem Torplatz schwiegen, Hunderte, die genauso gelähmt waren wie sie. Und sie sah, wie der Baron in die Stadt ritt, hoch zu Ross, gehüllt in himmelblauen Hermelin und mit einem zufriedenen Lächeln auf den Lippen.

Es musste wahrlich ein Albtraum sein! Gleich würde Jule in ihrem Bett in der Gilde erwachen, aber dort war es auch nicht besser. Seit Richter Simeone Leyna verhaftet hatte, schlief Jule kaum mehr, und wenn, warf sie sich schweißgebadet hin und her. Sie hatte ihrer Freundin geschworen, sich um ihren Vater zu kümmern, jedoch war das Zimmer, in dem sie ihn versteckt hatten, wahrhaftig verschwunden. Die Tür gab es nicht mehr, genauso wenig das Schloss. Jule hatte den ganzen Dachboden abgesucht, bis ihre Augen vom aufgewirbelten Staub gebrannt hatten, aber da war keine Kammer mehr.

Es konnte nur ein Albtraum sein.

Es musste ein Albtraum sein.

In dem Moment durchzuckte sie eine Erkenntnis, heiß wie eine glühende Nadel. Sie sah an sich hinab, auf das regenfeuchte Kleid der Gilde mit dem rostroten Fleck auf dem rechten Oberschenkel, wo sie die Paste der Zeichen von den Fingern wischte.

Sie schluckte angesichts der eindeutigen Erkennung als junge Professin.

Die Geschichte wiederholte sich.

Das rhythmische Stapfen der Soldatenstiefel erfüllte die Luft. Sie marschierten im Gleichschritt, *rammdamm, rammdamm, rammdamm.* Immer mehr Soldaten strömten hinter dem Baron in die Stadt. Die ersten Standarten wurden durch das Tor getragen, Augen und Sonnen und Sicheln. *Rammdamm, rammdamm, rammdamm.*

Da hatte sich Jule bereits hinter den Mauervorsprung gekauert und riss sich das Oberkleid vom Leib. Ab sofort bedeutete es Verhaftung, wenn nicht sogar den Tod in den Flammen, sollten sich die Worte des Stadtvaters als wahr erweisen.

Und das würden sie, so sicher, wie der Regen nass und kalt über ihre nackten Arme und Beine rann und sie bis auf die Knochen durchnässte.

Kapitel 20

Inseln des ewigen Schlafs, Burg Loden

»Wieder nichts!« Kea stöhnte vor Hilflosigkeit und schlug sich mit der Faust auf die Oberschenkel. Sie war müde vom Tagewerk; ihre Mutter hatte sie bis zur Mittagsstunde mit Zahlen rechnen lassen, danach war sie mit Meister Apur auf der Jagd gewesen, und zuletzt hatte Sina, genannt das Messer, sie im Umgang mit dem Dolch unterrichtet. Ihr Vater meinte, dass jedes Kind geschickt mit der Klinge sein müsse, die Mädchen noch mehr als die Jungen, da sie körperlich einfach nicht so stark seien, dafür flink und wendig. Entsprechend schmerzten ihre Beine und Arme, sie war müde und saß dennoch im Schein einer Fischöllampe in irgendeinem Kellergewölbe der Burg, von dem sie jeden Winkel durchsucht hatte. Erfolglos. Trotzdem hörte sie den Ruf, ein stetes Wispern, als befände sich ein Mund direkt neben ihrem Ohr. Aber da war nichts!

Seit der Abfahrt ihrer Brüder hatte sie bei jedem freien Glockenschlag die Kammern der Burg auf den Kopf gestellt, war über die Insel gestreift und sogar mit einem Tjalkboot zu den Nachbarinseln gesegelt. Auch die drei Seemeilen entfernten Fischerdörfer hatte sie besucht, aber dort war der Ruf schwächer geworden. Was auch immer ihn ausstieß, musste sich in oder bei der Burg befinden, nur wo?

Sie war vor drei Nächten sogar so verwegen gewesen, ins Schlafgemach ihrer Eltern einzubrechen. Wie der

Schwarze Adel war sie aus dem Fenster geklettert, über die Balustrade balanciert und bei ihren Eltern durchs offen stehende Fenster eingestiegen. Während ihre Mutter lautlos schlief und ihr Vater einen ganzen Wald umzusägen schien, war sie durch die Kammer geschlichen und hatte in Regale und Schränke gespäht. Schubladen hatte sie aufgezogen und war mehrmals erstarrt, wenn ihr Vater sich umdrehte, schmatzte oder furzte. Aber auch dort hatte sie nichts gefunden.

Außerdem muss es eine Truhe sein. Das Bild in ihrer Vision war klar; eisenbeschlagene Scharniere in Form von Kraken, umspielt von Wasser… Es gab nur noch einen Ort, wo so eine Truhe lagern konnte: die Schatzkammern der Fratera.

Dort hineinzugelangen war schwieriger als die Kletterpartie ins elterliche Schlafzimmer. Man erhielt nur Zutritt, wenn man bestimmte Positionen bekleidete, dazu gehörte ihr Status als Tochter des Obersten leider nicht. Sie trug noch nicht einmal das Kreuz unter der Haut, wie sollte sie in die Schatzkammern kommen?

Aber sie musste.

Grübelnd saß sie in der Stille des Kellergewölbes, starrte in die rußende Laterne und dachte nach. Überallhin gab es einen Weg, man musste ihn nur finden. Wie würde sie es in der Fremde handhaben? Fragen. Ganz einfach. Sie würde nach dem Weg fragen. Nur wen konnte sie nach dem Weg zu den Schatzkammern fragen? Meister Apur mochte es wissen, ihr aber nie verraten. Arturo ebenfalls nicht. Ihre Eltern auch nicht. Raik sowieso nicht. Henning hätte vielleicht gelacht und sie ihr gezeigt, aber der war außer Reichweite, genauso wie Nante.

Da durchzuckte sie ein Name: Enrik Gran. Der Hafenmeister, das singende Fass. Er war so lange im Dienst ihrer Familie und der Fratera und bekleidete ein wichtiges Amt –

er könnte es wissen, doch würde er es ihr genauso wenig erzählen wie alle anderen.

»Außer seine Zunge lockert sich.« Der alte Enrik soff gern und trug dann sein Herz auf der Zunge, sein Spitzname kam nicht von ungefähr.

Kea nickte der einsamen, tänzelnden Flamme hinter den schlierigen Gläsern zu, als sich vor ihrem inneren Auge ein Plan in einer solchen Klarheit ausbreitete, wie sie selten Dinge sah. Erst erschrak sie davor, doch dann verzog sich ihr Gesicht zu einem zufriedenen Lächeln. Es könnte klappen. Nein, es würde klappen! Enrik Gran würde ihr verraten, wie sie zu den Schatzkammern kam.

»Ich sag euch, es war eine rosa Qualle! Hatte sich auf seinem Kopf festgesaugt!« Enrik stürzte den Humpen Bier herunter und rülpste laut.

»Eine Qualle, ja klar!« Sina, das Messer, schnaubte. »Du saufst zu viel, Enrik.«

»Nein!« Nalin ging dazwischen. »Doch, er trinkt zu viel, aber er spricht die Wahrheit. Ich war dabei, als sie ihn gefunden haben. Eine Art rosa Qualle.«

Sina hob beide Augenbrauen. Ihr Lederwams spannte sich straff über ihre Brüste. Darüber spitzte das Kreuz der Fratera heraus, ebenso wie der Schaft eines Wurfmessers. »Und was habt ihr mit dem Fischer getan?«

»Zum Medikus gebracht. Der soll sich darum kümmern.«

Enrik brummte. »Ich hätte ihm gleich die Gurgel durchgeschnitten. Der Arme hat sich gewunden, als leide er Höllenqualen. Es wäre das Beste für ihn!«

Er orderte bei der Schankmagd ein weiteres Bier. Das achte, wie Kea zählte.

Sie hatte sich durch die Hintertür der Taverne geschlichen und war in den Nebenraum gehuscht. Der lag in staubiger Dunkelheit und wurde nur bei großen Feiern genutzt. Durch Schlitze in der verbretterten Innenwand konnte sie hinüberspitzen. Und so stand sie still an der Wand, eingehüllt in ihren Ledermantel, von dem noch einzelne Regentropfen perlten.

Die waren längst getrocknet, als Enrik Gran einige Münzen auf den Tisch knallte und sich schwankend erhob. Sein fassartiger Bauch wankte.

»Willste scho gehen?«, lallte Nalin. »Ach komm! So jung komm ma nimmer zam! Trink ma noch an, Enrik!«

Der Hafenmeister schüttelte den Kopf. »Morgen wieder.«

Sina grinste. »Es ist doch wieder der vierte inner Woche, Nalin.«

»Ach ja...« Nalin wackelte mit dem Kopf. »Da geht der feine Herr einen wegstecken, wa? Na, mir soll's recht sein. Die Seidenmädchen freuen sich, wenn du so besoffen bist. Dann geht's schnell.« Der Fratera winkte bereits mit seinem leeren Krug der Schankmagd. Auf den ersten Fingergliedern seiner Hand war das Kreuz tätowiert, so wie die Buchstaben F R A. Auf der anderen Hand stand T E R A.

Kea zog sich zurück. Endlich hatte die Warterei ein Ende. Ihr brannten schon die Beine vom Stehen, aber sie hatte es nicht gewagt, eine Bank vor die Wand zu zerren, um im Sitzen beobachten zu können. Aber was bedeuteten schon schmerzende Beine?

Sie schluckte die aufkeimende Aufregung hinunter, als sie die Tür des Nebenzimmers aufdrückte, in den Flur spähte und hinaushuschte. Gleichzeitig vernahm sie den Ruf und die Stimme, die beruhigend wirkten. Sie würde es schaffen.

Sie wartete abseits der Taverne zwischen zwei Häusern in der Dunkelheit. Enrik trat kurz darauf aus dem Gebäude, schlug den Mantelkragen hoch und steuerte zielstrebig den

Hafen an. Er war ein schwankender Schatten in der Nacht, der mal die eine, dann die andere Hauswand streifte. Einmal blieb er direkt unter einer Laterne stehen, schnürte sich die Hose auf, spuckte neben sich und pisste gegen die Mauer. Er seufzte dabei und legte den Kopf in den Nacken, sodass der Regen sein Gesicht traf.

Kea durchfuhr bei dem Anblick Ekel und Abscheu, aber wieder war die Stimme da und vertrieb mit ihrem Wispern die Zweifel. *Du schaffst das. Du kannst das. Du kannst alles.*

Schließlich blieb Enrik vor einem zweigeschossigen Bau stehen, strich sich durch den grauen Bart, räusperte sich und verschwand im Inneren.

Darauf hatte Kea gewartet. Sie spurtete über die Straße zur Hinterseite des Hurenhauses. Die hölzernen Fensterläden waren allesamt geschlossen, zwischen manchen sickerte Kerzenschein hervor. Einen der dunklen Läden hatte Kea am Tag zuvor präpariert: Als die Fenster zum Lüften offen gestanden hatten, hatte sie eine Seidenschnur am inneren Riegel befestigt, zur Oberseite geführt und außen an einem Spieß festgebunden. Den Knoten löste sie nun mit geschickten Fingern, dann zog sie an der Seidenschnur und hörte, wie der Riegel innen aufsprang. Der Laden knarrte einen Fingerbreit auf.

Kea atmete tief durch und zog ihn auf. Dahinter lag eine dunkle Kammer. Menschliche Schatten waren zu sehen, mindestens zwanzig, keiner bewegte sich. Es waren Kostüme der Seidenmädchen, die auf hölzernen Puppen ruhten.

Schnell war Kea eingestiegen. Ihren Mantel zog sie aus, rollte ihn zusammen und verstaute ihn unter einer Bank. Ihre Kleidung folgte. Sie nahm das erstbeste Kostüm, ein Gewand aus vermutlich dunkelgrüner Seide mit Spitze und Federn. Die Seidenmädchen waren vor Jahrhunderten in

Tannrein eine Modeerscheinung gewesen, und heute fand man sie wieder in jedem Bordell, eine glückliche Fügung für Kea. Sie streifte sich den Stofffetzen über. Er verhüllte ihren Oberkörper bis zur Unterseite ihrer Brüste, in einer anzüglichen Art, sodass alles sichtbar war. Um die Hüfte wurde ein zusätzliches Seidenband geschlungen, das ebenfalls mehr preisgab als verhüllte. Schließlich zog sie sich den Schleier über den Kopf, und es wurde vollends dunkel.

Ihre Finger fanden die Tür, und sie schlüpfte hinaus in einen Flur. Im matten Schein erkannte sie durch den Stoff, wie ein Mann in einem der abzweigenden Zimmer verschwand: Enrik Gran.

Mit drei Schritten war Kea an der Tür. Ihr Herz pochte, als sie das Holzschild mit der Aufschrift Frei berührte. Sie drehte es an der Lederschnur um auf Belegt und folgte Enrik ins Innere.

Der Hafenmeister entkleidete sich gerade und sah überrascht auf. »Hussa! Das ging aber flott.«

Kea konnte nur auf seinen fetten, riesigen Bauch starren. Graues, krauses Haar überzog ihn wie Fell, verschwand unter dem breiten Ledergürtel. *Tja,* flüsterte eine Stimme in ihrem Ohr, und sie sagte mit verstellter Stimme: »Tja, einen Mann wie Euch kann man doch nicht warten lassen.« Sie kicherte und trat näher. »Soll ich Euch behilflich sein?«

Enrik musterte sie von oben bis unten. Ein Grinsen wanderte über sein Gesicht. »Nein, das schaff ich schon selbst.« Mit nur einem Griff öffnete er die Gürtelschnalle, und seine Hosen rutschten zu seinen Knöcheln.

Kea schluckte. Sein Schwanz stand schon wie ein Mast aus der See seiner grauen Schamhaare empor. Sie spürte saure Übelkeit im Rachen, gleichzeitig breitete sich eine Ruhe in ihr aus, die sie noch nie verspürt hatte.

Festen Schritts trat sie vor. »Wollt Ihr noch ein Gläschen Rum, einen edlen Tropfen aus der Südmark?« Neben der Tür standen auf einem Tischchen Glaskaraffen und mit Gravuren versehene Gläser. Der Kerzenschein warf honiggelbe Lichtpunkte und Bögen über den Tisch.

Enrik winkte ab und ließ sich aufs Bett sinken. Sein Bauch hing wulstig über seine Schenkel, begrub fast seinen Penis. Nur die purpurne Spitze ragte noch hervor. »Ich brauche keinen edlen Tropfen aus der Südmark, nur Eure edle Süße. Kommt zu Papa!«

Papa, Papa, Papa...

Kea kam trotzdem. Zwischen seinen Beinen blieb sie stehen, sah auf den Hafenmeister herab und drückte ihn sanft in die Seidenkissen. »Entspannt Euch!«, flüsterte sie mit einer Stimme, die nicht ihre war. »Ihr hattet sicher einen langen, harten Tag. Eure Beine müssen schwer sein. Lasst mich Euch massieren.«

Enrik seufzte. »Die Beine, ja.«

Kea zog ihm die Stiefel aus, wurde beinahe ohnmächtig wegen des Schweißgeruchs, widmete sich aber trotzdem seinen Füßen. Sie knetete die Ballen, die Achillessehne, die Waden, genau so, wie die Stimme ihr zuflüsterte. Dann krochen ihre Finger zu seinen Oberschenkeln, kneteten die behaarte Haut. Die Muskeln darunter waren sehnig und hart wie Holz.

Als sich die Haut rosig färbte, glitten ihre Finger höher, über seine Hüftknochen bis zum Bauch, doch berührte sie nicht den hässlichen Schwulst.

»Du bist neu«, sagte Enrik mit geschlossenen Augen. »Und du hast gute Hände, da wird sich Ada freuen.«

»Ja, Ada freut sich.« Kea starrte den Penis an. Er wippte leicht, als hätte er einen eigenen Herzschlag.

»Worauf wartest du?« Enriks Stimme war eine Spur drängender jetzt. »Auch der freut sich über deine Hände.«

Kea zögerte, dann packte sie zu. Das Fleisch war überraschend seidig und heiß. Feine Härchen sprossen aus der Haut.

»Ah«, stöhnte Enrik. »Gut. Nun zeig, was deine Hände und deine Zunge vermögen.«

Kea zeigte es ihm. Sie hatte zwar keine Ahnung, was sie tat, aber die Stimme wisperte mittlerweile unaufhörlich und sagte ihr, was sie zu tun hatte. Die Vorhaut zurückschieben, hier drücken, da kitzeln und mit den Fingernägeln dort darüberstreichen.

Enrik stöhnte laut. Seine Hände fuhren über seinen Bauch, und er spreizte die Beine weiter. Unter seinem Gemächt wuchs das Haar ebenso üppig wie überall, es war nur nicht so grau.

Und nun nimm ihn in den Mund, wisperte die Stimme. *Mit weichen Lippen, ohne Zähne.*

Wie von selbst näherte sich Keas Kopf dem Penis. Ein transparenter Tropfen glitzerte auf der Spitze. Und dann stülpte sie schnell den Schleier darüber, sodass Enrik sie nicht erkennen konnte.

So nah vor ihrem Gesicht ließ der intensive Geruch sie beinahe würgen, doch die Stimme in ihrem Kopf wisperte und drängte und befahl.

Und als sein Glied schließlich ihren Mund erfüllte, hart wie Holz und salzig wie die See, fragte sich Kea, was sie da eigentlich tat. Die Frage war wie ein Hammerschlag, raubte ihr den Atem, ließ sie mit dem Penis im Mund würgen und hart husten, doch der Moment verging so schnell, wie sich eine Leichtigkeit in ihrem Kopf ausbreitete, und außerdem musste sie dem alten Seebären Freude bereiten. Also saugte, leckte und rieb sie seinen Schwanz, bis sie spürte, dass sich Enriks Körper versteifte. Sie wusste, dass er sich bald ergießen würde, also hielt sie inne, die Hand am Schaft, den Mund feucht von Flüssigkeiten.

Es war so weit. »Wisst Ihr, wo ich es gern mit Euch treiben würde, edler Herr?«

Enrik stöhnte trunken vor Lust und Bier, krallte die Finger in die Laken und hob den Kopf. Über den behaarten Bauch hinweg konnte er sie gerade noch sehen. »Wo, mein Kind?«

»In den Schatzkammern. Ich stelle es mir auf einem Bett aus Gold vor, in einem See aus Münzen, im flackernden Schein von Kohlebecken. Ich würde euch reiten, den Hintern zugewandt.« Langsam rieb sie sein Gemächt.

Er stöhnte und ließ den Kopf zurück in die Seidenkissen sinken. »Nehmt ihn wieder in den Mund! Schnell!«

»Ja, soll ich?« Sie tat es nicht, rieb ihn nur. *Auf und ab. Auf und ab,* wisperte die Stimme. »Aber das wäre doch etwas für Euch! Stellt Euch vor: eine Nacht wie ein König! Ihr und ich und Rum aus goldenen Kelchen. Ein glänzendes Geschmeide zwischen meinen nackten Brüsten.« Die Worte kamen ganz von selbst aus ihrem Mund.

»Doch«, keuchte er. »Doch, doch!« Seine Beine rieben über das Bettlaken. »In der Schatzkammer wollte ich es schon immer mal treiben, aber Ihr müsstet rudern können und die Flut kennen und Riffe deuten.« Seine Hände packten ihren Kopf und drückten ihn nach unten.

Kea nahm ihn einmal in den Mund, dann ließ sie wieder ab.

»Das alles kann ich doch!« Sie küsste die Spitze. Ein Zungenschlag. »Dann warte ich auf Euch? Abgemacht? In drei Tagen zum zwölften Glockenschlag.«

»Nein.« Er packte sie wieder, trieb ihn in ihren Mund und grunzte. »Es muss Ebbe sein. Ebbe! Sagen wir im Morgengrauen zum vierten Tag.«

»Und wo?«, stieß sie hervor.

»An der Krabbenbucht! An den Höhlen im Nordosten.«

Bei den Worten presste er sie so weit hinab, dass sein graues Haar ihre Nase berührte, und dabei ergoss er sich zuckend in ihren Rachen, was sie würgen ließ.

Aber Kea erbrach sich nicht.

In ihr breitete sich ein Siegesgefühl aus.

Sie hatte, was sie wollte.

Die Stimme lobte.

Kapitel 21

Stürmische See, kurz vor La Harb,
an Bord der *Zwillingsfalke*

Schweigend standen Henning, Nante und Thevs im Bug. Ein lauer Wind blähte die Segel über ihnen, Holz knarrte, und irgendwo schlug ein loses Seil rhythmisch gegen den Mast. Das Wasser scheuerte die Planken. Kein Mitglied der Besatzung sprach. Alle blickten dem entgegen, worauf sie zusteuerten.

»So etwas habe ich noch nie gesehen.« Henning hatte die Hände auf die reparierte Reling gelegt.

»Ich auch nicht.« Thevs' Miene war verschlossen. Den Kragen seines Mantels hatte er hochgeschlagen, eine unangenehme Feuchtigkeit hing in der Luft. »Als wir La Harb verließen, war zwar auch schon eine Regenglocke über der Stadt, aber das …«

»… ist nicht natürlichen Ursprungs.« Henning konnte den Blick nicht von der Stadt abwenden. La Harb ragte in der Ferne und im Morgenlicht als ein Gebilde zusammengewachsener Häuser aus dem Meer. Alles wirkte stumpf; aus Weiß war Grau geworden, aus Rot Rost, aus Gelb fahles Grau. Und über der Insel hing eine Wolkenburg gigantischen Ausmaßes. *Eher ein Berg.* Dunkelgraue Regenwolken ballten sich zusammen, türmten sich übereinander, überragten die Stadt in weitem Umkreis. Blaugraue Regenschlieren hingen darunter. In La Harb würde es richtig schütten. Und dann gab es noch die Rauchwolken, die von der Inselstadt und dem Festland emporstiegen und die Wolkenburg nährten. Bei Nacht hätte man sicher auch die Feuer gesehen.

»Was hat das zu bedeuten?«

Thevs zuckte mit den Schultern, doch Nante meinte mit seiner eigenen, rauen Stimme: »Krieg.«

Henning musterte seinen Zwilling. »Inwiefern?«

»Seht ihr die Banner nicht?«

»Nee. Du?«

Nante nickte, das wirre Haar wankte im Wind. »Banner in Blutrot, Blau und Gold.«

»Die Farben der Kirche und Westends.« Henning kratzte sich am Bart, den er am Morgen zurechtgestutzt hatte. »Das ergibt doch keinen Sinn. Wäre der König nach La Harb aufgebrochen, hätten wir es vor Auslaufen in Lodenhaven mitbekommen.«

»Es sei denn, Lazards ist im Auftrag des Königs dort«, gab Thevs zu bedenken. »Wie auch immer. Wir werden es herausfinden.«

Und hoffentlich auch, warum die Stadt von einem Regenberg erdrückt wird. Henning verspürte ein ungutes Gefühl in der Magengegend, und das kam selten vor.

Zwei Seemeilen näher an der Stadt sah er die regenfeuchten Banner als Farbkleckse in all dem Regengrau. Wenige Schiffe lagen vor Anker im Hafen, die meisten Galeeren, Schoner und Dreimaster dümpelten weiter draußen. Sie schienen eine seltsame Formation angenommen zu haben, bis er erkannte, dass sie knapp außerhalb der Regengrenze einen Ring um die Inselstadt bildeten. Alle hatten die Farben von König und Altem Glaube gehisst.

Thevs hatte es auch bemerkt. »Sieht schwer nach einem Belagerungsring aus. So hatte ich mir die Fahrt in den Süden nicht vorgestellt.«

»Es muss mit diesem Unwetter zusammenhängen«, murmelte Henning. Irgendwie spürte er es.

Thevs seufzte und wandte sich ab, als ein entferntes Donnern herüberwehte. Von einem der Schiffe stieg ein waagrechter Rauchstreifen auf.

Henning packte seinen Onkel am Arm. »Ist das nicht Luvos mit seiner *Kanonenschlag*? Der alte Haudegen begrüßt also den Tag immer noch mit brennender Lunte. Und siehst du das dritte Boot von links neben der Brigade mit den gelbgrau gestreiften Segeln? Ist das nicht ...«

Auch Thevs kniff die Augen zu schmalen Schlitzen zusammen, dann lachte er. »Die *Geist*! Eindeutig, diese Brigg gibt es kein zweites Mal.«

Die *Geist der Dornen*, ein schicker Zweimaster älterer Bauart, bestach durch einen eisernen Rammsporn, wie er nur von Schiffen des alten Dornenreichs benutzt worden war. Lizzy Sisk, die *Dornenmaid*, wie die Kapitänin genannt wurde, schwor, dass sie das Boot im Morgengrauen in einer nebelverhangenen Bucht nahe Lensend entdeckt hatte, unbemannt und nur mit dem Geflüster von Geistern in den Segeln. Henning zweifelte an der Geschichte. Der Rumpf war erst geteert und dann mit knochenweißen Streifen übermalt worden, weswegen die *Geist* bei Schlechtwetter tatsächlich wie ein schwimmendes, knochiges Gerippe wirkte.

»Da muss ihr der Baron aber eine Menge Gold in den Rachen gestopft haben, damit sie ihr Schiff mit seinem Blau und Gold verschandelt. Vermutlich scheißt sie schon Münzen.«

Thevs lächelte, dann riss er sich vom Anblick der gestreiften Geisterbrigg los. »Kommt, Neffen. Wir starten der Dornenmaid einen Besuch ab. Ich bin gespannt, wie laut das Gold in ihrem Kübel klappert.«

Es klapperte nur die Strickleiter gegen den gestreiften Bootsrumpf, als sie aus dem Beiboot auf die *Geist* kletterten.

Empfangen wurden sie von einer Gruppe sonnengebräunter Frauen, die Gesichter nicht minder von Salz und Sonne gegerbt wie die von Thevs, Henning und Nante. Krähenschnäbel hingen locker an ihren Hüften.

»Fratera«, sagte eine und kaute auf etwas herum. Als sie sich mit der Zunge in die Wange fuhr, entblößte sie ihre Zähne. Zwischen ihnen stand violetter Saft von Goji-Beeren, die einen Menschen angeblich in einen Blutrausch versetzten.

»Ziemlich weit abseits der Heimat.« Eine andere verschränkte die Arme vor der Brust.

Thevs stieg gelassen über die Reling. »Wir segeln, wohin auch immer wir wollen. Für Fratera gibt es keine Grenzen.«

»Genauso wenig wie für uns.« Die Anwesenden teilten sich, und die Dornenmaid schritt ihnen vom Achterdeck entgegen. Sie trug einfache Hosen, wadenhohe Stiefel, ein graues Leinenhemd unter einem lose gebundenen schwarzen Mieder. Die Ärmel des Hemds waren hochgekrempelt, ihre nackten Arme zierten Streifen blasssilberner Narben. Zwei Dolche steckten links und rechts in ihrem Gürtel sowie ein Krähenschnabel, und um ihren Hals hing an einer Kette ein fingerlanger silberner Dorn.

Thevs Gesicht wurde weich. »Lizzy Sisk.«

Sie musterte ihn unter ihrem breitkrempigen Hut hervor, einen Hauch Belustigung um die schmalen Lippen. »Schon wieder der Wanderfalke. Diesmal in Begleitung. Sind das deine Neffen? Die verrückten Zwillinge?«

Henning stöhnte. »Sagt nicht, dass man uns so nennt!«

Lizzy lachte und entblößte saubere Zähne. »Gefällt dir der Name nicht? Namen kommen nicht von ungefähr. Man hört Geschichten über die Söhne der Lunte, die euch den... Irrsinn bescheinigen. Oder den Schwachsinn.« Sie grinste und kam näher. »Du musst Henning sein.« Ihr Blick schien ihn aus den Klamotten zu schälen. Es ging das Gerücht, dass Lizzy Sisk sich gern Frischfleisch krallte. Allerdings ging auch das Gerücht, dass kein Mann, der mit ihr schlief, am Morgen noch unversehrt war. Sie solle beißen und kratzen und sich so wild gebärden, dass manchem schon der Schwanz dunkelrot angelaufen sei.

Die Dornenmaid wandte sich an Nante. »Und du musst der Bruder sein, der Vielstimmige.«

Nante verzog keine Miene, nur seine Augen verfolgten Lizzys Bewegungen.

»Der Vielstimmige«, brummte Henning. »Bei der Mutter See! Könnt ihr aufhören, uns dämliche Namen zu geben? Der Vielstimmige. Die irren Zwillinge. Die Lunte, Herrgötter noch mal. Das klingt wie auf einem Kinderfest.«

Lizzy schien belustigt. »Ist es das nicht auch, Henning Falk? Das ganze Leben?« In ihren grauen Augen blitzte es.

Thevs räusperte sich. »Da wären wir beim Stichwort: Kinderfest.« Er deutete Richtung La Harb. »Was wird da gefeiert, Lizzy? Sind wir eingeladen?«

Sofort wurde das Gesicht der Dornenmaid hart, der Mund schmal. »Nicht wirklich, Thevs.« Sie wandte sich ab und marschierte zur anderen Seite des Schiffs. Die Versammlung löste sich auf. Nur die Fratera folgten ihr.

So standen sie nebeneinander und betrachteten die Stadt, die Rauchsäulen und den Regen, der keine zweihundert Schritt entfernt niederging. Die Luft war feucht und schwer.

Schließlich fragte sie: »Was wollt ihr in La Harb?«

»Dies und das. Ich habe alte Freunde zu treffen.«

»Du meinst, du hast jemandem die Eier abzuschneiden, Thevs. Du warst erst neulich hier.«

»Ja, das war ich.«

Lizzy wandte sich um und lehnte sich lässig gegen die Reling. »Ihr müsst eure Geschäfte wohl aufschieben. Ihr könnt nicht passieren.«

Thevs hob eine Augenbraue. »Sagt das nun Lizzy Sisk oder eine Freibeuterin im Auftrag des Barons?«

Sie winkte ab. »Der Sack hat uns tatsächlich angeheuert. Fast alle Freien. Wir haben die Stadt vollständig abgeriegelt. Niemand kommt mehr rein oder raus.«

»Und warum?«

»Lange Geschichte.«

»Gibt's eine Kurzfassung?« Henning verschränkte die Arme vor der Brust.

Die Dornenmaid nickte. »Es fing mit verschwundenen Frauen und Männern an. Später tauchten sie wieder auf, mit rosa Quallen auf den Köpfen. Der Stadtrat vermutet einen Zusammenhang mit dem Regen.« Ein kurzer Blick über die Schulter, ein Kopfschütteln und ein langer Atemzug. »Auch der Baron glaubt das. Schwafelt was von einer neuen Zeit der Stürme. Angeblich werden nur Magiebegabte von den Quallen befallen. Der Baron fürchtet die Ausbreitung auf seine Ländereien. Deswegen riegelte er mit seinem Heer die Stadt ab. Und mit uns – und das im Namen des Königs.«

»Er hat La Harb besetzt? Mit wie vielen Mann?«, wollte Henning wissen.

»An die tausend, wird erzählt. Sie durchstreifen die Stadt, durchsuchen Häuser, zerren Befallene aus Verstecken und verbrennen sie auf Scheiterhaufen. Deswegen sind wir so weit rausgefahren, der Geruch ... und der Regen ... Außerdem fahnden sie nach allen, die die Gabe in sich tragen und sperren sie ein.« Ihr Blick traf für einen Moment Nante, dann wieder Thevs. »La Harb ist gerade ein gefährliches Pflaster.«

»Damit kennen wir uns aus«, sagte Henning, wenn ihm auch die Informationen nicht gefielen. Ihr Kontaktmann stand mit der Gilde der Zeichen in Verbindung, und deren Schwestern trugen bekanntermaßen alle die Gabe in sich. Wurden sie vom Baron bereits kontrolliert? Lebten sie überhaupt noch? Und betraf es auch diesen Karrol?

Die Dornenmaid musterte ihn. »Ich seh schon, die Geschichten scheinen zu stimmen. Niemand will momentan freiwillig auf die Insel.« Sie wandte sich an Thevs. »Was spränge dabei für mich raus?«

»Eine Beteiligung. Ich habe eine Kiste abzugeben mit altem, aber wertvollem Plunder. Du wirst nicht mit leeren Händen aus der Sache gehen, Lizzy.«

»Aber mit dem Strick um den Hals, wenn der Baron davon Wind bekommt.«

»Seit wann schreckt die Dornenmaid der Strick?« Thevs trat vor, hob die Hand und schob ihr liebevoll den Hemdkragen auseinander. Eine blasse Narbe zog sich rings um ihren Hals – sie war schon einmal gehängt und im letzten Moment von ihrer Mannschaft befreit worden.

Zu Hennings Überraschung ließ sie Thevs gewähren, sah ihn nur an und nickte schließlich. »In Ordnung, Thevs. Ihr dürft passieren, sechs Mann und nur mit einem Beiboot, ohne Ladung. Zu viele Soldaten sind in den Gassen unterwegs und kontrollieren jeden Karren. Schneide erst mal deinen alten Freunden die Eier ab. Dann kommt zurück – so wie ihr aufgebrochen seid.«

Der Wanderfalke sah sie erstaunt an. »Und wovon bezahle ich dich dann?«

Sie lächelte und griff ihm in den Schritt. »Da fällt mir schon was ein.«

Kapitel 22

Königtum Westend, La Harb, Hafeneinfahrt

Die zweigeteilte Fahne von Baron und Altem Glauben hing wie ein blutiger Fetzen am Bug des Ruderboots. Sechs Mann saßen paarweise auf den Ruderbänken: Henning und Nante, Thevs und Arndt, Uris und der Lauscher. Sie ruderten im Gleichklang, wodurch sich das Boot zügig durch die Regenschleier gen La Harb schob.

»Wie tot.« Thevs' Stimme wehte von hinten nach vorn. »Als ob die Stadt am Sterben wäre.«

»Ist sie doch, laut Lizzy«, entgegnete Henning und warf zwischen zwei Ruderschlägen einen Blick nach hinten. »Was ist da eigentlich zwischen euch?«

»Nichts, was dich was anginge, Neffe.«

Henning grinste. »Also kann ich die Dornenmaid bald Tante nennen?«

»Nein, und jetzt…« Eine Windbö trug den Geruch verbrannten Fleisches heran, was Thevs verstummen ließ.

»Das Duftwasser der Wächterin«, knurrte Arndt. »Wir sollten nicht hier sein.«

»Sind wir aber«, sagte der Lauscher.

»Nicht lange«, warf Thevs ein. »Wir gehen an Land, erledigen unseren Kram und verschwinden wieder. In Zweiergruppen. Henning und Nante suchen diesen Karrol, wir beide treffen diesen Idioten von Kaufmann, der unsere Kiste vertauschte, und ihr, Uris und Meck, sucht nach dem

Fischer namens Henry, der euch beim letzten Mal half. Vielleicht kriegen wir die Kiste auch ohne Lizzys Hilfe an Land.«

»Das wird ihr aber gar nicht gefallen«, warf Henning ein.

»Gut so«, brummte Thevs. »Eine kleine Revanche.«

»Für die Schlacht unter Deck? Hat sie dich so niedergemacht?«

Thevs pfiff durch die Zähne. »So langsam wirst du frech, Neffe! Sei jetzt still oder ich degradier dich zum Schiffsjungen, selbst auf deinem eigenen Boot!«

Henning schnaubte nur. Ihm konnte es egal sein, mit wem es sein Onkel trieb. Alle Fratera waren frei, konnten mit wem auch immer ins Bett steigen und ihr Leben verbringen, solange sie der Gemeinschaft dienten. Und das tat Thevs. Eineinhalb Glockenschläge lang war er mit der Dornenmaid unter Deck verschwunden, und als er zurückkam, die Stiefel noch nicht geschnürt, glühten seine Ohren, und seinen Hals zierten rote Striemen. Dafür hatte er ein Leinensäckchen dabei, ihre Freifahrt auf die Insel.

Eine weitere Böe trug Gestank und Regen zu ihnen, der graue Schlieren auf Hennings geöltem Mantel hinterließ.

»Asche«, erklärte Nante.

Henning hob eine Augenbraue, und Arndt spuckte geräuschvoll aus. »Noch ein Wink, dass wir nicht hier sein sollten. Vielleicht zürnen die Götter der Stadt. Vielleicht haben die La Harber ihnen gelästert. Sie verhöhnt.«

»Nein.« Nante richtete den Blick auf die regengraue Häuserfront, die sich immer näher schob. »Das ist kein Werk der Götter, nur das von Menschen.«

»Und woher willst du das wissen? Auch Menschen können von den Göttern fehlgeleitet sein.«

»Nein.« Wieder diese Bestimmtheit. »Götter leiten nicht. Die Menschen wählen ihre Wege selbst.«

Wirklich?, wollte Henning einwerfen, verkniff es sich aber. Arndt Crabbe war ein Fratera durch und durch, aber wie so manchem war ihm Nante nicht geheuer. Allzu oft schien Nante von seinen inneren Stimmen geleitet zu werden. Doch woher kamen sie? Von der Gabe? Oder entsprangen sie seiner Fantasie?

»Könnt ihr sie hören?«, fragte der Lauscher plötzlich und sah zu ihnen nach hinten.

Henning runzelte die Stirn. Er hörte nichts, und der Lauscher sicher noch weniger, wenn auch sein Name anderes vermuten ließ. Bei einer Seeschlacht war ein Pulverfass in seiner unmittelbaren Nähe explodiert und hatte ihn mit einem schrillen Pfeifen im Ohr überleben lassen.

»Wen?«, fragte Henning.

»Die Stadt.«

Uris schüttelte den Kopf. »Nein, Meck, da ist nichts.«

Der Lauscher rümpfte die Nase und sah wieder nach vorn. »Früher erklangen schon von Weitem die Kistenzähler im Hafen, das Klingeln ihrer Stöcke, die Witze der Arbeiter und das Wiehern der Pferde auf den Kais. Und das Lachen der Dirnen, die ihre süßen Löcher anboten. Da hörte sogar ich noch was.«

»Und man hörte die Möwen«, fügte Nante hinzu, den Blick gen Himmel gerichtet.

Uris nickte. »Stimmt. Sogar die Möwen sind verstummt.«

Eher verschwunden. Auch Henning blinzelte in den Regen. Tatsächlich war kein Vogel zu sehen, nicht einmal auf den Hausdächern und Mauern der Terrassen, wo sie sonst vermutlich wie in jeder Stadt auf Lebensmittelreste warteten. Er sah überhaupt nichts Lebendiges, nur feuchtschimmernde Mauern und vereinzelte Bäume, die zwischen den Häusern hervorlugten wie gebeugte alte Männer. Ganz La

Harb schien sich wie eine Schildkröte in seinen Panzer zurückgezogen zu haben.

»Mehr backbord«, sagte Arndt und deutete zwischen ihnen hindurch auf eine abgeschrägte Kaimauer, von der mehrere hölzerne Stege aus beindicken Balken ins Wasser ragten. Einige vertäute Ruderboote wankten in den Wellen. »Am Dock der Fischer landen wir an.«

»Gut.« Thevs steuerte mehr backbord. »Dann dorthin.«

Schweigend ging es weiter, bis sie in Rufweite der Kais glitten. Da zerriss ein gellender Schrei die regentropfende Stille. Etwa einhundert Fuß nördlich des Fischerdocks erschien eine Frauengestalt in wehender Robe. Sie sprang ziemlich wagemutig von der Mauer auf den darunterliegenden Wellenbrecher und rannte auf ihm entlang Richtung offenes Meer. Eine Truppe Soldaten verfolgte sie.

»Wo will die denn hin?«, fragte Arndt. »Die läuft in eine Sackgasse.«

»Außer sie will baden gehen«, sagte Thevs.

Die Ironie entging Arndt.

»Ist 'ne Schwester, oder?«, sagte der Lauscher. »Hat den typischen Fleck am Kleid.«

Das sah Henning auch, ein schwarzer handtellergroßer Fleck auf Höhe des Oberschenkels. Dann bemerkte er die Armbrust in den Händen eines Verfolgers. »Nicht gut«, murmelte er. Die Schwester konnte sich auf dem schnurgeraden Wellenbrecher weder verstecken noch ausweichen – außer sie sprang wirklich ins Wasser.

»Sie wird nicht springen«, sagte Nante.

Verdutzt wandte sich Henning seinem Bruder zu. »Woher weißt du, was ich ...«

»Weil es offensichtlich ist. Genauso wie das, was als Nächstes passieren wird.«

»Und das wäre?«

»Sie läuft der Wächterin in die Arme.«

Henning furchte die Stirn. »Du klingst, als wäre es Gewissheit. Was ist, wenn ich laut rufe und die Soldaten ablenke?«

Nante zuckte mit den Achseln. »Dann... könnte sie es schaffen, aber das wirst du nicht tun.« Er nickte Richtung Wellenbrecher.

Hennings Blick folgte der Bewegung, und da peitschte schon der Armbrustbolzen von der Sehne. Als flirrender Fleck jagte er über den Brecher, dann taumelte die Schwester ruckartig vorwärts, ruderte mit den Armen und stürzte auf die groben Steinquader, keine fünf Schritte vom Ende des Wellenbrechers entfernt.

Henning schluckte hart. Er beobachtete noch, wie die Schwester auf das Ende des Steinwalls zukroch, um sich über die Kante ins Meer zu stürzen, und zuvor von den Soldaten eingeholt wurde. Grob zerrten sie sie auf die Beine. Der Bolzen ragte wie eine blutige Faust aus ihrem Bauch.

»Hey ihr!«, tönte eine Stimme durch den Regen. »Hier spielt die Musik!«

Auf dem Anleger standen zwei weitere Soldaten des Barons in ledernen Rüstungen und breitkrempigen Hüten auf den Häuptern. Sie winkten die Männer im Boot heran.

Hennings Aufmerksamkeit kehrte zur Schwester zurück. Sie schien ohnmächtig geworden zu sein, denn zwei Soldaten trugen sie wie einen nassen Sack davon.

Dann fuhr ihr Boot gegen den Anleger, und Arndt zog es geschickt heran, sodass es parallel dazu zum Liegen kam. Sofort vertäute er das Boot an einem der Poller.

Die Schritte des Wachpostens polterten über den Steg. Neben Henning blieb er stehen. Gelangweilt kaute er auf einem schwarzen Stück Brotrinde. »Von welchem Schiff?«

Für einen Moment verspürte Henning Lust, den Kerl an den Knöcheln zu packen und ins Boot zu zerren. Wie konnte der nur zusehen, wie seine Kameraden eine Frau zu Tode hetzten? *Hier spielt die Musik*... Henning presste die Kiefer aufeinander, denn wenn er jetzt dem Kerl den Arsch aufriss, würde er ihre Pläne gefährden, und das für eine Frau, die den Bolzen vermutlich nicht überleben würde. Außerdem hätte Thevs dann völlig umsonst von der Dornenmaid die sechs Marken erfickt, die ihnen den Landgang für einen Tag erlaubten. Die freien Piraten hatten offenbar eine Absprache mit dem Baron getroffen, was nicht dumm war – einen Haufen Freibeuter lange auf ein paar vor Anker liegenden Schiffen ruhig zu halten ging nur mit regelmäßigem Landgang. Sie mussten die Langeweile vertreiben. Wirte und Huren würden sich über die neuen Stammgäste freuen.

»Von der *Wilden Jagd*«, presste er hervor.

»Und hier sind die Marken.« Thevs warf dem Soldaten das Säckchen zu.

Der fing es geschickt auf, machte sich aber nicht einmal die Mühe, die Schnur zu lösen, sondern befühlte nur durch den groben Leinenstoff den Inhalt und zählte lautlos. Dann nickte er und warf den Sack zurück. Die Brotrinde nahm er aus dem Mund.

»Nennt noch eure Namen bei meinem Kollegen, und dann Abflug. Die Kais sind umgehend zu verlassen.«

»Seit wann das?«

»Seit immer mehr zu fliehen versuchen. Habt ihr doch gerade gesehen. Sie versuchen, an Land zu schwimmen oder Boote zu kapern. Sie versuchen alles, um ihre drecksmagischen Ärsche zu retten.« Die Augen des Soldaten funkelten vor Abscheu. »Ich hätte nie gedacht, dass so viel Pack in dieser Stadt haust. Und jetzt genug! Weg mit euch! Aber spart euch den Weg zum großen Markt. Da erschlagen sie euch.«

»Weswegen?«, fragte der Lauscher.

Der Soldat musterte ihn. »Ihr hattet noch keinen Landgang, was?«

»Nee.«

»Dann schaut euch den Trubel und die Scheiterhaufen selbst an. Könnt ihr nicht verfehlen. Sie nutzen Reisigbündel, die sie in Öl tränken, denn das Zeug brennt auch bei Regen. Einfach immer der Nase nach. Und geht von hinten ran, dann könnt ihr euch mal so richtig trockenwärmen und dabei ein paar nackte Ärsche anschauen.« Der Soldat lachte, wandte sich ab und stapfte davon.

Henning sah ihm hinterher. Er zitterte. Seine Hände hatten sich zu Fäusten geballt. Eine Berührung an seinem Unterarm ließ ihn zu seinem Bruder blicken.

»Ruhig bleiben«, mahnte Nante sanft. »Das Arschloch ist es nicht wert.«

»Wenn du es sagst.« Henning streifte die Hand seines Bruders ab und kletterte aus dem Boot.

Nachdem sie ihre erfundenen Namen genannt hatten, die von dem zweiten Soldaten in einer Liste vermerkt wurden, stiegen sie schließlich vom Kai zur ersten Terrasse empor. Verlassene Bogengänge reihten sich aneinander, in denen sonst Frauen und Männer lauthals Waren feilboten, wie sich Henning an seinen Besuch in der Kindheit erinnerte. Auf dem Hang dahinter ragten die ersten Häuser auf. Normalerweise waren auch diese von Leben erfüllt; besonders von Alten, die aus offenen Fenstern heraus das Treiben auf den Kais verfolgten, aber die Fenster waren allesamt verriegelt, teilweise mit Brettern verrammelt. Niemand war zu sehen, nur Pfützen, Pflastersteine und zerflossene Pferdeäpfel.

Doch ganz stimmte das nicht. An den Zugangsstraßen zu den Kais erspähte Henning auf den zweiten Blick einige Gestalten: Soldatengrüppchen, die sich unter Felsvorsprünge oder Dächer verzogen hatten. Sie stützten sich auf Hellebarden und beobachteten die Straßen.

Thevs trat neben ihn. »Das ist wirklich wie im Krieg. Noch ein Grund, dass wir schnell wieder wegkommen. Wir treffen uns zum achten Glockenschlag in der Taverne *Zur Letzten Bleibe*, nicht weit von hier die Gasse hoch. Spätestens zum zehnten hier am Boot.« Er zog aus dem Säckchen zwei der Marken und drückte sie Henning in die Hand. »Und pass gut auf deinen Bruder auf. Du weißt schon.«

»Jaja.«

Der Wanderfalke wollte lächeln, doch es misslang. Stattdessen nickte er, bevor er zu den anderen trat, um auch ihnen ihre Marken zu geben. Nante klopfte er dabei freundschaftlich auf die Schulter.

Hennings Finger schlossen sich fester um die münzgroßen Siegel aus Metall mit der eingeprägten Sichel des Barons. Es war bezeichnend, dass Thevs ihm die Verantwortung für sie beide in die Hand gedrückt hatte. Es war zwar nichts Neues, denn Henning hatte sein Leben lang auf Nante geachtet, aber zum ersten Mal fühlte es sich wie eine Bürde an. Er dachte an einen riesengroßen Scheiterhaufen, auf dem sein Bruder stand. Die Flammen umhüllten ihn, leckten an seinen Knochen, während der Wind sein zu Asche zerfallenes, wirres Haar davontrieb.

Mit Magengrimmen steckte Henning die Siegel zum Edulog in seine verborgene Tasche und machte sich mit seinem Bruder auf den Weg.

Großartig. Henning hatte sich an einer Mauer emporgezogen und spähte Richtung Gildengebäude. Das mehrgeschossige Fachwerkhaus auf der zweiten Terrasse hatten sie schnell ausfindig gemacht, doch den Eingang flankierten zwei Dutzend Soldaten, die Hälfte gekleidet in schimmernde Metallrüstungen, die andere in leichte Lederkluften. *Um Fliehende verfolgen zu können.* Aber wozu die Schwerbewaffneten? Hatte man Angst vor einem Sturm auf das Gebäude? *Unwahrscheinlich. Eher hat man Angst vor den Schwestern.* Laut Lizzy wurden die besonders gesucht. Wahrscheinlich war das Gebäude kurzerhand in ein Gefängnis umfunktioniert worden. Dass aus den Schornsteinen Rauch aufstieg, bekräftigte die These.

Geräuschlos ließ er sich wieder herab. »Klopfen und nach Karrol fragen kannst du vergessen. Und Schwestern werden wir auch nicht so einfach auftreiben. Der Baron hat die Gilde abgeriegelt.«

Nante zuckte mit den Schultern. »War zu erwarten.«

Henning ließ den Kopf gegen die Steinwand sinken. Nach der beobachteten Hetzjagd am Kai hatte er schon vermutet, dass es schwierig werden würde, aber so schwierig? Bisher hatten sie lächerliche drei Bürger auf den Straßen gesehen, die verhüllt und geduckt irgendwohin gehastet waren. Ansonsten Soldaten, Soldaten, Soldaten, und jedes Mal hatten sie ihre Siegel zeigen müssen. Er seufzte, wobei er sich von der Wand löste. »Jetzt wäre eine Eingebung ganz nett, Bruder.«

»Sieht schlecht aus, aber ich würde Tavernen abklappern. Irgendwo müssen die La Harber stecken.«

»Ja, irgendwo.«

Kurz darauf betraten sie die erstbeste Spelunke, die nicht mal einen Namen trug. Nur ein Krug hing an einer Kette neben der Tür.

Der Gastraum war winzig und von Zwielicht erfüllt. Im Schein zweier rußender Talgkerzen schnitt der Wirt faulige Stellen aus schrumpeligen Kartoffeln. Er schnitt mehr ab, als übrig blieb. Die drei Hocker am Tresen belegten zwei alte Frauen und ein Junge, also setzten sich Henning und Nante an den ersten der drei Tische. Eine junge Frau saß auf einer Bank vor dem kargen Kaminfeuer. Ihr schlichtes Gewand war zerschlissen und dunkelgrau vom Regen. Ihre feuchten Haare glänzten wie mattes Gold.

Der Wirt beäugte die Zwillinge argwöhnisch. »Was wollt ihr?«

»Was zu essen und zu trinken? Wir sind doch in einer Taverne gelandet, oder?«

»Schon, aber es gibt nicht mehr viel. Nur noch Kartoffeln mit gesalzenem Kabeljau. Und erst zum sechsten Glockenschlag.«

»Und Bier? Das wird's doch geben, oder?«

Der Wirt nickte, warf das Messer zu den Kartoffeln in den Eimer und zapfte zwei Krüge. Der Junge durfte sie ihnen reichen. Schaumkronen gab es nicht, und das Bier war derart gestreckt, dass es eigentlich nur als gefärbtes Wasser durchging.

Henning beschwerte sich nicht. Er trank und musterte die Anwesenden. Einheimische, wenn er sich nicht täuschte, zumindest keine Soldaten. Es war einen Versuch wert. Laut fragte er: »Wir suchen einen Mann namens Karrol. Kennt ihn jemand?«

Der Wirt schüttelte den Kopf, genauso wie die zwei Frauen am Tresen.

Da berührte Nante seinen Arm und deutete auf die Blonde. »Sie hat gezuckt«, wisperte er.

»Und du, vorm Feuer?«, rief er, immer noch freundlich. »Kennst du Karrol?«

Wie ein scheues Reh spähte sie zu ihnen. *Wie ein Reh auf der Hatz.* Ihr Haar lugte an manchen Stellen verfilzt unter der Kapuze hervor, die Augen wurden von dunklen Schatten umringt, und die Wangen schimmerten wächsern, obwohl sie direkt an der Feuerstelle saß. Ihr Blick zuckte hin und her.

»W-W-Wer will das wissen?«, fragte sie. Ihre Lippen waren blau und zitterten.

Henning stand auf und ging zu ihr, langsam, um sie nicht zu verschrecken. Neben ihr sank er auf die Bank. »Was ist mit dir? Krank?«

Sie schüttelte den Kopf, wobei Regentropfen aus ihren Haaren perlten. »Nur k-k-kalt.«

Henning musterte sie abermals von Kopf bis Fuß, dann ging er zurück zum Tresen. »Hast du was Warmes für sie?«, fragte er den Wirt.

Der Wirt biss sich mit den Schneidezähnen auf die Oberlippe, bevor er hervorpresste: »Sie kann nicht bezahlen. Ich gewähre ihr schon das Feuer.«

»Aber du hast was Warmes?«

Er schnaufte durch. »Ich kann einen heißen Grog machen.«

»Dann mach den. Ich bezahle.«

Kurz darauf reichte Henning der Blonden einen Krug dampfenden Grogs. »Hier.«

Sie griff mit zitternden Fingern danach. »D-D-Danke.«

»Schon gut.« Er beobachtete, wie sie die Finger um den Steinkrug schlang und die Augen schloss. Das Gesicht hielt sie in den aufsteigenden Dampf. »Ihr kennt Karrol, nicht?«

Sie schlug die Augen wieder auf. »Wer seid Ihr?« Ihr Blick flatterte zu Nante, der am Tisch saß und mit dem Dolch seine Fingernägel reinigte.

»Alte Freunde.«

Das entlockte ihr ein scheues Lächeln. »Karrol ist dreimal so alt wie Ihr.«

»Er ist ein alter Freund meines Vaters, um genauer zu sein.«

»Und warum wisst Ihr dann nicht, wo Ihr ihn findet?«

»Weil die Gilde abgeriegelt ist.«

Ein Funke Schmerz flog durch ihren Blick, und sie biss sich auf die Unterlippe. »Habt Ihr es schon in der *Barharba* versucht?«

»Eine Kneipe?«

»Ja.« Sie nippte am Grog. »Von hier aus an der Gilde vorbei, links schmale Stufen hoch zur dritten Terrasse. Dann rechts in einen Seitengang. Vielleicht habt Ihr Glück, und er ist dort.«

Henning nickte. »Danke.«

»Ich habe zu danken.«

»Dafür nicht.« Henning lächelte. »Sag, wie heißt du?«

»Marta. Und Ihr?«

»Class.«

»Klingt so ... nach dem Westen.«

»Gut erraten.«

Sie nippte abermals. Ein Schimmer Rosa schlich sich auf ihre Wangen. »Und was tut Ihr hier in La Harb?«

»Nicht viel«, sagte Henning, was sogar stimmte. »Wir sind mehr oder weniger gestrandet und warten, dass wir wieder auslaufen dürfen.«

»Seefahrer.« Jetzt musterte sie ihn neugierig, dann beugte sie sich so weit vor, dass ihr Atem an seinem Kinn kitzelte. »Habt Ihr noch Platz auf Eurem Schiff? Ich kann arbeiten. Ich binde mir auch die Brüste ab und schere mir das Haar, wenn Ihr keine Frau an Bord wollt.«

Henning lachte. »Selbst dann würdest du auffallen. Nein, wir können dich nicht mitnehmen.«

Sie fasste ihn an der Hand. Die Haut war warm vom Krug. »*Bitte!*«

Er ließ die Berührung einen langen Moment zu, bevor er sich ihr entzog. »Tut mir leid, aber das ist unmöglich. Der Baron ...« Er griff in seine Tasche und holte ein paar Münzen hervor, die er ihr in die Hand drückte. »Aber vielleicht hilft dir das.«

Sie zählte die Münzen nicht, ließ nur den Kopf sinken. »Ja, vielleicht.«

Die Niedergeschlagenheit schmerzte Henning, und wieder sah er die Schwester auf dem Wellenbrecher fliehen und zusammenbrechen. Abermals griff er in seine Tasche und fischte einen Silbertaler hervor. Verdeckt hielt er ihn ihr hin. »Hilft der mehr?«

Ihr Blick kam wieder hoch. Stolz und Wut blitzte darin auf. »Glaubt Ihr, ich bin eine *Dirne*?«

»Nein.« Er beugte sich zu ihr ans Ohr. »Ich glaube, du bist eine Schwester.«

Sie schluckte, und wieder zitterte sie, diesmal vielleicht nicht vor Kälte. »W-W-Was wollt Ihr?«

»Von dir nichts. Aber vielleicht kannst du mir noch einen Tipp geben.«

»Wofür?«

»Um einen weiteren alten Freund zu finden. Ihr Schwestern kennt doch alle und jeden. Ich suche einen Fischer namens Henry.«

Die Worte entlockten ihr eine steile Falte des Erstaunens auf der Stirn, genau zwischen den Augenbrauen. »Ihr kennt Leynas Vater?«

»Wenn er Henry heißt und Fischer ist, ja. Weißt du, wo er steckt?«

Ein kurzes Flackern von Schmerz in ihrem Gesicht, dann: »Nein.«

Henning wusste nicht, wie er ihre Reaktion deuten sollte. »Und diese Leyna? Die müsste es doch wissen, so als Tochter.«

»Ja, vermutlich.« Ihr Blick wurde glasig. »Aber Leyna sitzt im Kerker. Wie so viele.« Dann glitt ihr Blick ins Leere.

Henning musterte Marta noch einige Momente, sagte dann »Danke«, und drückte ihr den Silbertaler in die Hand. Als sie keine Reaktion zeigte, stand er schwer atmend auf, ging zu seinem Bruder, leerte sein Bierwasser, bezahlte und verließ mit ihm die Kneipe.

Die *Barharba* lag in einem Kellergewölbe aus Naturstein, zu dem man steile, glitschige Stufen hinabstieg. Henning erwartete ein weiteres, düsteres Spelunkenloch, wurde aber positiv überrascht, als sie eintraten; mehrere Kerzenleuchter hingen von gerippten Deckenbalken und verströmten angenehme Helligkeit, auch wenn sich die Luft kühl und klamm anfühlte. An manchen Stellen tropfte Wasser von der Decke in aufgestellte Eimer, was aber der Behaglichkeit keinen Abbruch tat.

Die Trinkstube war nahezu voll. Auf den grob gezimmerten Bänken saßen überwiegend Männer, und manche Gäste standen im Halbkreis um aufgestellte Weinfässer. Zig Unterhaltungen hallten von der Decke wider, es wurde sogar gelacht und sich zugeprostet.

Soldaten, erkannte Henning. *Soldaten vor und nach der Schicht. Großartig, wir sind mitten in einem Wespennest gelandet.*

Er warf Nante einen vielsagenden Blick zu – *Halt ja deinen Mund!* –, bevor er sich einen Weg zur Theke bahnte. Dort standen gerade ein paar Männer auf. Auf einen der frei gewordenen Hocker warf er seinen Mantel mit der trockenen Seite nach oben, bevor er sich setzte.

Schon knallte ihnen die Wirtin zwei Krüge vor die Nase. »Was anderes gibts nicht mehr, das Bier ist alle.«

Henning erspähte in seinem Krug rosa gefärbtes Wasser. »Und Essen?«

»Nur noch Pulpo«, sagte sie. »Die Männer des Barons fressen mir die Haare vom Kopf.«

»Sieht gar nicht danach aus.«

»Jaja, also zweimal?«

»Klar.«

Während die Wirtin davoneilte, ließ Henning den Blick erneut über die Anwesenden schweifen. Er zählte einundvierzig Soldaten und sieben Einheimische. Der Unterschied war gut zu erkennen: Die Soldaten quatschten und soffen, während die Einheimischen sich in Schweigen hüllten und mit gesenkten Häuptern in geleerte Schälchen starrten. Die einen waren nur vorübergehend hier, die anderen für den Rest ihres Lebens.

Zu Nante sagte er: »Und? Irgendeine Eingebung, ob einer von ihnen Karrol ist?«

Nante pfiff durch die Zähne und widmete sich seinem Krug.

Henning seufzte. Wenn sie auch hier Karrol nicht fanden, mussten sie tatsächlich von Taverne zu Taverne ziehen. Angesichts der Masse an Soldaten ein gefährliches Unterfangen. Er spürte das Gewicht des Edulogs schwer an seiner Hüfte.

Holzschalen klapperten hinter ihm. »Hier.« Die Wirtin schob ihnen den Oktopus über den Tresen. Rötlich braun glänzten die fingerdicken Tentakel auf einem Bett zerdrückter Kartoffeln. Sogar Knoblauch entdeckte Henning, und eine Menge Fett.

»Sieht gut aus.« Dabei winkte er die Wirtin näher zu sich. »Sagt: Kennt Ihr einen Karrol? Der soll häufiger hier sein.«

Die Wirtin musterte ihn, bevor sie den Kopf schüttelte. »Der war seit Beginn der Besetzung nicht mehr hier.«

»'ne Ahnung, wo wir ihn finden?«

»Nee. Der sitzt wahrscheinlich fest.«

»In der Gilde?«

Sie nickte, wobei sich Fältchen auf ihrer Nase zeigten. »Da kommt niemand mehr rein und raus, außer die Richter.«

»Richter? Wofür?«

Wieder betrachtete sie ihn, dann beugte sie sich über die Theke zu ihm und sagte so leise, dass nur er es hören konnte: »Richter, die die Magiebegabten befragen. Sie wollen die Verstecke der anderen erfahren, und die Namen von Leuten mit der Gabe.« Sie schüttelte den Kopf. »Und wenn Ihr noch mehr solcher Fragen stellt, werdet Ihr auch schnell Bekanntschaft mit einem machen.« Sie wandte sich ab und ließ sie sitzen.

Nante sagte: »Der Pulpo ist gut.« Ein weiteres, krosses Tentakel verschwand in seinem Mund. Er schmatzte.

Henning musterte das in Fett badende Meergetier, das ihn irgendwie an die Jundar und deren Angriff erinnerte, und hatte keinen Appetit mehr. Trotzdem griff er nach dem Löffel und wurde abermals überrascht. Der Oktopus war zart, überhaupt nicht ledrig, und richtig gut gewürzt mit Pfeffer und Knoblauch und Zitrone, vielleicht sogar mit Rosmarin. Und mit den Aromen kam der Appetit.

Die Kneipe füllte sich zusehends, und als Henning seine Mahlzeit beendete, waren alle Plätze belegt. Da fiel ihm auf, dass Nante einen Neuankömmling musterte. Der Kerl stand unweit der Theke, trug grobe Wolle über fahlem Leder, und an seinem Gürtel hing ein hässlicher Dolch. Sein Haar war schulterlang, gelockt und nass, die Wangen glühten dunkelrot. Er sah aus wie jemand, der gern Ärger machte.

Zu einem seiner Begleiter sagte er: »Vorhin wieder eine Gruppe aufgestöbert. Versteckten sich in 'nem Keller mit 'ner Befallenen. Wollten Ärger machen. Eine hat mich sogar gebissen.« Er zeigte seine Hand mit Bissspuren.

Sein Kumpel zuckte mit den Schultern. »Das wollen sie immer. Ärger machen. Hast ihr gezeigt, wo der Hammer hängt?«

»Klar. Die kann drei Tage nicht mehr sitzen.« Der Kerl sah zufrieden in die Runde und bemerkte Nantes Blick. Sein Gesicht verdüsterte sich. »Is' was?«

»Nein«, beeilte sich Henning zu sagen.

Der Kerl musterte ihn. »Hab ich mit dir geredet, Arschloch?«

»Ich denke schon.« Spätestens jetzt war Henning klar, dass dies ein Typ von der Sorte war, der man Kontra geben musste. Also stand er auf und schob sich vor ihn. Laut genug, dass die Umstehenden es hören konnten, sagte er: »Weißt du, wir wollen keinen Streit, aber wenn du ihn willst, können wir gern vor die Tür gehen. Dann zeig ich *dir* mal, wo der Hammer hängt.«

Jemand lachte, doch der Kerl nicht.

Es folgte ein kurzes Blickduell, dann ein Kopfschütteln. »Nee, dort pisst's aus Eimern.«

»Gut. Mir auch recht.« Henning wollte sich abwenden, als er aus dem Augenwinkel bemerkte, wie der Kerl nach seinem Dolch griff.

Da schleuderte ihm Nante schon den restlichen Inhalt seines Krugs ins Gesicht. Es platschte laut, dann wurde es still in der *Barharba*.

Dem Kerl stand der Mund offen, während ihm dünner Rotwein von Kinn und Nase tropfte.

Henning hielt den Atem an, nur um mit einer Ahnung von Grauen zu hören, wie Nante mit der Stimme des Kerls sagte: »Jetzt pisst's auch hier!« Und schon glitt er geschmeidig vom Hocker. In seinen Händen glänzte sein Dolch. »Und jetzt, *Arschloch*? Wollen wir vor die Tür? Willst meinen Hammer sehen?«

Der Kerl schnaufte wie ein Bulle, dann stürzte er vorwärts, doch Nante wich aus, tänzelte an ihm vorbei und verpasste ihm einen einzigen Stich mit dem Dolch.

Blut spritzte auf die Theke, der Kerl taumelte röchelnd weiter, prallte gegen einen Tisch und stürzte der Länge nach zwischen die dort sitzenden Soldaten. Holz klapperte, Schalen voller Pulpo flogen durch die Luft, Krüge brachen und Eisen klirrte.

Es wurde so still, dass man das Tropfen von der Decke in den Eimern hörte. *Pitsch. Pitsch. Patsch.*

»Fratera«, flüsterte jemand. Nantes Hemd war seitlich aufgeschlitzt, vermutlich vom Dolch des Angreifers. Darunter lugte das tätowierte Kreuz hervor.

Als sich mehr als die Hälfte der Anwesenden erhob und den Stahl blankzog, seufzte Henning nur. Sie hatten keine Chance. Aber wenigstens hatten sie gut gegessen.

Kapitel 23

Königtum Westend, La Harb, Kerker

Leynas Welt bestand nur noch aus Schmerz und Dunkelheit. Schlaff hing sie in den Ketten. Unter den Schellen juckten und brannten ihre Handgelenke. Die Haut nässte, war stellenweise verkrustet, aufgerissen, doch das war nichts im Vergleich zu ihren Schultern, die ihr ganzes Körpergewicht hielten. Sie könnte zwar stehen, aber ihre Beine trugen sie nicht mehr. Möglicherweise war die linke Schulter aus dem Gelenk gesprungen; der Schmerz war erbarmungslos und füllte sie restlos aus.

Irgendwo am Rande ihres Bewusstseins wusste sie, dass ihr Ende nahte, und mehrfach war sie mit dem Glauben in die Ohnmacht geglitten, nicht wieder aufzuwachen, doch nie war ihr die Wächterin erschienen, sondern immer nur das feiste Gesicht des Kerkermeisters.

Er hatte sie entweder geschlagen oder ihr kaltes Wasser über den Kopf gekippt, um sie in die dunkle Zelle zurückzuholen. Dann hatten ihre Augen gestochen vom grellen Fackelschein, bevor er ihr gesüßtes Wasser und irgendeinen Brei eingeflößt hatte, der nach Fett und braunen Bohnen roch.

Richter Simeone wollte sie nicht sterben lassen. Aber ihre Qualen mildern wollte er auch nicht, denn das würde bedeuten, dass sie stärker war als er. Richter Simeone war nicht der Schwächere. Warum er sie aber nicht mehr befragt hatte, seit die Kriegshörner erschollen waren, war ihr ein Rätsel. Demonstrierte er so seine Macht?

Der Kerkermeister demonstrierte zumindest seine verdorbene Seele.

Mehrmals hatte sie seine schwieligen Finger in ihrem Mund gespürt, auf ihren Brüsten und einmal sogar zwischen ihren Schenkeln, doch da hatte sie es einfach laufen lassen, und der Kerkermeister hatte geflucht, sie eine elende Hure geschimpft und ihr versichert, dass sie auf dem Scheiterhaufen enden würde. Als er mit der Fackel davongestapft war, hatte Leyna für einen Moment die Wärme an ihren Schenkeln genossen.

Das war schon eine Ewigkeit her, ihr Kleid war seitdem mehrfach nass geworden und wieder getrocknet.

Sollte sie den Kerker überleben, würde sie den Kerkermeister töten. Sie würde ihm die eiserne Manschette um die Eier schnallen und ihn mit dem Flaschenzug unter die Decke hieven. Sie wollte ihn schreien hören, schreien, schreien ...

Nie hatte Leyna geglaubt, jemals solche Gedanken zu hegen, aber mittlerweile erschienen sie ihr so süß wie das Honigwasser. Es wäre nur gerecht. Wer anderen mit solcher Inbrunst so viel Leid zufügte, hatte den Kuss der Wächterin verdient.

Ob die ihren Vater schon geküsst hatte?

Nicht mal diese Vorstellung schreckte sie mehr, auch brachte ihr die Hoffnung auf Rettung keine Kraft. Alle Energie schien mit dem Urin aus ihr herausgeflossen zu sein. Da war nichts mehr, nur noch Schmerz und Dunkelheit und Hass, ja Hass!

Wieder stachen ihr Hunderte Nadeln durch die Augenlider bis ins Hirn, und erst als der Schmerz nachließ, registrierte sie, dass der Kerkermeister kam. Mehrere Schemen begleiteten ihn. Wollte Simeone sie ein letztes Mal befragen? Oder gleich den Flammen übereignen?

Leyna fielen die Augen wieder zu.

Der dicke Schlüsselbund klirrte, die rostigen Angeln des Eisentors quietschten, und jemand knurrte: »Rein hier!«

Schritte in der Zelle, und Leyna fragte sich: Warum *rein hier*? Sie zwang sich, die Augen zu öffnen, und erblickte zwei junge Männer, die von den Wachen in die Zelle gestoßen wurden. Offenbar Brüder, denn ihre Schemen und Bewegungen glichen einander. Einzig Bart und Haar unterschieden sie: Der vordere trug einen Dreitagebart und nackenlange Haare, die er zu einem Mittelscheitel gekämmt hatte. Der andere hatte sich das Gesicht glattrasiert, jedoch standen seine Haare so wirr in alle Richtungen ab wie bei einem alten Besen. Beide sahen recht verwegen aus. Der Bärtige hatte trotz der Kühle die Hemdsärmel hochgekrempelt, sodass der Leinenstoff sich über seinem Bizeps spannte. Der andere brauchte nichts, um verwegen zu wirken.

Der Kerkermeister schlug hinter ihnen die Tür zu und ließ das Schloss einrasten. Dabei grinste er überheblich. »Jetzt seid ihr endlich da, wo ihr hingehört, Schmugglerpack.«

»Jaja, die Leier kennen wir«, sagte der mit dem Mittelscheitel und sah sich in der Zelle um. Sein Blick streifte Leyna nur flüchtig. »Wir sind ganz unten und bla. Aber entscheidend ist, wo man am Ende seines Lebens steht, nicht irgendwann dazwischen.«

»Ihr seid am Ende«, versicherte der Kerkermeister. »Ich fange noch heute an, euch den Strick zu knüpfen, denn nichts anders erwartet euch. Der Strick und die Galgenmauer.«

»Dann knüpft mal.« Der Mittelscheitel wandte sich ab und nestelte an seiner Hose herum. Kurz darauf plätscherte es in den Eimer, der in der Ecke stand. Er seufzte vor Erleichterung.

Der Kerkermeister schnaubte, dann trollte er sich mit seinen Wachen. Als er nach der Fackel griff, hielt er inne, wandte sich kurz zu dem Besen um, runzelte die Stirn, schüttelte andeutungsweise den Kopf und ließ die Hand sinken.

Die Schritte des Trupps verhallten, während das Feuer der Fackel fröhlich knisterte und tanzte.

Da war der mit dem Mittelscheitel schon an der Tür, rüttelte probeweise daran, sank in die Knie und besah sich das Schloss. »Alte Bauart mit Bartschlüssel«, stellte er fest. »Sollte uns nicht allzu lange aufhalten.«

Der andere trat zu Leyna, musterte sie. Wie ein Vogel legte er den Kopf schief. Seine Augen leuchteten trotz der Dunkelheit der Zelle in sanftem Blau.

Der Mittelscheitel gesellte sich zu ihnen. Erstaunen und Ärger huschten über sein Gesicht, als er bemerkte, dass Leyna ihn beobachtete. »Die lebt ja noch!« Sofort war er bei ihr, umfasste sie und stellte sie auf die Beine, hielt sie aufrecht. Seine Berührung war Wonne und Schmerz zugleich.

Leyna entwich ein Stöhnen. Ihre Lippen öffneten sich, doch mehr als ein Krächzen brachte sie nicht zustande.

»Solche Wichser«, fluchte der Mittelscheitel. »Die hängen die hier einfach in die Dunkelheit. Das können die mit uns machen, aber doch nicht mit …«

»Einer Schwester«, vollendete der andere den Satz. Er hob die Hand und berührte sie an der Wange. Die Berührung knisterte, und Leyna zuckte zusammen.

»Ja, noch schlimmer.« Der Mittelscheitel wandte sich an sie. »Hey! Hörst du mich? Kannst du aus eigener Kraft stehen?«

Leyna schüttelte den Kopf.

»Das ist schlecht. Nante! Kannst du sie mal halten, dann versuch ich, die Schellen zu öffnen.« Er fasste mit einer Hand an seinen Stiefel und zauberte ein fingerlanges Stück Draht hervor.

Der Kerl namens Nante musterte sie noch aus seinen blauen Augen, dann trat er hinter sie und packte sie unter den Achseln, und auch wenn er sie dabei zwangsweise an den Brüsten berührte, war die Berührung nicht unangenehm. Nahezu sanft hielt er sie aufrecht, während der andere sich den Schellen an ihren Armen widmete.

»Ganz schön rostig«, brummte er, während er den Draht hin- und herdrehte. Sein Blick glitt zu ihr. »Aber keine Sorge, die kriegen wir auf.«

Leyna lächelte dankbar, aber es sah vermutlich wie eine Grimasse aus.

Dann schnappte die erste Schelle auf, und ihr entwich ein Keuchen, als ihr Arm zum ersten Mal seit Tagen herabsank. Die Muskeln waren steif und schienen jeden Moment zu zersplittern wie Glas.

»Ganz langsam«, sagte er. »Ganz langsam. Wie lange hängst du hier schon?«

»'ache«, krächzte sie und musste husten.

Er hob nur die Brauen und widmete sich dem anderen Arm. Wieder hantierte er am Schloss herum, bis es laut knackte, er einen zufriedenen Laut von sich gab und seinem Bruder half, sie zur Wand zu tragen und dort aufrecht hinzusetzen. Sie stöhnte und keuchte dabei wie ein Tier.

Schließlich war es vollbracht, und der Mittelscheitel sank neben ihr in die Knie. Das Weiß seiner Augen leuchtete in der Dunkelheit. »Noch da?«

Sie nickte andeutungsweise.

»Gut. Wenn wir was für dich tun können, lass es uns irgendwie wissen. Viel wird es nicht sein, wir haben nicht mal Wasser, außer die Pisse im Eimer, aber ...«

Leyna nickte abermals und winkte ihn mit den Fingern näher zu sich heran. »'asche«, wisperte sie. Es war nur ein Hauch.

»Wie bitte?« Er kam noch näher. »Asche?«

»Tasche!«, wiederholte sie lauter, und ihre Finger schubsten seine zitternd an die Tasche an ihrer Hüfte.

Endlich begriff er und ertastete die Dose mit der Paste. Er holte sie hervor.

»Eure Zauberei«, sagte er fast ehrfürchtig. »Soll ich sie öffnen?«

Sie nickte. Für einen Moment fielen ihr die Augen zu, aber sie zwang sich zum ersten Mal, nicht in die Ohnmacht zu gleiten.

Geöffnet hielt er ihr die Dose hin, und sie tauchte Zeige- und Mittelfinger hinein, doch ihre Muskeln waren so schwach, dass ihr die Hand auf die Schenkel sank.

Sie starrte ihre Hand an, die nicht gehorchte, und spürte Tränen auf den Wangen.

Wieder waren seine Finger da, diesmal um ihre zu führen. »Sagt, was ich tun soll.«

»Stirn«, wisperte sie. *Schlafen. Einfach nur schlafen!*

Er nickte und hob ihre Hand an ihr Gesicht, als der Kerl namens Nante »Nein!« sagte.

Der Mittelscheitel sah irritiert auf. »Wie nein? Was dann?«

Das fragte sich Leyna auch. Nante nahm das Döschen mit der Paste an sich. Neugierig betrachtete er es, roch daran, um dann auf sie herabzublicken. »Mach ihr die Brust frei.«

»Wie bitte?«

»Mach jetzt, Henning. Du hast schon Titten gesehen, und sie wird *daran* nicht sterben.«

Der Mittelscheitel namens Henning zögerte, suchte Leynas Blick, schien darin ein Einverständnis zu erkennen, und griff nach ihrem Kleid. Behänd öffnete er die Schnüre und streifte es ihr bis zum Bauchnabel herab.

Leyna hing nur am Blick des anderen. Wie ein Sonnenstrahl im Wasser funkelten Nantes Augen, hart und erbarmungslos wie die See, aber irgendwie auch mild.

Dann sank er an ihre Seite, grub gleich vier Finger in die Paste und verschmierte sie in seiner ganzen Handfläche, wobei er Leyna nicht aus den Augen ließ.

»Es wird wehtun«, sagte er mit rauer Stimme.

Leyna hatte keine Ahnung, wovon er sprach, aber er wirkte in dem Moment so überzeugend und kompetent wie Matronin Misha.

Dann berührte er sie, umfasste sie am Hals, als würde er sie würgen, aber seine Berührung war sanft. Seine Finger glitten tiefer, über ihr Brustbein und zwischen ihre Brüste hinab bis zum Bauchnabel. Dann malte er vom Schlüsselbein aus eine weitere Linie, diesmal wellenförmig, übers Herz bis zum Rippenbogen. Und auf der anderen Seite noch einmal.

Er malt ein Zeichen. Sie versuchte, es sich vorzustellen, aber es gelang ihr nicht. Es war verdammt komplex – hier ein Strich, da eine Verbindung, dort ein Kringel. Zuletzt berührte er sie an den Schultern und fuhr mit gespreizten Fingern bis zu ihrem Hals, wo er begonnen hatte.

Er sank zurück auf die Fersen.

Nichts geschah. Kein Flackern von Licht, kein Knistern, nichts.

»Und?«, fragte Henning. »Sollte was passieren?«

»Es passiert.« Nochmals beugte sich Nante zu ihr herab – »Jetzt!« – und drückte ihr die flache Hand, die von der Paste dunkelrot verschmiert war, auf die Stirn. Damit vollendete er das Zeichen. Und was für eines!

Mit der Berührung explodierte der Schmerz hinter Leynas Stirn.

Sie sah nur noch gleißendes Purpur, Flackern und Funkeln und Leuchten und Blitzen. Sie hörte sich schreien, spürte, wie ihre ausgetrockneten Lippen aufplatzten und schmeckte Blut.

Dann begann der Sog in ihrer Brust, drängte ihren Rachen empor bis zwischen die Augen. Wieder schrie sie, und zwischen zwei gleißenden Eruptionen sah sie die beiden Brüder im tanzenden Schein magischen Lichts und glaubte zu erkennen, dass Rauch vor ihr emporstieg.

Und sie dachte: *Wo Rauch ist, ist auch Feuer. Ich brenne!*

Genau so fühlte es sich an. Zwischen ihren Augen brannte ein Feuer, das sie restlos verzehrte.

Aber ich wollte doch nicht auf den Scheiterhaufen! Furcht brodelte in ihrer Brust, aber bevor sie zur Panik heranwuchs, sah Leyna nochmals blaue Augen und glitt in die erlösende Ohnmacht.

Das gleißende Licht endete in dem Moment, als die Schwester schlaff wurde und die Pupillen verdrehte. Dunkelheit kehrte in die Zelle zurück.

Nante taumelte rückwärts, fing sich, sank in die Hocke und musste sich mit einer Hand am Boden abstützen. Sein Atem ging schwer. Sein Haar hing ihm ins Gesicht.

»Nettes Zeug«, stieß er hervor und betrachtete seine von der Paste blutrote Hand.

Henning starrte seinen Bruder an. »Verrätst du mir, was du gerade getan hast?« Sein Blick streifte die halbnackte Schwester mit der Bemalung. Die Linien und Kreise erinnerten ihn an ein abstraktes Fabelwesen – einen Vogel oder etwas Ähnliches.

»Ihr den Schmerz genommen.«

»Aha ... das hättest du mal mit meiner Schulter machen können.«

»Klar, weil du es so nötig wie sie hattest.«

»Seit wann so nächstenlieb?«

»Seit du es mit armen Schwestern hast.«

Henning pfiff durch die Zähne, stemmte sich hoch, sah auf seinen Bruder herab. »Weil sie nichts Unrechtes getan haben!« Woher das plötzliche Gefühl kam, sich rechtfertigen zu müssen, wusste er nicht. »Wenn man uns so in Ketten legt, gut, wir sind Fratera, der Bodensatz der Gesellschaft, aber sie ... bei der Wächterin, was schaust du so?«

Nante lächelte süffisant, während er sich ächzend auf den Boden ins Stroh sinken ließ. »Sie können nichts für ihre Gabe, das wolltest du sagen.«

»Genau! Scheiße! Seit wann kannst du meine Gedanken lesen?«

»Seit sie dir auf der Stirn stehen wie auf einem Banner.« Nante lehnte sich gegen die Wand und schloss die Augen.

»Und was wird das jetzt? Ein Nickerchen?«

»Gut beobachtet, Falke aller Falken. Ich nutze die Zeit, solange sie sich erholt.«

»Du willst warten, bis sie aufwacht?«

»Ein paar Stunden mehr oder weniger spielen doch keine Rolle. Thevs wird schon auf uns warten.«

»Thevs vielleicht, aber darf ich dich daran erinnern, dass wir wegen deines Auftritts in der Barharba das Edulog verloren haben? Unser Auftrag ist noch nicht beendet! Und wenn wir nur ein Quäntchen Glück haben, hat der Kerkermeister das Edulog noch in seiner Kammer und nicht dem Baron übergeben. Genauso wie unsere Marken.«

»Doch, hat er.« Nante öffnete wieder die Augen und sah zur Decke empor, als könne er die Sterne sehen. »Genau in dem Moment starrt Luc Lazards es an.«

Und Henning seinen Bruder. »Scheiße!«, entfuhr es ihm. »Und jetzt?«

»Tigerst du auf und ab und schmiedest Pläne, während ich eine Runde penne.« Nante strich sich die Haare aus dem Gesicht und schloss abermals die Augen.

»Das ist nicht dein Ernst!«

»Doch. Und dann verschwinden wir drei. Du hast nämlich recht. Das Schloss hält uns nicht lange auf.«

»Wir *drei?*«

Nante seufzte und ließ den Kopf auf die Brust sinken.

Kapitel 24

Königtum Westend, La Harb, Kerker

Leyna schreckte aus dem Nichts empor und rang nach Atem. Ihre Lunge brannte, als wäre sie zu lange getaucht. Keinen Herzschlag länger hätte sie es ausgehalten, sie hätte die Dunkelheit eingesaugt und wäre daran erstickt. Keuchend setzte sie sich auf und sog feuchte Kerkerluft in ihre Lunge, ganz tief, ganz tief, dann bemerkte sie die zwei Gestalten im Fackelschein, die neben ihr an der Wand lehnten. Der Kerl mit Mittelscheitel blickte zu ihr; der andere schien eingenickt zu sein; sein Kinn war ihm auf die Brust gesunken.

Leyna japste abermals nach Luft, als ihr alles einfiel: das Lösen der Ketten, die Schmerzen, die leuchtend blauen Augen, ihre Paste, das Zeichen auf ihrer Brust mit der Hand auf ihrer Stirn, der Rauch, *der Rauch*! Ihr Blick glitt an ihr herab, doch war ihr Kleid so verschnürt, wie es sich gehörte, und nirgendwo verbrannt. Für einen Moment glaubte sie, alles geträumt zu haben, aber als sie den Kragen des Kleids lupfte, kamen die aufgemalten Streifen zum Vorschein. Schwarz war die Paste geworden, verkohlt. Mit dem Finger rieb sie darüber, und die Reste der Farbe bröckelten ab. Darunter war ihre Haut rosig. Was war passiert? Und wo waren die Schmerzen … sie … sie waren nur noch eine Erinnerung, ein Schatten.

Obwohl sich ihr Atem noch nicht ganz beruhigt hatte, rappelte sie sich zum Sitzen auf. »Was … was hat er getan?

Was war das für ein Zeichen? Wer seid ihr?« Die Worte kamen nicht mehr als Krächzen, auch wenn sich ihre Stimme rau und kratzig anhörte.

Der Mittelscheitel hatte einen Arm auf den Boden gestützt, vermutlich um jederzeit aufspringen zu können. »Ersteres musst du meinen Bruder fragen, ich hab ehrlich gesagt keine Ahnung, was das war, und Letzteres ist schnell beantwortet: Wir sind Fratera.«

Ihre Augen wurden weit. »Diebe!« Die Erinnerung an den Kerkermeister blitzte auf. Irgendetwas in der Art hatte er gesagt, als er die zwei in die Zelle gestoßen hatte.

Der Mittelscheitel verdrehte die Augen. »Nein, Schmuggler! Ein kleiner, aber entscheidender Unterschied.« Er stand auf. »Ich heiße übrigens Henning, und mein Bruder ist Nante. Und du?« Neben ihr sank er in die Hocke und streckte ihr die Hand zum Gruß entgegen. Leyna blickte sie nur an, was ihn die Lippen schürzen ließ. »Tut mir leid wegen den entblößten Brüsten, aber offensichtlich war das für den Zauber nötig. Und der scheint funktioniert zu haben. Du weilst wieder unter den Lebenden. Wie fühlst du dich? Nante meinte, er hätte dir … die Schmerzen genommen.«

»Ja, das stimmt.« *Wovon ich nicht mal im Traum dachte, dass es möglich wäre.* Leyna ignorierte die dargebotene Hand, ließ die Schultern kreisen und stand schließlich auf. Ihre Beine gaben nicht mehr unter ihr nach, auch wenn sie sich noch nicht ganz wie ihre Beine anfühlten.

Er ließ die Hand sinken. Seine Stimme klang distanzierter, als er sagte: »Erstaunlich. Ich hätte es nicht für möglich gehalten.«

»Was?«

»Dass du aus eigener Kraft stehen kannst. Vor drei oder vier Glockenschlägen hast du noch die Hand der Wächterin gehalten.«

Leyna schluckte. »Ich weiß.« Sie konnte es auch nicht glauben. Probehalber lief sie ein paar Schritte im Kreis, um den Schmuggler schließlich wieder anzublicken. »Danke.«

Er lächelte dünn. »Gern geschehen.« Er wollte sich an seinen Bruder wenden, vermutlich um ihn zu wecken, überlegte es sich aber anders und musterte sie abermals. »Du hast mir immer noch nicht deinen Namen verraten. Ich wüsste schon gern, wem wir da das Leben gerettet haben – natürlich nur, um irgendwann eine angebrachte Gegenleistung einzufordern.«

Wie er es sagte, ließ sie lächeln. »Ein Gauner durch und durch, was? Immer auf den eigenen Vorteil bedacht.«

»Klar, so wie jeder Geschäftsmann.« Er zwinkerte und hielt ihr zum zweiten Mal die Hand entgegen.

Diesmal schlug sie ein. »Ich heiße Leyna.«

Das ließ ihn die Stirn runzeln. »Die Tochter des Fischers Henry?«

Überrascht wollte sie zurückweichen, doch er hielt sie im Handschlag gefangen.

»Wo-woher kennst du meinen Vater?«

»Ich gar nicht, aber mein Onkel. Wir suchen nach Henry. Und nach Karrol. Den kennst du als Schwester sicher auch.«

Leynas Herzschlag beschleunigte sich. Was hatte ihr Vater mit Fratera zu tun? Und was Karrol? Immer noch hielt er sie fest, und plötzlich war die Berührung unangenehm. Sie entwand ihre Hand seinen Fingern.

»Ich wüsste nicht, was mein Vater mit Euresgleichen zu tun hat«, sagte sie kühl. »Er tut nichts Unrechtes. Ihr müsst jemand anderen meinen.«

»Ach ja? Mein Onkel sagte, in La Harb gäbe es nur einen Fischer namens Henry.«

Das stimmte. Leyna schwieg, und er begriff.

»Also wirklich seine Tochter. Wo ist er? Er hat uns vor Kurzem mit einer Lieferung geholfen. Er und ein Junge. Er war zuverlässig. Ein netter Mann, sagte mein Onkel. Wir bräuchten abermals seine Dienste.«

Leyna schloss die Augen. Die mysteriöse Sonderfahrt mit Marci, bei der er befallen worden war. Fratera. Das konnte doch nicht sein!

»Ich weiß nicht, wo er ist«, log sie. »Und selbst wenn ich es wüsste, würde ich es euch nicht verraten.«

»Weil dir nicht gefällt, dass er mit Fratera arbeitet?«

»Ja, ganz genau! Das gefällt mir nicht. Und das glaub ich auch nicht!«

Zu ihrer Überraschung lachte er. »Einer, die im Kerker schmort, gefällt nicht, dass der Vater ein paar Münzen zusätzlich verdient. Herrlich!«

Leyna stemmte die Hände in die Hüften. »Tut er auch nicht! Wir sind rechtschaffene Leute. Ich hab mein Leben dem Heilen und Helfen gewidmet, ihr hingegen dem ... dem Verbrechen!«

»Und was macht das für einen Unterschied? Wir sitzen beide hier in ein und derselben Zelle, und du hast vorhin noch in Ketten gehangen. Irgendwas hast du also auch verbrochen. Hast du jemanden versteckt? Einen Befallenen?« Sein Gesicht wurde ernst, seine Stimme weich. »Deinen Vater, nicht?«

Leyna schwieg.

»Verstehe. Dann wird uns Henry wohl nicht helfen. Und du ihm nicht.«

Und ich ihm nicht. Wie viele Tage war sie bereits im Kerker? Unvermittelt schossen Leyna Tränen in die Augen, weswegen sie sich abwandte. Sie spürte, wie er hinter sie trat, aber er fasste sie nicht an.

»Keine Sorge, bald spazieren wir hier raus«, sagte er leise, »dann kannst du ihm helfen.«

Sie wandte sich um, sein Gesicht hinter Tränenschlieren verschleiert. »Und wie bitte sollen wir hier *rausspazieren*, Schlauberger? Wir sitzen im *Kerker*, wie du schön festgestellt hast.«

»Jo, das tun wir, aber Nante und ich haben noch nie lang in einer Zelle gesessen und werden es diesmal auch nicht. Wir nehmen dich mit raus, außer du willst natürlich hierbleiben und auf einen fairen Prozess hoffen.«

Sie schnaubte und wischte sich die Tränen von den Wangen. »Auf den kann ich bei Simeone lange warten. Was wollt ihr als angebrachte Gegenleistung?«

Ein Lächeln huschte über sein Gesicht. »Karrol. Wir müssen mit ihm reden. Dringend.«

»Weshalb? Was hat die Gilde mit Fratera zu tun?«

»So wie du Fratera aussprichst, klingt es wie Abschaum.«

Sie ließ sich nicht beirren. *»Was?«*

Er zuckte mit den Achseln. »Wir sollen nur Karrol etwas überbringen. Leider hat uns der Kerkermeister genau das bei der Festnahme abgenommen. Scheint, als müssten wir noch länger in dieser schönen Stadt bleiben, bis wir es wieder aufgetrieben haben.«

»Und was war das?«

»Hat dir schon mal jemand gesagt, dass du neugierig bist?«

»Durchaus. Also, was sollt ihr Karrol übergeben?«

Er trat näher heran. »Manche Antworten sind gefährlich.«

Sie wich nicht zurück. »Ich will nur wissen, worauf ich mich einlasse.«

»Erst mal auf die Freiheit. Und unsere Gesellschaft. Ich denke, beides ist erträglicher als die Ketten hier.«

Das mit Sicherheit. Außerdem musste Leyna wissen, was dieser Nante mit ihr angestellt hatte. Das Zeichen, diese Macht, diese Wirkung! Ihr Blick streifte den Dösenden, dann glitt er wieder zu Henning. »Abgemacht. Ich helfe euch, Karrol zu finden. Aber nur unter zwei Bedingungen.«

Neugierig musterte er sie. »Du bist ganz schön selbstbewusst.«

»Für eine Frau? Willst du das sagen?«

»Nein. Nur die wenigsten würden aber in deiner Situation Forderungen stellen.«

»Dann gehöre ich wohl zur Minderheit.« Sie hielt seinem Blick stand. »Also: Ich helfe euch mit Karrol, aber nur, wenn wir alle Gefangenen rausholen. Und wenn mir dein Bruder verrät, was er da mit mir getan hat.«

Die Worte standen zwischen ihnen, und Leyna wusste nicht, wie er darauf reagieren würde, bis er nickte. »Ersteres lässt sich einrichten. Das ist wohl auch nur fair. Der Kerker wird voll sein mit Unschuldigen.«

»Mit Ausnahme von euch beiden wahrscheinlich.«

Lachfältchen zeigten sich um seine Augen. »Ja, wahrscheinlich.« Dann wurde er wieder ernst. »Dir ist schon klar, dass bei einer solchen Aktion Menschen sterben können? Unschuldige.«

Ja, das war Leyna klar. Der Gedanke verursachte ihr Magenschmerzen, aber wenn sie sich den Kerkermeister vorstellte, sein feistes Gesicht, die grässlich fiesen Schweinsäuglein, die vor Schreck geweitet waren, weil diesmal er es war, dem es an den Kragen ging, verschwand die Übelkeit. Ihr war noch gut in Erinnerung, wie sie ihn an seinen Eiern festschnallen und unter die Decke hatte ziehen wollen.

Sie nickte, weil ihr Mund plötzlich ganz trocken war. »Und Zweiteres?«

»Kann ich dir nicht versprechen.«

»Warum?« Sie musste wissen, was dieser Nante getan hatte! Wenn sie solche Fähigkeiten besäße, könnte sie wirklich Leben retten. Vielleicht sogar Befallenen helfen.

Mit gesenkter Stimme antwortete er: »Weil mein Bruder selbst nicht immer weiß, was er da so tut.«

»Ach, ist das so?«

Beide fuhren herum. Nante hatte den Kopf gehoben und beobachtete sie unter seinen wirren Haaren hervor.

»Na ja«, sagte Henning. »Ich glaub schon.«

Nante kam auf die Beine, klopfte sich Stroh von der Hose. »Damit könntest du ausnahmsweise recht haben.« Er fokussierte Leyna, der bei seinen blauen Augen ein Schauer den Rücken herablief, allerdings kein wohliger – diese Augen machten ihr plötzlich Angst.

Er sagte zu ihr: »Ich werde dir alles erzählen, was ich weiß. Und jetzt kommt! Wir verschwinden, oder wollt ihr noch länger hier rumturteln?« Er hob ein Bein, fingerte an seinem Stiefel herum, zog wie sein Bruder zuvor ein Stück Draht hervor und machte sich am Schloss zu schaffen.

Die Tür sprang auf, bevor Leyna und Henning zu ihm getreten waren.

»Es geht so leicht?« Leyna war fassungslos. Wie oft hatte sie schon an diesen Gittern gerüttelt, und da kam ein Schmuggler daher und öffnete sie in einem Atemzug.

»Wenn man damit aufgewachsen ist.« Galant hielt Henning ihr die Tür auf, während Nante den Draht zurück in den Stiefel steckte.

»Ich hätte meinen Dolch gern wieder«, sagte Nante zu seinem Bruder, während er sich als Letzter in dem von Fackelschein erhellten Gang umsah.

»Den wird vermutlich der Kerkermeister eingesteckt haben, und dem wollte ich wegen seinem Schlüsselbund sowieso einen Besuch abstatten.«

Nante hob beide Augenbrauen. »Ihr wollt die Leute rausholen?«

»Ist doch 'ne erstklassige Ablenkung, um sich aus dem Staub zu machen.«

Ein Nicken und ein Blick den Gang hinab. »Dort entlang.« Nante lief los.

Leyna wollte ihm folgen, doch Henning hielt sie zurück. »Halte dich bitte im Hintergrund, bis wir draußen sind. Nante und ich sind eingespielt, wir nicht.« Sein Atem roch nach Rosmarin und Knoblauch, und auch wenn er es als Bitte formuliert hatte, war ihr klar, dass er keine Widerrede dulden würde.

»In Ordnung.«

Sie verließen den Zellenbereich, in dessen vorderem Teil die Gemeinschaftszelle lag, in der Leyna zuvor untergebracht gewesen war. Die weiter hinten liegenden waren nur schwarze Löcher, und nie hatte sie den Kerkermeister dorthin gehen sehen. Sie erschauerte bei dem Gedanken, dass sie höchstwahrscheinlich hier gestorben wäre, wenn die beiden nicht wegen der Faulheit des Kerkermeisters bei ihr in der Zelle gelandet wären.

Sie erreichten das Ende des Gangs. Links zweigte ein Flur zu den Gemeinschaftszellen ab, rechts zum Reich des Kerkermeisters. Es war still, fast gespenstisch. Einzig die Fackeln an den Wänden knisterten und knackten.

Leyna deutete verstohlen nach rechts, woraufhin Nante wissend nickte.

Es waren keine zwanzig Schritte bis zur Tür, hinter der das Grauen stattfand. Leynas Herz pochte heftig, als sie beobachtete, wie sich zuvorderst Nante an die Tür schob, dicht gefolgt von seinem Bruder. Sie bewegten sich lautlos wie Geister. Dann ein kurzer Blick, ein Schwenk und beide drangen in die Kammer ein.

Leyna hielt den Atem an, aber es blieb still, also folgte sie den beiden. Die Folterkammer war verlassen. Nur die Kerze auf dem Pult des Schreibers erhellte die Gerätschaften und Instrumente, die Flaschenzüge hingen wie schemenhafte Netze riesenhafter Spinnen vom Gewölbe. Ein gespickter Hase warf lange, stachelige Schatten.

»Ausgeflogen«, wisperte Henning. Er huschte aus der Kammer, nur um mit einer rußenden Fackel zurückzukehren. In deren Licht schälte sich mehr Grauen aus dem Schatten, und Leyna starrte lange auf die Streckbank und die Winde, während die Brüder die Kammer durchsuchten.

»Ah.« Nante grinste und zog einen Dolch mit fahlem Griff aus einer Kiste. »Hab ich dich wieder.« Das Messer fand den Weg an seinen Gürtel. »Und hier deiner.« Der zweite Dolch flog durch die Kammer, und Henning fing ihn geschickt auf. »Willst du auch einen?« Nante hielt Leyna einen dritten Dolch entgegen, mit dem Griff voran.

Sie nahm ihn mit zittrigen Fingern. »Kann wohl nicht schaden, oder?«

»Nie.«

Henning drehte sich derweil einmal um die eigene Achse. »Fehlt nur noch der Schlüsselbund. Und unsere Lieferung.«

»Die ist nicht hier, aber der schon.«

Etwas klimperte, und Henning leuchtete mit der Fackel in die Richtung seines Bruders. Der zog aus dem Pult des Schreibers einen Schlüsselbund hervor. Mindestens drei Dutzend Schlüssel glänzten im Fackelschein.

Henning grinste. »Das Glück ist mit den Tüchtigen. Dann lasst uns mal schauen, dass wir ein paar Leute an die frische Luft bekommen.«

Sie verließen die Folterkammer, und als sie die nächste Abzweigung erreichten, an der es links zu den Gemeinschaftszellen und rechts in den Treppenschacht ging, und sich die Brüder nach links wandten, hielt Leyna Henning zurück. »Es gibt noch eine zweite Zellenebene weiter unten. Dort könnten auch Gefangene sitzen.«

»Die ganz besonderen.« Er blickte durch den gemauerten Torbogen die dunklen Stufen hinab. »Dann gehen wir erst runter und prüfen dort die Zellen. Nante? Stehst du Wache?«

»Klar.« Nante positionierte sich im Schatten des Treppenhauses, während Leyna und Henning die ausgetretenen Stufen hinabstiegen. Ihre Schatten eilten ihnen voraus.

Im zweiten Untergeschoss fanden sie nichts als Dunkelheit. Die Luft war kalt und schwer, uringeschwängert und so dick, dass Leyna glaubte, sie mit dem Dolch schneiden zu können. Es gab nur einen einzigen Flur, von dem links und rechts ein paar massive Holztüren mit vergittertem Sichtfernster abzweigten. In Wasserpfützen spiegelten sich die groben Steinwände.

Auch hier herrschte Stille. Grabesstille.

Henning trat an die erste Tür heran, schob den Riegel der Klappe zur Seite, hob die Fackel und spähte in die Dunkelheit dahinter. »Niemand.«

An der nächsten Tür wiederholte er die Prozedur, schüttelte nur den Kopf und ging weiter.

Da hörten sie die Stimme: »Hallo? Ist da jemand?« Sie wehte gedämpft aus einer der hinteren Zellen.

Schnell waren sie an der Tür, der Riegel glitt zur Seite, und zusammen spähten sie hinein.

Leyna traute ihren Augen kaum. Sie kannte den Mann, der in der winzigen Zelle in einer Ecke kauerte. Er trug schlichte Kleidung in Schwarz und Weiß. Das Licht der Fackel glänzte auf seiner Glatze.

Stadtvater Molten stemmte sich hoch und blinzelte ins Licht. »Keine Einbildung!« Er lachte heiser, brach in Tränen aus und taumelte zur Tür. »Ihr seid keine Einbildung!«

Henning probierte bereits die Schlüssel, schob einen nach dem anderen in das massige Schloss, doch keiner wollte passen.

Leynas Blick hing an dem Gesicht des Stadtvaters. Wie ein Geist schwebte es zur Klappe, Tränen auf den Wangen, den Mund zu einem Grinsen verzerrt, die Nase seltsam schief, als wäre sie gebrochen worden. »Was… was tut Ihr hier?« Der Stadtvater im Kerker. Das ergab keinen Sinn. Überhaupt keinen.

Er rieb sich mit den Händen über die Augen, als könne er ihren Anblick immer noch nicht fassen. »Tatsächlich Menschen.« Ein irrer Glanz verschleierte seinen Blick.

»Der hat einen von der Dunkelheit abgekriegt.« Henning schob den nächsten Schlüssel ins Schloss, und diesmal schien er zu passen.

Leyna schluckte, sah abermals durch die Klappe auf das irre Grinsen des Stadtvaters, dann wieder auf das Schloss. Während Henning mit gerümpfter Nase den Schlüssel gegen einen Widerstand zu drehen versuchte und der Stadtvater wirres Zeug brabbelte, kamen ihre Gedanken in Schwung. Warum hatte man den Stadtvater in Isolationshaft gesperrt? Den Stadtvater! Er stand an oberster Stelle zusammen mit dem Rat. Er hatte die Exekution der Befallenen angeordnet, er befahl, wie die Richter vorzugehen hatten. Die Richter. Simeone…

Sie legte Henning die Hand auf den Unterarm. »Lass.«

Er musterte sie erstaunt. »Erst sollen wir alle rausholen und dann…«

»Er ist für all das verantwortlich.«

»Was bin ich?« Der Stadtvater riss die Augen weit auf. »Nein! Neinneinnein! Ich bin für gar nichts…«

»Wer ist er?«, wollte Henning wissen.

»Der Stadtvater.«

Das ließ Henning den Gefangenen erneut mustern. »Dann nehmen wir ihn auf jeden Fall mit! Sein Wissen kann uns nützlich sein.« Abermals drehte er am Schlüssel, diesmal knackte es laut, und die Tür schwang auf.

Der Stadtvater taumelte schwer schnaufend heraus und fiel Henning um den Hals. »Danke! Danke! Das werde ich Euch nie vergessen! Helena! Helena!« Er wollte losrennen, doch Henning hielt ihn grob zurück.

»Ganz ruhig, Alter! Wir sind hier noch nicht fertig. Und wer ist Helena?«

»Meine Tochter! Sie trägt die Gabe in sich. Ich muss …« Panik schien den Mann zu überkommen, denn er riss die Augen weit auf. »Ich muss zu ihr, sonst …«

Hennings Schlag kam aus dem Nichts und traf den Mann am Hals. Geräuschlos sackte der in sich zusammen, und Henning fing ihn auf. »Kontrollierst du die restlichen Zellen?«, sagte er ächzend, während er sich den Stadtvater über die Schulter hievte. »Ich trag den Brocken schon mal hoch.«

Leyna war perplex von der Effizienz des Schmugglers, nickte und machte sich an die Arbeit. Es saß niemand sonst im untersten Stockwerk ein.

Oben traf sie wieder auf die Brüder. Nante fesselte gerade den bewusstlosen Stadtvater mit einem Stofffetzen, den er aus dessen schwarzer Robe gerissen hatte, und Henning lief den Flur zu den Gemeinschaftszellen entlang. Leyna schloss bei der ersten Zelle zu ihm auf.

Neun blasse Gesichter starrten voller Furcht zu ihnen heraus. Frauen und Männer aller Altersklassen und Schichten. Niemand von ihnen wusste, was sie von ihr und Henning halten sollten.

»Schwester!« Aus der zweiten Zelle drang Kudruns Stimme. »Beim Paar. Du lebst! Das glaub ich nicht! Wir haben die Schreie gehört. Deine Schreie.« Sie drückte sich gegen das Gitter und winkte mit den Armen nach ihr.

Leyna drückte ihr die Hand. »Schön, dich zu sehen. Und dich auch, Irmgard.« Auch die anderen waren noch da; Anselm, Brid, Theodor, Georig und Adelheid. Nur einer fehlte: Pete. Seine Abwesenheit war ein Stich.

»Holt ihr uns raus?«, fragte Irmgard voller Hoffnung. Sie hatte einiges von ihrer rundlichen Gestalt eingebüßt, ihre Wagen hingen so schlaff herab wie die Locken.

»Ja.«

»Aber ihr müsst leise sein!«, fügte Henning entschieden hinzu. »Alle! Und keiner steigt die beschissenen Treppen hoch, bevor nicht alle bereit sind! Hat das jeder verstanden?«

»Klar.« Kudrun. »Wir sollen in einem Pulk ausbrechen.«

Henning lächelte ohne Freude. »Gute Frau!« Dann suchte er den passenden Schlüssel, während sich die Neuigkeit wie ein Lauffeuer von Zelle zu Zelle ausbreitete. Jemand begann zu weinen.

Leyna pochte das Herz in der Brust, weil der Geräuschpegel immer lauter wurde. Immer mehr blasse Hände umschlangen die Gitterstäbe, immer mehr Gesichter lugten zu ihnen, immer mehr Fragen wurden gestellt, wer da kam, wer sie da befreite. Leyna konnte nur immer wieder den gestreckten Zeigefinger an die Lippen heben und fragte sich dabei, warum ihr Ausbruch nicht auffiel. Wo waren die Wachen und der Kerkermeister?

Endlich sprang die erste Zellentür auf, und Kudrun drängte zuvorderst heraus. Sie klopfte Leyna auf die Schulter und nickte Henning respektvoll zu. »Guter Mann! Wenn ihr einen Unterschlupf braucht, dann kommt zu Eccos Kontor auf der zweiten Terrasse, unterhalb der Galgenmauer.« Ohne weitere Erklärungen eilte sie zur nächsten Zelle weiter, um dort für Ruhe zu sorgen.

Irmgard schob sich aus der Zelle und drückte Leyna herzlich an sich. »Schön, dich zu sehen.« Die Frau schluchzte, schniefte, schluckte. »Pete ist friedlich eingeschlafen, wie er es wollte.«

Leyna konnte nur nicken. Sie drückte noch weitere Hände, und schon ging es zur nächsten Zelle. In kürzester Zeit hatten sie alle Türen geöffnet, und mindestens siebzig oder achtzig Personen drängten sich in dem schmalen Gang zwischen den Gittern zusammen.

Henning schob sich zwischen ihnen hindurch an die Spitze und hob beide Arme, um für Aufmerksamkeit zu sorgen. Er sah aus wie der geborene Anführer, und entsprechend wurde es umgehend still.

»Alle bereit? Es läuft wie folgt: Wir steigen die Treppe hoch und nehmen den direkten Weg auf den Marktplatz, wo jeder seines Weges geht. Ganz einfach. Alle verschwinden, niemand wird zurückgelassen.«

»Und was machen wir, wenn man uns aufhalten will?«, fragte jemand.

»Man wird uns nicht aufhalten«, sagte Kudrun und schob sich ebenfalls an die Spitze der Truppe. »Sollen sie es nur versuchen. Von mir gibt's keine Gnade.«

»So is recht!«, rief ein Kerl. »Von mir auch nicht! Keine Gnade für das Stadtratspack! Keine Gnade!«

Die Worte wurden von anderen aufgenommen. »Ja! Keine Gnade! Keine Gnade! Keine Gnade!«

Leyna wusste sofort, dass es aus dem Ruder lief. Die aufgestauten Ängste, die ständige Ungewissheit, die Furcht vor dem Kerkermeister und seinen Männern, das alles entlud sich in diesem Augenblick. Sie suchte Hennings Blick, und er wusste das auch. Er deutete Richtung Treppe, sagte etwas, das sie im Lärm des Mobs nicht verstand, und wurde von den Befreiten weitergedrängt. Am Fuß der Treppe wartete

Nante. Bei ihm standen zwei Kisten voller Folterutensilien, die er offenbar in der Zwischenzeit aus der Kammer geholt hatte. Daneben lag der ohnmächtige Stadtvater, einen Sack über dem Kopf, damit man ihn nicht erkannte.

»Sie erwarten uns oben«, sagte er gelassen.

»Na hoffentlich!« Kudrun zog einen blutverkrusteten Hammer aus einer Kiste und reckte ihn in die Höhe. Dabei schrie sie: »Und wir werden kommen und sie niedermachen. Ohne Gnade!«

»Ja! JAAA!«, schrien die Versammelten. »Ohne Gnade! Keine Gnade! *Ohne Gnade! Keine Gnade!* OHNE GNADE! KEINE GNADE!« Jeder schnappte sich irgendetwas aus einer der Kisten, bevor es im Sturmschritt die Treppe hinaufging.

Leyna wollte zur Seite ausweichen, um sich nach Henning umzusehen, aber sie wurde einfach mitgerissen.

Kapitel 25

Königtum Westend, La Harb, Kerker

Hennings erster Blick galt seinem Bruder, der mit dem Stadtvater über der Schulter zurechtzukommen schien, sein zweiter galt Leyna.

Die Meute trieb sie weg von ihm, an den gegenüberliegenden Rand der Treppe. Sie sah sich hilfesuchend um, überrascht von dem, was passierte, und irgendwie unschlüssig, was sie tun sollte. Als sich ihre Blicke kreuzten, wurde Henning weitergestoßen. Er musste aufpassen, auf den ausgetretenen Stufen nicht zu stürzen, und hastete weiter. Als er sich erneut nach ihr umsah, entdeckte er sie nirgends mehr, dafür die Reihe grimmiger Wachen am Ende der Treppe. Im Fackelschein schimmerten Spitzen, Schneiden und Haken der Hellebarden.

»Auf sie!«, brüllte die Irre mit dem Hammer und stürzte vorwärts. »Keine Gnade!«

»Keine Gnade! Ohne Gnade! Keine Gnade!«

Henning konnte noch seinen Dolch ziehen, dann war er auch schon in den Kampf verwickelt. Er wich einem Hellebardenstich aus und trat den Schaft zu Boden, bevor ihm der Haken beim Zurückreißen den Hals oder den Rücken aufschlitzen konnte. Sein Tritt war so gut, dass die Wache die Stichwaffe unfreiwillig losließ, fluchte und ihr Kurzschwert ziehen wollte, doch eine andere Wache taumelte gegen sie und brachte sie aus dem Gleichgewicht. Henning trieb dem Soldaten sofort die Faust aufs Kinn und griff seinerseits nach dessen Kurzschwert. Es sprang ihm in die Finger und das keinen Moment zu früh: Das Schwert des Kompagnons sauste in einem Bogen auf ihn zu, und er parierte den Schlag mit dem Heft. Funken stoben auf. Der Stahl sang.

Henning stellte sich auf einen Tanz ein, doch der Angreifer ging zu ungestüm vor. Er wollte sofort nachsetzen, legte dadurch zu wenig Kraft in den nächsten Schlag, und Henning konnte den Streich ohne Probleme beiseitewischen und seinerseits mit dem Dolch zustoßen. Er erwischte den Kerl am Hals, und Blut spritzte in die Menge. Mit einem Tritt gegen das Knie schickte er den Mann zu Boden, stieß ihm den Absatz gegen den Kehlkopf und stieg über ihn hinweg.

Der Kampf verlagerte sich vom Treppenabsatz in die dahinterliegende Halle; die Wachen wurden trotz ihrer Hellebarden zurückgedrängt, bis sich ihre Formation auflöste. Jeder kämpfte für sich mit Fliehenden. Und die verkauften sich teuer. Sie schwangen Dolche und Zangen und Hämmer, einer prügelte mit einem gespickten Hasen auf eine Wache ein, und eine andere ließ eine Peitsche knallen, die einem Verteidiger das Gesicht zerfetzte. Zwei weitere rangen am Boden miteinander, während ein dritter von hinten kam und der Wache ein Kurzschwert zwischen die Rippen trieb.

Wo war Nante? Und wo Leyna?

Sein Instinkt flackerte auf, und Henning warf sich nach rechts, als der Morgenstern von links herangesaust kam. Die Kugel verfehlte seinen Kopf, ein Dorn streifte allerdings seine Wange und hinterließ eine brennende Spur. Er keuchte, tauchte unter dem nächsten Hieb hinweg und brachte mit dem Schwert Abstand zwischen sich und den

Angreifer. Es war keine Wache, sondern ein Soldat des Barons in leicht gepanzerter Rüstung. Eine Patrouille wahrscheinlich, die vom Lärm angelockt worden war.

»Friss Eisen!«, zischte der Kerl. Der Morgenstern verwandelte sich in einen brutalen schwarzen Schatten. Henning konnte nur ausweichen, mal nach links, mal nach rechts, mal zur Seite. Ohne Schild konnte er den Morgenstern nicht abwehren, und die mit Dornen gespickte Eisenkugel würde ihm sofort das Schwert aus den Händen schlagen.

»Unterstützung!«, rief er in der Hoffnung, dass ihn jemand hörte. Sein Atem ging rasselnd. Die Schläge des Morgensterns kamen in rasender Abfolge.

Als Henning über eine Leiche stolperte, stieß der Angreifer ein triumphierendes Geheul aus und schwang den Morgenstern mit aller Kraft – in dem Moment warf ihm eine Frau mit Locken den gesplitterten Schaft einer Hellebarde zwischen dic Beine. Die Dornenkugel sauste an Henning vorbei und grub sich in den Toten. Der Angreifer selbst stürzte hinterher.

Henning wälzte sich sofort rittlings auf ihn, um ihn an den verschwitzten Haaren zu packen. Dann rammte er dessen Gesicht in den Steinboden, und noch mal und noch mal. »Friss dein Eisen selbst!«, knurrte er und wuchtete den Kopf ein letztes Mal hinab. Blutspritzer verteilten sich in alle Richtungen.

Jemand berührte ihn da an der Schulter, und Henning fuhr herum.

Es war seine Retterin, die rundlichere Frau mit den Locken, die Leyna umarmt hatte. Gehetzt zeigte sie mit blutbefleckten Fingern in den hinteren Teil der Halle. Henning folgte ihrer Geste.

Keine dreißig Fuß entfernt rang Leyna mit einem Soldaten. Er hatte sie von hinten gepackt, hielt ihre Hand mit dem Dolch fest am Gelenk umklammert und zerrte sie mit sich in einen Flur, während sie ihre Zähne in seinen Handrücken grub und versuchte, ihm gegen die Schienbeine zu treten.

Henning war schon auf den Beinen, mit seinem Dolch und dem Morgenstern, setzte über den Toten neben sich hinweg, und über noch einen, und erreichte die Ringenden. Die Eisenkugel donnerte er dem Kerl kurzerhand gegen den Schädel, was den die Augen aufreißen und Leyna loslassen ließ. Darauf schien sie gewartet zu haben; sie wirbelte brüllend herum und stieß mit dem Dolch immer wieder zwischen die Bänder der leichten Rüstung. Der Kerl glitt kurz darauf leblos zu Boden.

Leyna schien das nicht zu interessieren. Sie sprang auf den Toten und stach weiter auf ihn ein, bis Henning sie am Handgelenk packte und zu sich herumzerrte. Er sah den Blutrausch in ihren Augen. »Er ist tot, verdammt! Hörst du mich! Es ist vorbei!«

Leyna bebte, atmete wie ein Tier, starrte ihn an, aber seine Worte drangen zu ihr durch. Sie schluckte und strich sich mit einer fahrigen Bewegung Haare aus dem Gesicht. Blut sprenkelte es wie Sommersprossen.

Er zog sie fort von dem Toten Richtung Ausgang. »Komm! Wir müssen endlich raus hier. Bald wird Verstärkung eintreffen.« Er sah sich nach seinem Bruder um und entdeckte den Kerkermeister. Der erdrosselte gerade mit einer Kette eine junge Frau.

Leyna sah es ebenfalls. Wie erstarrt blieb sie stehen. Der Wahnsinn kehrte in ihre Augen zurück. »Aber erst ihn!« Mit dem blutigen Dolch in den blutigen Händen schritt sie los.

Der Kerkermeister sah sie kommen und ließ irritiert die blau angelaufene Frau zu Boden gleiten. »Die Hexe?«, sagte er mehr zu sich selbst. Die Kette rasselte an seiner Seite. Eine steile Falte zierte seine feiste Stirn. »Das kann nicht sein. Du warst so gut wie tot.«

»Bin aber wieder lebendig.« Leyna begann zu rennen.

Henning folgte ihr nicht, sondern wechselte den Dolch in die Wurfhand. Er hatte den Kerkermeister nur kurz erlebt, aber sofort gewusst, dass er ein Schwein war. Ein schlitzohriges Schwein, mit allen Wassern gewaschen. Er würde Leyna niedermachen, bevor sie wusste, wie ihr geschah. Also schleuderte er seinen Dolch.

Der verwandelte sich in einen blitzenden Schimmer und traf den Kerkermeister unterhalb des Schlüsselbeins in die Brust. Bis zum Heft bohrte er sich ins Fleisch. Der Kerl reagierte nicht wie erwartet. Er sah nur kurz hinab, lachte und trat Leyna mit der Kette entgegen.

Die griff frontal an.

Die Kette klirrte, und Leyna schrie, als sie seitlich in die Rippen getroffen und von den Füßen geholt wurde.

Henning hatte da schon die Hälfte des Wegs hinter sich. Da er keine Waffe mehr bei sich trug, zerrte er ein Schwert aus den erstarrten Fingern einer Toten und brüllte dem Kerkermeister entgegen, um die Aufmerksamkeit auf sich zu lenken.

Es klappte. Der Kerkermeister musterte ihn, hob die Kette und sagte: »Da schau an. Der Abschaum. Ist das dein Weib?« Er trat Leyna mit der Stiefelspitze in die Seite, wo er sie mit der Kette erwischt hatte. Sie krümmte sich zusammen.

»Auf jeden Fall nicht deins!« Diesmal griff Henning ungestüm an, zumindest wollte er, dass es so aussah. Er vollführte einen kräftigen Hieb von links nach rechts, damit der Kerkermeister nach hinten auswich und seinerseits von rechts nach links die Kette sausen ließ.

Das Schlitzohr fiel darauf herein.

Henning sah die Kette kommen, ließ sich von seinem eigenen Schwung aber weitertragen, vollführte eine komplette Drehung mit zwei großen Ausfallschritten und vollendete den Hieb mit aller Kraft. Mit dem Streich trennte er dem Kerkermeister die Hand glatt vom Arm. Rasselnd polterte die Kette zu Boden.

»Wa-wa-was?« Der Kerkermeister starrte entsetzt auf seinen Stumpf, aus dem das Blut sprudelte.

Schon war Henning bei ihm, packte die Wunde mit einer Hand und presste die Handfläche dagegen. Mit der anderen griff er nach seinem Dolch und drehte ihn um neunzig Grad in der Brust des Kerkermeisters. »Wo ist das Edulog?«, knurrte er.

Der Kerkermeister sackte stöhnend in die Knie. *»Was?«*

»Die Metallröhre!« Henning drehte weiter am Dolch.

»Die … die seht ihr nie wieder!«

Mehr Druck auf die Stumpfwunde ließ den Kerkermeister brüllen. »Diiie hat der Baron mitgenommen. Höchstpersönlich!«

»Scheiße!« Henning ließ den Stumpf los, um dem Kerl ins Gesicht zu schlagen.

Dann stand Leyna neben ihm. Schweiß glitzerte auf ihrer fahlen Haut, und Blut tropfte von ihrer Lippe, aber sie stand aufrecht und sagte: »Die Sau gehört mir.«

Henning konnte es ihr nicht verdenken. Er nickte, packte den Kerkermeister am gesunden Arm und verdrehte ihn auf dessen Rücken, sodass er noch mehr in die Knie sackte. »Dann schneide ihm die Kehle durch!«

Leyna packte Hennings Dolch, atmete tief durch und zog ihn aus der Brust.

Der Kerkermeister erbebte, lachte aber. »Ja! Tu das! Tief und schnell. Mach ein Ende!«

Leyna tat es nicht. Den Dolch vor seinem Gesicht, schaute sie dem Schwein nur in die Augen. Und Henning in ihre.

»Jetzt mach schon!« Der Kerkermeister atmete hart. »Sei gnädig!«

Leyna schüttelte den Kopf und ließ das Messer sinken. »Keine Gnade. Nicht für Euch.« Sie wandte sich ab und ging.

Der Kerkermeister lachte ihr hinterher und begann, sich in Hennings Armen zu winden. »Das glaub ich nicht! So eine Fotze! So eine Hexe! Ich hätte sie gleich totficken sollen, als sie in Ketten hing. Hast du gehört! Totficken hätte ich dich sollen, anstatt dir nur die Finger reinzustecken!«

Henning hatte gewusst, dass er ein Schwein war. Er schlang seinen Arm um den Kopf des Kerkermeisters, klemmte den Schädel zwischen Bizeps und Unterarm. »Das hättest du wohl tun sollen, als du noch die Chance dazu hattest.« Mit einem Ruck drehte er den Oberkörper, es knackte laut, und der Leichnam des Kerkermeisters sank zu Boden.

Kapitel 26

Königtum Westend, La Harb, Eccos Kontor

Keine Gnade. Keine Gnade. Keine Gnade.

Der Wirbelsturm in Leynas Kopf ließ allmählich nach, offenbarte dafür das Trümmerfeld, das das Tosen hinterließ. Entwurzelte Bäume ihres Selbstbilds lagen kreuz und quer zwischen Bruchstücken ihres Fundaments aus Überzeugungen. Sie hatte zwei Männer auf dem Gewissen, einen aus Rache, den anderen in Raserei getötet, aber rechtfertigte das die Taten? Allein die Überlegung darüber verursachte ihr mehr Ekel vor sich selbst als die Vorstellung von ihr als Leichenfledderin, als sie die Stiefel einer Toten an sich nahm. Schlimmer war aber die Furcht. Viel schlimmer. Sie hätte nie gedacht, dass sie zu solchen Grausamkeiten fähig sein könnte.

Keine Gnade! Nicht für Euch!

Der Kerkermeister. Sie hatte ihn aus Hass und Rachegelüsten der Wächterin geweiht, obwohl sie geschworen hatte, Leben zu retten. Sie war nicht gnädig gewesen. Sie hatte alles verraten, was sie war.

»Wir sind richtig.« Die Worte brachten Leyna in die verregneten Gassen La Harbs zurück.

Henning spähte um eine Mauer. Neben ihm lehnte Nante, den ohnmächtigen Stadtvater über der Schulter. Die Brüder hatten sich auf dem Weg mit dem Tragen abgewechselt. Wie Nante es mit Molten über der Schulter durch den

Kampf und hinaus aus dem Rathaus geschafft hatte, war Leyna ein Rätsel. Aber was scherte es sie? Die Trümmer... die Furcht... sie selbst. *Keine Gnade*...

Mit zitternden Fingern wischte sie sich Regen, oder vielleicht auch Tränen, aus den Augen. Das Blut war längst von ihren Händen gewaschen, und trotzdem sah sie es daran kleben. Ob es jemals wieder abging?

Henning wandte sich ihnen zu. »*Eccos K* Punkt steht auf dem Schild neben der Tür. Wie ein Kontor sieht es nicht aus, aber aus dem Schornstein quillt Rauch. Sollen wir es wagen, oder hast du eine bessere Idee für einen Unterschlupf?«

Leyna schüttelte den Kopf und ließ die Hände sinken.

»Na dann.«

Sie verließen die Gasse und überquerten den Vorplatz. Wachen waren nirgends zu sehen, aber die Stille konnte trügen. Mehrmals waren sie auf dem Weg hierher Soldatengruppen ausgewichen. Henning hatte etwas vom Baron erzählt, der die Stadt besetzt habe, aber Leyna hatte nur mit einem Ohr gelauscht und schon gar nichts begriffen.

Endlich traten sie unter den Dachvorsprung ins Trockene, und Henning pochte mit der Faust gegen die Eingangstür des eingeschossigen, unscheinbaren Hauses. Eine Klappe auf Augenhöhe glitt zur Seite. Die Augen eines alten Mannes musterten sie argwöhnisch aus dem Dämmerlicht.

»Was wollt ihr?«

»Einlass«, antwortete Henning.

Als sich der Alte nicht rührte, fügte Leyna hinzu: »Wir sind Freunde von Kudrun.«

»Ach ja, seid ihr das?« Er schien sich auf die Zehen zu stellen, um sie besser von oben herab mustern zu können. »Die Schwester«, murmelte er schließlich und betrachtete den Vorplatz hinter ihnen, schloss die Klappe. Mehrfach schabte etwas, bevor das eisenbeschlagene Schloss knackte und die Tür aufsprang. »Dann rein mit euch!«

Innen war es überraschend warm und trocken. Die angenehme Hitze wehte ihnen aus einer offen stehenden Tür am Ende des Flurs entgegen. Feuerschein erhellte weiß getünchte Wände.

Der Alte legte hinter ihnen die Riegel wieder vor, insgesamt fünf Stück, und schlurfte voraus. Vermutlich war das Ecco. Zumindest sah er nach einem Kontor-Besitzer aus, wohlgenährt und mit gesunder Haut und guten Zähnen. Dazu trug er fein geschnittene Wolle sowie Lederstiefel und -gürtel mit einem Dolch an der Hüfte. Leyna schätzte ihn auf sechzig, wenn nicht sogar älter. Trotz seiner gebeugten Gestalt war die kräftige Statur früherer Tage zu erahnen.

Als sie in seinem Schlepptau durch die Tür trat, traute sie ihren Augen nicht. Der Raum dahinter war eine Halle, vierzig Fuß breit und fünfzig lang. Das schwarz geteerte Dachgebälk spannte sich mindestens zwei Stockwerke über ihnen auf. Mehrere Kohlebecken verströmten eine behagliche Wärme, ebenso wie zwei gewaltige Feuerstellen. Eine Längswand war bis unters Dach mit Regalen versehen, in denen Unmengen Fässer lagerten. Und es gab Lebensmittel. Von einigen Dachbalken baumelten mächtige Räucherschinken herab, halbe Schafe und eingesalzener Kabeljau. Säcke voller Kartoffeln lehnten an den Wänden. Und das war nicht alles: Die andere Längsseite der Halle wurde von einer Mauer halbiert; auf der einen Seite türmte sich auf einem Sockel Korn zu einem Hügel auf, auf der anderen Seite Kohle und Feuerholz.

Eccos Kontor war eine Unverschämtheit inmitten einer Stadt, die hungerte und starb. *Oder das Glück für wenige.*

»Entwarnung!« Der Alte klatschte in die Hände, und das Kontor erwachte zum Leben. Ein Teil der Fässerwand schwang zur Seite, und etwa vier Dutzend blasser Gestalten kamen zum Vorschein; Frauen, Kinder und Männer, unter ihnen Kudrun. Sie sah erschöpft aus. Ihren Arm zierte ein frisch angelegter Verband.

»Schwester! Schön, dich zu sehen.« Die Frau fiel Leyna um den Hals, als wären sie beste Freundinnen, dann schnippte sie Henning mit dem Finger lässig entgegen und wurde bei Nantes Anblick wieder ernst. »Wen habt ihr da dabei?«

»Eine Überraschung«, sagte Henning, während Nante den bewusstlosen Stadtvater ablegte.

»Überraschungen können wir nicht gebrauchen.« Ecco riss dem Stadtvater den Sack vom Kopf und pfiff durch die Zähne. »Beim Paar! Helena! Komm, schnell!«

Ein Mädchen von vielleicht elf Jahren, blasswangig und mit Augenringen, die ein Kind nicht haben sollte, kam angerannt, entdeckte den Stadtvater, rief: »Papa!«, und flog schluchzend an seine Seite, Tränen auf den Wangen.

Ecco betrachtete die beiden einen Moment, bevor er fragte: »Wo habt ihr Molten aufgegabelt?«

»Im Kerker«, antwortete Henning. »Er saß allein in der Dunkelheit.«

»In Isolation.« Das linke Augenlid des Alten zuckte. »Dieses Arschloch von Richter. Wisst ihr, wir haben überall nach Molten gesucht, nachdem Simeone ihn abführen ließ. Wir fürchteten schon, sie hätten ihn ... Ihr wisst schon.«

Leyna schüttelte den Kopf. »Nee, wir wissen nicht« – ein Blick auf Helena – »doch schon, aber das ergibt alles keinen Sinn. Wieso hat *Richter Simeone* den Stadtvater eingesperrt?«

Ecco musterte sie. »Wie lange warst du in Einzelhaft, Schwester?«

»Zu lange.«

»Man hat sie weggebracht, bevor die Kriegshörner erschollen.« Kudrun gesellte sich zu ihnen.

»So, so.« Ecco musterte Leyna noch einen Moment, bevor er sich an Henning und Nante wandte. »Und ihr zwei? Was wisst ihr? Ihr stammt nicht aus La Harb.«

»Gut beobachtet«, erwiderte Henning. »Wir wissen nur, dass der Baron die Stadt besetzt hat und nach Magiebegabten suchen lässt. Sie sind für den Regen verantwortlich, heißt es, und werden weggesperrt. Manche sogar auf dem Scheiterhaufen verbrannt.«

Leyna bekam große Augen. *»Auf dem Scheiterhaufen?* Was erzählst du da?«

»Die Wahrheit.« Ecco blickte kurz auf den Stadtvater und dessen Tochter hinab. Sie tätschelte ihm die Wangen, während sich seine Pupillen unter den Lidern bewegten. Wahrscheinlich würde er bald erwachen. »Es ist sogar noch schlimmer.«

»Schlimmer? Das ist ein Scherz.«

»Leider nicht. Der Baron hat am Abend verkünden lassen, dass alle Magiebegabten zu töten sind. Es gäbe keine andere Option mehr, die Stadt zu retten, hat der Herold gesagt. Hat vermutlich mit dem Angriff auf die Gilde zu tun.«

Alle zu töten. Keine andere Option mehr. Die Worte hallten wie ein tausendfaches Echo in Leynas Kopf. Ihre Beine schienen weich zu werden. Dann erst begriff sie, was er noch gesagt hatte. »Welcher Angriff auf die Gilde?«

»Der vom frühen Abend. Vom Meer aus wurde der Seezugang attackiert – von unheimlichen Kreaturen! Sie kamen aus dem Wasser, mit Klauen und Dornen und Hörnern und fielen über die Männer des Barons her, die den Seezugang abgesperrt haben. Muss ein widerwärtiges Schlachten gewesen sein«.

»Nein!«, wisperte Leyna.

»Ich habe selbst eines der Biester gesehen«, fuhr Ecco grimmig fort. »Grausig. Eine Ausgeburt der Höllen. Eine Gruppe Soldaten hat den Kadaver zu Simeone gebracht. Die Wachen am Seezugang wurden verzehnfacht, wie man erzählt. Alles spielt verrückt. Und Simeone ... der bekam federführend die *Säuberung* übertragen, wie sie es nennen. Jeder, der in seinem verdammten Buch steht und mit Magie in Verbindung gebracht wird, ist jetzt vogelfrei. Man kriegt sogar eine Lebensmittelprämie, wenn man jemanden mit der Gabe tötet und dessen Tod nachweisen kann.«

Die Halle begann sich um Leyna zu drehen. »Aber ... aber, warum?«

»Weil sie glauben, dass wir der Auslöser des Regens sind.« Nantes raue Stimme schnitt wie eine Knochensäge durch die Halle. »Sie sehen eine Verbindung zwischen den Jundar und den Magiebegabten.«

Weil nur wir befallen werden, wurde Leyna klar. Sie biss sich auf die Unterlippe. Sie hatte Simeone darauf gebracht. Sie hatte das ausgelöst.

»Jundar?«, fragte Ecco neugierig. »Ist das der Name dieser Kreaturen?«

Nante nickte.

»Wisst ihr mehr darüber?«

»Nein.«

»Doch«, entgegnete Henning. »Wir wurden auf der Fahrt hierher von ihnen angegriffen, vermutlich von den gleichen Kreaturen wie die am Seezugang. Mindestens ein Dutzend dieser Monster kroch auf unsere Schiffe. Sie kämpfen unerbittlich, aber sie bluten und sterben.«

»Und sie bringen den Quallenglibber, der die Menschen befällt, sich an ihnen festsaugt und in den Wahnsinn treibt.« Ecco spuckte aus. »Der Kadaver hatte so einen im Nacken sitzen.«

Henning erzitterte. Sein Blick fiel zu Boden.

»Was hast du?«, fragte Kudrun.

»Nur ein Gedanke.« Henning schüttelte den Kopf und wandte sich an Ecco, als die Tochter des Stadtvaters heiser hervorstieß: »Fratera!« Mit riesengroßen Augen deutete sie hoch zu Nante. Der hatte sich unter dem zerrissenen Hemd gekratzt. Das Kreuz der Fratera lugte hervor.

Ein Raunen ging durch die Anwesenden, und jemand griff nach der Kohleschaufel, um sie als Waffe zu nutzen. Irgendwo sang Stahl, als er aus einer Scheide gezogen wurde.

Hennings Hand war ebenfalls zum Dolch gewandert, doch Ecco hob die Hände. »Lasst die Waffen stecken!«, donnerte seine Stimme durch die Halle. Und leiser sagte er: »Und du das Messer, Schmuggler! Heute Nacht braucht ihr es unter meinem Dach nicht, außer zum Schinken schneiden.« Abermals klatschte er in die Hände, rief nach jemandem namens Lotte und bat sie, den Neuankömmlingen die Reste des Abendessens aufzuwärmen.

Sie hatten vier Holzbänke und zwei Tische aus dem hinteren Teil der Halle herbeigeschafft und saßen in einer langen Tafel nahe den Kohlebecken. Es hatte Lammbraten in einer dunklen Biersoße mit Salzkartoffeln gegeben, dazu Bier mit Malznote.

Auch wenn Leyna gedacht hatte, nie wieder etwas essen zu können, hatte sich nach dem ersten Bissen der Appetit gemeldet. Zwei Scheiben Lamm und zig Kartoffeln hatte sie sich einverleibt. Jetzt fühlte sie sich wohlig matt, und das Entsetzen über die Neuigkeiten und ihre Taten im Rathaus waren in den Hintergrund getreten. Sie spürte beides wie wilde Tiere, die sich gerade nicht zu ihr ans Feuer trauten.

Auch der Stadtvater war aus seiner Ohnmacht erwacht. Nach wirrem Blinzeln hatte er seine Tochter erkannt und war in stille Tränen ausgebrochen. Fragen von Ecco hatte er sich zwar angehört, aber nur mit einer abwehrenden Geste abgetan. Jetzt saß er mit ihnen am Tisch und wich jedem Blickkontakt aus. Seine Tochter schmiegte sich an ihn, die Augen geschlossen.

Ecco räusperte sich, als die Schüsseln leer waren. »Sind alle satt?«

Kollektives Nicken, und Henning sagte: »Aber hallo! Ein Lob an die Köchin.«

Lotte winkte ab und belud sich die Arme mit dem leeren Geschirr. Als sie damit gehen wollte, war die Stimme des Stadtvaters zu vernehmen, leise und zitternd: »Helena. Hilf doch Lotte in der Küche.«

»Aber ...«

»Bitte.« Molten strich seiner Tochter durch die Haare.

Das Kind zögerte, stand aber auf und schnappte sich zwei Schüsseln, und irgendwie begriffen alle, was Molten bezweckte, denn alle schickten ihre Kinder hinterher. Zurück blieben die Erwachsenen. Es wurde still. Die Kohlebecken knackten unheilvoll. Auf dem Dach rauschte und gluckste der Regen.

Leyna spürte, wie sich die Tiere näher zu ihr ans Feuer wagten. Sie erschauerte, rückte an Henning heran und stützte sich mit den Unterarmen auf den Tisch, als würde das helfen.

So saßen sie in gespannter Erwartung, bis endlich der Stadtvater den Kopf hob. Er öffnete den Mund, schloss ihn wieder, sah auf seine Hände im Schoß, rang die Finger ineinander und sagte schließlich mit einem Tremor in der Stimme: »Danke.« Er schniefte. »Danke, dass ich noch einmal meine Tochter sehen durfte.« Sein Blick glitt über die Versammelten und blieb an Henning hängen. »Ihr habt mich rausgeholt.« Er befeuchtete sich die Lippen. »Ich weiß gar nicht, was ich sagen soll.«

Henning zuckte mit den Achseln und deutete auf Leyna. »Dankt ihr. Sie wollte alle rausholen, ohne Wenn und Aber. Ohne sie würdet Ihr noch in der Dunkelheit sitzen.«

»Dann hab ich mein Leben Euch zu verdanken, Schwester.« Tränen glitzerten in seinen Augenwinkeln. »Ich stehe tief in Eurer Schuld.«

Leynas Hals war wie zugeschnürt. Henning log. Sie hätte Molten in der Zelle verrotten lassen. *Keine Gnade.* Sie bekam nur ein Nicken zustande.

Molten fokussierte wieder Henning. »Stimmt es, dass Ihr ein Schmuggler seid? Fratera, wie ich hörte?«

Henning trank von seinem Bier und meinte danach: »Scheint so zu sein, ja.«

»Dann könnt Ihr uns helfen.«

»Inwiefern?«

»Mit dem, was Ihr am besten könnt: schmuggeln.« Moltens Miene wurde hart. »Menschen schmuggeln.«

Henning hob eine Augenbraue. »Konkrete Vorstellungen?«

»Durchaus. Ihr bringt uns auf dem Seeweg aus der Stadt.«

»Wie viele?«

»Alle Magiebegabten und jeden, der fliehen will.«

Ein ungläubiges Lachen spritzte über Hennings Lippen. »Und wie stellt Ihr Euch das vor? Wir haben zwei Schiffe vor Anker, sind von einem Belagerungsring eingeschlossen, dazu kommen Hunderte Soldaten, die durch die Stadt patrouillieren. Und Jundar unter Wasser. Was Ihr Euch vorstellt, ist ein Ding der Unmöglichkeit.«

»Auch für Euch? Man sagt über Fratera, dass sie alles bewerkstelligen können – wenn sie nur wollen.«

Henning hielt dem Blick lange stand, gab aber doch als Erster nach. »Ja, das sagt man über uns.« Dann verfiel er wieder in Schweigen.

Da mischte sich Ecco in die Unterhaltung ein: »Für mich kommt keine Flucht infrage, Molten. Ich werde gegen diesen Irrsinn kämpfen.«

»Und wie?« Moltens Augen funkelten grimmig. »Mit Kindern und Frauen gegen Soldaten? Mit Eimern gegen den Regen? Und womit gegen die Jundar? Wir wissen nichts über sie. Außerdem rennt uns die Zeit davon. Der Baron ...« Der Stadtvater verstummte.

»Was ist mit dem Baron?«

Molten sah zur Decke, atmete tief durch. »Du kennst ihn, Ecco. Du hast ihn schon erlebt. Er ist kein geduldiger Mensch.«

»Und? Wir können hier lange ausharren. Die Vorräte reichen für Monate, selbst wenn wir zweihundert Menschen unterbringen.«

»Aber nicht, wenn Lazards die Stadt niederbrennt.«

Die Worte verbreiteten sich zwischen den Anwesenden wie eine giftige Wolke. Schließlich fragte Ecco mit belegter Stimme: »Warum sollte er?«

»Weil er wirklich glaubt, dass eine erneute Zeit der Stürme bevorsteht.« Molten rieb sich das Gesicht mit beiden Händen. »Er ... er sprach mit Simeone und mir, bevor sie mich in den Kerker sperrten. Der König hat Lazards tatsächlich beauftragt, das Problem mit dem Regen zu lösen, und Lazards hat Angst, dass er sich auf seine Baronie ausweitet. Deswegen wird er erst alle Magiebegabten töten lassen, bei denen Simeone und Lazards die Ursache sehen, und sollte das nicht helfen, wovon ich ausgehe, wird er die Stadt bis auf die Grundfesten niederbrennen.«

Leyna konnte es nicht glauben. »Das ist doch Irrsinn!«

»Nur logisch gedacht. Aus seiner Sicht.«

»Aber ... es muss doch einen anderen Weg geben!« Leynas Blick glitt zu Henning, der in Gedanken versunken zu sein schien, und dann zu Nante. Der sah sie aus seinen blauen Augen an, mehr Unterstützung schien sie nicht erwarten zu dürfen.

»Wenn Ihr einen kennt, Schwester«, fuhr Molten müde fort, »dann sind wir alle ganz Ohr.«

»Wir müssten einfach mehr über diese Jundar wissen«, warf Kudrun ein. »Woher kommen sie, was wollen sie, kann man Befallene retten? Und wie steht der Regen in Verbindung mit alldem? Simeone sprach von Regenmachern.« Sie wandte sich an Leyna. »Gibt es dazu nichts in der Gildenbibliothek? Sie soll die größte von ganz Westend sein.«

»Ist sie auch, aber wir haben sie komplett nach Schriften über die Jundar abgesucht. Da war nichts.« Leyna sah von Kudrun zu Ecco und dann zu Molten. Aus dem Augenwinkel gewahrte sie immer noch Nantes starrenden Blick. »Es gibt noch den alten Trakt, den innersten Kern der Bibliothek, wo die ältesten und wichtigsten Schriften lagern. Allerdings ist er nur für die wenigsten der Ewigen Professinnen zugänglich.«

»Und wurde dort schon gesucht?«, fragte Ecco.

»Ich weiß es nicht, aber einen Versuch wäre es wert. Doch die Gilde ist abgeriegelt und der Trakt speziell durch die Gabe gesichert.«

»Würdet Ihr reinkommen?«

Leyna dachte an die blinde Ilka und die dunklen Gänge unter der Gilde. Die Alte ließ sich sicher nicht von ein paar Soldaten fangen und einsperren. Wenn sie Ilka fand... »Möglicherweise. Wenn ich in die Gilde komme.« *Und zu Vater.*

»Daran soll es nicht scheitern!« Der Stadtvater klang plötzlich nach neuer Kraft. »Dann fahren wir zweigleisig. Ihr versucht, Informationen zu beschaffen, während wir eine Evakuierung vorantreiben.« Sein Blick traf wieder Henning. »Vorausgesetzt, Ihr helft uns.«

Euphorie sah anders aus. »Rettet erst einmal so viele Magiebegabte wie möglich und versammelt sie hier«, sagte Henning, den Blick in unbestimmte Ferne gerichtet. »Dann sehen wir weiter.«

»Damit Ihr Euch in der Zwischenzeit aus dem Staub machen könnt?« Die Frage kam von einem der anderen Anwesenden. Die Bitterkeit war nicht zu überhören.

»Nein«, sagte Henning ohne Vorwurf in der Stimme. Sein Blick heftete sich auf Leyna. »Wir begleiten sie in die Gilde. Denn wenn jemand in einen geschützten Trakt reinkommt, dann wir. Fratera kommen überallhin.«

»Selbst in die Hölle«, flötete Nante mit fremder Stimme und stand auf, um seinen Mantel zu holen.

Sie hatten ihnen einen Trupp zusammenstellen wollen, doch die Zwillinge hatten abgelehnt.

Sie hatten mit ihnen einen Plan schmieden wollen, doch die Zwillinge hatten abgelehnt.

Sie hatten sie zuletzt zu einem Tag Rast überreden wollen, doch die Zwillinge hatten abgelehnt.

Henning und Nante seien ein eingespieltes Team. Sie wüssten, was sie täten. Alles andere wäre nur ein Klotz am Bein.

Leyna glaubte es, nachdem sie die beiden beim Ausbruch aus dem Kerker erlebt hatte, aber viel mehr glaubte sie, dass die beiden einfach keine weiteren Mitstreiter wollten, weil sie andere Pläne verfolgten.

»Ist euer Auftrag tatsächlich wichtiger als das Leben vieler?«, fragte sie spitz, nachdem sie Eccos Kontor hinter sich gelassen hatten.

Henning schlug sich die Kapuze über den Kopf und sah erst die verlassene Gasse hinab, dann hinauf. »Urteilst du immer so voreilig?«

Leyna pfiff durch die Zähne. »Nur wenn es offensichtlich ist! Ihr sucht Karrol, der vermutlich in der Gilde sitzt. Nur deswegen kommt ihr doch mit, und wenn ihr ihn gefunden habt, haut ihr wieder ab, während die Menschen hier verrecken.«

Er überquerte wortlos die Straße.

»Schweigen ist auch eine Antwort!«, rief sie ihm hinterher. »Im Kerker hatte ich doch tatsächlich für einen Moment gedacht ...«

Er war so schnell bei ihr, dass sie erschrak. »Was hast du gedacht? Dass wir das Herz am rechten Fleck tragen?« Er ließ sie los und marschierte wieder davon.

»Ja, das habe ich gedacht«, flüsterte sie.

Wieder blieb er stehen, aber nur, um zu sagen: »Du hast keine Ahnung.«

Als er zwanzig Fuß voraus war, trat Nante an ihre Seite und schob sie mit sanfter Gewalt vorwärts. »Lass ihn.«

»Hat er Blähungen?«

Ein rauer Lacher. »Nein, aber auch nicht das, was du glaubst.«

»Sondern?«

»Er kann einfach nicht zwei Dinge gleichzeitig tun. Er kann sich nicht mit dir beschäftigen und dabei nachdenken.«

»Und worüber muss er nachdenken? Über eure Flucht? Euren Auftrag? Um wie viel Gold geht es?« Es hätte sarkastisch klingen sollen, klang aber nur bitter.

»Um wenig«, antwortete Nante. »Dafür um unser beider Leben.«

Sie blieb stehen. »Nicht ernsthaft.«

Nante lächelte schief und wich einer Wasserpfütze aus, die die halbe Gassenbreite bedeckte. Dahinter schloss Leyna wieder zu ihm auf, doch Nante schien die Umstände nicht weiter ausführen zu wollen.

Also liefen sie schweigend dahin, wobei ihr Ärger mit jedem Schritt abkühlte. *Ihre beider Leben… was für ein Einsatz! Was für ein Irrsinn!*

Schließlich wagte sie den Vorstoß in eine andere Richtung. »Erklärst du mir, was das in der Zelle war? Das Zeichen auf meiner Brust…« *Der Rauch, das Licht, die wundersame Heilung.* Immer noch fühlte sie sich ein wenig fremd in ihrem Körper, aber von den Verletzungen und Schmerzen war nichts geblieben.

»Ein Xangram.«

»Ein was?«

»Xangram«, wiederholte Nante. »Genauer: die Hoffnung des Paladins. Wurde in den alten Tagen nach der Schlacht benutzt, um Wunden zu heilen.«

Die alten Tage… waren Jahrtausende her. »Und woher kennst du solche Zeichen?«

Er zuckte mit den Achseln. »Kam mir in dem Moment.«

»Es fiel dir *einfach so* ein?«

»Jo. Und es fühlte sich richtig an.«

Leyna versuchte erst gar nicht, es zu begreifen. »Kannst du… es mir beibringen?«

»Klar.« Nante zeichnete mit den Händen ein komplexes Symbol in die Luft. Einzig die flache Hand am Ende, die er gegen ihre Stirn gedrückt hatte, erkannte sie wieder.

»Halt, halt, nicht so schnell.«

Während sie in Hennings Schlepptau dahintrotteten, zeigte er ihr so lange das Zeichen, bis sie es in der Luft hinbekam.

»Und mehr ist es nicht?«

»Nee. Die Xangramme, davon gibt es mehrere, wirken rein aus sich heraus. Sie transformieren; Schmerz in Regeneration, Kälte in Wärme, Wärme in Kälte, Schatten in Licht, und so weiter.«

Leyna war beeindruckt. »Weißt du noch mehr über Magie?«

Wieder ein Schulterzucken. »Dies und das, aber eigentlich folge ich nur meinen Stimmen.«

»Und flüstern die dir gerade eine Eingebung ins Ohr, wie wir in die Gilde kommen?«, fragte Henning über seine Schulter.

»Nö, aber wir finden schon einen Weg.«

»Wie immer.« Es klang mehr als grimmig.

»Was hat er jetzt wieder für ein Problem?«, fragte Leyna leise.

»Immer noch das gleiche. Aber eigentlich ist es kein Problem, sondern Angst.«

»Aha ... wovor?«

»Dass es unserer Heimat genauso ergeht wie La Harb.« Henning blieb stehen. Im matten Schein der Nacht sah er aus wie der böse Bube zahlreicher Kinderschreckgeschichten.

»Den Inseln des ewigen Schlafs?« Leyna kannte die Geschichten der untergegangenen Grautarken durch den Schweiß wie jede Schwester. »Was soll ihnen *genauso ergehen* wie La Harb?«

»Die Jundar.«

Leyna verstand nicht so recht. »Habt ihr die Viecher dort auch, oder was?«

»Womöglich.« Henning musterte seinen Bruder, und es war ein schrecklich bohrender Blick. »Als wir nach La Harb aufbrachen, hing eine Regenglocke über den Inseln und das seit Tagen. Ungewöhnlich für die Jahreszeit. Außerdem waren Fischer verschwunden, gute Männer und Frauen, die nicht einfach so das Weite suchen.« Henning wandte sich ab, blickte die Gasse entlang in die Dunkelheit, wo irgendwo die Gilde lag. »Deswegen begleiten wir dich. Wir brauchen Informationen.«

Um die Fratera zu retten. Er sagte es nicht, aber Leyna hörte die Worte in ihrem Kopf. Und sah ihn plötzlich mit anderen Augen.

Kapitel 27

Königtum Westend, kurz vor La Harb,
an Bord der *Geist der Dornen*

Der Wanderfalke war ins Krähennest der *Geist* geklettert, um allein zu sein. Um allein die von Scheiterhaufen erhellte Stadt in der Ferne zu betrachten, in der seine Neffen verschwunden waren. Wie hatte das nur passieren können?

Vier Glockenschläge hatten sie zu viert am Treffpunkt gewartet, und wäre Arndt Crabbe nicht gewesen, noch länger. Er war die Stimme der Vernunft, die darauf gedrängt hatte zurückzurudern, bevor die Wachen misstrauisch wurden. Im letzten Schimmer Tageslicht waren sie schließlich aufgebrochen, die Gesichter grimmig, das Haar nass vom Regen.

Lizzy wollte am nächsten Tag zwei ihrer Frauen nach La Harb schicken, die sich umhören sollten. Fratera-Zwillinge würden auffallen, ganz egal, was sie taten. Thevs war sich da nicht so sicher, aber eines wusste er: Sie lebten. Er spürte es. Blieb nur die Frage, wie lange noch.

Als er dort im schwankenden Krähennest stand und sich an den Tauen festhielt, wusste er, dass er seine Entscheidung schon getroffen hatte. Würde er bis zum Morgengrauen des übernächsten Tags nichts von Henning und Nante hören, würde er persönlich mit einem Suchtrupp noch mal nach La Harb rudern. Wie sollte er sonst jemals wieder seinem Bruder unter die Augen treten, wenn er nicht alles getan hätte?

Lizzy kündigte sich durchs Knarzen der Taue an. »Dacht ich mir's doch, dass du hier steckst.« Sie schwang sich zu ihm ins Krähennest. Zu zweit war es eng, und so drängte sie sich an ihn.

Da er die Berührung nicht erwiderte, sondern nur in die Ferne blickte, seufzte sie. »Genau deswegen habe ich keine Familie. Dann ist da niemand, um den man sich sorgen muss.«

Er riss den Blick von La Harb los, von der Galgenmauer und der Kathedrale, und musterte die Piratin. »Und was ist mit deiner Mannschaft? Ist das nicht deine Familie?«

»Schon, aber anders. Die Mädels kommen und gehen. Verwandtschaft kommt und geht nur einmal.«

»Bleibt aber auch länger. Im besten Fall ein Leben lang. Nie daran gedacht, dich zu binden?«

Sie lachte. »Heiraten? Nur damit ich dann Falk oder Sander oder Melkepeter heiße? Vergiss es. Außerdem gefällt mir mein Leben, wie es ist.«

Thevs blickte wieder in die Ferne.

»Was ist?«, fragte sie. »Seh ich da im Gesicht des Wanderfalken etwa Müdigkeit?«

»Nein, Lizzy, keine Müdigkeit.«

»Was dann?«

»Den Wunsch nach Veränderung.« Was der Wahrheit entsprach, auch wenn Thevs sie noch nie ausgesprochen hatte. Jetzt war sie raus, und dann ausgerechnet Lizzy Sisk ins Gesicht gesagt. Er hätte sich ohrfeigen können.

Sie musterte ihn entsprechend kritisch. »Damit meinst du, dich zur Ruhe zu setzen? Kein Ding. Lass dich irgendwo nieder, such dir 'ne nette Insel, bau dir 'ne Hütte. Ich nehm dein Schiff mit Handkuss.«

»Im Ernst.« Er sah sie immer noch an, in diese intelligenten Augen voller Schalk. »Ich hab genug verdient und für die Fratera geleistet, dass es reicht, bis ich alt und grau bin. Warum bei einer Kaperfahrt ersaufen, eine Kanonenkugel vom irren Luvos ins Gesicht bekommen oder von einer übereifrigen Wache erstochen werden, wenn es nicht mehr sein muss?«

»Und wie stellst du dir das vor, Wanderfalke? Wirst du dann zum Heimfalke?«

»Ach, Lizzy.« Thevs strich ihr gedankenverloren durchs Haar, dann über den Hals und fuhr zuletzt die Narbe entlang, die der Strick hinterlassen hatte. »Du weißt ganz genau, was ich meine. Und ich weiß, dass du in manchen Nächten, wenn die Stürme die *Geist* durchrütteln, dir das auch überlegst.«

»Ist das jetzt ein Antrag?«

»Nein, weil du willst ja nicht heiraten.«

»Genau! Wie hört sich das auch an? Lizzy Falk. Furchtbar, oder?«

»Ja, furchtbar«, sagte Thevs, obwohl es ihm eigentlich ganz gut gefiel. Sein Blick glitt wieder zur Stadt und dem rauchschwarzen Himmel darüber, der aussah, als wolle er La Harb mit Stein und Dach verschlingen.

Als er ihre Finger an seiner Hose spürte, gefiel ihm auch das. Er wandte sich ihr zu. »Hier?«

»Klar, oder hast du deine Manneskraft auch schon in Rente geschickt?«

Während es Lizzy Sisk und der Wanderfalke miteinander im Krähennest der *Geist* im Stehen trieben, zogen Schatten unter der Brigg hinweg. Es hätten die von Delphinen sein können, von kleinen Walen oder Haien, aber als einer der Schatten durch die Wasseroberfläche stieß und zum Krähennest emporblickte, glühten seine Augen wie fahle Sonnen.

Der Jundar beobachtete für einen Moment die Keuchenden, dann tauchte er wieder unter, um dem Ruf des Schwarms zu folgen.

Gemächlich glitten die Schatten weiter, von Boot zu Boot, und zogen ihre Kreise enger um La Harb.

Kapitel 28

Königtum Westend, La Harb, Gilde der Zeichen

»Beim Paar!« Leyna kauerte neben den Brüdern hinter einer Mauer, etwa eine halbe Terrasse über der Gilde, von wo aus sie den Vorplatz vor dem Gebäude überblicken konnten. Dort klirrte Eisen. Regen zischte in den Flammen zahlloser Fackeln. Vielleicht einhundert Soldaten in voller Montur hatten sich unter durchweichten, schlaff herabhängenden Bannern voller Augen und Sicheln versammelt und einen Halbkreis aus Hellebarden um das Tor gebildet, welches offen stand. Schwestern wurden herauseskortiert, die Hände in Schellen gelegt, die von Eisenstangen etwa schulterbreit auseinandergehalten wurden. Zwischen den Frauen rasselten schwere Ketten auf den Pflastersteinen.

»Da setzt der Baron sein Versprechen wohl in die Tat um«, sagte Henning mit gerümpfter Nase. »Nicht gut. Siehst du irgendwo Karrol?«

»Nein, verdammt! Er ist auch nur der Haushofmeister und trägt keine Gabe in sich, zumindest nicht, dass ich wüsste.« Leynas Blick hing wie gebannt an den vor sich hintrottenden Schwestern. Sie sah Misha mit starrem Blick, Bea mit gesenktem Haupt und Jorda mit geballten Fäusten. Jule entdeckte sie nirgends, genauso wenig wie Ilka, was aber nichts heißen musste. Vielleicht waren sie schon abgeführt worden oder würden noch folgen. *Nein, nein, nein,* schimpfte sie sich selbst. *Keine von beiden wurde oder wird erwischt!*

Obwohl sie wusste, dass es sinnlos war, fand ihre Hand Hennings Oberarm und krallte sich in den Stoff. »Wir müssen ihnen helfen!«

»Und wie? Zu dritt gegen eine Armee? Wir sind vielleicht irre, aber nicht lebensmüde.«

»Aber ...«

»Vergiss es. Wir können deinen Schwestern jetzt nicht helfen, aber vielleicht der Stadt. Und vielleicht so auch ihnen. Wie kommen wir also ungesehen ins Gebäude? Gibt es andere Eingänge als den hier?«

»Nur noch den Seezugang, aber der ist ja wegen des Angriffs dichtgemacht worden.«

»Wir könnten über die Straße der Diebe rein«, schlug Nante vor. Er deutete auf die Dächer der angrenzenden Gebäude rechterseits. »Dort könnte es gehen.«

Leynas Blick flog zu besagtem Dach. Sie schluckte. »Dazwischen liegt die alte Mautgasse!«

»Schon, aber das sind vielleicht neun oder zehn, maximal zwölf Fuß. Mit etwas Anlauf ...«

»... könnte es gehen«, vollendete Henning den Satz.

Leyna vergaß für einen Moment die traurige Prozession ihrer Schwestern. »Ihr wollt *springen?*«

»Nicht ihr, wir!« Henning zog sie von der Mauer zurück in die Gasse.

Leyna wollte protestieren, doch sein Blick ließ sie verstummen. Zwei Schritte zerrte er sie noch mit sich, dann ließ er sie los, und sie folgte ihm. Beim Gedanken, über die Mautgasse zu springen, lief es ihr eiskalt den Rücken hinab, doch was war ein Sprung gegen die Torturen, die sie schon überlebt hatte? Die Erinnerung an den Kerkermeister blitzte auf, und sie hastete weiter.

Drei Kreuzungen später erreichten sie die Hauptstraße, überquerten sie eiligst, um in eine weitere dunkle Gasse einzutauchen. Der folgten sie parallel zur Hauptstraße zurück Richtung Gilde, bis Henning vor einem mehrgeschossigen Holzbau mit Balkonen stehen blieb.

Den Kopf in den Nacken gelegt, sagte er: »Hier sollte es gehen.«

Nante zog sich probehalber an einem vorstehenden Balken empor und schwang die Beine über die erste Brüstung. »Ich denk auch.«

Leyna konnte nur in den Regen blinzeln. Sie sah sich wie einen nassen Sack am Gebälk hängen. »Das nächste Mal, wenn ich mit euch unterwegs bin, zieh ich mir Hosen an«, sagte sie.

»Steht dir sicher.« Henning hielt ihr die ineinander verschränkten Finger auf Hüfthöhe entgegen, damit sie seine Hände als Tritt benutzen konnte. »Wärst du dann so weit? Ich will von der Gasse runter, bevor sich noch eine Wache hierher verirrt.«

Das wollte Leyna auch, also schob sie ihren Bundschuh in seine Hände und stemmte sich hoch, um den Balken über sich zu erwischen und daran emporzuklettern.

Trotz des feuchten Holzes ging es erstaunlich gut, und mithilfe der Brüder erreichte sie wenig später die Dachkante. Leyna ließ kurz die Finger über die Ziegel gleiten und stellte fest, dass sie rau waren. Hier und da spross Moos. Es würde nicht die Rutschpartie werden, die sie erwartet hatte. Mit einem Satz war sie oben.

Die Straße der Diebe breitete sich wie eine Dünenlandschaft vor ihr aus, mal ging es auf, mal ab, über Dachfirste, an Schornsteinen und Mauern vorbei. Sie hatte trotz des Regens einen prächtigen Blick aufs Meer. Lichter tanzten um die Stadt herum. *Der Belagerungsring,* wie sie von Henning erfahren hatte.

Der Gedanke machte sie wütend. Wie konnte sich ein

einzelner Mann anmaßen, über das Leben einer ganzen Stadt zu entscheiden? Wer oder was gab dem Baron dieses Recht? Blaues Blut? Der König? Irgendwelche Insignien? An sich waren doch alle von Geburt an gleich. Auch die mit blauem Blut bluteten rot.

Die Zwillinge blieben an einem Giebel stehen. Drei Stockwerke unter ihnen lag die alte Mautgasse in regenfeuchter Dunkelheit und mündete keinen Steinwurf entfernt in den Vorplatz. Von dort wehten Geräusche heran, platschendes Wasser, leises Gemurmel und wieder das Klirren der Ketten. Feuerschimmer spiegelte sich in ein paar Pfützen.

»Doch eher zwölf Fuß«, stellte Nante trocken fest.

Leyna riss sich vom Lichtschimmer los und besah sich das gegenüberliegende Dach der Gilde. Es fiel in einem fünfundvierzig Grad Winkel zur Mautgasse ab. Zwei Erker mit dunklen Fenstern standen daraus hervor. Ob hinter einem davon ihr Vater lag? Wie es ihm wohl ging? *Ich kümmer mich.* Hatte Jule Wort gehalten? Der Gedanke ließ sie erzittern, dann erst registrierte sie die Entfernung. *Eine Sackgasse,* wollte sie höhnisch auflachen, aber sie verschluckte die Worte beim Anblick der Erkerfenster. *Vater… ich komme. Halte durch!*

Henning prüfte mit ein paar festen Tritten den Stand an der Giebelkante und nickte. »Sollte gehen. Keine losen Ziegel. Wer will zuerst?«

»Ich«, sagte Leyna.

»Nein«, entgegnete Nante. »Ich zuerst. So kann ich dir helfen, solltest du mit der Landung Probleme haben.«

Er blickte nochmals in die Gasse hinab, vielleicht um zu erfassen, was ihn erwartete, wenn er nicht weit genug sprang, und trat zurück für den Anlauf. Für einen Moment verharrte er, völlig ruhig. Er dehnte nicht seine Nackenmuskulatur, er schüttelte sich nicht locker, er streifte sich nicht die feuchten Hände an den Hosen trocken. Er stand einfach nur da und sprintete plötzlich los. Seine Schritte donnerten über die Ziegel, weit ausgreifend, dann war er schon an der Dachkante und hob ab. Die Arme weit nach vorn gerissen, ebenso wie die Beine, schien er durch die Luft zu schweben, nur um im selben Atemzug auf dem Gildengebäude zu landen. Es krachte, Ziegel knackten, doch Nante war sicher gelandet. Für einen Moment verharrte er wie eine Spinne in einem zitternden Netz, dann stand er vorsichtig auf und drehte sich ihnen zu. Sein Daumen ging nach oben.

Leyna sah ebenfalls hinab zwischen die Häuser und rollte mit den Augen. »Ich muss wahnsinnig ...«

Henning riss sie von der Dachkante weg und presste ihr die Hand auf den Mund.

Unter in der Gasse erklangen Schritte. Zwei Männer.

»Hast du das auch gehört?«, fragte der eine.

»Vielleicht 'ne Katze«, erwiderte der andere.

Die Schritte wurden lauter. »Muss 'ne fette Katze sein.«

»Du glaubst nicht, wie fett die hier geworden sind.«

»Warum?«

»Weil die Ratten vor dem Regen aus den Kellern fliehen. Die Katzen müssen nur oben warten und die Krallen ausfahren.«

»Was für eine Wahl«, sagte der eine. »Ersaufen oder gefressen werden.« Die Schritte stoppten, es folgte ein langer Atemzug. »Na ja. Wahrscheinlich hast du recht, war nur 'ne fette Katze.«

Die Schritte entfernten sich, und Henning ließ Leyna los. Er schob sich vorsichtig an die Dachkante und spähte hinab. Die Männer waren wieder Richtung Vorplatz verschwunden. »Ich glaub, wir sollten zusammen springen, denn die werden wiederkommen, wenn sie uns hören, und dann vermutlich nachsehen.«

Leyna nickte, atmete tief durch und trat wie Nante zuvor zurück. Henning blieb neben ihr. Dort standen sie im kalten Regen und sahen sich an. Gleichzeitig reichten sie sich die Hände; sie ihm die linke, er ihr die rechte. Ihre Finger berührten sich mit festem Druck. Seine Hand war warm.

»Bereit?«, fragte er.

Nein, wollte sie antworten, *nicht für einen Sprung über die Mautgasse*, und doch sagte sie: »Bei drei.«

Er lächelte und zählte: »Eins.«

Sie zählte: »Zwei.«

»Drei«, zählten sie gemeinsam, ließen voneinander ab und rannten los.

Die Straße der Diebe flog unter ihnen dahin, die Ziegel polterten, irgendeiner brach, aber Leyna rannte so schnell sie konnte. *Vater! Ich komme!* Die Dachkante flog auf sie zu. Nante gegenüber ebenfalls, der ihren Anlauf verfolgte. Dann: *Du musst irre sein*, der Abgrund vor ihr und der Sprung.

Ein spitzer Schrei entwich ihr, während die Mautgasse unter ihr hinwegzog. Dann war das Gildengebäude heran, und sie krachte auf das abfallende Dach. Sie spürte ein Knacken unter ihren Füßen – und rutschte ab, als Teile eines Dachziegels herausbrachen.

Erneut stieß sie einen Schrei aus, vor Schreck diesmal, sackte die Schräge hinunter, krallte sich in Moos und das entstandene Loch, doch ihre Finger glitten ab. Sie rutschte weiter, spürte Leere unter ihren Füßen und einen Sog, dann wurde sie gepackt. Es war Nante, der ihr Handgelenk umklammerte. Allerdings rutschte auch er von ihrem Gewicht tiefer und wurde seinerseits von Henning gepackt.

»Dableiben! Alle beide!« Mit vor Anstrengung verzerrtem Gesicht hievte Henning sie Stück für Stück höher, bis Nante eine Dachlatte unter dem ausgebrochenen Ziegel zu fassen bekam. Mit einem Ruck zog er Leyna neben sich. Zitternd sank sie aufs Dach.

Unten in der Gasse ertönten wieder Schritte. Fackelschein erhellte die Hauswand gegenüber. »Wenn das wieder deine Katze war, fress ich ’nen Besen!«

»Da!«, rief der andere. »Da liegt was! Ein Dachziegel.«

So wie ich beinahe. Leyna atmete gegen das Dach und konnte sich vorstellen, wie die beiden unten standen und erst den gebrochenen Ziegel begutachteten und dann emporblickten.

»Nur von welchem Dach? Und was war das für ein Schrei?«

»Vielleicht Schwestern, die über die Dächer fliehen wollen.«

»Ja, möglich. Scheiße. Die dürfen nicht entkommen. Halt du die Stellung, ich informiere den Hauptmann.«

Henning berührte sie am Arm und deutete auf eines der Erkerfenster. *Da rein?*, formten seine Lippen.

Leyna schniefte und nickte, und schon klirrte Glas, als Henning seinen Ellbogen ins Fenster stieß.

In der Gasse fluchte die Wache und rief seinem Kollegen hinterher: »Mach schnell! Da ist noch wer oben!«

Henning machte auch schnell. Schon hatte er die Reste der Scheibe ausgeschlagen, Scherben rieselten aufs Dach, und er schob sich ins Innere. Leyna folgte, dann Nante.

»Können wir uns hier irgendwo verstecken?«, fragte er, während er sich auf dem düsteren Dachboden umsah.

Leyna orientierte sich. Mit Leinentüchern abgedeckte Schränke und Möbel schälten sich aus der Dunkelheit wie Geister. Der Anblick ließ sie die Hand zur Faust ballen. Sie waren richtig! »Ja! Hier entlang!« Schon eilte sie in den hinteren Teil des Raums, schob sich an weiteren Möbelstücken vorbei, roch den aufgewirbelten Staub und blieb schließlich vor dem Ende der Kammer stehen. Die Wand besaß keine Tür.

Leyna starrte sie an und holte tief Luft, um das plötzliche, irrwitzige Hämmern ihres Herzens zu verlangsamen. »Wo ist sie hin?«

»Was?« Henning blieb neben ihr stehen.

»Die Tür!« Leyna ließ die Hände über die Holzwand gleiten, doch da war nichts. »Das kann nicht sein! Hier war eine Tür! Mein Versteck!«

Henning musterte sie. »Für deinen Vater?«

»Ja!« Sie schob sich an der Wand entlang, die Hände auf dem Holz, von links nach rechts und wieder nach links. Ihr Atem kam stoßweise. »Das ... das ... das kann nicht sein!«

»Meinst du die?« Nantes Stimme schwebte durch die Dunkelheit, und etwas flackerte in mattem Purpur. Leyna meinte, eine Welle über die Wand vor sich laufen zu sehen, als wäre ein Kiesel in einen glatten Teich gefallen.

Dahinter sah sie kurz die Tür, die gleich wieder verschwand. »Was bei allen Höllen ist das?«

»Ein Schutzzauber.« Abermals strich Nante mit den Händen herum und löste eine erneute Welle aus. Wieder wurde die Tür sichtbar, als läge sie am Grund des imaginären Teichs.

Vom Treppenhaus ertönte Poltern. Männer riefen.

»Ich will ja nicht drängen«, sagte Henning, »aber können wir da durch?«

»Schon.« Nante vollführte wieder seine Gesten und trat einfach durch die Wand.

Leyna stierte das nackte Holz an, durch das er verschwunden war. Sie konnte es nicht glauben. Hatten deswegen Simeones Männer ihren Vater nicht gefunden? Wer hatte den Zauber gewirkt? Ihr fiel nur ein Name ein.

Die Stiefelschritte näherten sich. Fackelschein erhellte am anderen Ende des Raums die Tür zum Treppenhaus.

»Kommt jetzt!« Nante ließ die Welle wogen, und Leyna trat ebenfalls hindurch.

Es kribbelte ein wenig, aber sonst war da nichts – nur ein etwa sechs Fuß langer Teil des Dachbodens, den sie nicht gesehen hatte. Neben einem Schaukelstuhl war die Tür zur Kammer. Darauf prangte in Tiefschwarz ein verschlungenes Symbol. Ihr Schloss lag auf dem Boden.

»Da soll ich durch?«, fragte Henning vermutlich mehr sich selbst, da er immer noch auf der anderen Seite stand. »Das ist irre.«

»Nicht irrer als der Sprung!« Leyna hielt ihm die Hand entgegen, während Nante die Welle wabern ließ.

Henning griff zu, schluckte und trat dann zu ihnen.

In dem Moment platzte eine Fackel in den Raum. Ein Soldat polterte herein, gefolgt von fünf weiteren. »Dort!«, schrie er und rannte zum zerbrochenen Fenster. Er blickte hinaus, bückte sich, strich mit den Fingern über den Boden. »Da ist entweder jemand rein oder raus!«

»Eher raus«, sagte ein anderer. Seine Fackel stieß hierhin und dorthin, ließ die Möbel aus und in die Schatten gleiten.

»Wir prüfen trotzdem die Kammer!«, befahl ein Dritter.

»Und ich das Dach.«

Während einer hinauskletterte, schwärmten die anderen aus, wandelten mit Fackeln und den Händen an den Knäufen ihrer Schwerter durch die Kammer.

Henning versteifte sich neben Leyna, als er die Männer auf sie zukommen sah. Einer trat ganz nah vor sie, blieb vor der Wand stehen, schien Leyna direkt anzublicken, bevor er sich zu seinen Kumpanen umwandte. »Hier ist nichts außer altem Krempel.«

»Hier auch nicht. Ich sag es ja: Da ist jemand raus. Wer sollte auch reinwollen?«

»Ja, wer sollte auch reinwollen…« Nochmals sah sich der Kerl um, und Leyna erkannte ihn wieder: das Arschloch, das der befallenen Korbbinderin die Kehle durchgeschnitten hatte. Er ging zurück zum Treppenhaus. »Sollen wir eine Wache aufstellen?«

Sein Kumpan, der nach draußen geklettert war, stieg wieder durchs Fenster. »Auf jeden Fall. Nicht, dass noch mehr von den Schwestern auf die Idee kommen, oben rauszugehen.«

»Und wer darf sich hier die Füße in den Bauch stehen?«

»Immer der, der fragt.«

Das Arschloch brummte, widersprach aber nicht. Während die anderen sich trollten, trottete er zum Fenster und blickte hinaus.

Henning beugte sich ganz nah an Leyna heran und flüsterte: »Kann er uns hören?«

»Vermutlich«, gab sie kaum hörbar zurück.

»Aber nicht sehen. Gut. Kannst du die Tür öffnen?«

Sie nickte und wandte sich um. Im Fackelschein des Arschlochs war alles gut zu erkennen. Das aufgemalte Zeichen glänzte, als wäre es lebendig. Ihr Blick fiel wieder auf das Schloss am Boden. Es war eindeutig ihres, aber rußgeschwärzt und verformt. Jemand hatte es mit Magie geöffnet. *Weswegen mein Tuch in Flammen aufging.* Es konnte nur Ilka gewesen sein. Aber was hatte die Blinde bei ihrem Vater getan?

Wieder erfüllte Furcht ihr Herz, und doch drückte sie die Türklinke hinab. Die Tür sprang auf und schwang laut knarzend nach innen. Ein seltsamer Geruch drang heraus.

Das Geräusch ließ das Arschloch herumfahren. »Wer da?« Die Fackel zischte herum, sein Schwert glitt aus der Scheide.

Henning legte den Zeigefinger über die Lippen. Geräuschlos zog er den Dolch vom Gürtel.

Nante hatte seinen schon in der Hand. Er stand direkt an der magischen Wand, den Kopf schief gelegt, und betrachtete das Arschloch, das sich vorsichtig näherte.

»Hierher«, wisperte er plötzlich mit der Stimme eines Kindes.

Das Arschloch erstarrte. »Elaine? D-D-Das kann nicht sein.« Entsetzen tanzte über sein Gesicht wie der Fackelschein. »Du ... du bist tot.«

»Bin ich nicht, Papa. Komm zu mir.«

Der Kerl bekam noch größere Augen. »Wo bist du?«

»Hier hinten.«

Leyna und Henning tauschten einen Blick.

»Hier«, wisperte Nante wieder, »hinter der Wand.«

»Hinter der Wand?« Das Arschloch blieb direkt vor Nante stehen. Seine Hand berührte das Holz. »Hier?«

»Ja, genau hier.« Nante stieß mit dem Dolch zu. Die Schneide glitt dem Arschloch direkt ins Herz.

Völlig irritiert sah der Kerl auf die Hand und das Messer hinab, die aus der Wand ragten. Dann sackte er zusammen.

Nante fing erst die fallende Fackel auf und warf sie Henning zu, dann zerrte er den Toten zu ihnen hinter die magische Barriere.

»Nicht dein Ernst, oder?«, fragte Henning heiser. »Komm zu mir, *Papa?*«

Nante lehnte den Toten an die echte Wand und klopfte seine Taschen nach Brauchbarem ab.

»Hallo?«, hakte Henning nach. »Was war das? Wer ist Elaine?«

Nante richtete sich mit einer Geldbörse auf und atmete durch. »Elaine war seine Tochter. Ist vor einem Jahr am Fleckfieber verstorben. Aber was interessiert dich das, bitte? Er hätte so oder so sterben müssen.«

»Ja, aber ...«

Nante sah seinen Bruder kühl an. »Was aber? Es war unausweichlich.« Er schüttelte den Kopf und fixierte Leyna. »Bereit?«

Sie befreite sich nur langsam aus dem Griff des Unglaubens.

»Bereit?«, wiederholte er.

Sie riss sich vom Anblick des Toten los. »Wozu?«

»Für die Realität.« Er nahm Henning die Fackel ab und schritt zur Tür. Das Licht fiel auf eine zerwühlte Decke und ein leeres Bett.

Leyna bekam große Augen. »Vater ...« Mit einem Satz war sie drinnen – und erstarrte abermals.

Im ersten Moment dachte sie, er würde ihr um den Hals fallen, aber er rührte sich nicht. Im Schein der Fackel stand er inmitten der Kammer, die Arme erhoben, und formte mit dem Mund seltsam leise Laute. Aber es war nicht mehr ihr Vater, sondern ... irgendetwas, eine menschliche Pflanze, eine Mutation, ein ... Jundargewächs. Seine Haut hatte einen grünlichen Stich, unter dem seine Muskeln wie knorrige Wurzeln hervortraten. Doch Haut konnte man es nicht mehr nennen; sie bestand aus teils ledrigen Schuppen, teils spitz zulaufenden Hornplatten, die seinen gesamten Körper bedeckten. Jemand hatte Zeichen aus schwarzer Paste darauf gemalt, doch die waren von Schweiß und Schleim verwischt und zerliefen in schwarze Tränen, *schwarze Tränen, schwarze Tränen.*

Leyna konzentrierte sich nur auf sie, vielleicht aus Selbstschutz. Trotzdem gewahrte sie Klauen und Dornen und pulsierende Adern und zuletzt ... hob sie doch den Blick zum Gesicht ihres Vaters.

Der Glibber war zu einem sackartigen Gebilde herangewachsen, hing ihm wie ein riesiger Egel vom Hinterkopf bis auf die Schulter. Ein Auge war unbedeckt. Es glomm orange. Die geschlitzte Pupille starrte ins Nichts. In seinem Mundwinkel hing Schleim.

Leyna spürte ein Kribbeln wie von Tausenden Ameisen auf der Kopfhaut. Sie glitt entkräftet zu Boden. Ein Schluchzen brach aus ihr heraus. *Ich komme zu spät. ZU. SPÄT*. Sie schrie irgendwas, griff sich in die Haare, weinte bittere Tränen, bis jemand sie sanft vom Anblick ihres Vaters abwandte und in den Arm nahm.

Kapitel 29

Königtum Westend, La Harb, Gilde der Zeichen

Henning hielt Leyna einfach nur fest, drückte sie an sich, strich ihr durch die strähnigen Haare, die nach Kerker stanken. Irgendwo roch es auch nach Essig, aber das kam nicht von ihr. Sie roch unter all dem Dreck nach Erde und Sommer.

Über ihren Scheitel hinweg blickte er zu Nante, der den Fischer namens Henry, oder das, was aus ihm geworden war, neugierig betrachtete. Es war wirklich grässlich anzusehen, die reptilienhafte Haut, der grüne Hautstich, das purpurne Gebilde auf dem Kopf mit dem schneckenartigen Gewürm auf Höhe des Ohres. Aber am schlimmsten war das Auge, diese orange Sonne über dem Bartgestrüpp.

»Jemand hat versucht, ihn aus der Zeit zu nehmen.« Nante deutete auf zwei der tränenden Zeichen. »Interessanter Versuch.«

Henning verstand kein Wort und wollte seinem Bruder signalisieren, einfach die Klappe zu halten, aber Leyna rührte sich in seinen Armen und strich sich Tränen von den Wangen. »Aus der Zeit zu nehmen?«, wiederholte sie. »Was ... was bedeutet das? Sind das wieder Xangramme?«

»Nein, diese Zeichen sind noch älter. Aus der Zeit der Zwillinge.«

»Von Sankt und Ives?« *Die sind doch nur Legenden!*, hätte Henning hinzufügen wollen, doch nachdem, was er in dieser Nacht erlebt und mit eigenen Augen gesehen hatte, wagte er es nicht.

Er kannte die Geschichten um die berühmten Magierzwillinge, die vor circa viertausend Jahren durch die Hand des anderen gestorben waren, als sie sich in einem Krieg bekämpften, der das damalige Imperium beinahe vernichtet hatte. Die Geschichtenerzähler nannten ihn den Zwillingskrieg. Als Kind hatte Henning die Lieder über Sankt und Ives gern gehört. Er hatte sich vorgestellt, dass Nante und er wie sie wären und dass sie Großes vollbrachten und miteinander rangen. Er wäre Sankt gewesen, der Gute, und Nante Ives, der Böse. Mit Haselnussruten voller krakeliger, selbstgemachter Schnitzereien hatten sie sich bekriegt, durch die Wälder um die Lodenburg gejagt, imaginäre Feuerbälle fliegen lassen und mit Wänden aus Wasser abgewehrt. Kinder waren sie gewesen an jenen wilden Tagen in den Wäldern. Und jetzt waren sie gestandene Männer, die irren Zwillinge.

»Genau, aus deren Zeit. Verdammt lange her.« Nante studierte wieder die Zeichen. »Mich würde interessieren, wer das versucht hat.«

»Ilka«, sagte Leyna sofort. Sie stemmte sich hoch, sah ihren Vater an, während sich ihre Hände zu Fäusten ballten.

Auch Henning erhob sich. »Eine Schwester?«

»Ja, eine der Alten. Sie ist auch die Einzige, der ich den Zauber mit der Wand zutraue.«

»War sie bei den Schwestern auf dem Vorplatz dabei?«

Leyna schüttelte den Kopf. »So leicht lässt sich eine Ilka nicht einfangen. Nicht von ein paar Soldaten.«

»Dann sollten wir sie finden. Sie scheint uns helfen zu können.« *Oder auch nicht, wenn ihre Zeichen nicht funktionierten.* »Hast du eine Ahnung, wo sie sich verstecken könnte?«

»Im alten Trakt«, sagte Leyna bestimmt, ohne sich von ihrem Vater abzuwenden, der weiterhin vor sich hinmurmelte. Sie wollte ihn an der bärtigen Wange berühren, zögerte jedoch. Wieder glitzerten Tränen auf ihren Wangen.

Henning suchte den Blick seines Bruders. *Und was machen wir mit ihm?*, fragte er stumm. *Töten?*

Nante deutete ein Kopfschütteln an. *Wir lassen den Dingen ihren Lauf.*

Henning hatte keine Ahnung von Magie, aber *er* hätte den Mann erlöst. Ein schneller Schnitt quer über die Kehle oder ein Stich ins Herz. Er würde dieser Monstrosität ein Ende bereiten, aber er wagte es nicht. Diese Ilka hatte es auch nicht getan, sondern den Mann hinter einem Zauber verborgen, und das sicher aus gutem Grund.

Vielleicht um an ihm zu experimentieren. Allein die Vorstellung war grausig, aber vielleicht der richtige Weg. Henning dachte an die Inseln, an den Regen, an die verschwundenen Fischer und zuletzt an seine kleine Schwester. Sie war mit Sicherheit auch magiebegabt. Wenn er sich vorstellte, sie sei genauso mutiert wie Leynas Vater, dann durchfuhr ihn kalte Angst. Dann würde er auch experimentieren wollen, allein um sie zu retten.

Mit belegter Stimme sagte er: »Dann sollten wir so langsam gehen. Lasst uns diese Ilka finden.« Er wollte Leyna Richtung Tür schieben, doch sie rührte sich nicht von der Stelle. Nur ihre Lippen bewegten sich kaum merklich.

»Ich werde dich retten«, meinte Henning zu vernehmen. Dann fuhr sie herum, ein hartes Funkeln in den Augen. »Ja, lasst uns Ilka finden.« Schon drängte sie an ihm vorbei und verließ fluchtartig die Kammer.

Henning und Nante betrachteten noch einmal den Fischer, dann ließen sie ihn mit seinen fremden Worten in der Dunkelheit zurück.

Leise stiegen sie das Treppenhaus hinab, das statt aus Stufen aus Rampen für Handwagen bestand. Leyna schritt voraus, den Dolch in der Hand. Henning und Nante folgten ihr auf dem Fuß; Nante ebenfalls mit Dolch bewaffnet, Henning mit dem Schwert des Erstochenen.

Am Absatz des ersten Stocks vernahmen sie das Murmeln einer entfernten Unterhaltung, aber zu sehen war niemand, also huschten sie weiter bis ins Erdgeschoss, drückten sich nebeneinander an die Wand.

Leyna spähte in die Haupthalle, Henning über sie hinweg. Er zählte sechs Wachen, von denen vier am Beginn einer Treppe miteinander sprachen. Zwei führten eine Schwester in Ketten in einen Flur, vermutlich Richtung Vorplatz.

Henning wich ins Treppenhaus zurück. »Wohin müssen wir?«

»Runter in die Bibliothek«, antwortete sie.

Er seufzte. *Also zur Treppe. War irgendwie zu erwarten gewesen.* »Gibt es einen anderen Weg?«

Leyna zeigte auf eine dunkle Nische direkt gegenüber auf der anderen Seite des Flurs. Sie spähte nochmals um die Ecke, dann hastete sie auch geräuschlos hinüber und verschwand in der Dunkelheit. Kurz darauf erschienen dort ihre Augen als glänzende Punkte, und ihre Finger, die sie herüberwinkten.

Auch Henning spähte zu den Wachen. Sie sprachen immer noch miteinander. Er schickte ein Stoßgebet zur Mutter See, bevor er ebenfalls auf die andere Seite eilte. Dort hielt er den Atem an, aber die Unterhaltung wurde ansatzlos weitergeführt.

Nante machte sich nicht die Mühe, nach den Wachen zu sehen. Er stand mit dem Rücken an der Wand da, sah hoch zur Decke, zählte lautlos, dann sprang er plötzlich zu ihnen.

Henning biss sich auf die Unterlippe, aber immer noch quatschten die Wachen miteinander. Dann führte Leyna sie weiter, durch einen schmalen, von Mitternachtsschwärze erfüllten Gang, bis fahles Licht eine holzgetäfelte Wand enthüllte. An irgendetwas zog sie, und ein Teil der Vertäfelung glitt zur Seite. Dahinter lag ein weiterer Treppenschacht, der in absolute Schwärze führte.

Während Leyna den Geheimgang hinter ihnen wieder verbarg, stieg Nante bereits hinab und wurde von der Dunkelheit verschluckt.

»Nante!«, zischte Henning. »Warte!«

Ein purpurnes Licht in Form eines Zeichens flackerte zwischen Nantes Fingern, wurde heller und heller und erhellte zuletzt sein Lächeln. »Es geht nur in eine Richtung, Bruder«, sagte er. »Du kannst dich schlecht verlaufen.« Er ging weiter hinab, das Licht schwebte vor seinem Gesicht.

»Tatsächlich gehts nur geradeaus.« Leyna lächelte matt, schob sich an Henning vorbei und folgte Nante.

»Wie gut, dass ihr euch versteht.« Henning stieg hinterher.

Der Abgang endete nach achtundzwanzig Stufen an einer Tür ohne Griff. Leyna legte ein Ohr daran. »Hier gehts in die Bibliothek«, erklärte sie leise. »Alles ruhig. Sollen wir es wagen?« Ihre Hand umfasste einen Hebel, den Henning nicht gesehen hatte.

Nante hatte den Dolch stichbereit und nickte.

Unter leisem Schaben glitt die Tür zur Seite. Schwach erleuchtete Buchregale wurden sichtbar, die einen breiteren Gang kreuzten. Soldaten waren nicht zu sehen.

Wieder schickte Henning ein Stoßgebet zur Mutter. Nichts wäre bescheuerter gewesen, als einen Geheimgang zu benutzen und inmitten eines Trupps Soldaten zu landen.

Leyna deutete nach rechts, ein Blick um das Regal, ein Nicken, und es ging weiter.

Regal um Regal mit Sitznischen dazwischen zogen an ihnen vorbei. Der Geruch alter Bücher erfüllte Hennings Nase. Er sah nur einmal über die Schulter zurück, aber niemand verfolgte sie. Da war nur die Stille einer Bibliothek.

Dann wehten doch Worte zu ihnen, als sie ein reich mit Schnitzereien verziertes Portal erreichten, hinter dem Stufen tiefer in die Erde führten. Den Stimmen nach zu urteilen sprachen zwei Männer miteinander.

Henning wagte als Erster den Blick durch das Portal. Nicht zwei, sondern drei Wachen standen am Fuß einer langen Treppe im Schein hell lodernder Feuerbecken und stützten sich gelangweilt auf ihre Hellebarden. Hinter ihnen glänzte der Feuerschein auf einer uralt anmutenden Tür mit Doppelflügel und kupfernen Platten und dreizehn eisernen Bändern. Henning wusste sofort, dass dies der Zugang zum alten Trakt war.

Drei, zeigte er Nante und Leyna mit den Fingern an. Und mit einer weiteren Geste – ausgestreckter Daumen, Zeigefinger und kleiner Finger –, dass sie Hellebarden trugen.

Nante ließ seinen Dolch durch die Luft wirbeln und fing ihn an der Spitze wieder auf. *Werfen?*

Henning verzog das Gesicht. So konnten sie möglicherweise zwei von drei ausschalten, zumindest irritieren. Und sie hatten das Überraschungsmoment. Allerdings wäre Nante danach unbewaffnet, und Henning müsste mit einem Schwert einer Hellebarde gegenübertreten. Ein heißer Tanz. Aber was blieb ihnen sonst übrig? Also gab er seine Zustimmung.

Für die Wachen kam der Angriff wie erhofft unerwartet. Einer sah noch eine Bewegung aus dem Augenwinkel und fuhr herum, bevor ihm ein Dolch neben dem Kehlkopf in den Hals fuhr. Auch der zweite wurde getroffen, direkt in die weiche Stelle oberhalb des Brustbeins. Der Dritte sah seine Kameraden röchelnd zu Boden gleiten, stieß ein ersticktes Keuchen aus und riss die Hellebarde in Angriffsposition, als Henning, Nante und Leyna die Treppe hinabhetzten.

»Eindringlinge«, haspelte der Kerl noch, dann wurde sein Gesichtsausdruck hart, als er endlich begriff, dass er attackiert wurde. Der Dorn der Hellebarde zuckte Henning entgegen.

Der lenkte sie instinktiv mit dem Schwert ab und begriff zu spät, dass der Kerl genau darauf spekuliert hatte. Beim Zurückreißen erfasste der Haken die Schneide und riss sie ihm aus den Fingern. Das Schwert klirrte über die Steinfliesen, und schon zischte die Hellebarde mit wehenden Wimpeln des Barons wieder nach vorn und dann mit dem Beil zur Seite, Richtung Leyna. Henning sah den silbernen Stahl schon in ihren Hals gleiten, doch sie warf sich nach rechts, und so kappte das Beil nur ein paar Haare, die durch die Luft flimmerten. Das verschaffte Nante genügend Zeit. Mit einem gewaltigen Satz sprang er der Wache entgegen, die die Hellebarde zu spät zurück in die Abwehrposition bekam, und schlug ihr den Ellbogen ins Gesicht. Ein Schmerzensschrei erfüllte den Treppenaufgang, die Stichwaffe stieß ungezielt in die Luft, sodass Henning sie am Schaft ergreifen konnte, derweil Nante ein zweites Mal zuschlug, diesmal mit der flachen Hand, und dem Kerl die Nasenwurzel in den Kopf rammte.

In einem Spritzer hellroten Bluts ging der Mann zu Boden. Seine Stiefelabsätze scharrten wild über den Stein, während er sich die Hände vors Gesicht schlug, spuckte und röchelte.

Henning gewährte ihm einen schnellen Tod.

Als er das Schwert an den Hosen des Toten abwischte, spürte er Leyna neben sich. Sie blickte mit ausdrucksloser Miene auf die Toten, beugte sich dann zu einem hinab und zog den Dolch aus seinem Hals. Auch sie wischte die Klinge an der Hose sauber, dann reichte sie Henning das Messer, mit dem Griff voran, und trat zum Portal.

Henning sah ihr einen langen Moment hinterher, auf den kerzengeraden Rücken und die steif wirkenden Schultern, bevor er sich zu ihr und seinem Bruder gesellte. »Stabile Tür«, sagte er, nur um überhaupt etwas zu sagen. »Da hat wohl schon jemand versucht, sie mit Gewalt zu öffnen.« Tiefe Kratzer waren im Holz zu sehen, aber in dem steinhartem Eisentannenholz waren es doch nur Kratzer.

»Vollidioten«, sagte Nante. »Ein jeder sieht, dass hier Werkzeuge wenig ausrichten.« Er positionierte sich mittig vor den Kupferplatten und legte beide Hände darauf. Dann schloss er die Augen.

Nichts geschah.

»Das scheint auch wenig auszurichten«, stellte Henning fest.

»Jaja, red du nur.« Nante winkte Leyna zu sich. »Komm, vielleicht bedarf es einer Schwester, um dieses Tor zu öffnen.« Statt ihr Platz zu machen, zog er Leyna vor sich. Von hinten umfasste er ihre Hände und drückte ihre Handflächen auf die Kupferplatten.

Tatsächlich erglühte das Kupfer in goldrotem Schein, und Henning durchfuhr bei dem Anblick der eng Umschlungenen eine Flamme von … von Wut. Sie verrauchte sofort, als es laut knarrte und das Portal sich wie von selbst nach innen öffnete.

Nante und Leyna traten auseinander. Sie blickte ihn voller Verwirrung und Unglaube und Bewunderung an. »Wie hast du das gemacht? Es war ein Rätsel!«

»Ein Rätsel, das nur eine Schwester lösen kann.«

Henning spähte durch die Tür auf seltsam geformte und farbige Steinwände. Er sah grün gefärbten Stein, grauen, orangefarbenen und braunen, glatt und glänzend – fast wie ein Haufen Scheiße in der Schiffstoilette. »Was für ein Rätsel?«

»Das Rätsel der Tür«, erwiderte Leyna. »Wenn du die Platten berührst, fühlst du ... ein Rätsel. Und nur wenn du es löst, öffnet sie sich.«

Er betrachtete die glatten, gewellten, teilweise tropfenförmigen Steinformationen. »Und du kanntest die Lösung nicht?«

»Nein ... wie gesagt, nur die wenigsten der Ewigen Professinnen kennen sie.«

»Dann gehörst du jetzt wohl dazu.« Er lächelte, bevor er die Treppe hinauf zur Bibliothek blickte. Immer noch war alles ruhig, wie lange würde das noch so bleiben? »Ist das hier der einzige Zugang?«

»Ja.«

»Dann wird es spannend, wenn wir wieder herauskommen.« *Aber erst einmal wollen wir rein. Immer schön den ersten Schritt vor dem zweiten tun.* Er lief zu den Toten und schnappte sich zwei der Hellebarden. Damit bewaffnet betrat er schließlich den alten Trakt.

Hinter ihnen schloss sich das Portal von selbst, sperrte den hellen Feuerschein aus, doch richtig dunkel wurde es nicht. Henning hatte den Eindruck, dass die Wände selbst zu leuchten schienen, aber sicher war er sich nicht.

Der Weg führte über einige Stufen und um eine Biegung hinab. Wie in einer Tropfsteinhöhle hingen Stalaktiten von der Decke, und Stalagmiten ragten bis auf Brusthöhe empor, aber nirgends tropfte etwas. Es war völlig still und trocken.

Leyna schien seine Gedanken zu erraten. »Angeblich ist der alte Trakt durch einen Lavastrom entstanden«, erklärte sie. »Auch unten am Seezugang kann man solche Formationen sehen.«

»Aha«, sagte Henning nur. »Und hier sollen Bücher und Artefakte lagern?«

»In bestem Klima«, erklärte Leyna. »Das ganze Jahr über bei gleicher Temperatur und Trockenheit.«

»Und bestens geschützt vor Eindringlingen!« Die Männerstimme ließ sie alle erstarren. Hinter der Biegung trat eine Gestalt aus dem Schatten, in Händen ein seltsam geformtes Schwert mit extrem dünner, aber langer Klinge. Die Spitze schimmerte milchweiß.

»Karrol!«, entfuhr es Leyna. »Beim Paar! Was tust du hier?«

»Mich beschützen.« Ein zweiter Schatten manifestierte sich zu einer Greisin mit grausigem Antlitz. Statt Augen waren da vernarbte Höhlen unter der Kapuze.

Kapitel 30

Königtum Westend, La Harb,
alter Trakt der Gilde der Zeichen

»Ilka!« Leyna lachte vor Erleichterung. »Und Karrol. Den Göttern sei Dank!« Eine Last fiel von ihren Schultern, und sie schwebte regelrecht auf die beiden zu, ergriff die von Tausenden kleinen Narben übersäten Hände der Alten. »Es tut so gut, Euch zu sehen.«

»Und dich erst, Gezeichnete.« Ilkas Stimme klang festlich.

Leyla furchte irritiert die Stirn. Gezeichnete? Was war das für eine Anrede? Sie wollte nachfragen, doch Ilka löste sich aus ihrem Griff, um zu den Zwillingen zu schlurfen. Aus ihren Schattenhöhlen heraus gewährte sie Henning nur einen Moment ihrer Aufmerksamkeit, doch bei Nante legte sie den Kopf schief und verharrte lange. »Du bist wahrlich eine Präsenz.«

Nante kratzte sich am Hinterkopf. »Wenn Ihr das meint.«

»Ja, das meine ich.« Ilkas gebeugtes Haupt wackelte auf und ab, dann wandte sie sich wieder an Leyna. »Gute Begleitung hast du dir erwählt.«

»Ja?« Leyna zuckte mit den Achseln. »Ich glaube eher, sie haben mich erwählt.« *Nein, Nante hat mich erwählt.*

Henning trat vor den Haushofmeister, der das Schwert zurück in die Scheide steckte. »Und Ihr seid Karrol?«

»Der bin ich, Junge.«

»Dann habe ich gute und weniger gute Nachrichten für Euch.«

Karrol furchte die Stirn. »Du für mich? Na, dann beginn mit den Guten, schlechte haben wir genug.«

»Eure Lieferung hat La Harb erreicht.«

Ilka war sofort bei ihnen, packte Hennings Unterarm. »Die Lieferung des Schwarzen Adels?«

»Genau die, Schwester.«

»Und was ist die weniger gute Nachricht?« Karrol ließ die Hand auf dem Schwertknauf liegen.

»Dass sie uns vom Baron abgenommen wurde.«

Ilka stieß ein Zischen aus. »Lazards!« Sie klang wie eine Schlange.

Karrol reagierte weniger ungehalten. »Immerhin ist es in der Stadt, Ilka. Und Lazards wird nichts damit anfangen können, denn er verachtet Magie, insofern ist es nur eine Frage der Zeit, bis wir das Edulog unser nennen.«

Die Worte schienen Ilkas Zorn zu dämpfen. »Du hast recht. Bleibt nur die Frage, ob uns genug Zeit bleibt.«

»Ein Edulog?« Leyna wurde immer verwirrter, blickte von einem zum anderen. »Das glaub ich jetzt nicht. Ihr habt beim Schwarzen Adel ein Edulog geordert, das Fratera nach La Harb bringen sollten?«

»Fratera?« Ilka wandte sich Henning und Nante zu, bevor sie sich an die Schläfen fasste, als hätte sie Kopfschmerzen. »Dieser Idiot von Korhal! Ich gab ihm genaue Anweisungen! Nur per Landweg, weil die See zu gefährlich ist!«

»Davon hat er natürlich nichts gesagt, der Gute«, brummte Henning. »Er schien nur froh, es loszuwerden. Er hatte einen Töter.«

Ilka lächelte ohne Freude. »Damit er nicht auf dumme Gedanken kommt. Beim Paar! Gibt er es Fratera! Seid ihr unterwegs angegriffen worden?«

»Durchaus. Von den Jundar.«

Ilka verzog den Mund. *»Se Jundar.«* Sie wandte sich ab und schlurfte tiefer in die Höhle. »Folgt mir, Kinder. Ich glaube, ich muss euch einiges erklären.«

»Das glaube ich auch«, rief Leyna ihr hinterher. »Ein Edulog? Ein Töter? Gezeichnete? Und was bedeutet *Se Jundar?*« Und leiser fragte sie das Wichtigste: »Und was ist mit meinem Vater passiert?«

Die Alte blieb stehen. »Ihr habt ihn gefunden?« Ein Blick zu Nante. »Ja, ihr habt ihn gefunden. Wie ist sein Zustand?«

»Sein Zustand!? Er ... er ist ...«

»... ein Regenmacher, Gezeichnete«, sagte Ilka ruhig. »Der Jundarparasit hat ihn mutieren lassen. Viel habe ich noch nicht herausgefunden, aber der Parasit zapft irgendwie die Gabe an, um Regen zu erzeugen. Habt ihr die Laute gehört, die er von sich gibt? Ich kann die Magie darin *hören.* Und ich sehe dabei Regen, ewigen Regen.«

Leyna starrte die Alte nur an. Deren Worte flatterten wie Motten durch ihren Verstand. Parasit. Gabe. Angezapft. Mutiert. Ewiger Regen.

Ilka fuhr fort: »Und bevor du mir gleich Vorwürfe machst: Ich habe alles versucht, was in meiner Macht steht, um ihn zu retten. Alles. Und noch mehr. Aber jetzt kommt, damit ich euch etwas zeigen kann. Danach werdet ihr verstehen.«

Sie schlurfte davon, und Leyna brannten tatsächlich Vorwürfe auf der Zunge – aber weshalb eigentlich? Ilka hatte Henry vor den Männern Simeones und des Barons verborgen, sie hatte versucht, ihn mit Zeichen aus der Zeit zu nehmen und was sonst noch alles. Warum verspürte sie plötzlich Ärger auf die Alte? *Weil sie ihn zu dem werden hat lassen, was er jetzt ist. Ein Regenmacher. Mutiert.* Die Wahrheit war wie eine glühende Kohle, die in einen Trog Eiswasser fällt. Sie zischte und sprudelte für einen Moment, um das Wasser trotzdem kalt zu hinterlassen. *Ich hätte ihn nicht so lange gequält*, dachte sie. *Oder doch?* Sie hatte einmal einen schlauen Spruch gelesen, der besagte, dass der Tod endgültig war, das Leben hingegen voller Möglichkeiten. Hätte sie nicht auch alles versucht, um Henry zu retten? Versuchte sie nicht immer noch alles? *Ja, ich hoffe immer noch*, und deswegen folgte sie Ilka tiefer in den alten Trakt hinein.

Der gab seine Schätze nach einer weiteren Biegung preis. In die wellenförmigen Wände waren Regale eingepasst, auf denen Bücher, Folianten und Schriftrollen in rauen Mengen ruhten. Riesige Truhen standen zwischen Stalagmiten, manche geschlossen, manche offen, aus denen Rüstungsteile, Schwerter und Helme ragten. Es gab Fässer voller Münzen, einen Sack voll Gold und an einer Wand hing das Bildnis eines bärtigen Mannes. *Zacharias, der Sohn der Wächterin.* Das Bild existierte tatsächlich. *Unglaublich.*

Ilka ließ das alles kalt. Sie steuerte in den hintersten Teil, in dem schlichte Holztische und Stühle standen. Auf einem lagen zwei dünne, aufgeschlagene Büchlein neben einem rauchblauen Kristall, gebettet auf schwarzen Samt.

Die Zwillinge schlossen auf, wobei Henning die Rüstungsteile näher inspizierte, bevor er den unebenen Kristall in Augenschein nahm. Etwas huschte über sein Gesicht, doch Leynas Aufmerksamkeit wurde von Ilka auf eines der Bücher gelenkt. Es sah uralt aus, die Lederseiten waren fleckig und braun, eng und randlos mit winzigen Buchstaben in fast verblasster Tinte beschrieben.

»Hier«, sagte Ilka, »findet ihr die Wahrheit über die Jundar.«

Henning beugte sich vor. »Sieht nach viel Text aus. Gibt's 'ne Kurzfassung?« Seine Blicke zuckten immer wieder zum Kristall.

»Das ist die Kurzfassung, Ungeduldiger. Das sind die handschriftlichen Notizen des Magiers Sankt über alles, was er über die Jundar wusste.«

Leyna entwich ein Atemzug. Es wurde immer absurder. »Sankt? *Der* Sankt?«

»Genau der.« Ilkas Finger strichen über den Rand der aufgeschlagenen Seite wie über den Rücken eines Liebhabers. »Ich habe es hier vor Jahrzehnten entdeckt und aus dem Eduschéeian übersetzt. Erst da begriff ich, was ich in Händen hielt. Eines seiner berühmten Tagebücher. Und nicht nur eines, sondern sein letztes.«

»Geschrieben während des Zwillingskriegs?« Nante besah sich das Buch aus der Distanz, beugte sich nicht hinab.

»Ja. Kurz vor seinem Tod. Vor ihrer beider Tod.«

»Und was hat das mit diesen Jundar zu tun?«, wollte Henning wissen. Er sah plötzlich blass um die Nase aus.

Ilkas vernarbte Augenhöhlen wandten sich ihm zu. »Eine ganze Menge. Denn die Jundar, ein Wort aus dem Eduschéeian, heißt übersetzt *die Diener*, und sie waren der Grund für den Zwillingskrieg.«

Henning hob eine Augenbraue. »Ich dachte eine Frau. Es ist immer eine Frau.«

Ilka schnaubte. »Das Weib der Zwillinge hieß Magie! Bei denen gab es keine andere. Dafür Ehrgeiz und Wahnsinn.« Sie betrachtete wieder das Buch, dann das andere. Es war deutlich neuer, kaum abgegriffen und mit weniger eng beschriebenen Seiten. Vermutlich ihre Übersetzung.

Da berührte Karrol sanft ihre Schulter. »Gräme dich nicht über die Dummheiten längst Verstorbener«, sagte er sanft. »Die Zukunft ist das Entscheidende.«

»Es fällt mir schwer, mich beim Anblick von so viel Dummheit daran zu erinnern.« Ein Ruck ging durch die Alte. »Also, was wisst ihr bereits über die Jundar?«

»Nur den Namen«, gestand Leyna.

»Also nichts. Dann lasst euch gesagt sein, dass die Jundar erschaffen wurden. Von Ives, Sankts Bruder. Die beiden stießen offenbar bei magischen Experimenten auf die *Essenz des Lebens, kell tállas* in Alt-Eduschéeian. Was die Essenz genau sein soll, konnte ich nicht herausfinden, aber Sankt ist eindeutig besorgt. Er schreibt: Wir dürfen sie nicht verwenden, habe ich ihm hundertfach gesagt, nein, tausendfach, und was tuet er? Er will ein Ewiger sein! Ives hat die Essenz gegen den Rat seines Bruders verwendet und damit die Jundar erschaffen. Es ist die Rede von Fischleibern und Echsen und Reptilien, die er auseinanderschnitt und neu zusammensetzte und dann zum Leben erweckte. *Seine Diener,* wie er sie nannte. *Se Jundar.*«

Henning packte seinen Bruder an der Schulter. »Sagtest du nicht, du hörst die Stimme desjenigen, der sie erschuf?«

Nante nickte. »Manchmal, ja.«

»Ives' Stimme?« Ilka wandte ihm ihre Aufmerksamkeit zu. »Das wäre ja unglaublich. Daher die Präsenz! Was sagt sie dir?«

»Dies und das und jenes.«

»Wie das Xangram?«, wollte Leyna wissen.

»Ja, es ist wie ...« Nante suchte nach einem Wort, das Ilka lieferte:

»Erinnerungen?«

»Ja, so ungefähr.«

»Dann bist du hochsensibel für das fünfte Element«, sagte die Alte ernst. »Es gibt eine Theorie, die Theorie der ewigen Erhaltung. Die besagt, dass beim Tod eines Magiebegabten sein Potenzial in den Raum übergeht. Wie unsichtbare Wellen oder Wolken oder Strahlen. Manche können diese wahrnehmen und sehen Bilder, hören Worte, wissen Dinge. Hörst du auch andere Stimmen?«

»Mehrere, ja.«

»Dann bist du ein Empfänger, dazu ein Erstklassiger. Erstaunlich. Eigentlich müsste ich dich untersuchen, aber uns bleibt keine Zeit dafür, wie ich befürchte.« Sie blätterte vorsichtig in Sankts Aufzeichnungen und tippte auf eine Stelle, bei der der Text eine Skizze eines Kristalls umfloss. »Hier kommt das Wichtigste. Sankt schreibt: Er muss sie mithilfe dieses Seelensteins geknechtet haben, ich sehe keine andere Möglichkeit, wie er sie sonst auf Dauer binden könnte. *Seine Diener*… Wie konntest du nur deine Seele spalten, du Narr?« Sie sah bedeutungsschwer in die Runde. »Das ist der Schlüssel, warum sie uns angreifen: Der Seelenstein knechtet sie.«

»Weil sie frei sein wollen«, mutmaßte Nante.

Ilka nickte. »Nur so kann ich es mir erklären.«

Leyna hob abwehrend die Hände. »Langsam, langsam.« Das alles verwirrte sie zutiefst. »Ives erschafft also vor viertausend Jahren irgendwie diese Wesen mit diesem Seelenstein, was fantastisch genug klingt, aber gut. Ich hab sie gesehen. Und jetzt wollen diese Jundar den Stein haben? Sehe ich das richtig?«

»So meine Theorie.«

»Aber warum erst viertausend Jahre später?«

»Weil Sankt sie ins Meer verbannt hat. Die Zwillinge lebten damals in der Südmark, wo heute etwa Tannrein liegt. Ives muss seine Diener in den Fluten des Talisters erschaffen haben. Sankt schreibt« – wieder blätterte Ilka, diesmal bis ans Ende der Übersetzung –, »ich versuche, sie über den Arm in die Tiefen der Mutter zu bannen, wo nie ein Mensch sie finden wird, aber ich habe Angst. Alles endet irgendwann, und dann? Werden seine Diener überdauern? Werden sie sich weiterentwickeln? Vermehren? Werden sie zurückkehren? Werden sie dann noch seine Diener sein, wenn er nicht mehr ist?« Sie hob den Kopf. »Damit endet der Text. Sein Bannzauber muss wahrlich mächtig gewesen sein, wenn er viertausend Jahre überdauerte, doch wie er schon sagte: Alles endet irgendwann.« Entschlossen klappte sie das Buch zu. »Sie kommen, um den Seelenstein zu vernichten.«

»Deswegen der Angriff auf den Seezugang«, sagte Henning.

»Welcher Angriff?«, wollte Karrol wissen.

Das erstaunte Henning. »Ihr habt es nicht mitbekommen? Heute haben Jundar versucht, über den Seeweg in die Gilde zu gelangen. Die Männer des Barons konnten den Angriff gerade noch abwehren.«

Ilka wurde grimmig. »Dann steht die Invasion kurz bevor. Es fügt sich alles zusammen. Die Regenmacher, um an Land zu gehen, die Seelensplitter, der Angriff.«

Leyna musterte den rauchgrauen Kristall. Schatten schienen darin zu tanzen, fast wie Fische unter der Eisoberfläche.

Nach einem Moment des Schweigens sagte Nante: »Klingt schlimmer, als es ist, oder? Man müsste doch nur den Seelenstein zerstören, bevor sie es ein zweites Mal versuchen.«

»Ja, aber den Seelenstein vernichten ...«

Leyna kam ein Gedanke. »Warum schenken wir ihn nicht einfach den Jundar? Nehmen ein Boot, rudern hinaus und versenken ihn.«

Henning schnaubte. »Weil sie wahrscheinlich trotzdem sauer sind auf uns Menschen. Ich mein, einer unserer Vorfahren hat sie erschaffen *und geknechtet* und ein anderer in die Tiefen des Meeres gebannt, wo sie viertausend Jahre in der Dunkelheit fristen mussten. Also ich wäre stinksauer auf uns, du nicht?«

»Ja, vermutlich.« Leyna beugte sich zum Kristall hinab, besah ihn sich aus der Nähe. »Dann bleibt uns nur, ihn zu vernichten. Wir könnten damit sogar ein Zeichen setzen: Schaut, Jundar, wir lösen eure Versklavung! Wir vernichten, was wir selbst einst schufen.«

Henning nickte nachdenklich.

Leyna schaute zu Ilka. »Bleibt die Frage: *Können* wir ihn denn vernichten?«

»Das ist der Knackpunkt«, sagte Ilka. »Ich kann es nicht, denn ich weiß nicht, wie. Dazu steht leider nichts in seinen Aufzeichnungen. Außerdem«, ihre Stimme wurde bitter, »ist es nur ein Splitter. Der Seelenstein muss irgendwann zerbrochen sein. Dieses Fragment fand ich zusammen mit dem Buch hier in der Bibliothek. Ein zweites Fragment stöberte ich über den Schwarzen Adel auf.«

»Das Edulog?«, fragte Henning erstaunt.

»Richtig. Wir müssen es unbedingt in unsere Gewalt bringen und beide Splitter zerstören. Und zwar so schnell wie möglich, bevor sich die Jundar erheben und in Scharen in La Harb einfallen.«

»Und auf den Inseln.« Henning stöhnte laut. »Bei der Mutter See! Das kann doch alles nicht wahr sein!«

»Was denn, Junge?«, fragte Karrol.

»Das hier!« Henning deutete auf den Splitter. »Es gibt noch ein drittes Fragment. Nante und ich haben es vor ein paar Jahren in einer Truhe in die Schatzkammern der Fratera geschleppt.« Er schüttelte den Kopf. »Ich erinnere mich noch gut an die Truhe mit Scharnieren in Form von Kraken. Alles Hehlerware, die wir einem Händler aus Tannrein abnahmen.« Er schlug sich mit der flachen Hand gegen die Stirn, und noch einmal.

In das darauffolgende Schweigen hinein sagte Karrol: »Ihr konntet nicht wissen, was es war.«

»Natürlich nicht! Aber spielt das eine Rolle? Es hat auf den Inseln schon vor Wochen geschüttet, so wie hier! Fischer sind spurlos verschwunden, sicher Magiebegabte, die mutiert sind. Wir haben die Inseln dem Untergang geweiht, und niemand weiß davon!« Mit einem Ruck wandte er sich ab und entfernte sich ein paar Schritte. Seine Schultern bebten unkontrolliert.

Leyna war angesichts der neuen Erkenntnisse wie erschlagen. Sie blickte auf Sankts Buch, doch sie sah nur ihren Vater vor sich, den Regenmacher. Seine aufgesprungenen Lippen bewegten sich, bewegten sich auf sie zu, wurden riesengroß und verschluckten sie, saugten sie in die Tiefe, wo nur ein Gedanke übrig blieb: *Er bereitet ihnen den Weg, damit sie an Land können, und ich habe alles getan, damit er es schafft.*

Kapitel 31

Inseln des ewigen Schlafs, Krabbenbucht

Kea tauchte die Ruder ins Wasser, kämpfte gegen die Brandung. Die Mutter See war heute zornig. Sie schien zu schäumen. Die Wellen warfen das Ruderboot hin und her, doch Kea biss die Zähne zusammen und bugsierte das Boot weiter durch die Krabbenbucht.

Die Höhle am nördlichen Ende tat sich als schwarzer Spalt zwischen den zerklüfteten Felsen auf. Bei Flut verschwand sie vollständig unter dem Meeresspiegel, bei Ebbe war sie gerade hoch genug, um mit einem flachen Boot befahren werden zu können. Gefährlich waren die Riffe, die von schäumendem Weiß umspült wurden. Die scharfkantigen Felsen konnten ein Boot leicht kentern lassen, und der Sog des Meeres war dort besonders stark. Selbst erfahrene Piraten waren dort schon ertrunken, wie die Gedenksteine am Strand mahnten. Oder waren die Gedenksteine nur steinerne Lügen, um die Kinder von den Schatzkammern fernzuhalten?

Die Ruder knarrten in den Dollen, Kea ächzte mit ihnen, und Schweiß rann ihr über die Stirn, als sie die Höhle endlich erreichte. Für einen Moment ließ sie sich treiben, begutachtete die Schatten unter der Wasseroberfläche und entschied, am rechten Rand einzusteuern.

Wieder knarrte das Holz, das Boot schaukelte parallel zu einer Welle, kam den Felsen gefährlich nah, doch Kea war eine Falk und wusste mit den Rudern umzugehen. Schließlich glitt das Boot in die salzige Düsternis. Die Brandung wurde augenblicklich ruhiger.

Als sich ihre Augen an die Dunkelheit gewöhnt hatten, staunte Kea nicht schlecht. Eine Art Flussstraße führte tief in die Klippen hinein, erhellt von einzelnen Lichtstrahlen, die hier und da wie Lichtspeere durch die zerklüftete Decke drangen. Irgendwann wurde die Straße breiter und höher und öffnete sich zu einer ausladenden Höhle. Ein Landungssteg aus muschelverkrusteten Planken kam in Sicht. Ein Boot war dort vertäut. Eine Frau und ein Mann standen am Ende des Stegs an einem Kohlebecken, wärmten sich die Hände und bewachten eine schwarz gestrichene Tür, auf der das eiserne Kreuz der Fratera prangte.

Von Wachen hat der Fettsack nichts gesagt, fluchte Kea im Stillen. Und jetzt? Zurückkehren konnte sie nicht; die beiden hatten sie bereits entdeckt. Die Frau kam über den Landungssteg auf sie zu. Es war keine andere als Sina, das Messer.

»Kea Falk«, grüßte die Fratera. »Was bei allen Höllen tut *Ihr* hier?«

Das könnte ich Euch fragen. Kea wagte es nicht; irgendetwas Ungutes lag in Sinas Blick. Hatte Enrik Gran geplaudert? Hatte er sich trotz seines Suffs an die neue Nutte mit den Fragen erinnert? Die Möglichkeit verursachte ihr eine Gänsehaut… *Und wenn schon*, hörte sie ihre Stimme im Kopf. *Niemand wird die Wahrheit als Wahrheit akzeptieren. Niemand wird sie glauben wollen!*

Und trotzdem brauchte Kea eine Antwort auf Sinas Frage. »Nante hat mich geschickt«, sagte sie schließlich.

»Nante? Euer Bruder ist seit Tagen auf hoher See.«

Ach wirklich? »Er hat mich vor seiner Abreise instruiert.« Keas Boot glitt an den Steg, und sie warf Sina das Tau zu.

»Er sagte, ich solle am vierzehnten Tag nach seiner Abreise im Morgengrauen in die Schatzkammern fahren und dort nach einem Kristall suchen.«

Sina musterte sie, das Tau in den Händen. Sie glaubte ihr kein Wort, aber weil sie die Tochter des Obersten war, konnte sie nicht sofort widersprechen.

»Er hat es nicht mit seiner Stimme gesagt«, fügte Kea hinzu. »Aber er war so *eindringlich*... Versteht Ihr? Er verriet mir auch, wie ich herkomme.«

Das zog. Sina nickte zaghaft, aber sie nickte. Dann vertäute sie Keas Boot und reichte ihr die Hand, um ihr auf den Steg zu helfen. »Wisst Ihr, wo dieser... Kristall sein soll?«

»Ja.« Kea hörte den Ruf so deutlich wie nie. Er schrie förmlich hinter der schwarzen Tür. »In einer Kiste mit Scharnieren in Form von Kraken.«

Das Detail überzeugte Sina. »Gut, dann werden wir ihn finden. Sperrst du uns auf, Jonny?«, rief sie ihrem Begleiter zu, während sie zur schwarzen Tür schritten.

Ein einzelner Schlüssel klirrte an einem Eisenring, als Jonny ihnen öffnete. Er musterte Kea nur kurz, aber auch sein Argwohn war zu spüren. *Enrik muss geplaudert haben*, entschied sie und schenkte Jonny ein freundliches Lächeln. Warum sonst sollten hier Wachen postiert sein? Sie wollten wissen, wer das Geheimnis aus Enrik herausgekitzelt hatte. Nur gut, dass sie die Tochter des Obersten war. Andernfalls wäre spätestens hier Schluss gewesen und sie ein weiterer Gedenkstein am Strand. Sina, das Messer, war so gefährlich wie die See an einem besonders stürmischen Tag vor den Klippen.

All ihre Gedanken wurden fortgewischt, als sie die Schatzkammern betrat. Mehrere Kreuzgewölbe erstreckten sich tief in den Felsen, von Hand gemeißelt in Abertausenden Stunden. Von jedem Schlussstein hing ein Kronleuchter herab, doch brannten darauf keine Kerzen. Wer hätte sie auch entzünden und austauschen sollen? Stattdessen glühten Hunderte Kristalle in der Größe von Fingern in mattem Schein, und in ihrem honiggelben Licht funkelten die Gewölbe voller Gold und Silber, Kelche und Geschmeide. Rote Blitze von Rubinen, grüne von Smaragden und gelbe von Opalen hier und dort. Ein silbernes Besteck, ein Skarabäus, bemaltes Porzellan. Wohin Kea auch blickte, sie entdeckte Kostbarkeit um Kostbarkeit.

»Ihr seid das erste Mal hier.« Es war keine Frage von Sina, sondern eine Feststellung. »Beeindruckend, nicht?«

Kea konnte nur nicken. »Ich hätte nicht gedacht, dass wir so reich sind.« *Dass wir überhaupt reich sind.*

»Reich ist relativ. Mehr als fünfhundert Mäuler zählen die Fratera. Lass Hungersnöte kommen, einen Krieg auf dem Kontinent, einfach schlechte Zeiten ... dann schmilzt dieses Gold schneller als eine Kerze im Feuer, nur um unsere Mäuler zu stopfen.«

Darauf wusste Kea keine Erwiderung. Sie schritt das Gewölbe entlang, strich mit den Fingern durch eine Kiste voller Münzen, nahm einen goldenen Kelch zur Hand, dessen Sockel aus geschnitztem Elfenbein bestand. »Unglaublich«, wisperte sie.

»Wahrlich.« Sina erschien an ihrer Seite, nahm ihr den Kelch aus den Fingern und stellte ihn zurück auf einen Felsvorsprung. »Und nun lasst uns Eure Truhe suchen.« *Und wehe, sie existiert nicht.*

Sie existierte allerdings. »Das gibt's ja nicht!«, rief Sina wenig später aus einem der hinteren Gewölbe. Münzen klirrten, etwas schabte. »Da ist sie.«

Da ist sie, da ist sie, dasistsie. Die Worte hallten in Keas Kopf nach, und mit pochendem Herzen eilte sie zu Sina. Tatsächlich stand zu deren Füßen eine Kiste aus dunklem

Holz. Scharniere in Form von Kraken hielten die Klappe. Das Maul eines Wals, der das Schloss symbolisierte, war weit aufgerissen. Einen Schlüssel gab es nicht.

»Schickes Teil.« Sina strich ein paar Münzen vom Deckel herunter, die vom Haufen daneben darauf gerutscht waren. »Wo die wohl herkommt?«

Von weit her, hätte Kea antworten können, doch ihre Vision kehrte für einen Moment zurück – die Kiste umspült von Wasser. Schemen schleiften sie über schwarzen Stein und durch Wasser und wuchteten sie schließlich in ein Boot.

Ich habe sie wahrhaftig gefunden! Sie sank vor der Truhe auf die Knie. Ihr Gesicht verzog sich zu einem verträumten Lächeln.

Die hat doch nicht mehr alle, ging es Sina durch den Kopf. *Warum lächelt sie so dümmlich?*

Ein scharrendes Geräusch wehte in die Schatzkammern, wie von Hufen auf Kies. Sina blickte alarmiert zum Ausgang. »Hast du das auch gehört?«

»Was?« Keas Finger berührten den Deckel. Ein Zittern lief durch ihren Körper, und der Ruf war lauter denn je. Wie ein vielstimmiger Chor sang er: *»Öffne sie! Öffne sie! Öffne sie!«*

Sina schlich zum Ausgang. Eines ihrer Messer sprang in ihre Hand. »Jonny? Was ist los?«

Es folgte keine Antwort.

Kea versuchte, die Klappe der Truhe anzuheben, doch sie bewegte sich nicht. *Abgesperrt*. Und kein Schlüssel.

Sina erreichte die Tür. Vorsichtig spähte sie hinaus zum Steg, an dem nur noch ein Boot vertäut war. Keas Boot. Sie verzog das Gesicht. *Was soll das? Wo ist Jonny hin?* Dann hörte sie etwas zischen und gewahrte eine Bewegung aus dem Schatten von links. In einer nach saurem Urin stinkenden Lawine aus Klauen, Hörnern und Schuppen wurde sie zu Boden gerissen.

Kea rüttelte kräftiger am Deckel, doch der Wal und die Kraken waren eisern.

»Kommt schon!« Sie stöhnte. *Öffnet euch!* Sie zerrte sogar an der Kiste, aber die war zu schwer, um sie mitzunehmen.

Dann hörte sie Sina keuchen und sah, wie die Fratera von einem hundegroßen Wesen niedergeworfen wurde. Der Anblick war grotesk. Was war das für ein ...

ÖFFNE DIE KISTE!, zischte die Stimme in ihrem Ohr. Der Laut tat körperlich weh.

Sie fuhr wieder herum. »Die Kiste, ja, die Kiste!«

Sina wurde vom Aufprall die Luft aus den Lungen gepresst, und etwas Hartes prallte ihr gegen den Hinterkopf. Von irgendwoher spritzte Salzwasser und brannte in ihren Augen.

»Mutter See«, stöhnte sie, *steh mir bei!*

Den letzten Teil brachte sie nicht mehr hervor, weil das Monster sie mit seinem Gewicht niederdrückte. Hörner schabten über ihre Lederrüstung, etwas bohrte sich in ihren Unterleib, und das Maul schnappte nach ihrem Gesicht. Ihr Langmesser hatte sie nicht mehr, dafür den Kurzdolch im Schulterschutz. Mit rechts zerrte sie ihn hervor und stieß ihn nach den orange glühenden Augen des Wesens. Sie traf nicht, die Klinge schabte nur an Hornplatten entlang. Das Ding grollte tief aus der Brust.

Kea hatte eine Brosche auf dem Goldhaufen neben ihr gefunden. Die silberne Halterung auf der Rückseite könnte passen. Sie bog sie gerade und rammte sie ins Maul des Walfischs.

Sina stach wieder zu, und noch mal und noch mal. Mit den Knien kämpfte sie gegen das Gewicht des Viehs, und mit der anderen Hand versuchte sie, den Kopf an einem Horn von ihrem Gesicht fernzuhalten, doch es zappelte und fauchte und riss das Maul auf. Fauliger Gestank nach totem Fisch umhüllte sie, bevor die Kreatur ihr die Nase abbiss. Sina kreischte, während Blut in ihren Rachen floss, und stach weiter zu. *Ins Auge, ins Auge! Komm schon, Sina! Ins Auge!* Sie spürte aber nur hartes Horn unter der Schneide, dann ein Ruck des Kopfs, und ihr Kurzdolch flog davon.

Kea fummelte fiebrig am Wal herum, drehte den Verschluss der Brosche in alle Richtungen. Als er sich verhakte, versuchte sie es mit Kraft, nur um das Silberstück mit einem hellen *Pling!* entzweizubrechen. Keinen Fingernagel breit ragte der Rest aus dem Maul. Und hinter ihr brüllte Sina … aus purer Verzweiflung. Mit beiden Händen hatte sie nach dem Unterkiefer gegriffen, um ihn abzuwehren, und nun spürte sie, wie sich die Fänge wie Zangen schlossen und öffneten und schlossen, ihr die Finger zerquetschten oder abtrennten. Der Schmerz blendete sie fast, und doch war da noch ein klarer Gedanke: *Dein Brustdolch!* Es war ihre letzte Chance. Sie ließ das blutverschmierte Maul los, sah nur noch drei Finger an ihrer Hand, griff sich trotzdem an die Brüste und fand das schmale Stilett in ihrem Wams. Beinahe hätte sie es sich selbst in den Hals gerammt, als das Monster sein Gewicht verlagerte, um ihr die Kehle aufzureißen. Dabei wurde ihr linkes Bein frei. Sie rammte es dem Wesen in die Flanke, und ein zweites Mal, brachte es damit aus dem Gleichgewicht, entlockte ihm ein Zischen, brüllte ihren Zorn hinaus und stach zu. Diesmal glitt die Klinge tief ins reptilienhafte Auge.

Kea war am Rand der Verzweiflung. Das Ende des Verschlusses steckte im Maul des Wals und bewegte sich keinen Deut mehr. Die abgebrochene Kante war messerscharf und schnitt ihr in die Finger. *Ein Werkzeug! Ein Werkzeug!* Gehetzt sah sie sich um, sah nur Münzen und Kelche und Geschmeide und dachte schließlich an ihr Messer am Gürtel. Die Spitze wie einen Hebel nutzend, fummelte sie damit weiter am Wal herum, hinterließ Kratzer auf seiner eisernen Haut, bis schließlich etwas im Schloss knackte! *Ja! Ja ...*

Jemand riss sie von der Truhe weg. Sie schrie: »Nicht, nein, nicht!«, und schlug die Hand beiseite. *Der Kristall!*

Wieder wurde sie gepackt und weitergezerrt. »Scheiß auf den Kristall!«, röchelte Sina, das Messer. »Wir müssen fliehen, dummes Gör!« Etwas traf Kea im Gesicht, und es dauerte einen Moment, bis sie kapierte, dass es eine Ohrfeige war.

Entgeistert sah sie die Fratera an und hätte sie beinahe nicht erkannt. Das Gesicht war eine Landschaft blutigen Schlicks mit einem klaffenden Loch in der Mitte, ihre Hände Stümpfe, aus denen nur noch einzelne Finger ragten. Hinter ihr lag das Monster zuckend am Boden. Zwei weitere glitten echsengleich in die Schatzkammer. Und ein drittes.

Sina musste es in Keas Blick erahnen. Sie schluckte und drehte sich ganz langsam um, starrte die drei Wesen an. Ihre restlichen Finger zuckten.

»So endet es also«, hörte Kea Sina sagen. »Nun denn.« Und dann zu ihr: »Flieh, dummes Kind, und warne die Stadt! Ich halte sie auf!« Mit erhobenen Händen trat sie den Wesen einen Schritt entgegen.

»Nein! Der Kristall!« Kea stürzte zurück zur Truhe, welche trotz des Knackens nicht aufging. Pure Verzweiflung ließ sie schlussendlich gegen das Schloss treten, und es sprang auf.

Irre lachend blickte Kea hinab, dann riss sie die Truhe auf. Neben mehreren Barren mitternachtsschwarzen Metalls lag der rauchgraue Kristall. Der Ruf wurde so laut, dass sie das Vieh nicht hörte. Es sprang sie von der Seite an, stieß sie weg von der Truhe. Kea taumelte, prallte gegen ein Fass und stürzte zu Boden. Irgendwo schlug sie sich den Kopf, und alles um sie herum verschwamm. Während sie stöhnend versuchte, auf die Beine zu kommen und den Nebel zu vertreiben, hörte sie Männerrufe und das Klirren von Stahl. Die Viecher grollten und zischten. Eine Frau schrie.

Endlich stand sie wieder. Sie wischte sich Feuchtes vom Gesicht. Ihr Handrücken war rot. Dann klärten sich die tanzenden Schemen. Vier Männer rangen mit den drei Viechern. Einer von ihnen war Jonny, ein anderer ebenholzschwarz und kahlköpfig: Arturo Santiano.

Er entdeckte sie als Erster, erstarrte für einen Moment vor Unglauben, bekam ein Horn in die Schulter gerammt, schrie vor Schmerz und Zorn, schlug mit dem Schwert um sich, wehrte das Vieh ab und rannte auf sie zu.

Kea taumelte ihm entgegen, *aber erst zur Truhe, zur Truhe, zur Truhe!*

Der Blutsbruder ihres Vaters packte sie keine Armeslänge vorher und nahm sie mit sich wie eine Puppe. Kea schlug um sich, schrie: »Nein, nein, nein!«, aber er war zu stark. Mit hackenden Bewegungen seines Säbels, die die gebogene Schneide in silberne Schlieren verwandelten, bahnte er sich einen Weg zum Ausgang. »Rückzug!«, schrie er. »RÜCKZUG!«

Nur ein weiterer Mann folgte seinem Befehl, die anderen waren zu sehr in den Kampf mit den Ungeheuern verwickelt. Arturo fluchte, drängte trotzdem aus den Schatzkammern und ließ das Grollen und Zischen und Schreien hinter sich zurück. Mit wehenden Mänteln polterten die beiden Männer über die Planken, bevor Arturo sie unsanft in eines der beiden Boote stieß. Mit einem Satz war er neben ihr. »Was du hier machst, erklärst du mir später!« Er hackte das Tau einfach durch, mit dem das Boot angebunden war. Es schwankte wie wild, als der zweite Kerl zu ihnen sprang.

Kea zog sich da bereits am Dollbord hoch, um sich darüber zu rollen und ins Wasser zu stürzen. Sie musste zurück! Sie brauchte den Kristall! Die Tür, die Tür…

Aus der Höhle taumelte Jonny. Er trug etwas über der Schulter, das nach einer halben Sina aussah, brach aber noch vor dem Steg in die Knie. Hinter ihm ragte eines der Wesen auf, das mit Reißzähnen gespickte Maul feucht von Blut. Fleisch fiel aus dem Maul, bevor es ein zweites Mal seine Zähne in seinem Nacken vergrub. Mit weit aufgerissenen Augen brach Jonny zusammen.

Arturo zerrte sie zurück ins Boot. »Ich weiß nicht, welche Teufel dich reiten«, schrie er sie an, während er nach den Rudern griff, »aber die Lunte wird's mir nachsehen.« Sein Ellbogen traf sie mitten im Gesicht, und Kea sackte benommen auf die Ruderbank. Die Welt verschwamm abermals zu Schatten und Schlieren und grellen Lichtern. Sie versuchte, sich in dem Toben zu orientieren, sackte schließlich zurück und konnte nur noch stöhnend in den Himmel starren.

Der wurde wolkengrau. Kalte Mücken kitzelten sie im Gesicht, hier und da und dort, und Arturo und der andere sprachen schnell und erregt in einer fremden Sprache miteinander.

Das war zu viel für sie. Kea schloss die Augen …

… nur um sie wieder aufzureißen. *Nicht einschlafen! Der Kristall!*

Beim zweiten Versuch bekam sie ihre Hand vors Gesicht, wischte Regen und Blut davon und blinzelte und blinzelte und schüttelte sich wie ein nasser Hund. Endlich zogen sich die Schlieren zusammen, der klumpenartige Schemen gerann zu Arturo, der mit grimmiger Miene ruderte. Regen sprenkelte sein kahles Haupt.

»Bleib liegen!«, befahl er.

Kea dachte nicht daran. Sie hob die Hand vors Gesicht, damit er sie nicht wieder schlug, und stemmte sich ins Sitzen. Beinahe wäre sie zurückgesackt, weil Sterne vor ihren Augen tanzten und sich alles drehte. Ihre Finger fanden Halt am Dollbord. Sie musste durchschnaufen, ausruhen, atmen.

»Bei den Göttern!«, raunte Arturos Begleiter plötzlich. »Was ist das?«

Das Rudern setzte aus.

»Keine Ahnung.« Arturo klang ziemlich seltsam, und die darauffolgende Stille bewegte Kea dazu, trotz ihres Schwindels aufzublicken.

Lodenhaven lag keine Seemeile mehr entfernt vor ihnen. Das Wasser im Hafen schien zu kochen. Glänzende Leiber glitten an die Oberfläche und verschwanden wieder. Es sah aus wie eine Seehundkolonie, nur mit Dornen, Schuppen und Klauen. Es mussten Hunderte der Wesen wie aus der Schatzkammer sein. Tausende. Und sie sahen verschiedentlich aus: Ein Monstrum hatte einen leiterlangen Hals, auf dessen Ende ein hässlicher, speerspitzer Kopf saß, der hin und her ruckte. Echsengleiche Wesen mit Schwimmhäuten sprangen aus dem Wasser, um einen Steinwurf weiter wieder einzutauchen. Und ein riesiger Krake mit fahlen Stoßhörnern erklomm eine der Galeeren und knickte den manndicken Mast wie einen Grashalm.

»Se Jundar«, wisperte Kea und wusste nicht, warum.

Arturo riss sich von dem bizarren Anblick los. »Was hast du gesagt?«

»Seine Diener.« Kea starrte entgeistert auf das grausige Schauspiel.

Immer mehr der Jundar glitten im Regen an Land, erklommen die Piers und Wellenbrecher. Vor der Hafentaverne war ein Kampf entbrannt. Aus der Ferne erkannte Kea die Gestalten nur wie Kinderspielzeug, aber sie sah unter den sicher fünfzig Kämpfern ihren Vater mit roten Bändern im Bart und seiner gewaltigen Streitaxt in den Händen, die einem der Viecher den halben Kopf abtrennte. Da war auch ihr Bruder Raik, wie immer ganz in Schwarz gekleidet und mit zwei Krähenschnäbeln in den Händen, die wild um sich hackten. Neben ihm warf sich der Fettsack Enrik Gran in den Kampf, mit bloßen, blutigen Händen.

»Das ist das Ende.« Arturos Begleitung lachte heiser. »Die Mutter See erhebt sich gegen uns.«

»Schwachfug, Greg!« Arturo hatte sich wieder gefangen, packte die Ruder und tauchte sie ins Wasser. »Die Mutter würde Wellen gegen uns schicken, keine ... keine Monster!« Schubweise glitten sie auf Lodenhaven zu.

Gregs Blick kam langsam herum, richtete sich auf Arturos Tun. »Bist du wahnsinnig?«, flüsterte er.

»Willst du fliehen?« Ein weiterer Ruderzug, und noch ein kräftigerer.

Etwas kreischte neben ihrem Boot. Es klang nach einer Möwe, nur tiefer. Greg fuhr herum, weil es genau hinter ihm erklungen war – und wurde von etwas an der Brust getroffen. Es war eines der kleineren Biester mit den Schwimmhäuten. Mit scharfen Klauen riss es ihm die Lederkluft auf.

Greg brüllte mehr vor Überraschung als Schmerz, stolperte rückwärts über die Sitzbank und ging über Bord.

Das Boot schwankte. Arturo fluchte. Kea wurde hin- und hergeworfen. Sie krallte sich an die Bordwand. Um sie herum kochte das Meer.

Arturo ließ die Ruder sinken. Sein Blick traf Kea. Er atmete dreimal tief durch, bevor er seinen gebogenen Säbel zog. »Bete um unsre Leben!« Dann erhob er sich, suchte festen Stand und stellte sich dem ersten Jundar entgegen, der zischend an Bord glitt.

Kea betete nicht. Eine bleierne Schwere hatte sie erfüllt. Sie blickte zurück zur Krabbenbucht, die sie nicht mehr einsehen konnte, dann zum Hafen. Der Kampf ging verloren. Ihr Vater stand noch wie ein Fels in der Brandung, umringt von mindestens vier Jundar. Von Raik und Enrik war nichts mehr zu sehen, nur noch die silbergrauen Leiber, die sich wie eine Lawine über die Stadt ergossen. Irgendwo brannte ein Haus. Zäher schwarzer Qualm stieg auf.

Dann ertönte vom Hafen her ein entferntes Kreischen. Es schwoll an zu einer Kakophonie aus Tausenden Mäulern, feucht und kehlig und markerschütternd. *Sie jubeln,* wurde Kea klar. Dann bemerkte sie, dass der Ruf des Kristalls verstummt war. Er war weg, einfach weg. Wie benommen sank sie auf den Boden des schwankenden Boots.

Arturo brüllte noch im Bug und hieb und hackte und schlug um sich wie ein Berserker. Er teilte wahrhaftig gut aus, aber bald blutete er aus zahlreichen Wunden, seine Arme wurden müde, und es kamen immer mehr von ihnen aus der schäumenden Gischt geglitten.

Kea blickte da schon in den dunkelgrauen Himmel über sich, und als Arturos Wüten abrupt endete, gefolgt von einem langen schmerzerfüllten Atemzug, blinzelte sie noch ein-, zweimal in den Regen, bevor sie die Augen schloss.

Um sie herum schäumte das Meer.

Se Jundar.

Teil 3:

INVASION

Kapitel 32

Königtum Westend, La Harb, alter Trakt der Gilde der Zeichen

Henning meinte, von einem Braunbären zerquetscht zu werden. Luft bekam er kaum, und sein Herz pochte schmerzhaft gegen die Rippen. Er stand abseits der anderen und blickte auf die Wände aus einst flüssigem Gestein. *Wir haben die Inseln dem Untergang geweiht, und niemand weiß davon!* Es machte ihn so wütend. Hilflos. Rasend. Nicht mal Nante hatte es gewusst. Warum hatte ihm das keine Stimme zugeflüstert?

Plötzlich sah er sich gehetzt um, verspürte den Drang loszurennen, zurück zur *Zwillingsfalke*, die Segel setzen und dahinfliegen, schnell, schnell zu den Inseln des ewigen Schlafs. Doch die Fahrt würde im besten Fall zehn, eher fünfzehn Tage dauern. Ob die Jundar dann schon eingefallen waren? Er ballte die Hände zu Fäusten, unterdrückte den Drang, kopflos loszustürmen. *Es bringt nichts! Bleib ruhig, Henning! Wir wissen nicht einmal, wie wir den Seelensplitter zerstören können.*

Trotzdem sagte er: »Wir müssen so schnell wie möglich aufbrechen! Am besten gestern!« Es gelang ihm nicht, ruhig zu bleiben. Er lief auf und ab, fixierte die Blinde. »Habt Ihr irgendeine Ahnung, wie wir herausfinden können, wie sich die Seelensteine zerstören lassen?« Er ließ ihr keine Zeit zur Antwort, sah zu Leyna: »Oder du?« Und sofort zu Nante:

»Irgendeine Eingebung, Bruder? Einmal, wenn wir sie am dringendsten brauchen. Nein? Großartig. Großartig. *Großartig!*« Wieder wandte er sich ab, fluchte deftig und trat mit dem Fuß gegen eines der Fässer.

»Ich wüsste eine Möglichkeit.« Die Stimme der Blinden war leise, aber bestimmt.

Henning fuhr herum, eine Haarsträhne zitternd vorm Gesicht. »Und wie?«

Karrol legte der Alten die Hände auf die Schultern. »Willst du es wirklich tun?«

»Ja. *Sie* müssen wissen, wie er sich zerstören lässt.«

»Sie?« Leyna klang seltsam abwesend, als erwache sie gerade aus Gedanken, die sie ganz woanders hingetragen hatten.

Ilka machte ein grimmiges Gesicht. »Die Jundar. Wenn sie sich aus ihren sicheren Gefilden des Meeres wagen, um die Kristalle an Land zu zerstören, müssen sie wissen, wie.«

Vor Hennings innerem Auge blitzte ein Bild auf: Ilka, wie sie mit einem Jundar in der *Barharba* saß und ein Bier trank. Er lachte. »Und wie bitte wollt Ihr mit ihnen kommunizieren? Sie auf ein Bier einladen?« Ilkas Blick ließ ihn verstummen. »Ihr meint es ernst?«

»Todernst.« Die Alte schlurfte zu Nante. »Gib mir deine Hände.« Nante gehorchte wortlos, und als sich ihre Hände berührten, quoll Licht zwischen den Fingern hervor. »Wie erwartet«, wisperte sie und ließ Nante los, um zu Leyna zu gehen. Wieder streckte sie die Hände aus, und auch Leyna griff wortlos zu. Wieder das Licht, ein überraschtes Zucken der Schwester und ein Nicken von Ilka. »Ebenfalls mächtig genug.« Sie trat zurück, senkte das Haupt und verfiel in Schweigen.

Henning wartete einige Herzschläge lang, ob sie sich erklären würde, was sie nicht tat, dann reichte es ihm. Sie hatten keine Zeit zu verlieren! Er hob die Hand, um sich bemerkbar zu machen, als sie sagte: »Dann hätte ich einen Plan.«

Er ließ die Hand wieder sinken. »Und der wäre?«

Wieder ein unerträglicher Moment des Schweigens. Dann endlich: »Wir teilen uns auf, ja, nur so kann es funktionieren, wenn es auch in eurer Heimat ein Bruchstück gibt.«

Dass sie nicht zu fünft zusammenbleiben würden, war Henning von vornherein klar gewesen. »Und wie sollen wir den Stein zerstören, wenn Ihr nicht dabei seid?«

Ärger huschte über Ilkas Gesicht. »Du bist ungeduldiger als ein Kind vorm Erntedank. Lass mich ausreden, dann wirst du es verstehen.«

Henning schluckte seinen nächsten Kommentar hinunter. Sie hatte ja recht.

»Also«, fuhr sie fort, »wir teilen uns in zwei Gruppen auf. Karrol, ich und du, Bruder des Ungeduldigen, wir werden ein Ruderboot stehlen und damit zu eurem Schiff aufbrechen. Du kannst uns doch durch den Ring der Belagerer schleusen, oder?«

Nante bejahte. »Sonst wäre ich kein Fratera.«

»Gut. Dann kannst du direkt weiter zu den Inseln segeln, um den Stein zu zerstören.«

Henning glaubte, sich verhört zu haben. »Und ich soll hierbleiben?« Das war absurd. Allein die Vorstellung, von seinem Bruder getrennt zu sein, fühlte sich ... nach Wahnsinn an. Außerdem: Nante und ein Kommando! Das war undenkbar! *Aber vielleicht nur für dich. Faktisch ist er genauso befähigt wie du, und dann ist da immer noch Thevs.* Trotzdem sagte er: »Ihr habt doch keine Ahnung!«

»Mehr als du!«, zischte Ilka zurück. »Außerdem wirst du *hier* gebraucht, er hingegen in seiner Heimat.«

»Wo ich auch hingehöre!«

»Aber nicht diesmal. Wie soll es Leyna allein gegen eine Armee schaffen? Sie braucht einen Unterstützer wie dich! Wofür hast du sie sonst gerettet?«

Ja, wofür? Henning blickte zu Leyna. Die Schwester hatte allem schweigend gelauscht und musterte ihn aus dunklen Augen, die Hände vor dem Bauch gefaltet, die Haare feucht und wirr und von Dreck und Blut verklebt. Da schlich Scham unter seinem Hemdkragen hervor, rötete sein Gesicht. Leise fragte er: »Und was tut Ihr, Ilka?«

»Ich stelle mich den Jundar.«

Langsam wandte Leyna den Kopf. »Mit welchem Ziel?«

»Herauszufinden, wie sie die Seelensteine zerstören wollen, natürlich! Karrol und ich werden nicht mit an Bord der Fratera gehen, sondern im Ruderboot bleiben und warten.«

»Aber ... das ist Euer sicherer Tod! Wegen Eurer Gabe werden sie Euch holen!«

»Und genau das sollen sie.« Die Schatten in Ilkas Augenhöhlen schienen dunkler zu werden. »Sie sollen kommen, sollen mich befallen. Ich werde standhaft bleiben, bis die Verbindung zwischen mir und dem Parasiten hergestellt ist. Dann werde ich es *wissen* und es mit euch *teilen*, bevor Karrol ... dem Wahnsinn ein Ende bereitet.«

Stille senkte sich über die Höhle, Stille, die nötig war, um das Gesagte zu verdauen. Es war der verrückteste Plan, den Henning je gehört hatte. Und nicht nur er.

Leyna schüttelte den Kopf. »Das könnt Ihr nicht tun!«

»Es ist der einzige Weg!«

Henning war sich da nicht so sicher, aber was wusste er schon von Magie? Und wenn die Alte so von ihrem Vorschlag überzeugt war ... Trotzdem blieben zu viele Fragezeichen, und das sagte er auch: »Davor müssen wir aber erst aus der Gilde kommen, ungesehen an den Wachen vorbeischleichen, die vermutlich mittlerweile vor dem Portal stehen und sich über ihre toten Brüder wundern, und dann noch irgendwie an Lazards' Stein gelangen. Ach ... und nicht zu vergessen, Euer Wissen. Was bringt es uns, wenn Ihr zu einem Regenmacher mutiert?«

»Nein«, sagte Leyna abermals. »Das glaube ich nicht. Es gibt immer mehrere Wege.«

»Wenn man Zeit hat, sie zu finden, Gezeichnete.« Ilkas Stimme wurde plötzlich sanft. »Manchmal muss man den erstbesten wählen, so endgültig er auch sein mag.«

»Und aus der Gilde kommen wir raus«, antworte Karrol auf Hennings vorangegangen Frage. Er klang gefasst; offenbar hatten die beiden schon über diese Variante gesprochen. »Ich bin seit Jahrzehnten der Haushofmeister. Niemand kennt das Gebäude besser als ich.«

»Und die Wachen?«

»Sind überwindbar. Ihr glaubt nicht, welche Geheimnisse in so alten Leuten wie uns stecken können.«

Das hinterhältige Lächeln auf seinem Gesicht ließ Hennig es sofort glauben, aber es überzeugte ihn nicht vollends. »Bleibt die Frage, wie Ihr das Wissen *teilen* wollt! Und wie wir an das Edulog kommen. Der Baron wird bestens bewacht. Wir sind dann nur noch zu zweit.«

Die Unterhaltung ging jetzt quer. »Warum nennt Ihr mich eigentlich so?«, fragte Leyna Ilka, wobei sie sich Tränen von den Wangen wischte.

»Weil du gezeichnet bist, Tochter.«

»Gezeichnet? Wovon?«

»Vom Leben. Vom Kerker. Vom Tod deiner Mutter. Von Freundschaft und Schwesternschaft. Von Ungerechtigkeit und der Liebe deines Vaters. Und zuletzt von der Hoffnung des Paladins.« Ilka warf Nante einen kurzen Blick zu. »Du bist stark, Gezeichnete, stärker als du glaubst.«

Nante sagte zu Henning: »Zum Edulog gelangt ihr auf demselben Weg: dem direkten.«

»Der bitte welcher ist?«

»Ihr ergebt euch.«

Henning lachte, und Ilka sagte mit schneidender Stimme: »Ruhe jetzt! So bringt das nichts, wenn alle durcheinanderreden.« Dann ergriff sie Leynas Linke. »Gib mir eine Hand, Kind.« Mit der Rechten winkte sie Nante zu sich. »Und du auch.« Zu dritt bildeten sie einen Kreis und fassten sich gegenseitig an den Händen. Ilka begann etwas zu murmeln.

»Ihr ergebt euch«, äffte Henning seinen Bruder nach. »So eine dumme Idee.« Er trat zu Karrol. »Was tut sie da jetzt wieder?«

»Sie baut einen Gedankenzirkel auf.«

»Aha. Und was bitte soll das bringen?« Er klang eindeutig zu sarkastisch, doch Karrol störte sich nicht daran.

»Damit sie Gedanken teilen kann. Oder anders gesagt: Damit die drei stumm miteinander kommunizieren können. Auch über Distanzen.«

Das ließ Henning aufblicken. *Mit Gedanken über Distanzen?* Er dachte an Nante und seine Stimmen und glaubte es. Der Pragmatiker in ihm sah sofort ihre gewaltige Flotte und die Vorteile, die sie hätten, wenn sich nur allein die Kapitäne der Fratera über das Meer hinweg untereinander verständigen könnten. »Das geht?«

»Und noch viel mehr.«

»Wie funktioniert es?«

»So wie das natürliche Band zwischen Eltern und Kindern oder manchen Verliebten. Oder wie zwischen Zwillingen. Ihr kennt es sicher, oder?«

»Leidlich, leidlich.«

»Dann weißt du, wovon ich rede, nur dass hier das Band über die Gabe gewoben wird. Und stärker ist. Viel stärker.«

»Wie lange hält es?«

»Solange alle Seiten es wollen. Und solange alle Seiten es aufrechterhalten können.«

»Ihr scheint Euch bestens damit auszukennen. Tragt Ihr auch die Gabe in Euch?«

Karrol lächelte. »Nein und doch.«

»Altershumor?«

»Wie sollte man es sonst aushalten?« Karrol zeigte für einen Moment Zähne. »Und nein, ich trage keine Gabe in mir, aber ich habe in meinem Leben die Magie der Liebe erleben dürfen. Viele Jahre lang.« Voller Wärme blickte er zur blinden Hexe, die gerade ihre Hände mit denen der anderen in die Höhe hob. Purpurnes Licht flackerte zwischen ihnen, wurde immer heller, bis die drei nur noch schattenhaft im gleißenden Schein standen. Dann endete es abrupt, die sechs Arme sanken herab, und Ilka ließ Leyna und Nante los.

»Wahrlich beeindruckend«, wisperte sie und trat einen Schritt zurück. Und dann befahl sie in der Stimme einer Ewigen Professin: »Teilt untereinander!«

Kurz darauf lachte Leyna voller Unglaube. »Ich kann Euch hören! In meinem Kopf.« Sie sah zu Nante. »Und dich auch.«

»Und ich euch. Dann steht der Zirkel. Wir sind bereit.« Ilka schlurfte zum Tisch, um sich ihre Übersetzung zu schnappen. Einen langen Moment hielt sie das Büchlein in den Fingern, bevor sie es zusammen mit dem Kristall Leyna reichte. »Hier, Gezeichnete. Zerstöre das eine und nutze das andere. Lerne, was ich gelernt habe.«

Leyna betrachtete beides voller Ehrfurcht. »Danke, Ilka.« Sie trat zu Karrol, nahm seine Hände. Irgendetwas wisperte sie ihm ins Ohr, und er nickte, mit Glitzern in den Augenwinkeln.

Henning räusperte sich. »Ich will ja kein Spielverderber sein, aber wir haben immer noch keinen Plan, wie Leyna und ich an das Edulog kommen. Und dann wäre da noch der Töter.«

»Der das geringste Problem ist.« Ilka trat an ein Wandregal und entnahm einer Schatulle eine geschnitzte Skelettfigur. Sie glich der von Nachtmeister Korhal. Die hielt sie in einer Hand, während sie mit der anderen in der Luft darüber ein Zeichen vollführte. Die Luft begann zu knistern, die Töterfigur leuchtete, und dann stieg Rauch von ihr auf. Zurück in den schwieligen Händen der Alten blieb ein Häufchen Asche, das sie achtlos zu Boden rieseln ließ.

Henning stand der Mund offen. »So leicht habt Ihr ihn zerstört?«

»Wer sagt, dass es leicht war?«

»Ja, wer sagt das.« Henning schüttelte den Kopf. »Ihr hattet damit den Nachtmeister in Eurer Hand, einen der mächtigsten Männer des Kontinents!«

Ilka war wenig beeindruckt. »Der auch nur ein Mensch voller Ängste ist.« Sie trat vor Henning. »Eure Blutschuld ist damit hinfällig, Ungeduldiger, der Auftrag erledigt. Korhals Töter ist nicht länger.«

Henning hätte sich bedanken müssen, doch stattdessen fragte er: »Wer seid Ihr wirklich? Doch sicher keine normale Schwester der Gilde der Zeichen.«

Ein Lächeln huschte über das grausige Gesicht. »Doch, das war ich einst vor vielen Jahren. Bis ich Matronin wurde.«

»Matronin?«, fragte Leyla ungläubig. »Aber die Matronin vor Misha hieß Rabea.«

»Und die davor Elena und vor der hieß sie Ilka.« Die Alte lächelte. »Es waren damals andere Zeiten, Kinder. Wir forschten viel intensiver an den Mysterien der Magie. Ich war noch nicht lange Matronin, als ich die Zeichen der

Zeit bei der Restauration einer Schriftrolle fand. Unwissend, was ich da vor mir hatte, übertrug ich sie auf frisches Pergament, um sie zu erhalten. Dabei löste ich sie aus und nahm mich unfreiwillig aus der Zeit.«

Leynas Augen waren riesengroß. »Was Ihr auch mit meinem Vater versuchtet!«

»Ja, um Zeit zu gewinnen. Aber bei ihm funktionierte der Zauber nicht, vermutlich wegen des Jundarparasiten. Er blockiert irgendwie Magie.«

»Und Eure Augen?«, fragte Nante. »Was geschah mit diesen?«

»Das ist eine andere Geschichte, für die wir jetzt keine Zeit mehr haben. Wir müssen los!«

»Ja, aber vorher müssen wir wissen, wie wir an das Edulog kommen«, sagte Henning. »Das ist immer noch unklar!«

»Daran kommt ihr, wie dein Bruder es gesagt hat«, entgegnete Karrol.

»Sehr witzig.«

»Nein, im Ernst. Stellt euch den Wachen und sagt die Wahrheit. Man wird euch direkt zum Baron bringen.«

»Und uns danach aufknüpfen oder auf den Scheiterhaufen stellen!«

»Nicht, wenn ihr die Stadt rettet.«

»Glaubt Ihr?« Henning schob sich den Hemdkragen bis weit über die Schulter, damit das vernarbte Kreuz der Fratera zum Vorschein kam. »Ich nicht. Mich wird man richten, egal, wie die Sache ausgeht.«

»Und mich auch«, warf Leyna ein. »Wir haben die Leute aus dem Kerker befreit, wir haben getötet, und ich habe meinen Vater versteckt.«

»Vielleicht ist das euer Schicksal«, sagte Ilka. »Euer Opfer. In jedem Fall müsst ihr euch entscheiden, und zwar jetzt. Die Zeit rinnt uns durch die Finger. Ich fühle es!«

Henning fühlte es auch, und doch war ihm noch nie eine Entscheidung so schwergefallen.

Da murmelte Leyna: »Ja, vielleicht ist das mein Schicksal.« Und lauter sagte sie: »Ich werde mich stellen.«

Ich werde mich stellen, hallten ihre Worte in Hennings Kopf nach. *Und ich?*

Vier ungleiche Augenpaare richten sich auf ihn und verlangten seine Entscheidung. Und sie hatten ja recht! Trotzdem wusste er nicht, was er tun sollte. Mit Leyna die Stadt retten oder mit Nante in die Heimat segeln? Die Entscheidung war grotesk. Noch nie hatte er sich so unentschlossen gefühlt. Die Vernunft stimmte für die Heimat, schon allein wegen Nante und dem Risiko, mit einem Strick um den Hals an der Galgenmauer zu enden. Allerdings war da etwas, das ihn hinderte. Er dachte an einige der Abenteuer, die er bisher mit seinem Bruder erlebt hatte, an all die Stürme und Gefängnisse und brenzligen Situationen, in denen er der Wächterin von der Schippe gesprungen war. Und er sah Leyna an, diese aufopferungsvolle Schwester mit dem warmherzigen Blick, die ganz La Harb im Alleingang retten wollte, während ihr Vater als Regenmacher die Stadt in ewigem Regen versinken ließ. Er konnte sie nicht allein lassen. Nicht in dieser Schlacht. Und er wollte es irgendwie auch gar nicht, ja, er wollte es nicht, und das war das Entscheidende.

Henning atmete tief durch. »Dann möge sich auch mein Schicksal in La Harb entscheiden«, sagte er und wandte sich Leyna zu. »Aber das mit dem Edulog machen wir trotzdem ein klein wenig anders.«

Kapitel 33

Königtum Westend, La Harb, Gilde der Zeichen

Marcello, Caramon und der stille Ludo durchquerten die Bibliothek. Ihre regennassen Stiefel hinterließen Spritzer auf den quadratischen Fliesen, die Säume ihrer dunkelblauen Stadtwachenmäntel lange, feuchte Spuren.

Caramon schloss zu Marcello auf, schlug den Mantel auseinander und grinste. Im Arm hielt er etwas, das in Wachstuch eingeschlagen war. »Schau mal! Ich hab 'nen Räucherschinken abgestaubt.«

Marcello musterte das Päckchen mit gefurchter Stirn. »Vorhin bei der Kontrolle der Vorratskammer?«

»Jahaha. Hätte nicht gedacht, dass ich jemals wieder Fleisch zu Gesicht bekomme. Und auch nicht, dass diese Schwestern so schlemmen. Schinken, Ziegenkäse, zuckersüße Äpfel.« Er pfiff durch die Zähne. »Wenn die anderen weg sind, hauen wir uns den rein! Es gibt doch nichts Besseres als 'nen Räucherschinken zum Frühstück!«

Marcello konnte sich Besseres vorstellen, die Schenkel seiner Frau zum Beispiel. »Dir ist schon klar, dass Simeone dich dafür auspeitschen lässt, wenn er es erfährt.« *Oder dir die Hand abnehmen lässt, wie es sich für einen Dieb gehört.*

»Wenn«, sagte Caramon wölfisch, »aber du wirst schweigen, und der stille Ludo sowieso.«

Das stimmte. Beim Gedanken an feinstes Geräuchertes knurrte Marcellos Magen. Seit Tagen bekamen sie in der

Kompanie nur noch Haferschleim vorgesetzt oder – wenn sie Glück hatten – totgekochten Auflauf mit Kartoffeln und gesalzenem Kabeljau. Den Fisch konnte man darin aber suchen. *Der Scheißregen. Die verdammten Hexen und Magier. Wenn sie doch längst alle brennen würden…*

Sie erreichten das Ende der Bibliothek. Marcello trat als Erster durch das Portal und erstarrte. Am Treppenabsatz lagen drei Tote. Drei Wachmänner, die sie hatten ablösen sollen.

»Ludo!«, raunte er mit dem Schwert in der Hand. »Lauf und hol Verstärkung!«

Der stille Ludo stieß einen unartikulierten Laut aus, der vermutlich »Ja!« hieß, und rannte den Weg zurück, den sie gekommen waren. Seine Schritte verhallten in der Bibliothek.

Caramon hantierte derweil hastig hinterm Portal herum. *Wahrscheinlich versteckt er den Schinken.* Marcello stieg die lange Treppe hinab und versuchte, die Situation gänzlich zu erfassen: die drei Toten, die eine Hellebarde, das Blut, Schnittverletzungen. Eindeutig ein Kampf. Blieb die Frage: War jemand rein in den alten Trakt oder raus?

Aus dem Augenwinkel gewahrte er Caramon, der – ohne Schinken, dafür mit gezücktem Schwert – zu ihm aufschloss. Das Licht glänzte auf der ungepflegten, schartigen Klinge. Sie nickten sich gegenseitig zu.

Am Fuß der Treppe blieben sie nebeneinander stehen, sahen sich um. Verstecke gab es keine, nur das geschlossene Portal zum alten Trakt. »Das wars wohl mit 'nem Schlemmerfrühstück«, brummte Caramon und ließ seine Waffe auf Halbmast sinken. »Da werden welche raus sein.«

Marcello sank in die Knie, berührte einen der Toten am Hals. Er war noch warm. »Nee, dann wären sie uns direkt in die Arme gelaufen. Da ist jemand rein!«

»Meinst du?« Caramon besah sich die Leichen und wie sie dalagen und rümpfte schließlich die Nase. »Könntest recht haben. Ein Schlag von hier und einer von hier. Dann stürzt du so. Scheiße. Dann sehe ich uns schon wieder stundenlang mit Brecheisen an der Tür hantieren. Was glaubst du, wie viele sich da drin verbergen?«

»Wohl mehr als drei.« Marcello wollte es gar nicht so genau wissen. Er dachte an die Geschichten, die sein Großvater früher über die Hexen erzählt hatte. Dass sie mit Dämonen Unzucht trieben, um sich derer Magie zu bedienen. Dass sie Menschenblut tranken, um in die Zukunft der Person zu blicken. Dass sie Töter aus Tierknochen schnitzten und diese ihrem Feind schickten, um ihn jederzeit und überall mit Klauen aus geronnener Luft hinterlistig erledigen zu können.

Etwas knackte neben ihm. *Die Tür!*

Marcello starrte entgeistert auf die mächtigen Eisenbänder, die langsam nach innen aufschwangen. *Sie kommen!* Noch im selben Atemzug blendete ihn ein Licht. Es war so grell, dass er sich stöhnend abwandte und mit der Hand seine Augen abschirmte. Auch Caramon fluchte, etwas polterte, dann schrie sein Begleiter voller Schmerz. Wahrscheinlich war er auf der Treppe gestürzt. *Oder die Hexen sind schon da!*

Beinahe wäre Marcello kopflos losgestürmt, doch im letzten Moment erinnerte er sich, dass er auf einer Treppe stand und tastete sich – immer noch geblendet – Stufe um Stufe empor. Dann hörte er wieder etwas. Schritte diesmal. Leise Schritte. Ein leichter Windzug. Der Geruch nach Schweiß und Moder, wie aus einem Grab.

Ihm wurden die Eingeweide kalt. *Töter! Deswegen haben sie sich dort zurückgezogen. Sie haben geschnitzt und geschnitzt und schicken sie jetzt aus, um sich an uns zu rächen!*

Er wich weiter zurück, stieß gegen etwas und fuhr vor Schreck mit dem Schwert herum, stieß damit gegen etwas Hartes. Eine Wand. Stahl auf Stein. Allmählich sah er wieder etwas, wenn auch nur rote Schlieren mit weißgrellen Rändern. Die Schlieren wurden zu Stufen, zuletzt zum Tor des alten Trakts.

Wieder knackte es, und die Flügel schlossen sich. Dazwischen erkannte er nichts, nur Dunkelheit. Marcello sah gehetzt in die andere Richtung, empor zur Bibliothek. Dort meinte er, Schemen auszumachen, die durch die Tür entschwanden. Wie viele, war angesichts der zuckenden und pulsierenden Nachbilder auf seinen Augen nicht zu sagen.

»Jetzt renn endlich hinterher!« Caramon musste wirklich gestürzt sein, lag am Boden und hielt sich den Knöchel. »Los! Lass sie nicht entkommen!«

Doch Marcello rührte sich nicht. Er spürte noch den Lufthauch auf den Wangen und roch den Gestank des Grabes, dem er vermutlich knapp entgangen war.

Simeone überwachte vom Vorhof aus mit strengem Blick wie hoffentlich die letzte, in Ketten gelegte Schwester abgeführt wurde. Er ließ sie direkt zum großen Marktplatz bringen. Nach dem Ausbruch in der Nacht hatte er kein Vertrauen mehr in den Kerker und die Wachen, nein, er durfte erst gar nicht über deren Inkompetenz nachdenken. *Stümper. Vollidioten.* Und wozu auch einsperren? Lazards' Befehl war eindeutig: »Übereignet sie den Flammen!« Simeone freute sich, dass der Baron ihm die Säuberung aufgetragen hatte. Dann würde es wenigstens richtig und rechtens geschehen. Organisationstalent und ein Gespür für die Wahrheit hatte er schon immer besessen, das wusste auch Lazards. Nicht umsonst hatte er Simeone nach La Harb geschickt, um dort als Richter endlich im Außenposten der

Baronie für Recht und Ordnung zu sorgen. Offiziell gehörte La Harb nicht zur Baronie, aber es war nur eine Frage der Zeit, bis Lazards sie sich wieder einverleibte. Ob die Zeit nun gekommen war? Was würde Lazards' Dank sein? Der Posten des Stadtvaters?

Darüber war sich Simeone unschlüssig. Das Amt des Stadtvaters war mit höchsten Ehren verbunden und zugleich spannend, man hatte allein die Verantwortung für Tausende von Menschen – jedoch liebäugelte Simeone mit dem Amt des höchsten Richters in Westend. Der jetzige Amtsinhaber wurde allmählich alt und senil, und mit einem Empfehlungsschreiben des Barons hätte Simeone gute Chancen. Er war im besten Alter, und sein Wunsch, für Gerechtigkeit auf dieser ungerechten Welt zu sorgen, war ungebrochen.

Sein Blick glitt hoch zum wolkenverhangenen Himmel. Ein neuer Morgen dämmerte in tristem Grau, und immer noch fiel Regen. *Regen. Regen. Regen.* Simeone verspürte beim Anblick der Wolken mittlerweile einen bohrenden Verdruss, der ihn so in Wallung versetzte, dass er am liebsten auf ein Schiff gestiegen und davongesegelt wäre. Irgendwohin, wo es trocken war und die Sonne schien. Aber das war nicht seine Art. Er ging dorthin, wohin man ihn schickte, nicht wohin er wollte. Er würde die Stadt säubern und dafür sorgen, dass hier ebenfalls wieder die Sonne schien, so wie es ihm aufgetragen worden war. Hoffentlich dauerte es nicht mehr lange, sie hatten mittlerweile jeden Stein dreimal umgedreht, jede Befallene und jeden Befallenen aus ihren Verstecken gezerrt. Fast jeden. Wenn nur diese junge Schwester geredet hätte! Sie war verschwunden, wie mehr als die Hälfte der Geflohenen. Falls sie noch irgendwo ihren Vater versteckte, womöglich mit Magie, dann könnte das ernsthafte Folgen haben. Sie war dem Tode nahe gewesen; wenn sie ihr Geheimnis nun mit ins Grab nahm ...

Und was hatte es mit diesen Viechern auf sich? Simeone dachte mit Grauen an den Kadaver, den ihm die Soldaten mit grimmigen Gesichtern am Abend in die Amtsstube geschleift hatten. Gestunken hatte das Ding nach Essig und verrottendem Fisch. Beim Gedanken an die graugrüne Haut, die Schuppen und den rosa Quallenglibber im Nacken, den ein Schwerthieb gespalten hatte, wurde ihm übel. Dazu das riesige Maul voller fahler, nadelspitzer Zähne, zwischen denen Seetang hing. Von zwölf oder mehr hatten die Soldaten berichtet. Und von achtundzwanzig Toten in ihren Reihen.

Was erhob sich da aus dem Meer? Gab es noch mehr davon? Vermutlich. Einhundertdrei Befallene hatten sie erlöst. Wenn jeder Befall von einer dieser Kreaturen übertragen worden war ...

Simeone erschauerte. Zum ersten Mal beschlich ihn ein leiser Zweifel, ob er diesem Problem Herr werden konnte.

Aufruhr am Gildeneingang erregte seine Aufmerksamkeit. Ein Mann der Stadtwache kam herausgestürmt und gestikulierte wild mit dem Hauptmann der Wache. Der sah kurz zu Simeone, bevor er besänftigend auf den anderen einredete.

Simeone seufzte. Er wusste, wie sich Ärger ankündigte. Er ging dem Hauptmann entgegen, als dieser zu ihm getrabt kam. »Es gab angeblich Tote vor dem alten Trakt!«

»Angeblich?«

»Ja, der stille Ludo kann doch nicht sprechen, aber so versteh ich seine Gesten. Entweder es verschanzten sich Schwestern darin, oder es sind welche geflüchtet.«

Dann war die eben doch nicht die Letzte. Simeone unterdrückte ein weiteres Seufzen. »Dann schickt Eure Männer abermals durchs Gebäude. Sie sollen hinter jedes Buch schauen, unter jeden Topf, unter jede Bank. Und wir suchen derweil den alten Trakt auf.«

»Jawohl, Richter!« Der Hauptmann salutierte und gab entsprechende Order.

Mit sechs Soldaten Geleit betraten sie schließlich das Gildengebäude, in dem es wegen des Angriffs am Seezugang vor Soldaten nur so wimmelte. Simeone lief angemessenen Schrittes in der Mitte, die Hände in den weiten Ärmeln seiner Amtsrobe verborgen, über der er geöltes Leder trug, so wie jeder, der es sich leisten konnte.

Sie kamen nicht einmal bis zum Treppenabgang der Haupthalle. Eine Traube von mindestens zwanzig Soldaten versperrte den Weg, hatte sich um den Absatz gebildet, die Hellebarden ein glänzender Ring aus Stahl und Wimpeln voller gestickter Augen der alten Götter. Langsam wichen sie zurück. *Wovor?*

Ein Soldat bemerkte ihn und rief erleichtert: »Der Richter! Macht Platz!« Die Traube teilte sich, und Simeone traute seinen Augen nicht.

Aus dem Kellergeschoss stieg sie empor, die geflüchtete Schwester, aufrecht wie eine Rute und dreist wie das Leben. Ihr Schwesterngewand war blutbesudelt, der rote Fleck ihrer Zauberpaste kaum davon zu unterscheiden. Auf ihrer Stirn trug sie ein Zeichen. Es glühte purpurn. Und sie sah ihn an.

Kapitel 34

Königtum Westend, kurz vor La Harb,
an Bord der *Geist der Dornen*

Thevs träumte von einer Schlacht. Er focht mit Krähenschnäbeln an der Seite der Lunte – wie in ihrer Jugend, als sie Handelsgaleeren gekapert und lachend und brüllend geentert hatten. Doch erfüllte kein irres Lachen seines Bruders das Schlachtfeld, sondern eine seltsame Stille. Nur das Atmen der Kämpfenden war zu hören, und das klackernde Aufprallen der Säbel, Hämmer und Schnäbel auf die Rüstungen der Feinde. Auch das klang seltsam dumpf, als wäre es kein Metall, worauf sie schlügen, sondern etwas anderes.

Es war wirklich ein seltsamer Traum in Weiß und Schwarz und Rauchgrau. Ab und an blitzte Farbe auf, doch statt rotem Blut sah er dunkelviolettes, und ab und an platzten gelbe Gedärme. Es stank nach Algen und totem Fisch. Wogegen kämpften sie da eigentlich?

Thevs versuchte, mehr von der Umgebung wahrzunehmen, aber es blieb umrisshaft. Nur das Gesicht seines Bruders an seiner Seite war gestochen scharf. Der Zopf des Kinnbarts hatte sich aufgelöst, hing Eustachius wie ein welliger Busch vorm Hals. Schweiß rann dem Herrn der Fratera in die Augenbrauen, und violette Spritzer sprenkelten sein Antlitz. Er hieb und hackte und atmete schwer, wich aus, duckte sich mit vor Konzentration gefurchter

Stirn unter einem Hieb hinweg und teilte weiter aus. Etwas traf ihn am Arm, er knurrte und kämpfte noch verbissener, bis sich etwas hinter ihm erhob. Es war grotesk geformt, reptiliengleich mit schattenhaft zerfließenden Konturen. Die Augen glühten gelborange.

Thevs erinnerte sich bei dem Anblick an die Wesen, von denen sie auf der Fahrt nach La Harb angegriffen worden waren, und verspürte unbändige Furcht. Er wollte seinen Bruder warnen, ihm zurufen, wie hinterhältig und gefährlich die Biester waren, doch Eustachius weitete plötzlich die Augen vor Überraschung, als die Kreatur ihn packte, und Thevs verspürte einen grässlichen Schmerz in der Brust, der ihm vom Rückgrat bis zum Brustbein loderte.

Er keuchte und warf sich auf dem Strohsack hin und her, spürte Hände auf sich, doch er war im Traum gefangen. Eustachius' vor Schmerz aufgerissene Augen, das Weiß der Augäpfel von grauen Adern durchzogen, statt von roten. Und Eustachius schien nach ihm zu greifen, mit konturloser Hand, aber dann wurde er fortgezerrt.

»Bruder!«, schrie Thevs ihm hinterher und wollte ihm folgen, doch etwas hielt ihn zurück, hinderte ihn mit grausigem Griff daran. »Nein! Bleib bei mir! *NEIN!*«

Doch der Traum war erbarmungslos. Eustachius flog von ihm davon, wurde in undurchdringliche Tiefen gezerrt, immer tiefer, erstarrt in dem Moment der schmerzerfüllten Überraschung. Irgendwann war nur noch das Weiß von Eustachius' Augen in der Dunkelheit zu sehen, das Weiß ...

Mit Tränen auf den Wangen fuhr Thevs endlich hoch. Er zitterte am ganzen Leib und brauchte mehrere Momente, bis er begriff, wo er war: in Lizzy Sisks Kabine.

Die Piratin saß mit besorgter Miene neben ihm im Lampenschein, der sich auf dem Dorn um ihren Hals spiegelte. »Ein Albtraum?«, fragte sie.

Thevs hielt sich die Brust, die immer noch schmerzte. »Und was für einer.« Es hatte sich angefühlt, als wäre sein Bruder ... *gestorben.* Der Gedanke erfüllte ihn mit Schrecken, und er richtete sich vollends auf, weil er nicht mehr ruhig liegen konnte.

»Du zitterst.« Lizzy wand sich aus den Laken, stützte ihn mit warmen Händen. »Willst du einen Becher Wein?«

Thevs schüttelte den Kopf. Ihm war schlecht. *Sein Bruder...* Das konnte nicht sein. Was für eine Vorstellung, was für ein Albtraum! Er stand auf, nackt wie er war, und rieb sich über das Gesicht. Seine Beine zitterten, und trotzdem ging er ein paarmal auf und ab. »Etwas ist passiert«, sagte er. »Irgendetwas auf den Inseln.« *Etwas Schreckliches. Vielleicht ein Unfall.*

»Bist du dir sicher?«

Thevs nickte. »Es hat was mit meinem Bruder zu tun. Ich habe es gespürt. Deutlich.« *Vielleicht ist er erkrankt! Oder es gab wirklich einen Kampf. Aber wer sollte die Fratera angreifen?*

In dem Moment pochte es an der Kabinentür.

»Ja?«, rief Lizzy.

Es war eine Frau aus ihrer Mannschaft. Sie schob den Kopf herein, musterte kurz Thevs schlaffe Nacktheit und sagte dann zu ihrer Kapitänin: »Ein Ruderboot nähert sich. Drei Personen sind an Bord. Einer davon könnte einer Eurer Neffen sein, Wanderfalke.«

Thevs griff nach seinen Hosen. »Ich komme.« Seine Kehle war wie ausgedörrt.

Es wurde nicht besser, als er dem Ruderboot entgegensah, das sich aus den Regenschleiern auf die *Geist* zuschob. Es war eindeutig Nante, der ruderte. Ihm gegenüber saßen ein alter Mann und vermutlich eine Frau, deren Gesicht unter einer schweren Kapuze verborgen lag.

Lizzy trat an seine Seite, legte die Hände auf das feuchte Teak der Reling. »Wenn du mich fragst, kommen da schlechte Neuigkeiten auf uns zu.«

»Mit Sicherheit.« Thevs rieb sich erneut das Brustbein. Die Erinnerung an den Traumschmerz war noch präsent, aber jetzt war das Hier wichtig und die Frage: Wo war Henning? Thevs mochte sich nicht vorstellen, was nötig war, um die Zwillinge voneinander zu trennen.

Mit leisen Ruderschlägen überwand das Boot die letzten Fuß. Während Lizzy eine Strickleiter herabließ, musterte Thevs die beiden Fremden. Der Mann war wirklich alt, mit spärlichem, längst ergrautem Haar und Altersflecken im Gesicht, aber immer noch kräftiger Statur. Und sie ... von ihr ging eine stille Aura der Gefahr aus, die Thevs eine Gänsehaut bescherte. Als sie den Kopf in seine Richtung hob, erschauerte er am ganzen Körper. Ihr fehlten die Augen, und doch sah sie ihn an. *Hexe.*

Nante holte die Ruder ein und ließ das Boot gegen den Rumpf der *Geist* tocken. Die Leiter ergriff er allerdings nicht, sondern wandte sich seinen Passagieren zu. Die Alte fasste nach seinen Händen. Kein Wort fiel, obwohl es wie eine Unterhaltung aussah. Dann nickten sie einander zu, und Nante und der Alte gaben sich die Hände.

»Lebt wohl!«, sagte der Alte.

»Das werden wir.« Nante griff endlich nach der Strickleiter und erklomm die *Geist*.

»Sie kommen nicht mit an Bord?«, fragte Lizzy, als der Alte Nantes Platz einnahm und nach den Rudern griff.

»Nein.« Nante kletterte über die Reling. »Lasst sie durch den Ring.«

»Ihr wisst, dass ich das nicht darf.«

»Tut es trotzdem.« Nantes Stimme war so entschieden, dass Lizzy abermals hinabsah, sich auf die Unterlippe biss und fluchend die Luft ausstieß. »Fein! Aber nur weil hier irgendetwas vorgeht, das offenbar nur du begreifst.« Sie winkte hinab. »Ihr dürft passieren.«

Der Alte hob die Hand zum Abschied. »Die Menschheit wird es Euch danken, Dornenmaid.« Dann steuerte er das Boot um die *Geist* herum Richtung offenes Meer. Ganz verloren sahen die beiden Alten in dem kleinen Boot aus, wie auf der letzten Fahrt in die Gefilde der Wächterin.

Thevs riss sich von dem Anblick los und packte Nante an den Schultern. »Was geht hier vor sich? Wer sind die beiden? Und wo – bei der Wächterin – steckt dein Bruder?«

»Erzähl ich unterwegs.« Nante wandte sich an Lizzy. »Wir müssen sofort zu unseren *Falken*. Lass uns ein Ruderboot hinab!«

Thevs riss ihn zurück. »*Was ist los?* Was ist mit Henning?«

»Der ist wohlauf. Noch zumindest.«

»Noch? Verdammt, rede endlich, Neffe!«

»Worüber? Das Ende naht, so wie ich es prophezeit habe.«

»Das Ende?« Thevs erzitterte und dachte an seinen Traum. »Welches Ende?«

»Das unsrige. Das der Fratera. Das La Harbs. Wir müssen zu den Inseln, so schnell uns die Winde tragen.«

»Warum?« Thevs hauchte das Wort nur.

»Weil die Jundar kurz vor der Invasion stehen.«

Invasion. Die Jundar. Das Wesen hinter meinem Bruder. Durch Thevs' Beine ging ein Zittern, als ihn die Gewissheit übermannte, und sie wollten ihn nicht länger tragen. Er griff sich an die schmerzende Brust und sank auf die blank geschrubbten Planken der *Geist*. »Sie stehen nicht kurz vor der Invasion«, stieß er keuchend hervor. »Die Invasion hat bereits begonnen.«

Kapitel 35

Königtum Westend, La Harb, Gilde der Zeichen

Leyna spürte bei Simeones Anblick ein kaltes Stechen zwischen den Augen. Ihre Finger zuckten. Sie wollten sich um seinen Hals legen, ihm die Luft nehmen, ihm den Kehlkopf zerdrücken. *Simeone*… Doch hier ging es nicht mehr um sie und ihn, sondern um die Stadt, und angesichts dessen bekam sie ihren Hass in den Griff und nutzte ihn, um dem Richter erhobenen Hauptes zu begegnen. Sie erkannte das Erschauern ihres Gegenübers. Und das Unbehagen der Soldaten, die geschlossen zurückwichen und den Ring aus Hellebarden um sie und Simeone schlossen. Das Zeichen auf ihrer Stirn hielt sie auf Abstand. »So kannst du denen nicht entgegentreten«, hatte Ilka gesagt, bevor sie den alten Trakt verlassen hatten. »Das, was sie am meisten fürchten, musst du sein. Nur so hast du Macht über sie und kannst sie umstimmen.« Mit schwarzer Paste hatte sie ihr ein Zeichen auf die Stirn gemalt. »Effekthascherei«, hatte Henning es genannt. »Zielführend«, Nante. Leyna war es völlig egal, solange ihr jemand zuhörte und sie zum Baron brachte.

Vor dem Richter blieb sie stehen und grüßte mit kalter Stimme: »Simeone.«

»Schwester.«

Es war ein Duell mit Blicken, und dabei bemerkte sie einen Funken Furcht in seinen Augen. *Oder Unsicherheit?*

»Wir müssen reden. Über die Stadt, den Regen und die Rettung.«

Er reagierte nicht sofort, blickte sie nur aus seinen traurigen Augen an. Sein weißer Richterkragen war stellenweise gelb. Überhaupt sah Simeone abgezehrter aus als bei ihrem letzten Aufeinandertreffen; die Wangen hohler, die Augenringe dunkler, die Haut wächserner. Schließlich befeuchtete er sich die Lippen. »Habt Ihr dem etwas beizutragen?«

»Durchaus. Die Lösung.«

Eine einzelne Falte entstand zwischen seinen Augen. »Ihr könnt den Regen beenden?«

Hoffentlich... Leyna nickte. »Und die Stadt vor einer noch größeren Katastrophe bewahren.«

Zu seiner Falte gesellten sich zwei weitere. »Welche Katastrophe könnte größer sein als der ewige Regen, Schwester?«

»Se Jundar«, sagte sie und ließ den Namen wirken, bevor sie leiser hinzufügte: »Die Invasion aus dem Meer.«

Ein Raunen ging durch die Soldaten. Es wurde gemurmelt, geflüstert, gewispert. »Wie am Abend.« »Die Biester.« »Eine Invasion?«

Simeone ignorierte all das. Er schien ihr bis auf den Grund der Seele zu blicken und nickte schließlich. »Dann will ich Euch anhören. Unter vier Augen.«

»Richter!«, protestierte der Hauptmann der Wache. »Ist das klug? Sie könnte Euch verzaubern.«

Er pfiff durch die Zähne. »Dann hätte sie es längst getan.«

Sie einigten sich auf die Schreibstube der Gilde, weil die am nächsten lag. Leyna hätte zwar auch vor allen Versammelten mit ihm gesprochen, aber sie verstand seine Vorsicht. Dass er überhaupt mit ihr sprach, konnte ihm als Schwäche ausgelegt werden, käme dann noch ein dummes

Wort seinerseits hinzu, das ein Soldat in den falschen Hals bekäme ...

Von einem Ring aus Hellebarden und flüsternden Soldaten umringt wurden sie in die fensterlose Kammer geleitet. Dabei fiel ihr ein, dass es dort zwischen ihr und Simeone begonnen hatte. Würde es dort auch enden?

Zu zweit traten sie ein. Hinter ihnen schloss man die Tür. Ein Riegel wurde vorgelegt.

Simeone setzte sich ohne Umschweife an den Schreibtisch, genau so wie bei ihrer ersten Befragung, als sie noch gedacht hatte, er wäre ein Mann der Fakten. Er stützte sich auf die Unterarme, verschränkte die Finger ineinander, musterte sie einige Zeit über die Fingerknöchel hinweg, bis er sagte: »Hier ist größere Magie im Spiel, nicht?«

Die Offenheit überraschte sie. »Mächtiger und älter, als Ihr Euch vorzustellen vermögt.«

Er ließ die Hände sinken, atmete tief durch und lehnte sich auf dem Holzstuhl zurück. »Ihr wart im alten Trakt? Die Toten ... Habt Ihr wenigstens Antworten gefunden?«

Wenigstens? Es klang fast, als wäre er auf ihrer Seite. »Wir fanden ein altes Manuskript, ein Original des Magiers Sankt. Darin schreibt er von den Jundar, deren Entstehung und deren Rückkehr.«

»Sankt. Eine Legende, viertausendzweiundsechzig Jahre tot, ermordet durch die Hand des eigenen Bruders. Es führte zum Ende des Zwillingskriegs und zur ersten Verbannung der Magie. Wusstet Ihr, dass ich darüber ein Buch geschrieben habe, genauso wie über die Exilierung?«

»Ihr habt Euch mit Geschichte befasst?«

»Ich habe sie studiert.«

»Dann kennt Ihr den Zwillingskrieg.«

»In allen überlieferten Details. Aber was hat die Vergangenheit mit der heutigen Situation zu tun?«

»Wieder mehr, als Ihr Euch vorstellen könnt.« Dann holte sie tief Luft und skizzierte ihm, was die Jundar waren, woher sie stammten und wie sie die Invasion verhindern wollten, indem sie die Kristalle zerstörten. »Deswegen müssen wir die beiden Seelensplitter vernichten!«, schloss sie. »Bringt mich zum Baron. Ich kann das Edulog öffnen.« Ilka hatte ihr verraten, wie es ging.

Simeone sagte erst mal gar nichts, schwieg einfach. Saß nur da.

Er denkt es zumindest durch! Leyna hatte die Hände zu Fäusten geballt. Wieder sprang sie der Gedanke an, wie wahnsinnig es doch war, dass einzelne Menschen über die Zukunft Tausender entschieden. *Dazu ein Mensch wie Simeone…*

Der beugte sich schließlich wieder vor und verschränkte die Finger in gleicher Weise wie zu Beginn ihrer Unterhaltung. »Kann ich Euren Kristallsplitter sehen?«

»Nein.«

Er hob eine Augenbraue. »Warum nicht? Habt Ihr ihn versteckt?« *Wie Euren Vater.*

Leyna blieb ruhig. »Den Splitter übergab ich meinem Schatten. So ist er sicher, bis ich ihn brauche.«

Simeones Blick glitt kurz zur Wand hinter ihr, an der ihr echter Schatten im Schein der Laterne sachte wogte. »Und Euer Vater?«, fragte er. »Wird der gerettet sein, wenn die Kristalle zerstört sind?«

Leyna rührte sich nicht. Sie hatte die Frage nach ihrem Vater erwartet, aber sie konnte nicht zugeben, dass sie ihn versteckte. Er verstand es auch so und erhob sich. Bar jeder Emotion kam er zu ihr und musterte sie aus der Nähe. Er roch nach saurem Schweiß und feuchter Wolle. Dann ging er zur Tür, bedacht, ihren Schatten nicht zu durchqueren.

»Simeone!«, sagte Leyna, plötzlich unsicher. »Was wird das?«

Zur Antwort pochte er dreimal gegen die Tür. Sie wurde sofort geöffnet. Der Hauptmann stand mit gezücktem Schwert davor, begutachtete augenblicklich die Schreibstube, ob dort irgendetwas Seltsames lauerte.

»Richter!«, rief Leyna nochmals, als er hinaustrat. *»Was bitte tut Ihr jetzt?«*

Er blickte zurück, die Augen voller Härte. »Die Stadt retten.« Und zum Hauptmann sagte er: »Bringt sie zum großen Marktplatz.«

Leynas Herz setzte für zwei Schläge aus. »Nein!« Sie wich zurück. »Das könnt Ihr nicht! Das wird die Stadt ins Verderben stürzen!«

»Womöglich«, sagte er ruhig. Und zum Hauptmann: »Sie wird nicht gerichtet, bevor ich es höchstpersönlich befehle!« Und damit ging er, wohin auch immer.

Kapitel 36

Königtum Westend, außerhalb des Belagerungsrings

Das einzig Positive war, dass sie aus dem Regen heraus waren. Dafür durchtränkte Schweiß Karrols Kleider, und seine Arme waren schwer wie Blei. Er konnte sich nicht erinnern, wann er das letzte Mal so weit gerudert war. Das grausige Geisterschiff war nur noch als Gerippe in der Ferne inmitten des Belagerungsrings zu erkennen, hinter dem im metallgrauen Morgen La Harb von dunklen Wolken erdrückt wurde. Als er jetzt zum ersten Mal das Wetterschauspiel aus der Ferne sah, wurde ihm flau im Magen.

»Ilka«, flüsterte er. »Nimmst du meine Hand?«

Sie nahm sie, setzte sich neben ihn, schmiegte den Kopf an seine Schulter. Schweigend saßen sie so da, ein Paar, das auch die Stille teilte, während die Wellen gegen den Bootsrumpf schwappten wie die Brandung gegen die Mauern von La Harb, wo beide einst geboren worden waren. Karrol erinnerte sich an seine Kindheit, wie er von Terrasse zu Terrasse geklettert war, Brötchen vom großen Markt gestohlen und als Jugendlicher von der Galgenmauer uriniert hatte, seine erste Liebe getroffen und Jahre später dann Ilka kennengelernt hatte, als er mit hohem Fieber niederlag und sie ihm eine Kräutertinktur brachte. Es waren angenehme Gedanken, die ihm durch den Kopf gingen, und irgendwann war sein Schweiß erkaltet.

Dann kamen sie.

Zuerst hörte er Wasser plätschern, ein Gluckern und Glucksen, dann spürte er ein Zittern, das das Boot erfasste. Ilka löste sich von ihm. »Danke für alles«, wisperte sie, drückte seine Hand und setzte sich ihm gegenüber in den Bug.

Ihre Gestalt verschwamm unter Tränen, so wie La Harb dahinter.

Seine Ilka, seine Liebe, seine Heimat, sein Leben.

Karrol zog das Schwert des heiligen Paladins Ignatius, das er an der Hüfte trug. Die Reliquie war jahrtausendealt, von unschätzbarem Wert, doch heute würde sie für immer in der Mutter See verschwinden. Er sank aufs rechte Knie, das linke aufgestellt, wie es früher Sitte gewesen war. Die Schwertspitze bohrte sich in das Holz, als er sein Gewicht auf den Griff legte. Das Morgengrauen ließ die schlanke, dornengleiche Klinge leuchten, als hätte sie einen eigenen, inneren Glanz. Das Heft war mit feinsten eingravierten Rosen geschmückt. Sein Daumen strich über das Heft, als ein weiteres Zittern durch das Boot ging.

Karrol sah auf. Der Jundar schob sich zwischen ihnen über den Bootsrand.

»Heiliger Ignatius«, murmelte er bei dem furchtbaren Anblick der Klauen und Dornen und fahlen Schwimmhäute, und packte den Griff fester. »Gib mir Kraft!«

»Die gibt er uns!« Ilka schlug die Kapuze vom Haupt. Der Jundar zischte sie an. Der rosafarbene Glibber auf seinem Nacken erhob sich wie eine grausige Blume.

Was dann geschah, ließ Karrol an allem zweifeln, doch er hielt sich eisern am Griff des Schwertes fest, so fest, dass seine Finger taub wurden.

Irgendwann schloss er die Augen, weil er es nicht mehr ertrug, aber Ilkas Keuchen und Stöhnen und das feuchte Schmatzen war bei der Dunkelheit noch grausiger.

Als sie einen Schrei ausstieß, sah er sie wieder an. Der Parasit hatte sie befallen, stülpte sich über ihr Haupt und eine ihrer narbigen Augenhöhlen. Ihre Hände krallten sich in die Sitzbank, hinterließen Furchen im feuchten Holz, ihre Füße bebten, der Wurmfortsatz arbeitete.

Der Jundar saß zwischen ihnen und starrte Karrol an wie ein Hund, der nicht wusste, ob er angreifen sollte oder nicht.

Schließlich wurde Ilka still. Wie unter Spasmen schüttelte sie unkontrolliert den Kopf, Spuckefäden glänzten in ihren Mundwinkeln und auf dem Kinn.

Karrol schluckte. Sie hatte gesagt, sie würde ihm ein Zeichen geben, wenn es vollbracht war. Was, wenn nicht? Woher wusste er, dass sie es geschafft hatte?

Er rührte sich ein wenig, verlagerte das Gewicht. Der Jundar grollte. »Jaja«, murmelte er. »Schon gut.« Wieder verfiel er in Starre. Nur noch sein harter Atem war zu hören, bis ihn ein Gedanke wie ein Blitz erfüllte.

Es ist vollbracht, Liebster! Die Worte waren einfach in seinem Kopf, und sie klangen nicht nach Schmerz, sondern nach Wärme und Liebe und heiteren Tagen im Sonnenschein.

Karrol kamen wieder die Tränen. So stark war also ihr Band der Liebe, dass sie es ihm sogar ohne Magie sagen konnte. Er hätte es nicht für möglich gehalten.

Er stemmte sich hoch. Der Jundar knurrte, schob sich vor Ilka, entblößte Reihen nadelspitzer Zähne.

»Zur Seite, Kreatur!« Karrol hob die milchig fahle Klinge.

Der Jundar gehorchte nicht, doch Karrol griff an. Ilka sollte nicht länger leiden als nötig.

Und er auch nicht.

Der heilige Ignatius war gnädig. Es ging schnell.

Kapitel 37

Königtum Westend, La Harb, großer Marktplatz

Man hatte sie nicht wie die anderen Schwestern in Ketten gelegt, sondern acht Männer zu ihrer Bewachung abgestellt; je zwei seitlich und je zwei vor und hinter ihr. So schritten sie Richtung großer Marktplatz, und Leyna fragte sich, was geschehen würde, wenn sie versuchte auszubrechen. Würden sie sie mit ihren Hellebarden gegen den Befehl von Simeone niederstechen? Keiner traute sich, sie anzufassen. *Sie haben Angst vor mir.* Die Feststellung war so absurd, dass sie beinahe gelacht hätte. Einen der Wachmänner kannte sie sogar: Antonio. Kurz vor Beginn des Regens war er bei ihnen in der Gilde gewesen und hatte um Hilfe für seine erkrankte Mutter gebeten. Leyna hatte ihn begleitet, die Mutter untersucht und ihr Strohruhe verordnet – zusammen mit den aufgezeichneten Zeichen auf Brust und Händen. Antonios Mutter war schnell genesen, war mit ihm in die Gilde zurückgekehrt und beide hatten sich bei Leyna bedankt, mit warmem Händedruck und dankbarem Lächeln auf den Lippen. Jetzt hatte er die Lippen zu einem Strich zusammengepresst und wich ihrem Blick geflissentlich aus. *Wie können Menschen nur so schnell ihre Meinung ändern?* Die Schwestern hatten noch nie jemandem etwas getan, im Gegenteil, und trotzdem waren sie plötzlich der Ursprung allen Übels.

Sie wandte sich von Antonio ab und hob den Blick gen Himmel. Der Regen fiel und fiel. *Ob er die Scheiterhaufen wohl löschen kann?* Ein Lachen quälte sich ihren Hals empor und schaffte es nicht über ihre Zunge. Es war blanker Wahnsinn. Und Henning hatte recht gehabt. Wie dämlich war es gewesen, sich zu stellen? *Man wird euch zuhören und direkt zum Baron bringen. Ha ha. Ha ha.*

Beim Gedanken an Henning glitt ihr Blick über die regennassen Fassaden und zu den Schatten zwischen den Häusern. Verbarg er sich dort irgendwo, ihr *Schatten?* Würde er eingreifen und sie retten oder im Stich lassen? Als er gesagt hatte, dass sich sein Schicksal in La Harb entscheiden möge, hatte sie Wärme gespürt. Im Herzen. *Genauso Wahnsinn.* Sympathie für einen Fratera. Wie konnte man einem Verbrecher vertrauen, der nur auf seinen Vorteil bedacht war? Wahrscheinlich saß er gerade in einem gestohlenen Ruderboot und sah zu, dass er davonkam. Konnte sie es ihm verdenken? Nicht jeder war so dumm und naiv wie sie.

Der Gedanke machte sie wütend. Alle hatten sie verlassen: Ilka, Karrol, Henning, Nante. Und irgendwie auch Jule und die Schwestern und auch ihr Vater. Und ihre Mutter sowieso. Niemand war mehr da, und bald würde sie allein auf dem Scheiterhaufen in den Flammen vergehen. Ob Enzo zusehen würde? Ihre Feinde mochten sie nicht im Stich gelassen haben. Nur die Freunde.

Im Augenwinkel nahm sie eine Bewegung wahr, und für einen Moment dachte sie, eine Gestalt im Schatten zweier Häuser auszumachen, aber als sie genauer hinsah, lehnten da nur Bretter an einer Wand.

Dumme Nudel! Er kommt nicht mehr. Grimmig wandte sie sich wieder nach vorn.

Wind fegte durch die Gasse, trug den Geruch von Verbranntem mit sich; Holz und Haar und Fleisch. Lautes Hämmern ebenfalls. Und Schreie. Markerschütternde Schreie.

Leyna ignorierte sie, so gut es ging.

Kurz darauf passierten sie den steinernen Bogen, der sich zwischen zwei Häusern aufspannte und auf den Marktplatz führte. Von der Spitze aus blickte eine Statue herab, von Wind und Wetter so glattgeschliffen, dass niemand mehr sagen konnte, welchen Gott oder König sie abbildete.

Der Trubel auf dem Markt erschlug Leyna fast. Handwerker hasteten umher, Schreiner, Tischler, Zimmerleute. Sie hämmerten und sägten, errichteten Scheiterhaufen um Scheiterhaufen, während Soldaten Feuerholz, Reisigbündel und Ölfässer herankarrten und unter geölten Planen aufstapelten, ein weiterer Irrsinn angesichts feuchter und kalter Häuser. Andere hantierten mit Schaufeln, schippten Asche, Knochenstücke und glühende Kohlen zu einem großen Haufen zusammen; die Reste abgebrannter Richtstätten. Um den Berg standen Menschengruppen und wärmten sich gegen die Kälte des ewigen Regens. Und es waren nicht nur Soldaten des Barons, sondern Zivilisten und Einheimische, die sich an den glühenden Überresten ihrer Brüder, Schwestern und Nachbarn die Hände wärmten.

Ein Scheiterhaufen brannte. Rauch wallte in zähen, weißgrauen Schwaden auf. Das Feuer loderte trotz des angebrochenen Tags wie bei Nacht. Zwei Frauen, die darin standen, waren nur als schattenhafte Schemen zu erkennen, die Münder weit aufgerissen. Ihre Schreie verursachten Leyna eine Gänsehaut, und eigentlich hätte sie sich abwenden wollen, aber das Schauspiel faszinierte auf grausige Art und Weise. Schlimmer jedoch war die Traube von Menschen, die sich um die Brennenden versammelt hatte, johlte und jubelte. Ein paar Kinder waren unter ihnen.

Da bemerkte sie weiter hinten auf dem Platz sechs Schwestern, die von vermummten Henkern auf drei neu errichtete Richtstätten gebunden wurden. Jorda, Misha, Sade, Lexa, Agnes und Bea. Jorda erkannte sie und rief ihren Namen, doch Leynas Aufmerksamkeit wurde zu einem Mädchen von vielleicht acht Jahren gelenkt, das barfüßig vor ihrer Prozession stehen blieb, einen Korb an die schmale Brust gedrückt. »Zimtkringel, die Herren?« Schüchtern lupfte sie das Tuch, das den Korb bedeckte. »Ein Geschenk vom Baron.«

Leyna wurde beim Anblick der krossbraunen Teigwaren kotzübel. Sie würgte. Augenblicklich traf sie ein Schlag in den Rücken. »Weiter!«, schnauzte ein Soldat, und Leyna stolperte weg von dem Kind und den Zimtkringeln.

Letztlich landete sie in Simeones Amtsstube, einem kargen Raum mit vergitterten Fenstern im größten der anliegenden Patrizierhäuser. Mit dem Schaft einer Hellebarde wurde sie hineingestoßen, dann schloss man schnell die Tür hinter ihr.

Wie betäubt sank sie zu Boden und war unfähig, einen klaren Gedanken zu fassen. *Zimtkringel. Gefüllt mit Schwestern. Gegart über Scheiterhaufenfeuer. Zimtkringel. Ha ha. Gefüllt mit …*

Irgendwann lichtete sich der Wahnsinn, und sie sah sich um. Viel gab es nicht zu entdecken; zwei Tische, ein paar Stühle und ein Schreibpult. Die Kammer war so karg wie Simeones Seele. Einzig auf einem Tisch lag etwas menschengroßes unter grobem Leinenstoff. Es stank nach Essig.

Der Geruch weckte Erinnerungen an ihren Vater und an die Befallenen, und umgehend fand sich Leyna neben dem Tisch wieder, um das Tuch zu heben und nach einem Moment gänzlich herabzuziehen.

Der Anblick war weniger abscheulich als die Zimtkringel.

Der Jundar lag friedlich vor ihr. Er hatte etwas von einem Krebs in Menschengröße. Die gepanzerten, gegliederten Beine hingen schlaff vom Tisch, während der Körper eher an eine Echse erinnerte. Eine elegante Echse mit riesigem Maul. Und auch wenn da Schleim und Blut und Geifer und Seetang klebten und man all die Hörner und dornigen Scheren überdeutlich sah, verspürte Leyna keine Abscheu.

»Se Jundar.« Vorsichtig berührte sie das knöcherne Haupt. Die Haut fühlte sich glatt und seidig an, überhaupt nicht widerlich.

Schreie drangen erneut von draußen herein, lockten sie zum Fenster. Schweigend sah sie durch die schlierige Scheibe. Die Henker entzündeten gerade die Feuer der drei Scheiterhaufen. Die Flammen explodierten regelrecht im trockenen Reisig, schlugen hoch und umhüllten die Schwestern. Jorda brüllte als Einzige all ihre Verachtung heraus, doch kurz darauf schrie auch sie vor Pein wie die anderen. Nur Misha schwieg, blickte ihrem Schicksal entgegen.

Seltsam schwerelos wandte sich Leyna ab. Allein ihre Schritte erfüllten die Amtsstube. Dann wurde es ganz still, und sie legte dem Jundar erneut die Hand auf, diesmal an den Leib. Sie spürte steinharte Muskeln unter einer dünnen Fettschicht. »Und ihr sollt grausam sein?«, fragte sie den Kadaver. Eine Träne kroch ihr über die Wange.

So stand sie eine Zeit lang da, bis Schatten am Fenster vorbeihuschten, etwas polterte und die Tür geöffnet wurde. Zwei Soldaten in schimmernden Rüstungen traten ein, hinter ihnen Simeone und der Baron höchstpersönlich.

Lazards erstarrte noch in der Tür. »*Davon* sprecht Ihr?«

»Ja, Eure Erlaucht.« Simeone schritt zum Kadaver, wobei er Leyna einen langen Blick schenkte.

»Und *davon* soll eine Invasion drohen?«

»So die Befürchtung. Ein gutes Dutzend hat den Seezugang überfallen, und falls jeder Befall durch eines dieser

Wesen übertragen wurde, dann sind noch mehr als einhundert dort draußen ... oder mehr. Wer weiß schon, was in den Tiefen des Meeres lauert.«

Der Baron trat näher heran, gehüllt in seinen himmelblauen Hermelinmantel mit eingestickten, goldenen Sicheln über leichter Silberrüstung, wagte es aber nicht, den Kadaver zu berühren. Dann heftete sich sein Blick auf Leyna. Abscheu manifestierte sich darin. »Und das ist diese Schwester, die die Invasion meint verhindern zu können?«

»Ja«, antwortete sie anstelle des Richters. »Kann ich. Wenn Ihr mir Euer Edulog gebt.«

Der Baron schnaubte. »Unverschämt auch noch. Das ist doch nur irgendein billiger Trick! Am Ende beschwört Ihr mit dem Teufelszeug einen Zauber, der mich tötet. Edulogs haben nie Gutes gebracht.«

»Niemand will Euch töten, Baron Lazards!« Leyna versuchte, ruhig zu blieben. »Weder ich noch meine Schwestern. Wir wollen die Stadt retten, die Menschen, die hier leben! Nicht mehr und nicht weniger.«

»Das werden meine Soldaten tun!«

Simeone räusperte sich. »Mit Verlaub, Erlaucht, wenn wirklich eine Armee dieser Wesen angreift, mögen uns die Götter gnädig sein. Wir verloren mehr als doppelt so viele Soldaten am Seezugang als es Angreifer gab. Mit Schwertern rückt man denen schwer zu Leibe.« Er klopfte auf eine der naturgepanzerten Knochenplatten der Beine. Der Kadaver schwankte und schien kurz zum Leben zu erwachen.

Der Baron blieb unbeeindruckt. »Ihr seid Richter, Simeone, weder Feldherr noch Stratege. Was versteht Ihr vom Kampf?«

»Wenig, das gebe ich zu, Eure Erlaucht, aber ...«

»Aber was?« Die Stimme des Barons wurde gefährlich scharf.

»Nun, ich stelle die berechtigte Frage, was wir verlieren, wenn diese Schwester versucht, die Kristalle zu zerstören. Scheitert sie, sind wir am selben Punkt wie jetzt, gelingt es, gewinnen wir.«

Der Baron brauchte keinen Wimpernschlag für seine Reaktion. »Nein! Nein! Nein, Simeone, wir gewinnen *gar nichts*, wenn wir mit den Teufeln paktieren. Im Gegenteil! Die Götter werden uns dafür verachten und uns noch härter strafen. Magie ist alleinig ihnen vorbehalten! Wenn wir so dreist sind und sie nutzen, dann wird erst recht die Mutter See ihren Zorn gegen uns richten.« Der Baron hatte einen roten Kopf bekommen. »Nein!«, wiederholte er. »Auf keinen Fall! Ich bleibe meiner Linie treu! Und diese lautet: Keine Magiebegabten, keine Regenmacher, keine Invasion!«

Simeone schürzte die Lippen, neigte aber das Haupt. »Dann soll es so sein, Eure Erlaucht.«

Dann soll es so sein, dann soll es so sein, dann soll es so sein…

Aus Leyna platzte ein heiseres Lachen hervor, und nichts konnte sie dagegen tun.

Der Baron funkelte sie an. »Was gibt es da zu lachen?«

»Eure erlauchte Dummheit.« Leyna hielt sich den Kopf. »Ihr schickt mit Eurer Verblendung Tausende in den Tod und feiert Euch noch als Held.«

Eine Ader an der Stirn des Barons schwoll an wie ein fetter, blauer Regenwurm. *»Raus mit ihr!«*, krächzte er und schien fast an seinem Zorn zu ersticken. »Raus! *Raus!* Auf den erstbesten Scheiterhaufen mit ihr! Ich will dieses durchtriebene Teufelsweib brennen sehen!«

Seine Leibgarde hatte im Gegensatz zu den Stadtwachen keine Hemmungen, Leyna zu packen. Grob zerrten sie sie aus der Amtsstube. Richter Simeone sagte noch etwas, aber Leyna verstand es schon nicht mehr. Sie hörte nur die heisere Stimme des Barons, die nun auch den Richter anschrie, und dann war sie im Freien.

Die drei Scheiterhaufen brannten dank des Öls noch lichterloh, aber die Schwestern waren vergangen. Die Menschentraube sammelte sich vor drei neu errichteten Richtstätten. Ein Henker mit roter Haube über dem Kopf band gerade eine Frau an den Pfahl. Sie trug einfache, verdreckte Kleidung. Ihr Kopf hing halb herab, die blonden Locken waren strähnige Büschel.

»Jule?« Leyna traute ihren Augen nicht, als die beiden Soldaten sie durch die Versammelten zu den grob gezimmerten Stufen schleiften, die hinauf zu den Pfählen führten. Der Geruch von Holz, Öl und Reisig erfüllte die Luft.

Jule hob das Haupt. Sie war kaum wiederzuerkennen. Ihre linke Gesichtshälfte war geschwollen, vermutlich von Schlägen. Unter ihrer Nase war Blut getrocknet. Trotzdem blitzte Erkennen in ihrem nicht zugeschwollenen Auge, wenn auch der matte Schleier blieb. »Leyna!«, sagte sie schwach. »Nicht dich auch noch. Nicht dich auch noch.« Ihr Kopf sank kraftlos herab, baumelte hin und her wie an einem Faden.

Jetzt kämpfte Leyna doch mit den Tränen, und sie wehrte sich gegen den eisernen Griff der Soldaten. *Ich muss mich befreien! Ich muss Jule befreien!* »Lasst mich los!«, schrie sie. »Lasst mich ...«

Ein Blitz fuhr in sie, ließ sie vor Überraschung brüllen, und noch im selben Herzschlag erfüllten Worte und Bilder und Geräusche ihren Kopf, ein mächtiger Strom an Informationen, der sie mit sich schwemmte. Sie sah Jundar in Massen, wie sie durch blaue Dunkelheit schwammen. Tausende, nein, Hunderttausende glänzender Leiber in wankenden Lichtstreifen unter Wasser. Sie hörte kehlige Rufe, sah silberne Luftblasen und dann seltsame Formationen am Grund eines Meeres. Wie Kokons sahen sie aus, eiförmige Gebilde, überzogen mit milchiger Haut, unter der sich weitere Jundar bewegten wie Gewürm. »Junge«, sagte Ilkas Stimme in ihrem Kopf. »Sie sind unzählbar, Gezeichnete. Wenn sie kommen, werden sie alles auslöschen, was auf Erden wandelt. Du musst sie aufhalten! Du, Gezeichnete. Nur du ...«

Der Rausch der Bilder wurde heftiger, und Leyna sah verschiedenste Arten der Jundar, große, kleine, schlanke, massige, fischartige, echsenartige, krebsartige, quallenartige. Sie waren so zahlreich, so vielfältig, und »doch sind sie ein Schwarm«, sagte Ilka. »Ein Schwarm. Eine Intelligenz, ein Kollektiv, miteinander verbunden. Sie wissen! Sie verstehen! Sie denken! Und sie tragen die Gabe in sich! Die Gabe! Die Gabe ...«

Der rauchblaue Kristall erschien, jetzt viel größer. Prächtig ruhte er auf einem silbernen Sockel in einer von Fackelschein erhellten Kammer. Es roch nach Feuchtigkeit und Fisch und Hass. Schwelendem Hass. Und da war ein heiseres Lachen ... das Lachen eines Wahnsinnigen.

Der Bilderstrom endete so abrupt, wie er gekommen war, und spuckte Leynas Ich zurück auf den Scheiterhaufen. Nur noch die Ahnung von Ilkas Stimme war übrig. Sie hauchte: »Halte sie auf, Gezeichnete. Halte sie auf, oder es ist das Ende. Das Paar sei mit dir!« Es folgte das Wissen, wie sich die Seelensplitter zerstören ließen, dann brutale Leere.

»Hoch, du Fotze!« Einer der Leibwächter zerrte sie auf die Beine und gab ihr einen derben Stoß, der sie die Stufen hinauftorkeln ließ. Dort fiel sie wieder auf die Knie. Benebelt und auf allen vieren sah sie schwer atmend zurück. Der Baron stand neben Simeone am Fuß des Scheiterhaufens am nördlichen Teil des Platzes. Ein Trupp Soldaten schirmte die beiden hohen, hohlen Herren ab. Die

Bürger hatten sich dahinter versammelt, eine Menschentraube, die sich bis zur Marktplatzbegrenzung, einer brusthohen Mauer, erstreckte. Und dahinter fiel die zweite Terrasse ab und ermöglichte einen prächtigen Blick über die Häuser bis zum Meer. Der Belagerungsring war in der Ferne auszumachen.

Stiefelschritte pochten vor ihr. Die rote Haube des Henkers ragte über ihr auf.

»Steh auf!«, knurrte er.

In dem Moment erfüllte ein Donnern den Platz. Es kam aus Norden heran, vom Meer.

Alle wandten sich dorthin.

Eines der näher an der Stadt ankernden Schiffe im Belagerungsring war nicht mehr da. Stattdessen stieg ein riesiger Feuerball in den Himmel auf. Davor kochte das Meer – von Tausenden silbrigen Leibern, die sich auf La Harb zuschoben.

Kapitel 38

Königtum Westend, kurz vor La Harb,
an Bord der *Geist der Dornen*

Da geht der Wanderfalke wieder auf Wanderschaft. In der Ferne blähten sich die Segel der beiden Galeeren im Wind. Alles andere hätte die Dornenmaid auch gewundert. Das Gerede von Veränderung, sesshaft werden, sich niederlassen. Irgendwie klang das schon verlockend, vor allem an der Seite von Thevs Falk, aber nein ... ihr Leben war die See, die wankenden Planken unter den Füßen, Salz im Haar.

Und seines ebenso.

Wohl war ihr trotzdem nicht, seit sie das Ruderboot zu Wasser gelassen hatten und Thevs mit dem Vielstimmigen hinabgeklettert war. Nie hätte sie die Warnung von einer bevorstehenden Invasion aus dem Meer geglaubt, wenn sie nicht aus seinem Mund gekommen wäre. Diese Gewissheit, dieses Entsetzen, diese Furcht. Dann die beiden Alten ...

Blieb die Frage, was sie mit der Warnung anfangen sollte. »Setze die Segel und verschwinde von hier!«, hatte Thevs ihr geraten, die Hände auf ihren Schultern. Sollte sie ihm gen Osten folgen? Sie hatte die Hälfte der Bezahlung vom Baron vorab erhalten; an sich könnte sie auf die andere Hälfte scheißen. Was brachten ihr Taschen voll Gold, wenn irgendein Vieh aus dem Wasser stieg und ihr die Gedärme herausriss?

Lizzy blickte in die entgegengesetzte Richtung zur regenverhangenen Stadt. Von der zweiten Terrasse stieg immer noch Rauch auf. Wie viele Magiebegabte gab es eigentlich noch? Wann würden die Feuer erlöschen? Ihre Finger krallten sich in die Reling. Bleiben oder verschwinden? Es war selten, dass die Dornenmaid sich nicht entscheiden konnte.

Eine Bewegung auf der neben ihnen ankernden *Kanonenschlag* erregte ihre Aufmerksamkeit. Ein Schatten verschwand durch eine offene Kanonenklappe im Bauch des Schiffs.

Lizzy wartete, ob sich etwas tat, und verwarf dann den Gedanken, Kapitän Luvos zu warnen. Der alte Irre hätte ihr sowieso nicht zugehört. Er war vom vielen Schießen so gut wie taub. Er sammelte seit fast einem Jahrzehnt Kanonen aller Art und begrüße jeden Morgen den neuen Tag mit einem anderen donnernden Salut. Wahrscheinlich war es gleich so weit. Überhaupt war es ein Wunder, dass die *Kanonenschlag* noch schwamm, so viel Eisen und Schießpulver, wie sie geladen hatte.

Tatsächlich: Das Flackern von Feuer erhellte die Kanonenklappe – aber es war viel zu hell, um vom Anzünder zu stammen.

»Scheiße!«, schaffte sie noch zu sagen, bevor die Explosion sie von den Füßen riss. Die Druckwelle brachte die *Geist* bedrohlich ins Wanken. Lizzy schlug hart auf dem Rücken auf, schlitterte gegen den Fockmast und hörte nichts als schrilles Pfeifen in den Ohren. Taumelnd kam sie auf die Beine.

Die *Kanonenschlag* existierte nicht mehr. An ihrer Stelle wuchs ein rabenschwarzer Pilz aus Rauch in den Himmel. Das Wasser darunter brodelte.

Lizzy schüttelte die Benommenheit ab, rieb sich über das Gesicht. Etwas irritierte sie. Sie sah genauer hin und erschrak. *Es kocht nicht von der Hitze, sondern von Leibern!*

Der erste Jundar sprang kreischend neben ihr an Bord. Lizzy zog instinktiv ihren Krähenschnabel und wich an den Mast zurück, um ihren Rücken zu schützen. »Bei der Wächterin!« Sie schluckte und hob die Waffe. Das war sie wohl, die Invasion. Die Mutter See hatte ihr die Entscheidung abgenommen.

Dann begann das Schlachten.

Während Lizzy vorsprang, zuschlug und sich wieder zurückzog, ließ das Pfeifen in ihren Ohren nach, und sie hörte allmählich Kampflärm und die Stimmen ihrer Mannschaft. »Dort! Am Achterdeck!«, rief Betsi keuchend. »Da kommen noch mehr!« Und Elena schrie: »Geht auf die Augen! *Die Augen!*« Das schmerzerfüllte Kreischen eines Wesens feuerte sie alle an. Die Piratinnen jubelten und fluchten.

Lizzy wich einer gekrümmten Klaue aus, duckte sich darunter weg und zertrümmerte dem Vieh den Kiefer. Etwas rempelte sie von der anderen Seite an, ließ sie gegen den Mast taumeln. Der Aufprall betäubte ihren Waffenarm fast bis zur Schulter, der Krähenschnabel polterte davon, und Lizzy und der Jundar tauschten einen langen Blick. Er zeigte Zähne. Sie griff nach der nächsten Want und zog sich daran empor, um Abstand zwischen sich und das Vieh zu bringen. Der Jundar unter ihr zischte und sprang hinterher.

»Da sind noch mehr!«, rief jemand. Und eine andere: »Versucht es mit Feuer!«

Während Lizzy höher kletterte, wallte Rauch vorbei, und sie wusste nicht, ob er noch von der explodierten Kanonenschlag stammte oder ob ihre Crew die *Geist* abfackelte. Der Jundar zerfetzte unter ihr Teile der Want und brachte alles bedrohlich ins Wanken, als er sich zu ihr emporzog. Lizzy trieb ihm den Stiefelabsatz ins Gesicht. Und noch einmal. Im Gegenzug packte er sie an der Wade. Die Krallen gruben sich tief ins Fleisch. Lizzy keuchte und kreischte: »Lass los!«, während sie nach ihrem Dolch griff.

Irgendwo riss ein Seil, und beide sackten ab. Lizzy meinte, ihre Schulter würde ihr aus dem Leib gerissen, als das Gewicht des Jundar an ihr und ihrer Wade zerrte. Blind vor Schmerz stieß sie mit dem Dolch hinab, hinab, hinab, und der Jundar ließ los. Kreischend stürzte er zurück auf die Planken. Lizzy stöhnte. Fetzen von Haut und Fleisch hingen von ihrer Wade herunter. Blut tropfte aufs Deck.

Bevor der Anblick sie niederrang, wandte sie sich ab, kletterte mit zusammengebissenen Zähnen empor, immer weiter, bis sie sich stöhnend ins Krähennest schob und dort für einen Augenblick mit tanzenden Sternen vor den Augen liegen blieb.

Von unten ertönten immer mehr Rufe, genauso wie von den anderen Schiffen des Belagerungsrings. »Die Kanonen! Die Kanonen!«, schrie jemand, »Bemannt die Kanonen!«, und ein anderer brüllte: »Hinter dir!«, dann wieder eine ihrer Ladies: »ELENA! ACHTUNG!«, und jemand lachte gackernd vor Wahnsinn. Eine Kanone krachte, Holz splitterte, Jundar kreischten ihr gellendes Lied, und dann tönte alles so durcheinander, dass Lizzy nichts mehr unterscheiden konnte.

Dass sie verbluten würde, wenn sie sich nicht verarztete, war ihr trotzdem klar. Mit zusammengebissenen Zähnen riss sie einen Stoffstreifen aus der zerfetzten Hose und band sich die Wade unterm Knie ab. Mit einem Ruck zerrte sie den Knoten fester und presste ihren Schmerz in die Zähne hinein. Dann kam sie irgendwie auf die Beine, hielt sich im schwankenden Krähennest fest und blickte hinab.

»Bei Elysia und der Wächterin!«

Sie wollte es nicht glauben. *Überall* tobte der Kampf. Unzählbare Jundar erklommen die Schiffe des Belagerungsrings. Etliche Boote brannten, vermutlich auch die *Geist*, woher sollte sonst der ganze Rauch stammen? Und aus dem Meer kamen noch mehr der Biester. Tausende Schatten glitten unter der *Geist* und den anderen Booten hinweg, die meisten Richtung La Harb. Es war mehr als eine Armee. Und sie kamen mit Hass und Wut und messerscharfen Klauen. Hunderttausende Augen glommen wie gelbe Nadelspitzen inmitten der aufgewühlten See.

Eine pfeilförmige Welle glitt vom Ozean direkt auf die *Geist* zu, wie die Bugwelle eines unsichtbaren Schiffs. Dann entdeckte Lizzy das Ding unter Wasser. Etwas Riesiges pflügte auf sie zu, ließ das Meer strudeln und wirbeln und spritzen. Sie hatte schon einmal einen Leviathan gesehen, ein Vieh so lang wie ihr Schiff, aber was da heranpreschte, hatte baumstammlange Stoßzähne, die wie fahle Rammsporne unterhalb der Meeresoberfläche die *Geist* pfählen würden.

Lizzy krallte sich ins Krähennest und wartete auf den Aufprall. Er folgte keinen Atemzug später. Das Boot wurde mitgerissen, flog unter ihr weg wie ein angeschlagenes Pendel. Das Krähennest folgte einen Herzschlag später. Lizzy wurde aus dem Ausguck geschleudert, und während sie kopfüber und mit rudernden Armen auf das brodelnde Meer zuflog, dachte sie noch einmal an den Wanderfalken. *Vielleicht wäre 'ne Hütte am Strand doch schön gewesen, Thevs.*

Das Wasser war eiskalt und dunkel, und der Aufprall presste ihr die Luft in silbrigen Blasen aus den Lungen.

Kapitel 39

Königtum Westend, La Harb, großer Marktplatz

Eine seltsame Stille hatte seit der Explosion den Marktplatz erfasst. Allein die Feuer der niederbrennenden Scheiterhaufen knackten und knisterten. Alle anderen Geräusche waren verstummt. Der Anblick der angreifenden Jundar erfüllte sie alle mit Schrecken. Diese Andersartigkeit, diese Massen, diese wilde Eleganz. Weitere Schiffe gingen in Flammen auf, einige sanken, andere versuchten, Segel zu setzen, die von aus dem Wasser springenden Jundar niedergerissen wurden.

Schließlich trug der Wind doch Geräusche heran: einen Chor schrillen, tierischen Kreischens. Es folgten Menschenschreie, Befehle, Eisenklirren. Die unterste Terrasse wurde angegriffen.

Irgendeine Frau unter den Versammelten fing sich als Erste und schrie: »Zu den Waffen! Verteidigt unsere Stadt!«

Im nächsten Augenblick brach Hektik aus. Die versammelten Soldaten strömten zusammen, bezogen Stellung, ihre Kommandanten brüllten Befehle. Die Zivilisten zerstreuten sich, die meisten von ihnen wussten sichtlich nicht, was zu tun war.

Leynas Blick fand Simeones. Der sah sie mit beherrschtem Schrecken an.

Der Baron allerdings schien sich bestätigt zu fühlen. »Das ist der Beweis!« Er spuckte den Satz dem Richter vor die Füße. »Zu lange haben wir Magie geduldet, und jetzt kommt die Vergeltung dafür.« Er deutete auf den Henker. »Was steht Ihr faul rum, Mann? Kommt Eurer Arbeit nach! Ich will sie brennen sehen!«

»Euer Erlaucht...«, setzte Simeone an, wurde aber vom Baron harsch unterbrochen.

»*Los jetzt!* Bindet sie endlich fest, oder ich entzünde das Podest samt Euch!«

Die Drohung wirkte. Der Henker zerrte Leyna an den Haaren auf die Beine und zum Pfahl, der wie ein mahnender Finger aus den Fichtenbrettern herausragte.

»Lazards!«, schrie sie, während der Henker nach einem daumendicken Strick griff. Ihre Kopfhaut brannte wie Feuer. »Ihr irrt Euch! Es ist keine Lösung, alle mit der Gabe zu töten. Die Jundar werden eine andere Möglichkeit finden, um aufs Festland zu gelangen. Sie sind selbst magiebegabt! Hört Ihr? Das wird sie nicht aufhalten! Sie sind eine intelligente Rasse. Sie werden einen anderen Weg finden. Wir müssen den Seelenstein zerstören! Nur das wird sie stoppen.«

Er würde es nicht glauben, das war ihr sofort klar. Ilkas Worte kamen ihr in den Sinn. *Das, was sie am meisten fürchten, musst du sein.*

»Lazards!«, schrie sie nochmals. »Wenn Ihr mich verbrennt, verbrennt Ihr Euch selbst. Mit allen Menschen dieser Stadt.«

Ihre Worte hallten nach. Einige der restlichen Versammelten hatten sie vernommen. Ein paar, die sich bereits zum Gehen gewandt hatten, kamen zurück. Neue hinzu. Manche flüsterten miteinander. Fragende Blicke. Selbst der Henker ließ die Hand mit dem Strick sinken.

Erneut erhob sich markerschütterndes Kreischen, seltsam tief und vibrierend. Und näher. Soldaten brüllten im selben Atemzug vor Entsetzen, und der Boden erzitterte. Eine Hausfassade auf der ersten Ebene barst. Etwas Riesiges kam in einer Wolke aus Staub und Holzsplittern heran. *Ein Jundar,* begriff Leyna. Das Exemplar war monströs, zwei Stockwerke hoch. Ein knochengepanzerter Schädel mit beinlangen Stoßzähnen warf sich in einen noch breiteren Stiernacken. Wieder das Kreischen, das Leyna fast betäubte. Geifer sprühte aus dem Maul.

Dem Unglaube, was sich da dem Marktplatz näherte, folgte eine Welle des Entsetzens. Panik brach unter den Anwesenden aus und mündete in Chaos, als der Jundar für einen Moment hinter einer anderen Hausfassade verschwand, nur um Augenblicke später den feuchten Schädel über die Mauerkante zu schieben. Mit wagenradgroßen Klauen sprang er auf den Marktplatz.

Zumindest hatte der Baron Schneid. »ERLEGT ES!« Er zog sein Schwert. Es war eine hübsche Waffe mit doppelter Schneide. In die Klinge waren Hunderte zarte Blumenranken eingraviert, im Knauf ruhte eine silberne Scheibe mit eingelegter Sichel aus Perlmutt, der Handschutz war ebenfalls in Halbmondform gehalten. Und damit stürmte er zuvorderst auf den Jundarriesen zu. Seine Leibgarde folgte, so wie fast alle versammelten Soldaten. *»Für Lazards!«*, brüllten einige. *»Für Westend!«*

Was folgte, war ein heroisches Schlachten und Sterben. Der Jundar wütete wie ein Wolf auf der Schafsweide unter den Verteidigern, knackte Rüstungen, riss Kettenhemden entzwei, zertrümmerte Helme, zerschmetterte Eichenschilde mit aufgemalten Sicheln. Die Soldaten des Barons verkauften sich aber teuer. Ihre Hellebarden stachen vor und zurück, vor und zurück, vor und zurück, und bald schon blutete das Vieh aus zig Stich- und Schnittwunden. Ein ganz Mutiger sprang sogar mit einem Langdolch vor und versuchte, die Klinge dem Jundar ins Auge zu treiben, doch den Angriff bezahlte er mit dem Leben – der Jundar biss ihm den Kopf knapp über der Schulter ab. Das Blut sprühte durch die Luft.

Leyna nahm das alles nur am Rande wahr. Sie trat dem Henker vors Schienbein und entwand sich seinem Griff. Sie bekam sogar sein Messer zu fassen, das er im Gürtel stecken hatte. Mit einem Stoß vor die Brust schickte sie ihn vom Podest, bevor sie herumfuhr und zu ihrer Freundin sprang. »Jule!«, schrie sie. »Komm! Wir müssen fliehen!«

Jule rührte sich kaum. Ihr Blick flatterte unter den verdreckten Haaren. »Ich… ich… kann… nicht.« Sie schien nicht einmal aus eigener Kraft zu stehen; allein der Strick hielt sie aufrecht am Pfahl.

Leyna säbelte bereits daran herum. »Du kannst!«, blaffte sie ihre Freundin an. »Reiß dich zusammen! Wir müssen weg von hier!«

Etwas kaltes Spitzes berührte sie im Nacken.

»Lasst das Messer fallen!« Simeones zitternde Stimme war trotz des Kampflärms gut zu hören. Er stand direkt hinter ihr.

Langsam drehte sich Leyna herum. Simeone hatte ein Kurzschwert in der Hand, dessen Spitze durch ihre Haare und an ihrer Wange entlangglitt, bis sie vor ihrem Mund in der Luft verharrte.

Es schreckte sie nicht mehr. »Dann tötet mich doch«, sagte sie bitter, »und sterbt selbst.«

Simeones Kehlkopf hüpfte. Sein Blick zuckte zum Kampf. Die Verteidiger schienen den Jundar tatsächlich zu überwältigen, auch wenn es bereits zwei Drittel das Leben gekostet hatte. Mindestens sechzig Leiber lagen verstreut am Boden. Der Baron stand noch. Er reckte eine mit violettem Blut besudelte Faust in den Himmel, während er sein hübsches Schwert aus dem Hals des Kadavers zog. Seine Soldaten jubelten.

»Ihr wisst, dass ich recht habe!«, sagte Leyna leise. »Lasst mich frei! Besorgt das Edulog! Wir können die Stadt noch retten – nur nicht mit ihm.«

Simeone wusste es und doch schüttelte er das Haupt. »Er ist mein Herr. Lasst das Messer fallen, Schwester!«

»Und Ihr das Schwert!«

Die Stimme schnitt gefährlich durch den Regen. Ihr Schatten stieg die Stufen des Scheiterhaufens empor. Regen rann von der Spitze der Paladinklinge, die er aus dem alten Trakt geborgen hatte. Und nun fielen etliche Mäntel zu Boden. Einige der verbliebenen Versammelten auf dem Platz zückten Schwerter und Dolche und Äxte. Leyna sah Kudrun und Ecco und Molten und andere aus dem Kontor oder dem Gefängnis. Gut vierzig Personen, die allesamt mit erhobenen Waffen den bedrohlichen Scheiterhaufen umstellten.

Schweigen schwappte über den Marktplatz, bis der Baron mit seinen verbliebenen Soldaten begriff, was vor sich ging. Er lachte.

»Da schau an, eine Revolte des ehemaligen Stadtvaters!« Mit bluttriefender Klinge rückten er und seine Mannen dem Scheiterhaufen entgegen.

Er ist trunken von der Schlacht.

»Lasst den Unsinn, Lazards!« Auch Molten erklomm den Scheiterhaufen. »Wir beweisen Euch, dass Leyna recht hat!« Er schob sich zwischen sie und Simeone, der sein Schwert sinken ließ. Dann nickte Molten Henning zu.

Der zückte aus seinem Mantel den Kristall. Rauchblau funkelte er im matten Schein des Morgens.

»Ich hoffe«, sagte er so leise, dass nur sie es hören konnte, »du weißt mittlerweile, wie du ihn zerstörst.«

Leyna nickte, plötzlich den Tränen nahe, und nahm den Kristall entgegen. Schwer und feucht lastete er in ihrer Hand. Sie sah Henning in die Augen, dann schloss sie die Finger um den Seelensplitter und reckte die Faust in die Höhe, sodass alle ihn sehen konnten. Sie blickte nochmals in die Runde, zu Kudrun und Ecco und Molten, zu Jule, zu den Bürgerinnen und Bürgern, zu den Soldaten und zuletzt zum Baron. Dann zischte sie etwas Kehliges in der Sprache der Jundar.

Der Seelenstein begann zu glühen. Hitze durchströmte ihre Hand, und Licht quoll aus ihren Fingern, so hell, dass ihre Knochen durch die Haut schimmerten. Es waren Unmengen an Magie, die freigesetzt wurden. Leyna wurde ganz benommen. Sie schloss die Augen und gab sich dem Gefühl der Kraft hin, die sie wie Wärme eines lodernden Feuers durchströmte. Doch es war nicht nur Wärme, sondern da war auch Kälte, die wie Feuer brannte. Und diese Kälte versuchte, kalten, knochigen Fingern gleich, in sie zu dringen. Sie tasteten in ihren Gedanken umher, suchten nach irgendetwas – und fanden es.

In dem Moment, in einem Donner ohne Hall, löste sich die Magie des Splitters auf, und ein jubelndes Kreischen erhob sich vom Meer her.

Leyna atmete schwer. Hatte sie es geschafft? Ja, sie hatte es geschafft! Sie spürte es, auch wenn ein kalter Punkt hinter ihren Augen zurückblieb. Der irritierte sie einen Herzschlag lang. Der Punkt fühlte sich scharfkantig an, *wie ein Splitter*, gleichzeitig rau und salzig wie die See. Furcht ergriff ihr Herz. War ein Teil des Seelensplitters in sie übergegangen? Ein Teil von Ives? Der Gedanke war beängstigend, doch nein … es war nur ein kalter, scharfkantiger Punkt inmitten ihrer Gedanken, keine Präsenz eines uralten Magiers. Da war keine wispernde Stimme in ihrem Kopf. Wahrscheinlich nur eine Art Narbe vom Zauber, ja, so musste es sein. Eine Narbe. Die Schlussfolgerung war tröstlich, und so hob Leyna mit einem leisen Lächeln auf den Lippen den Blick. Öffnete die Hand. Staub rieselte zu Boden.

Alle starrten zu ihr auf. Wie musste sie auch aussehen? Mit glühendem Symbol auf der Stirn, voller Blut und Dreck, und dann dieser Zauber!

»Und was beweist das?« Der Ruf des Barons troff vor Hohn. »Es beweist nur, dass sie zu dieser Teufelsbrut gehört! Vielleicht hat sie die Monster damit sogar gelockt!« Er deutete über den toten Riesenjundar und die Mauer hinweg hinab auf die unterste Terrasse, wo der Kampf ungehemmt tobte. In den Straßen wimmelte es von kleineren Jundar, die sich wie Lawinen über die Soldaten ergossen. »Dort sterben edle Recken bei dem Versuch, die Stadt zu retten, und was tut Ihr ... Ihr lasst *Licht* erscheinen und verschwendet unsere Zeit!«

»Ihr verschwendet sie!«, rief Molten zurück. »Rückt dieses Edulog raus und fertig!«

Der Baron winkte ab und rief zu seinen Männern: *»Bereitmachen zum Angriff!«*

Jemand schob sich durch die Versammelten dem Baron entgegen. Zu Leynas Überraschung war es Henning. Er musste vom Podest geklettert sein, während sie den Stein zerstört hatte.

Mit erhobenem Schwert trat er in den freien Bereich zwischen den beiden Gruppen. Das regennasse Haar klebte ihm teils am Kopf, teils hing es ihm strähnig ins Gesicht. Ein rauer Bart überschattete Kinn und Wangen. Von ihm strahlte Gefahr aus, aber noch mehr von der ungewöhnlich schlanken Paladinklinge. Der Schneide wohnte jener gefährliche Glanz inne, der von täglichem, stundenlangem Schleifen kam, bis man sie nicht mehr berühren konnte, ohne sich zu schneiden.

»Und wer seid Ihr jetzt?«, fragte der Baron sichtlich genervt. »Noch so ein Narr?«

»Ein Narr, der Euch die Flügel stutzt.« Zielstrebig schritt er Lazards entgegen.

Der hob die freie Hand, als seine Soldaten vorstürmen wollten, und trat ebenfalls allein vor. »Das will ich sehen! Kommt und tanzt!«

Henning tanzte nicht. Er griff an wie ein Söldner, dem es ums Siegen ging. Mit vier schnellen Schritten hatte er den Baron erreicht und hieb nach dessen ungeschützter Seite. Die Schwerter schlugen aneinander, verursachten ein helles Klingen, als der Baron parierte.

»Ist das alles, was Ihr könnt, Narr?« Der Adelige drängte selbst vorwärts, versuchte einen Hieb, aber Henning wich zurück, sodass die Klinge nur Luft durchschnitt. Das verärgerte Lazards. Er knurrte und setzte nach, und abermals bewegte sich Henning davon, in weitem Bogen rechts herum. Lazards folgte ihm ungestüm, griff an, doch wieder pfiff die Klinge nur durch Luft.

»Feigling!«, bellte der Baron. »Erst großkotzig Reden schwingen, dann ...«

Eine brutale Rückhand von Henning flog heran, schlug eine tiefe Kerbe in Lazards' Brustharnisch. Die Paladinklinge war schärfer als jeder herkömmliche Stahl. Der Harnisch klaffte auf, zeigte himmelblaue Unterwolle. Sie färbte sich rot.

Der Baron keuchte vor Überraschung. »Ihr!« Und wieder stürmte er auf Henning zu, heftiger als zuvor, und Stahl klirrte auf Stahl.

Leyna konnte es kaum mit ansehen. »Dafür haben wir keine Zeit!« Das Kreischen der Jundar wurde lauter. Sie rückten vor, näher an die zweite Terrasse und den Marktplatz heran.

»Und doch ist es vermutlich der einzige Weg«, stellte Simeone nüchtern fest, während er den Zweikampf mit ernster Miene verfolgte.

Wieder krachte Stahl auf Stahl. Diesmal wehrte Henning den Schlag einen Wimpernschlag zu spät ab, die volle Wucht des Langschwerts ließ ihn straucheln. Der Baron setzte sofort nach, die Paladinklinge zuckte aufwärts zu seinem Kopf. Im letzten Moment riss er das Gesicht zur Seite, und die Klinge rasierte ihm nur die Wange. Ein roter Striemen wurde sichtbar.

Henning nutzte den Moment der Verwirrung. Er tänzelte herum, in engem Bogen, trat ungalant nach dem Knie des Barons und wehrte gleichzeitig einen Befreiungsschlag ab. Der Baron stöhnte, als sein Knie einknickte, aber irgendwie blieb er auf den Beinen und brachte sein Schwert wieder zur Verteidigung hoch.

Schwer schnaufend fixierte er Henning. »Das bezahlt Ihr mit dem Leben!«

Henning ließ sich nicht provozieren. Er wollte dem ein Ende machen, das war offensichtlich. Erneut kam er rechts herum, von der ungeschützten Seite her. Hieb folgte jetzt auf Hieb, Parade auf Parade, und es zeigte Wirkung: Die Bewegungen des Barons wurden fahriger, seine Schritte auf den feuchten Pflastersteinen ungelenker.

Seine Soldaten wurden unruhig. Würden Sie doch eingreifen, bevor ihr Herr verlor?

Ein helles Klirren ließ Leyna wieder zu den Kämpfenden blicken. Die Klinge des Barons splitterte. Das obere Drittel brach sauber ab.

Im nächsten Augenblick war Henning an seiner Seite, stieß ihm die Faust ins Gesicht und glitt hinter ihn. Die schlanke Klinge legte sich an seinen Hals, sodass seine Soldaten auf Abstand blieben.

»Wer ist jetzt der Narr?«, knurrte er zwischen zwei harten Atemzügen. »Rückt das Edulog raus!«

Der Baron spuckte Blut und einen ausgeschlagenen Zahn aus, grinste wie ein Idiot. »Und wenn nicht? Tötet Ihr mich dann?«

Henning drückte das Schwert tiefer in den Hals des Mannes, sodass eine rote Träne an seinem Hals herabrann. Mit der anderen Hand tastete er an der Kleidung des Barons herum.

»Er zückt einen Dolch!«, rief Kudrun.

Tatsächlich schimmerte etwas in der Faust des Barons, und er trieb es seitlich seiner Hüfte nach hinten. Henning wich zurück, stöhnte auf, ließ seinen Gegner aber nicht aus dem Griff. Seine freie Hand verschwand irgendwo hinter dem Rücken des Barons, und eine blutige Klinge klirrte zu Boden. Dann war Hennings Hand wieder da, blutverschmiert, tastete umher und fand am Gürtel des Barons ein Ledersäckchen. Daraus hervor zog er das Edulog.

Leyna wollte vom Scheiterhaufen springen und ihm entgegeneilen, doch Molten hielt sie zurück.

Der Baron wand sich heftiger in Hennings Umklammerung. »Und jetzt?«, presste er hervor. »Wollt Ihr mich töten? Wenn Ihr das tut, ist Euer Leben verwirkt.«

»Ist es auch so schon.« Und trotzdem konnte Henning sich nicht sicher sein, wie die Soldaten auf die Ermordung ihres Barons reagieren würden. Offenbar schätzte er das Risiko eines Racheakts sehr hoch ein, und so gab er Lazards einen Tritt in den Hintern, sodass seine Durchlaucht den Soldaten entgegenstolperte und auf halbem Weg auf die Knie fiel. Das Edulog warf er Kudrun zu, die zum Scheiterhaufen rannte.

Erst da sah Leyna das Blut an Hennings Seite. Der Stoff seines Hemds färbte sich rot, wo ihn die Klinge des Barons verletzt hatte. *Bei den Göttern!*

Jemand schob sich vor sie. Molten. Er hatte das Edulog in der Hand. »Für seine Verletzung ist später Zeit, Schwester!«, drängte er. »Macht dem Wahnsinn ein Ende! Schnell!«

Ja, schnell. Jetzt war anderes zu tun, als sich um einen Schmuggler zu sorgen. Sie nahm die Metallröhre entgegen, und wie Ilka ihr erklärt hatte, drehte sie den vordersten Ring aus schwarzen Zeichen, bis das richtige sich auf gleicher Höhe mit zwei eingeätzten Linien befand. Sie trennten die eingravierte Sonne und die beiden Monde voneinander. Etwas klickte, und das Zeichen erglühte in sanftem Schein.

Am steinernen Torbogen ertönten Schreie. Eine Gruppe Soldaten kam auf den Marktplatz gerannt, während einer von ihnen unter der Statue von einem Jundar niedergerissen wurde. Hinter ihnen erschienen mehrere weitere Kreaturen, erst vier, dann acht, dann war die Gasse erfüllt von Klauen und Schuppen und Leibern.

»Beeilt euch!« Simeones Stimme war heiser vor Furcht.

Leyna riss sich vom Anblick der Jundar los und drehte den zweiten Ring, wie Ilka sie angewiesen hatte. Auch dieses Zeichen erglühte, genauso wie das dritte nach kurzem Drehen.

Ein Kreischen ging durch die Jundar, und sie rückten vorwärts, Schulter an Schulter, eine lebendige Wand des Grauens. Die Versammelten stöhnten vor Furcht. Und selbst die Soldaten des Barons raunten und bildeten eine Speerformation.

Das Edulog!, mahnte sich Leyna und konzentrierte sich darauf. Sie drehte den letzten Ring, *Klickklickklickklick,* und drehte *Klickklickklickklick,* und drehte, *Klickklickklickklick,* bis sie das Kribbeln in ihren Fingern spürte. Auch das letzte Zeichen erleuchtete. Etwas klickte im Inneren, lauter als vorher. Sie schluckte und zog vorsichtig das erhabene Ende heraus. Wie eine gut geölte Mechanik bewegten sich die beiden Röhren auseinander. Ein rauchblauer Kristall kam in der inneren Röhre zum Vorschein, größer als der erste.

»Warum greifen sie nicht an?«, fragte jemand mit zitternder Stimme.

Leyna blickte zu der Armee der Jundar, die nervös unterhalb des steinernen Bogens angehalten hatte und lauerte. Und die sie anstarrte. Hunderte Blicke aus gelborange glühenden Augen.

Plötzlich war Henning bei ihr. Er presste sich die Hand gegen die Seite, und seine Augen erfüllte Schmerz, aber er lächelte schief. »Jetzt wäre der richtige Moment, um sie aufzuhalten.«

Haltet sie auf, oder es ist das Ende, meinte sie Ilka zu hören.

Mit einem Ruck nahm sie den Kristall aus der inneren Röhre, umfasste ihn mit beiden Händen und schloss die Augen. Diesmal hob sie ihn nicht über den Kopf, sondern zischte sofort den Vernichtungszauber.

Wieder erstrahlte helles Licht. Diesmal war die freigesetzte Energie noch viel größer, so enorm, dass sie den Eindruck hatte, von ihr emporgehoben zu werden. *Wie mächtig muss jener Ives gewesen sein?* Der Gedanke durchzuckte sie, während das Licht sie trotz geschlossener Augen blendete. Unvorstellbar, dass ein einzelner Mensch diese Menge an Energie beherrschen hatte können.

Wieder waren die kalten, knochigen Finger da. Ein zweites Mal tasteten sie durch ihren Geist, fanden schnell die kalte Stelle der ersten Kristallzerstörung und fingerten daran herum. Ein spitzer Schmerz schoss Leyna durch den Kopf, als stieße ihr jemand eine Nadel zwischen die Augen. Kälte breitete sich aus, und diesmal spürte sie, dass sich etwas einnistete oder … bildete. *Kristallisierte*, berichtigte sich Leyna selbst. Sie konnte es zwar nicht begreifen, aber ein Teil der freigesetzten Magie schien sich in ihrem Geiste festzusetzen. Ganz klar: Das war der Preis, den sie für die Zerstörung zu zahlen hatte. Nur, was bedeutete es? Was würde es mit ihr anstellen? Sie hatte keine Vorstellung davon, aber die Gewissheit, dass sie damit leben würde können. *Ja,* wisperte eine rauchige Stimme. *Damit wirst du sehr gut leben können.*

In einem zweiten Donner ohne Hall, der ihre Haare durch die Luft wirbelte, zerstob die Stimme und es war vorbei.

Leyna schwindelte. Meinte wieder zu stehen. Öffnete ganz langsam die Augen. Der Marktplatz war in purpurnes Leuchten getaucht, eine Nachwirkung vom Licht in ihrer Wahrnehmung.

Und sie hörte das donnernde Kreischen der Jundar. Es schwoll an, in den Himmel gebrüllt aus Tausenden feuchten Kehlen. *Sie jubeln,* wurde ihr klar. *Sie jubeln wegen der Zerstörung!* Die Armee am Tor brüllte und wandte sich ab, einer nach dem anderen, bis ein letzter Jundar in der Größe eines Wolfs unter dem steinernen Bogen stand und Leyna musterte. Sein rechter Stoßzahn war abgebrochen oder abgeschlagen worden.

Er schien ihr etwas entgegenzuzischen, zumindest meinte sie das zu hören, bevor er seinen Geschwistern folgte.

Auch von der unteren Terrasse erhob sich Jubel, Menschenjubel. Kurz darauf erfasste er den großen Marktplatz. Viele lachten, fielen sich in die Arme. Kudrun schrie etwas, und Soldaten brüllten enthusiastisch.

Jemand skandierte: *»Leyna! Leyna!«*

Leyna spürte Henning neben sich, der ihre Hände ergriff und sie drückte.

Doch Leyna wollte keine Freude erfassen. Ihr Blick ging in den wolkenverhangenen Himmel, aus dem der Regen ungebrochen fiel und fiel.

Kapitel 40

Stürmische See, an Bord der *Zwillingsfalke*

Die Invasion hat bereits begonnen. Die Invasion hat bereits begonnen. Die Invasion hat bereits begonnen.

Thevs Worte wollten nicht verklingen. Nante stand im Bug der *Zwillingsfalke,* hielt sich an einem Bugspriettau fest und blickte zum Horizont, der sich in dunstigem Grau verlor. Rechter Hand zog der Küstenstreifen der Steener Bucht vorbei, und hätte Nante sich umgedreht, hätte er in der Ferne die riesige Regenglocke über La Harb gesehen. Außer Sicht würde sie vermutlich erst gegen Nachmittag sein, wenn sie die Bucht gen Norden verließen.

Und dann liegen immer noch zu viele Tage zwischen mir und den Inseln.

Die Invasion hat bereits begonnen.

Nante strich sich das wirre Haar aus den Augen. Es war noch feucht vom Regen. *Vom Regen La Harbs.*

Mit einem tiefen Atemzug wandte er sich vom Horizont ab und wagte den Blick zurück. Das Unwetter über der Stadt erdrückte La Harb regelrecht unter sich. *Und meinen Bruder. Und diese Leyna.*

Schwester Leyna.

Nante wusste nicht, was er mit ihr anfangen sollte. Die Verbindung zwischen ihnen war noch existent, er spürte das Band, das die Blinde geknüpft hatte. Er spürte sogar mehr als das. Er spürte Entschlossenheit und Furcht von Ilka. Und er spürte Angst und Zweifel und Trotz und Verwirrung und zuletzt Bewunderung und Zuneigung von Leyna. Die Bewunderung galt ihm; die Zuneigung seinem Bruder.

Henning.

Auch ihn spürte er – dank das Bands zwischen Zwillingen. Es war zart, aber die Emotionen klar und deutlich: Zweifel und Zerrissenheit. Sie galten ihm und Leyna. Für den Bruchteil einer Sekunde sah er sich selbst, eng umschlungen mit Leyna vor dem Portal zum alten Trakt stehen. Unvorbereitet traf ihn ein Stich Eifersucht, dann war sein Bruder wieder voll der Bruderliebe und der Frage, ob es richtig war, dass sie sich getrennt hatten. Noch nie hatten sich die irren Zwillinge getrennt und hätten es auch nicht, wenn Ilka es nicht verlangt hätte. Sie waren überrumpelt worden, und jetzt wuchs der Zweifel, der mit solchen Entscheidungen im Leben einherging.

Nante ließ das Tau los und stützte sich auf die Reling, die Unsicherheit wog plötzlich Tonnen. Zum ersten Mal in seinem Leben wusste er nicht so recht, was er tun sollte.

Die Invasion hat bereits begonnen.

Wenn Thevs recht hatte, würden sie es niemals rechtzeitig in die Heimat schaffen. Die Jundar hätten bis dahin alles überrannt und zerstört. Doch was waren die Alternativen? Umkehren? Auch das erschien ihm absurd. Jemand musste sich um die Familie kümmern, besonders um Kea. Sie war dort draußen, er spürte auch sie, auch wenn er es nie zuvor wahrgenommen hatte.

»Und jetzt?«, fragte er den Wind, der ihm die Worte von den Lippen riss.

Zum ersten Mal schwiegen die Stimmen in seinem Kopf. Das irritierte ihn vielleicht am meisten, denn sie waren in den letzten Jahren verlässlicher gewesen als jede Magnetnadel auf hoher See.

Grimmig wollte er sich von La Harb abwenden, als in der Ferne etwas aufblitzte. Ein winziger Feuerball schien in den Himmel zu steigen. Gleichzeitig fuhr ein Schmerz in seinen Kopf, ließ ihn stöhnend gegen die Reling taumeln. Mit der Stimme der blinden Ilka krächzte er: *»Y Jundar! Y Jundar!«* Es folgte ein mächtiger Strom an Bildern und fremden Gefühlen, die ihn in die Knie zwangen. Nante schloss vor Schmerz die Augen, ließ alles auf sich einprasseln und sog es trotzdem auf wie ein Schwamm. Er sah glänzende Jundar in der Dunkelheit, Kokons aus milchiger Haut, Gewürm und winzige Larven, riesige Leiber und Schwarmformationen. Er fühlte Wissen, uralt und verzerrt, tausendfach zersplittert und doch eins, er fühlte Schmerzen und Gehorsam, Verbundenheit und Hass. Letzteres galt dem Abbild eines rauchblauen Kristalls auf silbernem Sockel, umringt von tanzenden Schatten. Dazwischen eine hochgewachsene Gestalt. Die Wächterin der Seelen höchstpersönlich, mit grimmig leuchtenden Augen aus Purpur unter der ewiglich mit Schatten gefüllten Kapuze. Sie griff nach ihm, nein, nach Ilka, und der Strom endete abrupt. Zurück blieb eine stumme Leere und letzte Worte, die Nante mit Ilkas Stimme wisperte: »Die Schwester ist der Schlüssel …«

Dann glitten ihm die Beine weg, und er rutschte auf die rauen Planken. Sein Kopf sank auf das salzverkrustete Holz. Nantes Augen wollten sich schließen, doch aus dem Augenwinkel gewahrte er einen schlanken, vertrauten Schatten. Der huschte zur Galion.

Verwirrt setzte sich Nante auf. »Kea?«

Wieder die Bewegung. Es war, als klettere jemand auf den Bugspriet.

Nante zwang sich auf die Beine, die viel zu weich waren, und taumelte zur Spitze des Schiffs. Seine Finger fanden halt an der Reling. Verwirrt sah er sich um, entdeckte niemanden, doch dann hörte er sie.

»Nante!« Keas Ruf war voller Furcht.

Ihm brach der Schweiß aus. »Kea? Wo bist du?«

»Hier!«

Er suchte alles ab, fand sie nicht. »Wo hier?«

»Ich weiß es nicht …« Sie weinte. Es schien von überallher zu kommen.

Das brach ihm beinahe das Herz. »Ruhig, Schwester. Ganz ruhig. Erzähl mir, was passiert ist.«

»Ich … ich weiß es nicht! Sie … sie waren überall, fielen über Lodenhaven her, machten alle nieder. Auch Raik, Vater und dann Arturo.«

Nante wurde es eng in der Brust. *Die Invasion hat bereits begonnen.* »Wen meinst du mit sie?«

Er kannte die Antwort, und doch erschauderte er, als sie schluchzte: »Se Jundar.«

»Seine Diener«, wiederholte Nante heiser. Dann schüttelte er sich und rief: »Kea! Hast du etwas von einem Kristall mitbekommen? Ein rauchblauer Kristall in einer Kiste mit Scharnieren in Form von Kraken.«

Sie schniefte. »Sie haben ihn bekommen. Ich war zu langsam! Ich hab versagt, Nante, ich hab versagt! Und weiß nicht einmal, wobei.«

Nante verstand nur die Hälfte ihrer Worte, aber er verstand die Scham des Scheiterns, die auch auf seinen Wangen brannte. »Du hast nicht versagt, Schwesterherz. Du hattest nie eine Chance …«

»Sie … sie haben den Kristall geholt, Nante! Und als sie ihn hatten, haben sie gejubelt, aus Tausenden Kehlen. Die Inseln, Nante, die Inseln sind nicht länger.«

Nante begann zu zittern. »Und du?«, wisperte er. »Wo bist du, Kea?«

Sie brach in Schluchzen aus. »Ich … ich weiß es nicht.«

Aber Nante ahnte es. Ihm wurde heiß und kalt zugleich. »Kea!«, stieß er hervor. »Hör mir zu! Kea! Du musst mir jetzt ganz genau zuhören! Wenn *sie* kommt, widersetzt du dich. Du bist stark, Kea, du warst immer eine Kämpferin! Hast du verstanden? Du widersetzt dich ihr. Du wirst nicht mit ihr gehen! Verstanden?«

Kea keuchte. »Nein! Nein! Wer bist du … nein! *Neiiin!*«

Das Wort verhallte. Zurück blieb eine grausame Leere.

Nantes Kopf sank ihm auf die Brust. Eine Träne rollte über seine Wange, tropfte an der Galion vorbei ins Meer.

»Kea«, wisperte er. »Kleine Schwester.«

Dann brüllte der Vielstimmige all seinen Schmerz hinaus.

Kapitel 41

Königtum Westend, La Harb, großer Marktplatz

Hennings Bauch verkrampfte, aber nicht wegen der Stichwunde. Etwas stimmte nicht mit Leyna. Sie blickte empor zum Himmel, die Augen in hartem Glanz, wie er ihn nur bei Menschen gesehen hatte, die nach langem Hoffen erkannt hatten, dass die Wahrheit eine andere war als die, die sie sich wünschten. Sie blinzelte nicht einmal, als der Regen ihr ins Gesicht prasselte und in silbernen Rinnsalen über die Wange rann. *Ihr Vater!*, wurde ihm klar. *Der Regen hätte enden müssen.*

Er wollte sie an sich ziehen, doch noch etwas anderes stimmte nicht. Der Jubel war verstummt, dafür rasselten Kettenhemden und Rüstungen. Die verbliebenen Soldaten des Barons bezogen Stellung, drei Reihen aus je einem guten Dutzend. Der Baron stand in vorderster Front, nicht ganz aufrecht, aber mit dem Schwert in der Hand.

Eccos und Moltens Leute bemerkten es ebenfalls und zogen den Ring um den Scheiterhaufen enger. »Lazards!«, rief Molten. »Was soll das werden?«

»Das Ende des Endes.« Lazards humpelte zwei Schritte vorwärts. Seine Soldaten zogen im Gleichschritt nach.

»Das *war* das Ende!«, rief Kudrun aus der vordersten Reihe der Versammelten, eine Axt in der Hand. »Seht doch! Sie sind geflohen! Leyna hat die Jundar vertrieben! Hat uns gerettet!«

»Und was ist dann das?« Der Baron deutete in den Himmel und fuhr sich mit der Hand durchs Gesicht, um die Feuchtigkeit abzuschütteln. »Regen, oder?«

Henning löste sich von Leyna und trat an Moltens Seite. »Vielleicht braucht Ihr einfach Geduld, Narr. Die Wolken müssen sich erst auflösen.« Es war schlau gesprochen, fiel aber nicht auf fruchtbaren Boden.

Dem Baron stand Hass in den Augen. »Vielleicht. Vielleicht auch nicht. Wer garantiert uns, dass der Regen noch endet? Ihr? Ich habe geschworen, ihm ein Ende zu bereiten, und das werde ich! Und ich werde dafür sorgen, dass so etwas nie wieder geschieht! *Männer!«*, rief er lauter. *»Schlagt die Revolte nieder und entzündet die Scheiterhaufen! Noch vor der Abenddämmerung wird die Stadt von jeglicher Magie geläutert sein.«*

»Und dann wird es auch nicht enden.« Leynas Stimme war voller Resignation, als sie an den Rand des Podests trat. »Ihr werdet es nicht stoppen, Baron. Nicht Ihr.«

»Aber Ihr?«

Der Hohn war nicht zu überhören, doch Leyna wisperte: »Ja, ich.«

Dann stieg sie die Stufen hinab, Schritt um Schritt. Unten teilte sich die Menge vor ihr. Manche traten aus Ehrfurcht zur Seite, andere neigten vor ihr das Haupt, andere lächelten und wieder andere wollten sie an der Schulter berühren, doch Leyna schob sich erhobenen Hauptes an ihnen vorbei auf den Baron zu.

Henning zog abermals das Schwert. »Ich hätte ihn töten sollen«, knurrte er und überschlug ihre Chancen, während er ihr folgte. Etwa sechzig Personen standen auf ihrer Seite gegen keine vierzig Soldaten, die einen Kampf mit dem Jundar in den Knochen hatten und verwundet waren. Aber was blieb ihnen anderes übrig als zurückzuschlagen? Desertieren? Die meisten würden ihrem Herrn folgen, und wenn es in den Tod wäre.

Leyna erreichte das Ende der Menge und schob sich auf den freien Platz zwischen die Fronten. Außer Reichweite seines Schwertes blieb sie vor dem Baron stehen. Mit fester Stimme sagte sie: »Ich mache Euch ein Angebot.«

Er musterte sie von oben bis unten wie ein dreckiges junges Weib, das ihm die Hauptrolle stahl. »Ich will von Euch kein Angebot!« Er spuckte aus.

Leyna blieb ruhig. »Aber Ihr wollt doch ein friedliches Ende, oder? Oder möchtet Ihr noch mehr unbescholtene Bürgerinnen und Bürger abschlachten?« Er setzte zu einer Erwiderung an, doch sie schnitt ihm das Wort ab. »Ich biete Euch ein friedliches Ende an, Lazards. Ihr müsst im Gegenzug nur die Magiebegabten gehen lassen. Lasst uns ziehen. Irgendwohin.«

»Und warum sollte ich das tun?«

»Weil Ihr nicht als Schlächter La Harbs in die Geschichtsbücher eingehen wollt. Bis eben kanntet Ihr die Zusammenhänge nicht, aber jetzt schon. Ihr habt es sogar gesehen.«

Stille.

Der Baron befeuchtete sich die Unterlippe. »Und warum hat dann der Regen nicht geendet?«

»Wegen meines Vaters.« Sie sagte es bar jeder Emotion. »Wegen des letzten Regenmachers in La Harb.«

»Den ihr doch versteckt habt«, stellte Simeone vom Podest aus fest.

Leyna nahm den Blick nicht vom Baron. »Mit Magie, Simeone. Ihr würdet ihn nicht finden, nicht einmal, wenn ich Euch sagen würde, wo Ihr suchen müsstet. Aber ich zeige ihn Euch. Und ich ... erlöse ihn, wenn Ihr ... auf meine Forderungen eingeht, Lazards.«

Das saß. Henning behielt die Hand am Schwertknauf. Wie würde der Baron entscheiden, der gerade mit Simeone einen langen Blick tauschte? Lehnte er ab, ging er das Risiko ein, nie für Sonne zu sorgen. Er würde nicht als Retter La Harbs gefeiert werden, sondern als dessen Totengräber.

Aber ging er darauf ein, galt er als schwach. Nicht gerade die gewünschte Selbstdarstellung eines Blaublütigen.

»Also gut«, sagte er schließlich, voller Wut und Widerwillen. »Wenn Ihr den Regen innerhalb des nächsten Glockenschlags beendet, lasse ich Euch und Euresgleichen ziehen.« Er steckte sein Schwert weg.

Ein Seufzen ging durch die Versammelten, nur durch Henning nicht. Er wusste nicht, was er von der schnellen Meinungsänderung halten sollte. Doch er wusste, was er für Leyna empfand. Tiefer Respekt erfüllte ihn, als sie nickte und sich auf den Weg machte. Er sah eine Frau, die gerade eine Stadt vor dem sicheren Untergang bewahrt und doch alles verloren hatte. Ihm blutete nicht nur die Seite, sondern auch das Herz.

Leyna führte sie zur Gilde. Es war eine langsame und schweigsame Prozession, denn den Weg säumten Leichen von Soldaten wie Jundar. Auch Zivilisten waren unter den Toten, mit aufgeschlitzten Leibern. Die Fugen zwischen den Pflastern färbten sich rot, und noch stank es nach Regen und Meer, aber bald würde es unerträglich werden.

Henning ging direkt hinter Leyna, zusammen mit Molten, Kudrun und Simeone. Daneben humpelte der Baron dahin, begleitet von zwei seiner Leibwachen. Er verzog keine Miene, starrte nur stur geradeaus. Bei ihrem Eintreffen auf dem Vorplatz erhob sich eine Einheit Soldaten. Sie hatten sich hinter umgestoßenen Karren verschanzt und dem Angriff der Jundar getrotzt.

Das Tor der Gilde stand offen.

Ohne langsamer zu werden, schritt Leyna hinein. Ihr folgte der Baron mit seinen Wachen, Simeone sowie Kudrun. Henning zog Molten beiseite. Ihm gefiel nicht, dass sich durch die neue Gruppe Soldaten das Gleichgewicht verschob. »Sorgt dafür, dass wir uns zur Not im Gebäude verschanzen können.« Dann winkte er Ecco und einen weiteren Kerl mit Schwert zu sich, um den anderen im Laufschritt zu folgen.

Am Treppenabsatz holten sie die Prozession wieder ein. Leyna stieg Stufe um Stufe hinauf, mit blasser Miene, immer höher durch das grabesstille Gebäude. Im Dachgeschoss wandte sie sich nach rechts und durchquerte zwei Kammern bis zum Treppenhaus der Bediensteten. Durch eine weitere Tür ging es auf den Dachboden voller verhangener Möbel, in den sie in der Nacht durchs Fenster eingedrungen waren. Es roch nach Regen, Staub und altem Plunder. Am Ende des Dachbodens blieb sie schließlich vor einer Wand stehen.

Der Baron musterte die Holzbretter. »Und wo soll hier bitte ein Regenmacher sein?«

Leyna antwortete nicht, vollführte wie Nante das Zeichen. Die Wand waberte, zeigte dahinter eine Tür und den toten Soldaten. Dann wurde sie wieder eine Wand.

Simeone bekam große Augen. »Das ... das hätten wir nie gefunden.«

»Aber vielleicht abgebrannt.« Der Baron berührte die imaginäre Wand, die hart wie Holz war.

Abermals vollführte Leyna das Zeichen und trat hindurch. Kudrun folgte, sowie Henning. Nach kurzem Zögern auch Simeone. Der Baron starrte noch einen Moment auf die Wand, verzog grimmig das Gesicht und ging nach einem Zeichen an seine Wachen hindurch.

Leyna schob sich in den Nebenraum, Henning ihr nach.

Henry sang immer noch das Lied vom Regen. Sein Antlitz war schwach ins Tageslicht getaucht, das durch das Erkerfenster fiel.

Der Baron zischte vor Überraschung. Seine Lippen zuckten, aber er sagte nichts.

Dafür Simeone: »Ihr... hattet gehofft, dass er sich zurückverwandelt, nicht?«

Leyna nickte, den Blick starr auf ihren Vater gerichtet.

»Könnt Ihr ihn noch retten?«

»Nein.« Sie hob die Hand und berührte Henry an der Wange. »Einmal Regenmacher, immer Regenmacher.« Sie ließ die Hand sinken, atmete tief durch und sagte: »Gibst du mir dein Schwert, Henning?«

Er zückte die Paladinklinge, reichte sie ihr mit dem Heft voran.

Sie nahm sie, betrachtete den milchigen Stahl, schloss für einen Moment die Augen, wisperte etwas, und trat dann vor. Wie Henning dem Baron setzte sie ihrem Vater die Klinge an den Hals. Wieder murmelte sie etwas und zog dann durch.

Mühelos glitt der Stahl durchs Fleisch, trennte Henry fast den Kopf von den Schultern. Im sprühenden Blut, das Leyna ins Gesicht traf, zuckte der Wurmfortsatz, der Kopf klappte nach hinten weg. Wirbel knackten. Dann sackte Henry polternd in sich zusammen.

Stille.

Nur das Rauschen des Regens.

Dann abrupt das Ende.

Einzelne Tropfen.

Gluckern.

Stiefelschritte zum Fenster, das Knarzen des Griffs, das Knarren von Holz. Ein kühler Windzug.

»Seht ihr das?« Kudrun. Heiser.

Henning blinzelte Tränen weg. Nur noch Niesel hing in der Luft über den Dächern La Harbs, der langsam abklang. Die plötzliche Stille war unheimlich; so sehr hatte man sich an das beständige Rauschen des Regens gewöhnt. Einzelne Tropfen fielen zwar noch von den Dachkanten, aber auch die würden versiegen.

Da trat der Baron vor. Kudrun ächzte. »Was…«, hauchte sie, fasste sich an den Bauch und brach zusammen. Die Klinge des Barons glitt aus ihrem Rücken.

»Ergreift sie!«, rief er, und im Vorraum, wo Ecco und der andere mit den beiden Leibwächtern geblieben waren, erhob sich überraschtes Geschrei.

Henning entwand Leyna das Schwert und schob sich vor sie. Genauso wie Simeone.

»Das könnt Ihr nicht, Lazards!«, sagte der Richter. »Sie hat ihr Wort gehalten! Ihr hattet eine Abmachung! Das ist nicht rechtens!«

»Nicht?« Wieder zuckte die Klinge des Barons vor wie eine Schlange und glitt Simeone in den Bauch. »Rechtens ist, was ich sage.« Er hob das Schwert ruckartig bis zum Brustbein an, und der Richter erschauerte. Er wollte dem Baron noch ins Gesicht fassen, spuckte aber nur einen Schwall Blut und brach zusammen.

Bevor Henning mit dem langen Paladinschwert angreifen konnte, traten die beiden Leibwachen in die enge Kammer. Auch ihre Klingen waren rot von Blut.

Der Baron lächelte: »Und wer ist jetzt der Narr?«

Henning verschwendete keinen Atem für eine Antwort, sondern griff an. Einer gegen drei war machbar – in einer größeren Kammer. Und mit einem Kurzschwert oder einem Dolch. So engte die Dachschräge ihn massiv ein, und Platz zum Ausweichen gab es auch nicht. Außerdem musste er Leyna schützen, die völlig neben sich stand.

Nach nur drei Hieben war es vorbei. Die beiden Leibwächter vollführten einen Doppelangriff. Einen Schlag blockte er noch, der andere teilte ihm das Hemd, hinterließ einen blutigen Striemen quer über seiner Brust. Der dritte Angriff entwaffnete ihn mit einem Schnitt quer über den Handrücken.

Während Henning schwer atmend vor Leyna stand, hob der Baron das Paladinschwert vom Boden auf, drehte es hin und her. »Nette Klinge.«

Einer der Leibwächter fragte: »Sollen wir sie gleich erledigen?«

»Nein.« Die Paladinklinge näherte sich Hennings Gesicht, ein Zucken, und ein Brennen auf der Wange. »Er hat mich gedemütigt, dafür wird er bezahlen. Und sie wird brennen, wie es sich für eine Hexe gehört.«

Kapitel 42

Königtum Westend, La Harb, Gilde der Zeichen

So führte man sie ab, Leyna völlig teilnahmslos, Henning voller Wut und Ärger über sich selbst. Warum hatte er das Arschloch nicht getötet, als er die Chance dazu gehabt hatte? Wegen wütender Soldaten? Mit denen wären sie schon fertiggeworden. Es war einfach Dummheit gewesen. *Nichts als Dummheit.*

Seine letzte Hoffnung auf Rettung zerschlug sich auf dem Vorplatz. Die Soldaten des Barons hatten Molten und seine Anhänger eingekesselt.

Und so fand sich Henning erneut auf dem großen Markt wieder. Die Schwester, der er am Nachmittag noch in der Kneipe mit Silber geholfen und die Leyna Jule genannt hatte, hing immer noch an einem der drei Pfähle. Die anderen beiden waren frei. *Für mich und Leyna.*

Aber der Baron hatte andere Pläne. »Bindet sie, genauso wie den Verräter Molten.« Und zu Henning sagte er: »Ihr werdet zusehen, wie sie alle drei vergehen. Und dann erwartet Euch die Galgenmauer, wie es sich für Euresgleichen gehört.« Er lüpfte Hennings Hemd mit der Schwertspitze, um das Zeichen der Fratera zu entblößen.

Henning erwiderte nichts, gab dem Baron nicht die Genugtuung, Schwäche zu sehen. Außerdem hing sein Blick an Leyna. Wie eine Puppe tappte sie zwischen den beiden Leibwachen auf den Scheiterhaufen und ließ sich wehrlos an den mittleren Pfahl binden. Molten hingegen protestierte und lärmte, bis ihm ein Soldat die gepanzerte Faust ins Gesicht rammte, sodass er ohnmächtig wurde. Dann wurde auch der Stadtvater an einen Pfahl gebunden.

Man hatte Henning mit einem Hanfstrick die Hände auf dem Rücken zusammengebunden, und als der Baron, weil ihm alles zu langsam ging, selbst zu einem der Glutnester eines vergangenen Scheiterhaufens hinkte, um ein glühendes Scheit hervorzuholen, hob Henning kurz das Bein und drückte die Ferse an seinen Hintern. Mit den blutglitschigen Fingern bekam er den Griff des Stiletts aus seinem Stiefel zu fassen. Es verschwand unter dem Strick.

Niemand schien es bemerkt zu haben. Alle verfolgten das Tun des Barons, der ein geeignetes Holz gefunden hatte, damit herumwedelte, bis aus der Glut wieder eine Flamme entsprang, und damit zum Scheiterhaufen humpelte. »So endet also der Albtraum La Harbs!«, rief er mit polternder Stimme, sodass die Anwesenden ihn hören konnten. »Die letzten Übel der Magie vergehen, nachdem ich den letzten Regenmacher bezwang! Seht, wie es endet! Seht, wie die Sonne hervorkommt! Seht, wie die Flammen reinigen! Seht, wie ein neues Zeitalter beginnt! La Harb – Außenposten meiner Baronie!« Geckenhaft stieß er das brennende Scheit unter Jules Pfahl in das vom Öl getränkte Reisigbündel. Für einen Moment schien es, als würde die Flamme erlöschen, doch dann loderte sie auf und leckte gierig in die Höhe. Mit Reflexionen der Flammen in den Augen trat der Baron zurück. Sein Gesicht strahlte vom Triumph.

Hennings Blick verschleierten Tränen. Er rieb das Stilett kräftiger gegen das Hanfseil, härter, schneller, schnitt sich selbst in die Haut und wusste, dass er es nicht schaffen würde. Die Bewegungsfreiheit seiner Finger war zu eingeschränkt, um gut säbeln zu können. Er würde zu lange für das Durchtrennen des Stricks brauchen. So viel Zeit hatte niemand der drei auf dem Scheiterhaufen. *Dieses eine Mal, als wir uns trennten, Bruder,* ging es ihm durch den Kopf, *läuft es aus dem Ruder. Dann bräuchte ich dich an meiner Seite.* Aber da war niemand, nur die beiden Leibwächter, die ihn halbherzig bewachten, weil sie das Schauspiel verfolgten.

Es war Wahnsinn gewesen, sich von Nante zu trennen. Was hatte ihn geritten? Nach mehr als zwei Jahrzehnten ein kurzes Gegenübertreten in einer Höhle, sich gegenseitig auf die Schulter klopfen, ein Blickkontakt, eine Umarmung. Und dann waren sie schon aus dem Trakt entfleucht …

War das das Ende der irren Zwillinge? Wahrlich irre. *Irre blöd.*

Die Flammen erreichten Jule. Die Schwester erwachte aus dem Delirium, war plötzlich hellwach, schrie vor Verzweiflung, warf sich in die Fesseln, während Rauch und Glut höher stiegen. Beides fasste nach ihren Gliedern, versengte Haut und Haar. Der zerschlissene Wollmantel spuckte schwarze Rauchschlangen in die Luft.

Henning konnte nicht länger hinsehen. Er suchte Leynas Blick. Die stand ganz ruhig und verfolgte mit starrer Miene das Ende ihrer Freundin, Tränen auf den Wangen.

Ein letzter Schrei erhob sich in den Himmel, dann verstummte Jule, und nur deswegen war vermutlich das Klackern von Eisen auf Stein zu hören.

Über der Mauerkrone, über die der Riesenjundar geklettert war, hingen plötzlich sechs, sieben, acht Enterhaken. Weitere flogen darüber, krallten sich in den Stein. Und dann erschien eine Gestalt auf der Mauer. Nante. Er war jundarblutbesudelt, die Haare wirr, die Kleidung hing ihm in Fetzen vom Leib. Er zog einen mitternachtsschwarzen Krähenschnabel aus dem Gürtel, eine hässliche Waffe. Dabei hörte Henning in seinem Kopf: *Ich bin doch zurück, Bruderherz.* Ihm folgten Thevs und Arndt Crabbe und andere Mitglieder der Falken-Besatzungen. Auch einige Piratinnen der *Geist* kletterten an den Enterhaken empor.

Hennings Herz pochte härter. *Vielleicht*... ein Blick zu Leyna, die gerade hinter einem Flammenschleier verschwand. Noch einmal erschien zwischen zwei flackernden Zungen ihr Gesicht. Sie sah ihn an. Bedauern lag in ihrem Blick.

Dann versengte die Hitze ihre Augenbrauen. Ihr Haar schmolz, kräuselte sich.

Henning brüllte seine Wut hinaus. Er riss an den Fesseln, während die Fratera und ihre Verbündeten zur Schlacht riefen und den Marktplatz enterten, als wäre er das Deck eines riesigen steinernen Boots.

Das Hanfseil in Hennings Rücken gab mit einem Ratschen nach. Er stürzte sofort vorwärts und beinahe in die Paladinklinge hinein.

»Ihr werdet sie nicht retten! Ihr nicht!« Der Baron griff ohne Umschweife an, und Henning warf sich zur Seite, bevor die Klinge ihm den Arm abschneiden konnte. Wieder trat der Baron ihm in den Weg. »Die Zeit spielt wohl gegen Euch, *Fratera.*«

Henning wusste, dass es Irrsinn war, und doch griff er an. Immerhin hatte er das Stilett, und Hände, die den Baron erwürgen konnten.

Der Baron spekulierte darauf. Die milchige Paladinklinge pfiff durch die Luft und hätte Henning von der Hüfte bis zum Nabel geteilt... wäre der nur vorwärtsgerannt.

Aber Henning sprang so hoch er konnte und setzte über den flirrenden Silberstreif hinweg. Ungebremst und mit vollem Gewicht krachte er in den Baron, und beide gingen umhüllt von himmelblauem Hermelin zu Boden.

»Niemand!«, brüllte er und schob sein Gewicht auf den Adeligen, das linke Knie über dessen Schwertarm. »Hält einen Fratera auf!« Das Handgelenk knackte, Henning schlug mit der Stirn zu und brach dem Baron die Nase. Hellrotes Blut spritzte hervor. Der Baron versuchte, seinen Peiniger von sich zu werfen, doch Henning trieb ihm das Stilett bis zum Heft durch die andere Hand und nutzte dann die Fäuste, und Zähne klackerten aus dem edlen Mund.

Im Wahnsinn wagte Henning einen Blick. Über ihm ragte der Scheiterhaufen auf wie ein Tor zu den Höllen. Die Hitze war unerträglich, die drei Pfähle verschwammen zu wabernden Schatten hinter den Flammen.

Wie von selbst legten sich seine Hände um den Kopf des Barons. Die Daumen drückte er dem Edlen in die Augen, genau wie Todd Daumentod es vor Jahrhunderten bei seinen Feinden zu tun gepflegt hatte. Der Baron schrie, als die weichen Augäpfel platzten. Blut quoll hervor, und Henning drückte weiter, tiefer hinein in das Gesicht mit dem Spitzbart. Der Baron schrie und schrie und schrie, erbebte noch einmal und erschlaffte schließlich.

Henning sank auf die Fersen. Hitze und Rauch und Asche wehten ihm ins Gesicht, röteten seine Wangen. Die Flammen loderten haushoch.

Der Schmerz verzerrte sein Gesicht. »Tut mir leid«, schluchzte er Richtung Pfahl, der einstürzte. »Ich bin zu spät.«

»Zu spät ist es erst, wenn *Sie* da war.« Nantes raue, grimmige Stimme. Er zog Henning auf die Beine, um ihm mit einem Ruck die Reste des Hemds vom Leib zu reißen. Mit Blut aus Hennings Wunde schmierte er ihm ein Zeichen auf die Brust. Es wurde kalt wie Eis.

»Du hast nur wenige Momente in den Flammen«, sagte er. »Und jetzt renn!«

Henning rannte, und all der Schmerz war für einen Moment vergessen. Er sprang in einem gewaltigen Satz aufs Podest, dessen Bretter bedrohlich wankten, spürte die verzehrende Hitze und nadelspitze Stiche am ganzen Körper, aber das Zeichen war so kalt und machte es ertragbar. Leyna lag am Boden, ihre Fesseln längst verbrannt. Auch ihr Kleid war größtenteils vergangen, so wie ihr Haar. Ihre Haut schlug dunkle Blasen.

Henning packte sie, dieses federleichte Bündel, und stürzte brüllend in einem Funkenschauer aus den Flammen.

Die Piraten hatten gewonnen, als er seine Leyna auf den nassen Pflastersteinen des großen Marktplatzes bettete. Nur noch vereinzelte Schreie Verwundeter erfüllten die Stille, umso lauter war sein entsetzliches Brüllen.

Es zog die Überlebenden magisch an. Sie kamen herbei, umringten ihre wahre Retterin, oder das, was von ihr übrig war: ein verkohlter Leichnam. Es war so unfair. So ungerecht. Er schrie all seinen Zorn hinaus, bis er heiser war.

Da zuckten Leynas gekrümmte Finger.

Henning stutzte, kniff die Augen zusammen, blinzelte Tränen weg. Was war das? Die Haut war nicht gleichmäßig verbrannt, an manchen Stellen nur rosig. Es sah fast wie ... *die Ahnung eines Zeichens aus!* Ein Zeichen, dem ... *der Abdruck auf der Stirn fehlt!* Nantes rauer Gedanke, gefolgt vom Blitzen des Kerkers, in dem er ihr die Hand auf die Stirn gedrückt und das Symbol vollendet hatte. Da wusste Henning, was zu tun war. Er packte Leynas Hand, die Haut hart und knisternd wie Pergament, und führte sie an ihre verbrannte Stirn. Noch einmal schluckte er, dann drückte er sie fest auf, glitschig von seinem Blut, und helles Licht erstrahlte, als das Xangram vollendet wurde.

Kapitel 43

Königtum Westend, Hafen von La Harb,
an Bord der *Zwillingsfalke*

27 Tage später.

Stimmen drangen zu ihr durch. Ein Mann rief: »Onkel!«

Ein anderer: »Ahh! Es tut so gut, dich wohlauf zu sehen!«

»Und dich erst!« Schulterklopfen. »Und? Wie war die Reise?«

Ein Moment der Stille.

»Schlimm. Aber lass mir ein paar Glockenschläge. Ich erzähl dir alles heute Abend bei einem Kelch Wein.« Stiefelschritte, dann: »Sie ist immer noch nicht aufgewacht?«

»Nein, aber der Medikus ist optimistisch. Sie hat so lange durchgehalten.«

»Eine ganze Überfahrt zu den Inseln und zurück.« Ein schwerer Atemzug. »Wird sie überhaupt wieder aufwachen?«

Der Neffe antwortete: »Wenn die Mutter See es will.« Diese Stimme kam Leyna vertraut vor, als ob sie sie tagelang gehört hätte, wie sie ihr hoffnungsvolle Worte ins Ohr wisperte, aber sie konnte sich nur vage erinnern, an die Dunkelheit und das sanfte Wogen ihres Betts, als ob es schwanken würde – so wie jetzt.

»Steht es wirklich so schlimm um die Inseln?«, fragte der Neffe nach einer langen Pause. Leyna hörte seinen Schmerz.

»Ja.« Der andere klang noch trauriger. »Du hättest es sehen sollen, Henning. Lodenhaven. Die Toten.«

Henning! Mein Schatten! Die Erinnerung überfiel sie wie ein Meuchelmörder, drückte sie von hinten nieder und stach ihr unter atemberaubendem Schmerz die Klinge in den Rücken. Feuer prasselte und knisterte überall um sie herum, rückte näher, wurde heißer. Sie wusste, dass sie verbrannte, dass sie starb. Die Schmerzen waren unvorstellbar. Ihre Haut. Die Blasen ...

»Hat jemand überlebt?«, fragte Henning leise.

»Wenige.« Ein harter Atemzug. »Die *Blaue Hecht* lag vor Anker, als Nante und ich mit der *Wanderfalke* einliefen. Jannis war während des Angriffs auf See. Auch Pit und Alfred sind mit ihren Schiffen irgendwo unterwegs. Aber alle auf den Inseln ... Ich fand deinen Vater und deine Mutter.«

Ein Schlucken. »Kea?«

»Keine Spur von ihr. Auch nicht von Santiano. Aber das bedeutet nichts. Der Regen hat die Leichen aufgedunsen und entstellt. Und die Jundar haben ihr Übriges getan. Dazu die Strömung ... ich würde nicht mehr hoffen. Nante sucht jedoch nach ihr.«

Stille senkte sich über die Kajüte, ja, es musste eine Kajüte sein. Leyna klammerte sich an den Gedanken, um den Horror der Flammen zu verdrängen. Ihre Finger krallten sich in ein wollenes Laken. Sie wollte nach Henning rufen, aber ihre Lippen bewegten sich nicht. Ihre Zunge fühlte sich wie getrockneter Kabeljau an.

»Er ist geblieben?«, fragte Henning verwirrt.

»Ja, das hat mich auch erstaunt. Er sucht zusammen mit Freiwilligen nach Kea und den verbliebenen Regenmachern. Vielleicht ...« – ein Seufzen – »vielleicht können wir zurück, wenn die Sonne wieder scheint, aber es wird nie mehr dasselbe sein, Henning. Sind wir ehrlich zueinander: Die Fratera sind nicht mehr.«

Die Worte hallten nach, und es folgten welche voller Bitterkeit. »Das wird Korhal und den Schwarzen Adel freuen. Somit kann er sich nun ganz den Dieben widmen. Eigentlich schade, dass Ilka den Töter zerstört hat. So hätte er ihn jede Nacht angestarrt.«

»Dafür ist Eure Blutschuld getilgt.«

»Die ohne Fratera auch so dahin ist.«

Wieder wurde es still. Ab und an knarrte Holz.

Leyna konnte immer noch nicht die Augen öffnen. Da war nur Dunkelheit. *Bin ich etwa blind?* Die Vorstellung überkam sie siedend heiß. *Hat das Feuer mir das Augenlicht genommen?* Warum war sie überhaupt noch am Leben? Die Hitze ... diese Schmerzen.

Die schien auch der Fremde zu haben. Heiser fragte er: »Habt ihr sie gefunden, Henning?«

»Nein.« Ein Klatschen von Haut auf Stoff. Schritte. »Wir haben in deiner Abwesenheit den Hafen, die Stadt und die Küste fünf Meilen aufwärts und wegen der Strömung zehn Meilen abwärts abgesucht. Ich schickte Teile der Mannschaft an Land, um in den umliegenden Dörfern und Weilern nach ihr zu fragen, aber von Lizzy fehlt jede Spur. Elena meinte, sie hätte gesehen, wie sie aus dem Krähennest geschleudert wurde, als der Riesenjundar die *Geist* rammte, aber mehr kann ich dir auch nicht sagen. Leider, Thevs.«

Der Mann namens Thevs schluckte laut, dann räusperte er sich. »Dann möge die Mutter See Lizzy in ihren heiligen Hallen aufgenommen haben. Wir sehen uns. Später.« Eine Tür knarrte, und es kehrte die Stille der Einsamkeit ein. Leyna glitt wieder hinüber in die Dunkelheit.

Als sie das nächste Mal erwachte, spürte sie kühle, feuchte Finger im Gesicht. Der Geruch von Johanniskrautöl hing ihr in der Nase. Und da war etwas Warmes, wie Sonne auf der Haut. Überhaupt war die Schwärze nicht mehr schwarz, sondern rötlich braun. *Licht! Ich sehe Licht!*

Leyna ächzte und zwang sich, die Augen zu öffnen. Es dauerte eine Weile.

Über ihr schwebte in einem Streifen Licht ein Gesicht, rund, mit rosa Wangen und dunklen Locken.

»Ichhgaachhdddd!«, krächzte Leyna.

Irmgard lächelte. »Schwester!« Hände griffen nach ihren, drückten sie sanft. »Bei den Göttern! Du bist wach. Du musst Durst haben. Warte.« Das Gesicht schwebte davon, nur um kurz darauf zurückzukehren. Ein hölzerner Becher berührte ihre Lippen. Es roch scharf. »Hier. Trink. Vorsichtig. Nur kleine Schlucke. Es ist Wasser mit Rum.«

Leyna trank, und es brannte ihr bis in den Magen hinab. »Echer Rum mit Wacher«, krähte sie, und Irmgard lachte.

»Beim Paar, ja, das trinken sie hier. Soll ich Henning holen? Nein, natürlich hole ich ihn! Warte! Und schlaf nicht wieder ein!«

Doch Leyna war weggedämmert, noch bevor Irmgard die Kajüte verlassen hatte.

Als sie das dritte Mal die Augen aufschlug, erfüllte zartrosa Schimmer die Kammer. Ein Schatten saß neben ihr, den Kopf auf die Brust gesunken. Sie erkannte ihn sofort. *Mein Schatten.*

»Henning«, flüsterte sie und griff nach seinem Arm.

Im nächsten Herzschlag war er hellwach. »Leyna!« Tränen stiegen in seine Augen, und er beugte sich zu ihr hinab, drückte sein Gesicht an ihres. Sein Bart kratzte auf ihrer Wange.

So verharrten sie lange, bis er sich aufrichtete, irgendwie verlegen. »Hast du Durst?« Wie Irmgard wollte er nach dem Becher greifen, doch sie schüttelte den Kopf.

»Hunger. Unbändigen Hunger.« Und den hatte sie tatsächlich. Ihr Magen knurrte, und sie fühlte sich so schwach, so schwach...

Das ließ ihn grinsen. »Dann bist du auf dem Weg der Besserung. Bei der Mutter See! Der Medikus meinte, wenn sie erwacht und Hunger hat, ist sie überm Berg. Endlich! Sag, wie geht es dir?«

Mit der Frage kam die Ungewissheit. Abermals griff sie nach seiner Hand. »Sag du es mir.«

Sein Zögern war Antwort genug.

»Ist es so schlimm?«

»Nein. Du lebst. Und du hast La Harb gerettet, etwa dreieinhalbtausend Menschen. Du bist die Heldin. Täglich müssen wir sie abweisen. Sie kommen mit Ruderbooten zu uns gepilgert...«

»Wir sind noch vor Ort?« Sie hatte gedacht, sie wären irgendwohin gesegelt.

»Wir ankern außerhalb des Hafens. Ich dachte, du möchtest hier sein, wenn du erwachst, aber nicht auf der Insel.«

Leyna drückte seine Hand. Der rosa Glanz in der Kammer wurde golden. Er kam vom Fenster. Vermutlich ging draußen die Sonne auf.

Die Sonne! Sie zeigte dorthin. »Ist es das, was ich meine?«

Er sah in die Richtung und lächelte. »Ja, genau das.«

»Kannst du mich raustragen? Ich will sie sehen.« *Die Sonne. Kein Regen.*

»Ich weiß nicht, ob...«

»Seit wann so zimperlich? Ich halte es schon aus. Wer zweimal der Wächterin in die Augen geblickt hat, wird wohl einen Sonnenaufgang überstehen.«

Darauf wusste er keine Erwiderung. Ganz vorsichtig hob er sie aus dem Bett und trug sie aus der Kajüte, einen engen Gang entlang, in dem es nach Salz und Talg roch, und dann noch ein paar Stufen hoch direkt ins Morgengrauen.

Die Sonne stieg gerade über die Klippen La Harbs, tauchte das Wasser in Rot und Gold und alle Farben dazwischen. Die Stadt selbst erhob sich inmitten des Lichtfeuers wie ein Gebilde schwarzer Schatten. Die Wolken waren verschwunden. Vögel kreisten über den Dächern.

»Wir haben es wirklich geschafft, was?« Sie ballte die Hand zur Faust. Es spannte seltsam am Unterarm.

»Nein«, sagte er, »du hast es geschafft. Du allein.«

Sie wollte widersprechen, aber das Gefühl in ihrem Arm war so komisch. Sie sah hinab und erschrak. Die Haut war grausig entstellt, zerklüftet wie verzerrte Honigwaben, hell und blass und dann wieder braun und faserig.

»Beim Paar!«, entwich es ihr. »Seh ich überall so aus?«

»Nicht überall. Dort wo das Zeichen war, ist die Haut intakt, und auch an ein paar anderen Stellen.«

Sie drehte ihren Arm im güldenen Licht, dann führte sie ihn ganz langsam zu ihrem Gesicht, berührte ihre Wange. Auch die fühlte sich unregelmäßig an. Ihre Finger glitten zitternd weiter, über die Nase, über die Andeutung von Augenbrauen bis zur Stirn. Die war glatt. Ein paar Haare piksten auf ihrem Haupt, seltsam fleckenweise.

Sie spürte Tränen. »Hast du einen Spiegel?«

»Nein«, sagte er, und dann, ein wenig verlegen: »Doch, aber …«

»Ich will mich sehen, Henning! Bitte!«

Er zögerte, aber dann setzte er sie ab, lehnte sie gegen den Mast und verschwand schweigend im Inneren.

Leyna blickte zurück zur Stadt. Eine Windbö wehte vom Land herüber und trug leise Geräusche heran; hämmern, sägen, rattern. Man hatte vermutlich mit Reparaturen und dem Wiederaufbau begonnen. Wie lange war sie weg gewesen? Sie wusste, dass Brandnarben lange brauchten, um zu heilen. Lange. Sehr lange. Und dann der Zauber. Er hatte sie fortgespült wie der Steen ein welkes Blatt.

Henning hielt das Paladinschwert in Händen, als er zurückkehrte. Die Klinge leuchtete im Morgengrauen wie kühles Eis.

Vorsichtig nahm sie das Schwert entgegen, wappnete sich, worauf man sich nicht wappnen konnte, und blickte in den polierten Stahl knapp über dem Heft.

Ein Schluchzer hallte über das Deck.

Irgendwo kreischte eine Möwe.

Henning sank neben ihr auf die salzverkrusteten Planken, blickte in die Ferne. Lange sagte keiner etwas, dann brach er das Schweigen. »Egal, was du glauben magst, es war es wert.«

»Wirklich?« Sie ließ das Schwert sinken. »Sie sind doch alle tot, oder? Henry, Jorda, Misha, Ilka, Karrol, Jule …« Wieder ein Schluchzen.

Henning wartete, bis es verklungen war, dann lehnte er den Kopf gegen den Mast und sagte leise: »Aber Tausende leben, Leyna. Und die waren es wert. Die waren es wert.« Und leiser: »Hoffentlich.«

Gegen Mittag nahmen sie an Deck ein Mahl ein. Jemand hatte zwei Hocker und einen Tisch gebracht, und Irmgard hatte Fischsuppe gekocht; fleischige Kabeljaubrocken schwammen unter Fettaugen in einer kräftigen Sahnesoße. In kleinen Schlucken führte Leyna die Brühe an die Lippen. Es war köstlich. Siebenundzwanzig Tage war sie weg gewesen und hatte nur Honigwasser eingeflößt bekommen, hatte Henning gesagt. *Siebenundzwanzig!*

Ihren Vater hatte man längst beerdigt, so wie all die anderen. Der Gedanke machte sie traurig. Sie hatte sich nicht von ihnen verabschieden können, von Jule, Misha, Jorda, Ilka, Karrol und all den anderen. Nur Henning war ihr geblieben. Und der ... der sah seltsam melancholisch hinaus aufs Meer in die endlose Weite der Stürmischen See.

»Du denkst an deinen Bruder?« Sie erinnerte sich an die Unterhaltung, die sie halb im Schlaf mitbekommen hatte.

»Ständig.«

»Sag, was ist passiert? Konnte Nante nichts ausrichten?«

»Nein. Die Inseln sind verloren. Wir konnten es niemals schaffen, Leyna. Die Jundar griffen etwa zeitgleich hier und auf den Inseln an. La Harb war noch nicht außer Sicht, als Nante eine Verbindung mit Kea spürte.«

»Eurer Schwester?«

»Ja.« Henning senkte den Blick. »Sie ist bei der Invasion gestorben. In den Momenten vor ihrem Tod war ihr Geist mit Nante verbunden. So erfuhr er, dass die Jundar den Splitter gefunden und zerstört haben.«

Leyna schwieg lange. »Wird Nante zurückkehren?«

»Keine Ahnung. Ich wusste nicht einmal, dass er bleiben wird. Er wollte zuerst nur unseren Onkel begleiten und dann wiederkommen. Aber Thevs meinte, dass Nante jetzt zusammen mit Freiwilligen die Inseln von den Regenmachern säubert. Außerdem ...«

»Was?«

»Er ist anders, Leyna.« Sein Blick traf sie, erfüllt mit Schmerz. »Irgendwas hat sich zwischen ihm und mir verändert. Ich weiß nicht ... er hat sich verändert. Vielleicht wegen Keas Tod.« Den Rest sagten seine Augen, auch wenn er es nicht wollte: *Oder wegen dir.*

Leyna wandte sich ab, Hennings Zerrissenheit war ein weiterer Stich. »Wir werden ihn besuchen«, entschied sie.

»Ich möchte ihm für das Xangram danken. Von Angesicht zu Angesicht.«

Henning musterte sie. »Es war ein anderes Zeichen als im Kerker, nicht?«

»Es war eines gegen Feuer. Als man mich an den Pfahl band, war Nante plötzlich über dem Zirkel in meinem Kopf. Er *zeigte* mir das Zeichen und sagte, ich soll es mir ganz fest vorstellen. Auf meinem Körper. Es scheint geklappt zu haben, aber irgendwie ...«

»... fehlte die Hand auf der Stirn.« Henning musterte seine eigene Hand, bewegte die Finger. Auch sie waren leicht vernarbt.

Da begriff sie es erst. »Du warst das!«

»Physisch ja, aber an sich war es Nante. Er war wieder einmal zur rechten Zeit am rechten Ort, zusammen mit Thevs und den Fratera hat er die Soldaten des Barons niedergeschlagen und mir dann mit dem Blut des Barons ein Zeichen auf die Brust gemalt. So konnte ich dich aus den Flammen bergen, aber du schienst verloren zu sein, bis ich das Zeichen sah und begriff, dass die Hand auf der Stirn fehlt.«

»Die Hand des Paladins«, sagte Leyna leise.

»Ja, die Hand des Paladins.«

Wieder schwiegen sie, bis Henning fragte: »Kannst du nicht mit ihm über den Zirkel kommunizieren?«

»Ich ... ich weiß nicht.«

»Schon versucht?«

Leyna schüttelte den Kopf. »Soll ich?«

Er zuckte mit den Schultern. »Mich würde brennend interessieren, was in den letzten Tagen passiert ist.«

Leyna nickte und schloss die Augen. Sie tastete nach dem Band, das Ilka geknüpft hatte, und fand es. Ein Ende war tot, aber zwei andere vibrierten vor Energie. Und dann spürte sie seine Präsenz. Er schien ganz nah bei ihr zu stehen, so nah, dass sich ihre geistigen Körper berührten. Es war ein angenehmes Gefühl der Geborgenheit, aber dann trat er plötzlich einen Schritt zurück.

Nante?, wisperte Leyna in Gedanken.

Es dauerte nur einen Herzschlag lang, bis er antwortete: *Leyna! Willkommen zurück im Leben.*

Im Leben... Leyna schluckte und dachte für einen Moment an die grausige Dunkelheit voller Schmerz, durch die sie siebenundzwanzig Tage getappt war. Sie erschauerte. *Danke, Nante. Danke für das Xangram. Du hast mir damit zum zweiten Mal das Leben gerettet.*

Sie spürte, wie er lächelte, wenn auch verhalten. *Gern geschehen.*

Leyna runzelte die Stirn. Sie spürte, dass er mehr sagen wollte, aber es nicht tat. *Nante?*

Ja?

Alles in Ordnung bei dir?

Er zögerte. *Wie geht's meinem Bruder?*

Gut.

Lügnerin.

Leyna atmete tief durch. *Er hadert mit eurer Trennung.*

Nante schien zu nicken. *Ich auch. Ich vermisse ihn.*

Warum... bist du nicht zurückgekommen?

Weil sich die Zeiten ändern. Er klang bestimmt. Entschieden. Endgültig.

Trotzdem wisperte sie: *Ist es wegen mir?*

Hauptsachlich. So ist das Leben, Leyna. Er hat sich in dich verliebt. Ich spüre es ganz deutlich; seine Liebe, seine Wärme. Die galt vorher mir – wenn auch auf andere Art und Weise.

Leyna brach seine Ehrlichkeit beinahe das Herz. *Aber... ihr könnt doch zusammenbleiben! Wir können zu dritt sein. Wir beide könnten uns über Magie austauschen, ich von dir lernen, während ihr die Fratera neu aufbaut. Ich will kein Keil...*

Nein, Leyna. Du bist kein Keil. Es war einfach an der Zeit. Und jetzt... Ein Regenmacher wartet auf seine Erlösung. Lebe wohl, Schwester, und pass gut auf meinen Bruder auf. Jetzt musst du ihm aus der Scheiße helfen. Mit den Worten war die Verbindung weg.

Leyna rief trotzdem noch einmal: *Nante?*, aber er hörte sie nicht mehr, oder wollte sie nicht mehr hören. Was hatte Ilka gesagt? Die Verbindung besteht, bis alle Seiten sie beenden. Leyna beendete sie nicht, schob sie nur an eine Stelle ihres Gehirns, nah bei dem kalten Splitter, der immer noch hinter ihren Augen ruhte und vermutlich nie mehr weggehen würde. *Meine Narben...*

Sie öffnete die Augen und kehrte zurück ans Deck der *Zwillingsfalke.*

»Und?«, fragte Henning gespannt. »Hast du ihn erreicht?«

»Kurz.« Leyna rieb sich über das Gesicht. »Ich soll dich grüßen. Er ist wohlauf. Erlöst Regenmacher.«

Henning lächelte matt. »Passt irgendwie«, sagte er und wurde wieder ernst. »Könnt ihr jetzt immer miteinander... reden, wenn ihr wollt?«

Einem Impuls folgend, schüttelte sie den Kopf. »Nante hat die Verbindung gekappt. Er sagte, dass es nun Zeit für uns wäre, nicht mehr für euch.«

Henning schluckte, einen Tränenschimmer in den Augenwinkeln. Dann wandte er sich ab, und sie saßen schweigend an Deck der *Zwillingsfalke,* bis Leyna fragte: »Und was willst du nun tun?«

Er zuckte mit den Achseln, ohne sie anzusehen. »Sag du es mir.« Er wandte sich ihr zu. »An sich bin ich jetzt frei. Die Fratera gibt es nicht mehr. Klar, Nante ist noch da und mein Onkel und ein paar andere, aber irgendwie...« Er verstummte.

»Was irgendwie?«

Ein Seufzen. »Irgendwie ist alles anders, seit Ilka uns getrennt hat. Aber es fühlt sich nicht falsch an. Nein, keine Ahnung. Es fühlte sich vorher auch nicht falsch an. Wahrscheinlich hat er recht: Seine und meine Zeit ist vorbei.«

»Und unsere?«

Er sah sie an. »Darf beginnen, oder?«

Sein Gesicht verschwamm unter Tränen, als Leyna ihm mit den Fingern durch den Bart fuhr. Dann beugte sie sich vor, zögerte, und gab ihm doch einen Kuss. Er erwiderte ihn, erst vorsichtig, dann sanft und fester kurz darauf.

Ein Räuspern setzte dem Moment ein Ende. Der Lauscher wartete am Achterdeck. »Entschuldigt, aber es nähert sich ein Boot.« Seine Augen zuckten zu Leynas verbranntem Gesicht und wieder weg und wieder hin.

»Schickt es weg«, sagte Henning unwirsch.

»Es trägt die Fahnen des Königs von Westend.«

»Dann erst recht! Mit Adeligen bin ich fertig.«

»Henning!« Leyna ergriff ihn am Arm. »Dem König widersetzt man sich nicht!«

Er wollte etwas dagegenhalten, ließ es aber. »Also gut. Dann hören wir uns an, was man uns zu sagen hat.«

An Bord war einzig eine Gesandte des Königs. Sie trug schlichtes Indigoblau. Nur der goldene Kragen mit der münzgroßen Spange in Form einer Sonne wies sie als Botschafterin aus. Vor Leyna und Henning vollführte sie einen Knicks.

»Mein Herr und meine Herrin«, begann sie. »Im Namen der Krone und in Demut überbringe ich den allergrößten, königlichen Dank.«

Henning knurrte: »Mit dem ich mir den Hintern abwischen ...«

Leyna stieß ihm den Ellbogen in die Seite und neigte das Haupt. »Habt ebenfalls Dank, dass Ihr die Mühen auf Euch genommen habt, auf die *Zwillingsfalke* zu kommen.«

Die Gesandte lächelte freundlich. »Das ist doch eine Selbstverständlichkeit! Immerhin seid Ihr die Helden La Harbs.«

»Helden!« Henning pfiff verärgert durch die Zähne. »Das alles wäre nicht passiert, wenn Euer Baron kein verstocktes Arschloch gewesen wäre!«

Das Gesicht der Gesandten wurde ernst. »Da sprecht Ihr wahr, Sir. Es ist ein dunkles Kapitel in der Geschichte Westends, das die Chronisten niederschreiben müssen. Der Baron ... er hätte die Stadt retten sollen, ja, aber nicht indem er Hunderte in den Tod führt. Er war ... verblendet. Wir sind froh, dass Ihr trotz seines Wahnsinns es geschafft habt, den Westen vor größerem Unheil zu bewahren. Dafür gebührt Euch jeglicher Dank des Königs.«

Henning schnaubte abermals. »Sein Dank. Danke. Ist angekommen.«

Die Gesandte schürzte die Lippen. »Ich kann Euren Ärger verstehen, und was vorfiel, ist mit nichts zu entschädigen, aber vielleicht ist das« – sie zog ein Pergament aus dem Ärmel – »ein kleiner Trost.«

Henning musterte die Schriftrolle argwöhnisch, die mit dem königlichen Siegel und bunten Bändern verziert war. »Was ist das?«

»Eure Begnadigung.«

»Meine *was?*«

»Eure Begnadigung, Sir Falk. Hiermit verleiht Euch der König den Titel eines hohen Herren. Ab heute seid Ihr Ehrenbürger Westends. Zusammen mit dem Titel geht auch eine Länderei an Euch über. Lensend. Wir dachten, für einen Piraten, einen ehemaligen Piraten, kann es nur ein Stück Land am Meer sein.«

Henning war sprachlos. Er starrte das Pergament an wie eine Schlange.

Die Gesandte fuhr fort: »Und auch für Euch habe ich etwas, Schwester Leyna.« Ein zweites Pergament folgte aus dem Ärmel. »Es ist die Ernennung zur Hohen Frau. Wie Herr Falk erhaltet Ihr Titel und Ländereien, ebenso ein Amt, vorausgesetzt Ihr mögt es annehmen.«

»Ein Amt?« Leyna richtete sich gerade auf.

Die Gesandte nickte. »Das Amt der Matronin La Harbs. Wir gedenken, die Gilde der Zeichen mit neuem Leben zu erfüllen. Der König hat eine großzügige Spende in Aussicht gestellt, und Ihr seid wohl die letzte lebende Professin.«

Die letzte. Die Worte waren so bitter, und vielleicht sagte sie auch deshalb: »Kann ich ... eine Nacht darüber schlafen?«

»Gern auch zwei. Nehmt Euch Zeit, genest, trauert, ordnet Eure Gedanken. Ich werde bis auf Weiteres in La Harb Quartier beziehen. Zögert nicht, mich aufzusuchen, wenn Euch etwas am Herzen liegt.« Mit diesen Worten überreichte ihr die Gesandte das Pergament, verneigte sich tief und zog sich höflich zurück.

Leyna musterte die Schriftrolle in ihren Händen. Dann sah sie verständnislos zu Henning auf. »Matronin?«

Er schürzte die Lippen, wedelte mit seinem Pergament. »Ehrenbürger Westends und Herr von Lensend.«

Dann lachten sie beide, nur kurz, aber sie lachten.

»Übrigens, ich hab auch noch was für dich.« Henning sprang auf die Füße und eilte zu den Kajüten.

Als sie es sah, musste sie weinen. Es war Ilkas Büchlein, der Einband schwarz vom Feuer, aber die Seiten bis auf die angekokelten Ränder erhalten.

»Es hat die Katastrophe überstanden«, wisperte sie, als sie das Büchlein an ihre Brust drückte.

»Ja«, sagte Henning leise. »Wie von Zauberhand.«

Kapitel 44

Königtum Westend, La Harb

Zwei weitere Tagen vergingen, bis Leyna sich kräftig genug fühlte, um die Stadt zu besuchen. Sie wollte, sie musste, und irgendwie auch nicht. Als Henning das Ruderboot Richtung Landstadt und Fischerbuchten steuerte, war Leyna mehrmals kurz davor zu sagen: »Dreh um! Setz die Segel! Wir fahren irgendwohin, nur weit weg.« Aber sie schwieg, sah den La Harber Klippen entgegen, die sich immer näher schoben.

Deren langer Morgenschatten empfing sie schließlich, und das Boot glitt knirschend auf den Kiesstrand. Henning half ihr an Land, weil ihre Narben noch so spannten. Das Wasser umspielte ihre Knöchel. Es war nicht mehr schlammig braun, sondern hatte wieder seine tiefdunkle Farbe zurück. Die Kiesel schimmerten feucht.

Die Hütte sah so aus, wie Leyna sie verlassen hatte. Als sie nach einigen tiefen Atemzügen die Tür öffnete, musste sie feststellen, dass Enzo ein noch größeres Arschloch war, als sie gedacht hatte. Sämtliche Netze und Werkzeuge waren entwendet worden. Einzig die Traumfänger aus Treibholz hatte er dagelassen. Sie hingen noch von der Decke.

Leyna nahm einen der kleineren an sich, hielt ihn lange in den Fingern, bevor sie ihn vorsichtig in ihre Tasche steckte. Dann verließ sie die Hütte. Sollte Enzo mit Henrys Zeug glücklich werden, es kümmerte sie nicht mehr. Und Henry auch nicht.

In einem Anflug von Übermut überredete sie danach Henning, dass sie zur Insel laufen könnten, wie sie es früher zu tun gepflegt hatte. Ein letztes Mal sozusagen. Mit dem Traumfänger in der Tasche fühlte sie sich kräftig genug.

Eine Fehleinschätzung. Als sie gerade einmal die Hälfte des Wegs zurückgelegt hatten, zitterten ihre Beine, aber sie ging einfach weiter – eingehakt bei Henning. Der stützte sie kommentarlos, und dafür liebte sie ihn.

Als die Brücke zur Insel in Sicht kam, bot sich ihr ein seltsamer Anblick. Die einhundertvierundsechzig salzweißen Brückenpfosten schimmerten grünlich. Sie waren mit Blättern und Blumen geschmückt. Spätblühender Klatschmohn, wie Leyna beim Näherkommen erkannte. Die behaarten Stängel mit den eiförmigen Knospen waren in Bündeln an die Pfosten gebunden. Keine einzige der Blumen blühte; dazu war der ewige Regen zu ergiebig und zu lange niedergegangen; es überraschte Leyna, dass man überhaupt so viele Pflanzen gefunden hatte.

Der spätblühende Klatschmohn galt als Blume der Erinnerung. Sie stand für die zahl- und namenlosen Gefallenen vergangener Kriege. Im Herbst, wenn der Mohn die Felder in dunkles Rot tauchte, schnitt man ihn, um Kränze zu flechten und damit Kriegsdenkmäler zu schmücken.

Und jetzt hat man La Harb damit geschmückt. Eine ganze Stadt als Denkmal.

Mit schmerzenden Augen lief Leyna weiter.

Kurz bevor sie das Stadttor erreichten, wurden sie erkannt. Eine Frau, die ihnen entgegenkam, riss die Augen auf, flüsterte etwas und rannte zurück nach La Harb.

»Sie kommt!«, hörte Leyna sie rufen. »Die Schwester kommt!«

Henning seufzte. »Das wird jetzt gleich ein Spaß. Ich sehe schon die ganzen Pilger, die dich auf der *Zwillingsfalke* besuchen wollten. Wir hätten doch das Boot nehmen sollen.«

»Und wäre es dann anders gewesen?«

»Vermutlich nicht.«

Leyna war es egal. Sollten sie kommen und ihre Brandnarben anglotzen.

Tatsächlich warteten Menschen auf sie. Am Stadttor waren es einzelne, die den Straßenrand säumten, aber mit jedem Schritt wurden es mehr. Als sich die Straße gabelte, links zum großen Markt, rechts Richtung Gilde, waren es mindestens zweihundert Bürgerinnen und Bürger, die die Straße säumten, und weitere hundert, die ihnen folgten.

Leyna sah überwiegend müde und blasse Gesichter, aber die Aufbruchsstimmung der Menge war deutlich zu spüren. Viele hatten ihre Arbeit unterbrochen, ihre Ärmel waren hochgekrempelt, die Kleider feucht von Schweiß. Manche Wangen glühten von zu viel Sonne.

Genauso glühte die Stadt. Die Fassaden waren getrocknet, zeigten wieder ihre wahre Farbe ohne das Regengrau: gelb, grün, weiß, rot, blau. Manche Häuser versteckten sich hinter Holzgerüsten, um bald wieder in neuem Glanz zu erstrahlen. Leyna bemerkte die Spuren der Schlacht und des Regens: kohlschwarze Balken, eingestürzte Dächer und Schutthaufen zerstörter Häuser. Es würde noch lange dauern, bis die Spuren beseitigt waren, aber so wie die meisten Wunden heilten, würden auch die von La Harb heilen. Irgendwann.

»Zur Gilde?«, fragte Henning an der Weggabelung.

»Zum Markt.« Sie wusste nicht, warum, aber sie wollte dorthin, wo es geendet hatte. Eingehakt bei Henning lief sie weiter, während Kinder vorausrannten.

Als sie am großen Marktplatz ankamen, musste sich die Menge vor ihnen teilen, so viele waren gekommen. Und noch mehr strömten aus den Gassen heran. Schwester Leyna wollte man sehen. Die Retterin. Die Zauberin. Die Frau, die dem Baron die Stirn geboten hatte.

Leyna hörte all die Worte und Sätze um sie herum, aber auch Mitleid und Ehrfurcht. »Wie furchtbar«, flüsterten manche. »Entstellt …«, wisperten andere. »Sie hat es tatsächlich überlebt.« »Ein Zeichen der Götter.« »Matronin! Matronin!« Sie ignorierte all das geflissentlich, blieb äußerlich ruhig.

Auf dem Markt pochte ihr Herz heftig, aber der Marktplatz war nicht mehr der Platz des Schreckens, sondern hatte sich verändert. Wo die Scheiterhaufen gebrannt hatten, hatten Zimmerleute ein schräges Podest errichtet. Darauf ruhte ein riesiger Kranz aus spätblühendem Klatschmohn. Es mussten Hunderte Knospen sein, nein Tausende, die geschickte Hände zusammengeflochten hatten. Am Sockel des Podests verkündete eine Tafel mit eingebrannter Inschrift: Im Gedenken der 1467 Gestorbenen.

Direkt davor blieben Leyna und Henning stehen.

»Eine Blüte für jeden Verstorbenen«, sagte er und neigte das Haupt. »Möge die Wächterin ihnen allen gewogen sein.«

Leyna konnte nur auf den grünen Kranz blicken. Sie zitterte, denn in jeder Knospe sah sie ein winziges Gesicht, eintausendvierhundertsiebenundsechzig Gesichter von Toten. Sie sah ihren Vater, Jule, Jorda, Misha, Bea, Kudrun, Molten, Ecco, Ilka, Karrol und all die anderen. Auch den Baron, den Kerkermeister und Simeone.

Ihr kamen keine Tränen. Stattdessen sank sie auf die Knie und fuhr mit dem Finger die eingebrannten Zahlen der Inschrift nach.

So viele. So unnütz.

Etwas zwickte sie in die Seite. Ilkas Büchlein in ihrer Tasche. Ihre Finger glitten hinein, fühlten den rauen Rand.

Das Büchlein lastete schwer an ihrer Seite, schwer vom Wissen.

Stell dir nur das Zeichen vor, hatte ihr Nante über den Zirkel gesagt, als die Flammen höherschlugen. *Stell es dir nur vor.*

Leyna sah auf den Kranz, schloss die Augen und stellte sich etwas vor.

Ein Raunen ging durch die Menge. Flüstern. Erstaunte Rufe.

Eintausendvierhundertsiebenundsechzig Spätmohnblüten öffneten sich. Im Sonnenschein glühte der Gedenkkranz wie Feuer.

ENDE

Danksagung

Das ist nun also mein dritter Ausflug in die Phantastik. Mit freudigem Klopfen in der Brust kehrte ich in die Welt zurück, die ich erstmalig 2016 mit *Die Chroniken von Eduschée* (neu veröffentlicht unter dem Titel *Rache der Magd; ISBN* 978-3-96698-665-6) und dann 2020 wieder mit *Das verwunschene Turnier* betrat (ISBN 978-3-96698-666-3). Für mich war es erneut eine aufregende Reise voller Entdeckungen und unzähliger Geschichten. Autorenkolleginnen und -kollegen reden gern vom Weltenbau, und egal, wie man diesen kreativen Prozess bezeichnet, man kann sich glücklich schätzen, wenn man dabei begleitet wird.

Ständig an meiner Seite war Kathrin, die darauf achtete, dass ich nicht völlig den Realitätsbezug verlor, sowie unsere Pudelhündin Tessa, die mich täglich daran erinnerte, den Fuß auch vor die reale Tür zu setzen.

Auch Regina, Karin und Klaus begleiteten mich, lasen fleißig meine Erstfassung und steuerten Tipps, Kritik und Lob bei. Im Entstehungsprozess eines Buches ist dies unerlässlich.

Wie auch bei meinen anderen Büchern ist Arne Burkert nicht wegzudenken, mit dem ich fast wöchentlich eine Storytalk-Session durchführe. Wenn wir übers Geschichtenerzählen fachsimpeln, entstehen oft die besten Ideen. Auch Logikfehler, die sich unweigerlich auf mehr als vierhundert Seiten einschleichen, springen einen danach an. Arne, ich hoffe, dass wir unsere Gespräche auch noch im Altenheim führen werden! Danke, dafür! Es ist mir immer ein Vergnügen!

Zudem begleitete mich wieder Hanka Leo, die übrigens auch die erstklassige Redaktion dieses Buchs übernahm. Sie ist mittlerweile eine liebe Freundin geworden, deren Ratschläge und Expertise nicht in Gold aufzuwiegen ist. Hoffentlich noch auf ganz viele Bücher, Hanka! So schnell wirst du mich nicht mehr los, was wohl auf Gegenseitigkeit beruht.

Das gilt auch für Christina Maria Schollerer, die mich bezüglich meiner Autorenmarke unterstützt. Die Entscheidung, wieder einen Ausflug in die Phantastik zu wagen, ist auch ihr geschuldet. Danke dafür, Chris!

Neben Freunden und Familie begleiten einen Autor auch Fachleuchte. Zuallererst ist hier Elisabeth Botros von der Literarischen Agentur Michael Gaeb zu nennen, die das Projekt von Anfang an mega fand und unbedingt umsetzen wollte. Mit ihr und dem Team um Michael, Bettina und Andrea kann ich mich nur einen glücklichen Autor nennen. Danke für euer Engagement!

Dem steht das des Verlagsteams von Penguin Random House in nichts nach. Es sind so viele wunderbare Menschen in den verschiedensten Abteilungen wie Presse, Marketing, Produktion und Vertrieb beteiligt, dass ich leider bisher nicht alle kennengelernt habe. Ich danke euch hiermit allen und hoffe, jedem einzelnen irgendwann persönlich danke sagen zu können. Ganz besonders geht mein Dank an Lektorin Beatrice Lampe, die sich mit flammendem Schwert und Herz für die Regenmacher engagiert. Im Zusammenspiel mit ihr ist aus einem guten Roman ein besserer geworden. Sie war es, die Leyna von einer einfachen

Kräuterhexe zur mächtigen Magierin erhob und aus bubenhaften Zwillingen zwei gestandene Kriminelle machte. Chapeau!

Zuletzt noch ein paar Worte an meine Leserinnen und Leser, die mich in den sozialen Medien und über meinen monatlichen Newsletter (kostenlose und datenschutzkonforme Anmeldung unter www.timoleibig.de/newsletter) begleiten. Auch wenn ich manchmal distanziert erscheinen mag, lese ich doch jede E-Mail, jeden Kommentar und jede Rezension, denn diese kleinen Worte versüßen den oft eintönigen Autorenalltag ungemein. Danke euch allen!

Euer
Timo Leibig, Juni 2020

**Entdecke die Welt der Regenmacher!
Zwei unabhängige Romane voller
Magie, Heldentaten und finsterer
Gestalten erwarten dich.**

ISBN 978-3-96698-665-6

ISBN 978-3-96698-666-3

Rache der Magd: Marla träumt von großen Abenteuern. Als eines Abends das Gasthaus ihrer Eltern überfallen wird, werden ihre Träume zwar Realität, doch Marla verliert mehr, als ein Mensch zu geben hat. Sie schwört Rache und begibt sich zusammen mit dem mysteriösen Söldner Zacharias auf einen Rachefeldzug durch die Südmark.

Das verwunschene Turnier: Der Adelige Aurel Rocca zieht aus, um seine Mutter zu finden, die vor Jahren verschwand. Zusammen mit kampferprobten Gefährten reist er zu dem Ort, an dem sie zum letzten Mal gesehen wurde. Doch auf dem Turniergelände in der Au lastet ein Fluch – und bald schon geschieht Grausiges.

Lesen Sie mehr unter: **www.timoleibig.de**